FANTASY

R. A. Salvatore wurde 1959 in Massachusetts geboren, wo er mit seiner Frau und seinen drei Kindern lebt. Bereits sein erster Roman »Der gesprungene Kristall« machte ihn bekannt und legte den Grundstein zu seiner weltweit beliebten Reihe von Romanen um den Dunkelelf »Drizzt Do'Urden«.

Von R. A. Salvatore bereits erschienen:

Aus den Vergessenen Welten:

DIE VERGESSENEN WELTEN 1–6: 1. **Der gesprungene Kristall** (24549), 2. **Die verschlungenen Pfade** (24550), 3. **Die silbernen Ströme** (24551), 4. **Das Tal der Dunkelheit** (24552), 5. **Der magische Stein** (24553), 6. **Der ewige Traum** (24554)

DIE SAGA VOM DUNKELELF: 1. **Der dritte Sohn** (24562), 2. **Im Reich der Spinne** (24564), 3. **Der Wächter im Dunkel** (24565), 4. **Im Zeichen des Panthers** (24566), 5. **In Acht und Bann** (24567), 6. **Der Hüter des Waldes** (24568)

DAS LIED VON DENEIR: 1. **Das Elixier der Wünsche** (24703), 2. **Die Schatten von Shilmista** (24704), 3. **Die Masken der Nacht** (24705), 4. **Die Festung des Zwielichts** (24735), 5. **Der Fluch des Alchimisten** (24736)

DIE VERGESSENEN WELTEN, WEITERE BÄNDE: 1. **Das Vermächtnis** (24663) [= 7. Band], 2. **Nacht ohne Sterne** (24664) [= 8. Band], 3. **Brüder des Dunkels** (24706) [= 9. Band], 4. **Die Küste der Schwerter** (24741) [= 10. Band], 5. **Kristall der Finsternis** (24931) [= 11. Band], 6. **Schattenzeit** (24973) [= 12. Band], **Der schwarze Zauber** (24168) [= 13. Band]

Aus der Drachenwelt:

DRACHENWELT: 1. **Der Speer des Kriegers** (24652), 2. **Der Dolch des Drachen** (24653), 3. **Die Rückkehr des Drachenjägers** (24654)

Von der Dämonendämmerung:

DÄMONENDÄMMERUNG: 1. **Nachtvogel** (24892), 2. **Juwelen des Himmels** (24893), 3. **Das verwunschene Tal** (24905), 4. **Straße der Schatten** (24906), 5. **Der steinerne Arm** (24936), 6. **Abtei im Zwielicht** (24937), 7. **Der ewige Fluch** (24988), 8. **Das brennende Herz** (24989)

Vom Schattenelf:

SCHATTENELF: 1. **Der dunkle Sohn** (24990)

Demnächst erscheint:

SCHATTENELF: 2. **Das Turnier** (24994)

Weitere Bände sind in Vorbereitung.

FANTASY

R. A. Salvatore

Der dunkle Sohn

Schattenelf 1

Ins Deutsche übertragen
von Caspar Holz

BLANVALET

Die amerikanische Originalausgabe erschien unter dem Titel »Ascendance. Book I of the Second Demonwars Saga« (Parts 1 + 2) bei Del Rey/Ballantine Books, New York

Umwelthinweis:
Alle bedruckten Materialien dieses Taschenbuches sind chlorfrei und umweltschonend.

Blanvalet Taschenbücher erscheinen im Goldmann Verlag, einem Unternehmen der Verlagsgruppe Random House GmbH.

Deutsche Erstveröffentlichung 5/2002

Umschlaggestaltung: Design Team München
Umschlagillustration: Agt. Schlück/David Cherry
Satz: deutsch-türkischer fotosatz, Berlin
Druck: Elsnerdruck, Berlin
Titelnummer: 24990
Redaktion: Alexander Groß
V. B. · Herstellung: Peter Papenbrok
Printed in Germany
ISBN 3-442-24990-2
www.blanvalet-verlag.de

1 3 5 7 9 10 8 6 4 2

In den letzten paar Jahren hat sich so viel verändert, was mich aus der Bahn hätte werfen können. Aber glücklicherweise gibt es einige Dinge, auf die ich bauen kann – Felsen in der Brandung. Für Diane, Bryan, Geno und Caitlin, auf die ich mich immer verlassen konnte.

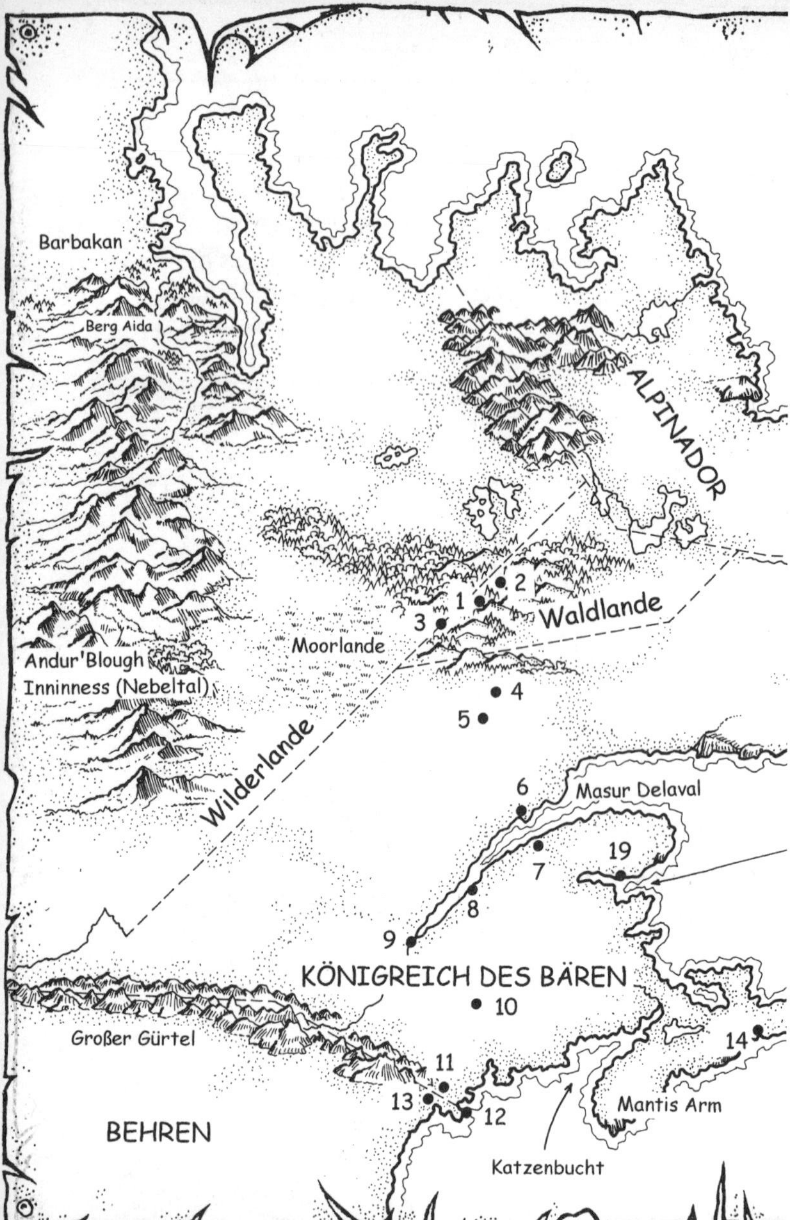
Barbakan
Berg Aida
ALPINADOR
Waldlande
Moorlande
Andur'Blough
Inninness (Nebeltal)
Wilderlande
1
2
3
4
5
6
Masur Delaval
7
19
8
9
KÖNIGREICH DES BÄREN
10
Großer Gürtel
11
13
12
14
Mantis Arm
BEHREN
Katzenbucht

1 Weedy Meadow
2 Dundalis
3 Weltenend
4 Landsdown
5 Caer Tinella
6 Palmaris
7 Amvoy
8 Dusberry
9 Ursal
10 Youmaneff
11 Entel
12 Freeport
13 Jacintha
14 St. Gwendolyn
15 Macomber
16 Tinson
17 Pireth Tulme
18 Pireth Vanguard
19 St. Mere-Abelle
JULIANTHEN
(Wetterinseln)
18
Pireth Dancard
Allerheiligen-Bucht
Golf von Korona
MIRIANISCHER OZEAN
17
16
15
Zerschmetterte
Küste

Prolog – Im Jahr des Herrn 839

Der Frühling hielt früh Einzug in der Stadt Palmaris, der nördlichsten Großstadt des aufstrebenden Königreichs des Bären. Überall entlang der Ufer des großen Masur Delaval erblühten Immergrün und Tulpen in leuchtenden Violett- und Blautönen, und von Südosten wehte ein beständiger und sachter Wind, der kaum jemals drehte und nur selten kalte Luft vom düsteren Golf von Korona herübertrug.

In der Stadt selbst, jetzt, da die Menschen sich nahezu jeden Tag in Scharen in den Straßen tummelten und sich vom Sonnenschein wärmen ließen, herrschte munteres Treiben. Tatsächlich hatte die Welt die erschütternden Umstände der Rotflecken-Pest in den Jahren 827 bis 834 überwunden, einer Pest, der ein Wunder an einem Schrein auf dem Gipfel eines weit entfernten Berges einen Großteil ihres Schreckens genommen hatte, ein Wunder, das jene Frau der Welt beschert hatte, die jetzt als Baroness von Palmaris herrschte. Seit man Jilseponie Wyndon dazu bestimmt hatte, die Führung der Baronie zu übernehmen, war jedes Jahr ein wenig strahlender erschienen als das vorangegangene, so als hätte sich ihre Ernennung auf die ganze Welt, auf die der Natur als auch auf die von Menschenhand geschaffene, vorteilhaft ausgewirkt.

Noch nie hatte Palmaris ein solches Ausmaß an Wohlstand und Frieden gekannt. Während der letzten Pestjahre war die Einwohnerzahl der Stadt stark angewachsen, denn Palmaris hatte als Tor zu den Nordlanden und dem Wunder auf dem Berg Aida gedient, und viele Pilger waren nach ihrer langen Rückreise in der Stadt geblieben. Bauern hatten die von der Pest dahingerafften Familien ersetzt und den Gürtel der Kulturlandschaft rings um die Stadt mehrere Meilen nach Norden und Westen ausgedehnt. Handwerker hatten die Möglichkeiten eines neuen und umfassenden Marktes erkannt und entlang der gepflegten Promenaden Geschäfte eröffnet, um den Bedarf der aufstrebenden Bevölkerungsgruppen, Bauern und Seeleuten, zu decken. Und dank der Führung und vorbildhaften Toleranz von Baroness Jilseponie und Abt Braumin Herde aus der Abtei St. Precious waren die dunkelhäutigen Südländer, die Behreneser, zu Reichtum und Wohlstand gelangt. Gerade diese Bevölkerungsgruppe war erst besonders hart von der Pest getroffen worden, und dann ebenso hart vom Hass, den die Bruderschaft der Büßer geschürt hatte, eine rebellische Splittergruppe der abellikanischen Kirche, die die behrenesischen Heiden für die Rotflecken-Pest verantwortlich machte und die Bevölkerung von Palmaris zu gewalttätigen Racheakten aufwiegelte.

Dies alles hatte sich unter der Herrschaft von Baroness Jilseponie geändert, und zwar drastisch. Viele Behreneser, die aus ihrer Heimat oder den weit im Süden gelegenen Städten des Bärenreiches in den Norden gekommen waren, um an der als Bund von Avelyn bekannt gewordenen Wunderheilung teilzuhaben, hatten in Palmaris Möglichkeiten vorgefunden, die sie im Bärenreich nicht im Traum für möglich gehalten hatten. Nahezu ein Drittel der Dockarbeiter und Schiffsbesatzungen der zahlreichen Schiffe, die Palmaris als ihren Heimathafen ansahen, waren mittlerweile Behreneser. Manche besaßen jetzt sogar ein eigenes Schiff oder dienten als Schiffsoffiziere oder gar Kapitäne auf den Garnisonsschiffen von Palmaris. Und obwohl die Einstellung der ursprünglich aus dem Bärenreich stammenden Bevölkerung sich bezüglich der Behreneser nicht grundsätzlich geändert hatte – die Heimtücke des Rassismus war tief verwurzelt –, waren die dunkelhäutigen Südländer mittlerweile zahlreich genug, um ihrer Gemeinschaft ein gewisses Maß an Sicherheit zu gewähren; mehr noch, ihre Zahl war groß genug, um den Eingeborenen des

Bärenreiches zu zeigen, dass die Behreneser abgesehen von der Hautfarbe und ihrer andersartigen Kultur gar nicht so anders waren.

In dieser intakten Stadt des Friedens und Wohlstandes unternahm Baroness Jilseponie des Öfteren Spaziergänge, wenn auch ohne ihr königliches Gewand und ohne ihre Sicherheitseskorte. Sie war jetzt Mitte dreißig, doch weder die Jahre noch der lange und beschwerliche Weg, der jetzt hinter ihr lag – ein Weg voller Kümmernisse, Prüfungen und schmerzhafter Verluste –, hatten der Lebendigkeit, die diese starke Frau ausstrahlte, etwas anhaben können. Denn jetzt kannte sie die Wahrheit, die ganze Wahrheit. Sie hatte das Wunder bei Avelyns Arm, auf dem Plateau des Berges Aida, gesehen. Sie hatte mit dem Geist von Romeo Mullahy gesprochen und von dem Bund erfahren. Und sie wusste Bescheid.

Jilseponie hatte erst ihre Eltern und dann ihre Adoptiveltern verloren. Sie hatte den Verlust Elbryans erlitten, ihres geliebten Ehemannes. Und sie hatte ihr Kind verloren, das ihr, wie sie zu wissen glaubte, der von einem Dämon besessene Dalebert Markwart aus dem Leib gerissen hatte. Aber jetzt begann sie endlich den Sinn dieser Opfer zu begreifen: Dies alles war zur Läuterung der Welt und ihres kleinen Eckchens dieser Welt geschehen.

Zudem war ihr jetzt die Wahrheit Gottes zuteil geworden, der Spiritualität, des Weiterlebens nach dem Tod ihrer sterblichen Hülle. In dieser Wahrheit lagen so viel Heiterkeit und Trost, wie Jilseponie sie seit ihren unschuldigen Kindertagen nicht mehr erlebt hatte, als sie durch die Felder und Fichtenwälder von Dundalis in den wilden Waldlanden gestreift war, seit jener Zeit, bevor sie all das Leiden und Sterben kennen gelernt hatte.

Eines warmen Frühlingsabends schlenderte sie unter einem Himmel voller Sterne einher und nahm die Vielfalt der Bilder, Gerüche und Geräusche von Palmaris in sich auf. Ein Fischverkäufer mit einem starken südländischen Akzent rief seine frisch eingetroffene Ware aus. Jilseponie konnte nicht anders, sie musste lächeln, als sie ihn hörte, denn noch vor wenigen Jahren hätte sich kein behrenesischer Händler in der Absicht, seine Waren zu verkaufen, in diesen Teil von Palmaris gewagt. Damals, in jenen Tagen, die mittlerweile so weit zurückzuliegen schienen, hätten viele Leute aus Palmaris nicht im Traum daran gedacht, etwas zu essen, das durch behrenesische Hände gegangen war!

Jilseponie bahnte sich ihren Weg durch die Stadt; sie begegnete einigen neugierigen Blicken, war aber ziemlich sicher, dass sie nicht erkannt wurde. Den zu drei Vierteln vollen Mond Sheila leuchtend über sich, gelangte die Baroness in die Nähe eines Gebäudes, bei dessen Anblick sie eine Flut von gemischten Gefühlen überkam. Die Gebeine des Riesen, so hieß das Lokal jetzt, wenngleich es in seiner früheren Form, bevor es von den Handlangern des ehrwürdigen Vaters Markwart bis auf die Grundmauern niedergebrannt worden war, unter dem Namen Gesellige Runde bekannt gewesen war und in dem Ruf gestanden hatte, das gastfreundlichste Schankhaus in ganz Palmaris zu sein.

Ihre vollen Lippen nachdenklich geschürzt, blieb sie kurz vor dem Haus stehen und strich ihr schulterlanges, blondes Haar aus dem Gesicht. Die Gesellige Runde, das war jener Ort gewesen, wo Jilseponie, unter der liebevollen Vormundschaft ihrer Adoptiveltern Graevis und Pettibwa Chilichunk, die Wandlung vom verängstigten Mädchen zur reifen Frau vollzogen hatte. Jetzt spazierte sie oft durch diese breite Straße, niemals ohne kurz vor der Tür stehen zu bleiben, sie gedankenversunken zu betrachten und in Erinnerungen an die guten Zeiten zu schwelgen, die sie dort verbracht hatte, und die entsetzlichen Erinnerungen an die unheilvollen letzten Tage von Graevis und Pettibwa gewaltsam zu verdrängen. Die Erinnerung an Pettibwa war noch höchst lebendig, an die Frau, die, ein riesiges Tablett voller schäumender Krüge gekonnt auf einem kräftigen Arm balancierend, zwischen den Tischen hindurchgetänzelt war, und das mit einem Lächeln, das strahlender war als der Schein aus dem heftig lodernden Kamin.

Jilseponie konnte das unbändige Lachen der Frau geradezu hören, wahrlich das erfreulichste Geräusch, das sie je gekannt hatte.

Kurz darauf, mittlerweile mit einem gelösten Lächeln im Gesicht, bog Jilseponie neben den Gebeinen des Riesen in eine schmale Gasse ein und gelangte zu einer gut zu erklimmenden Regenrinne.

Diese erkletterte sie mit der Eleganz einer Kriegerin, die es im *Bi'nelle dasada,* dem Schwerttanz der Touel'alfar, zur Vollkommenheit gebracht hatte. Sie gelangte auf das Flachdach, lehnte sich gegen die warmen Ziegel des Schornsteins und blickte nach Osten, auf die hohen Masten, die wie große, kahle Bäume am Ufer des fernen Masur Delaval aus dem Nebelschleier ragten. Selbst diese Masten weckten in ihr Erinnerungen, denn das erste Dutzend ihrer Lebensjahre hatte sie in Dundalis, in den Waldlanden, verbracht, woher auch die hohen Bäume stammten, die man bei der Herstellung von Schiffsmasten verwendete. Wie oft hatte sie eine Karawane aus Dundalis sich über die nach Süden führende Straße wälzen sehen, eine Karawane, die diese mächtigen Baumstämme transportierte? Wie oft hatten sie und Elbryan sich aus den Sträuchern am Straßenrand hervorgeschlichen und waren, nachdem sie gewettet hatten, wie viele Meter sie mitfahren konnten, bevor der Fahrer sie erwischte und verscheuchte, auf einen dieser Holzschlitten geklettert?

»Elbryan«, sagte sie versonnen lächelnd und spürte, wie ihre Augen feucht wurden. Als sie noch jung waren, hatte er ihr den Kosenamen Pony gegeben, einen Namen, der fast ihr ganzes Leben lang an ihr hängen geblieben war. Mittlerweile nannte sie fast niemand mehr so – eigentlich überhaupt niemand außer Roger Flinkfinger, und auch der nur gelegentlich. Wahrscheinlich war ihr das sogar lieber. Jetzt, da Elbryan nicht mehr existierte, schien ihr der Name Pony irgendwie unpassend.

Zwei Jahrzehnte waren seit diesen unschuldigen und wunderbaren Zeiten vergangen, und Jilseponie konnte kaum glauben, dass sie je ein so sorgloses Leben gekannt hatte. Ihr ganzes Erwachsenenleben war von so viel Unruhe und so bedeutenden Ereignissen geprägt gewesen.

Jetzt saß sie auf dem Flachdach, den Rauch des Feuers unten, das Salz des Masur Delaval und des dahinter liegenden Golfes von Korona in der Nase. Sie ließ die Erinnerungen und bitteren Lektionen ihres Lebens weiter an sich vorüberziehen. Die Minuten verstrichen, wuchsen zu einer vollen Stunde, und als Sheila aus Jilseponies Blick verschwand, wehte vom Wasser eine kühle Brise herüber. Die Baroness kümmerte es kaum, sie bemerkte es kaum; sie saß einfach da, dachte nach und ließ sich innerlich an einen Ort der Ruhe und der Stille sinken, einen Ort, unberührt von schlimmen Erinnerungen und der Hektik ihrer gegenwärtigen, scheinbar niemals abreißenden Verpflichtungen.

Sie bemerkte nicht einmal den Schein der Laterne, der sich unterhalb von ihr durch die Gasse bewegte, und auch nicht das Quietschen der Regenrinne, als diese plötzlich das Gewicht eines hinaufkletternden Mannes aufnahm.

»Da seid Ihr ja«, riss eine altbekannte Stimme Jilseponie aus ihren Betrachtungen. Erschrocken wandte sie sich um und sah das lächelnde Gesicht, die ausgeprägten Grübchen und den allgegenwärtigen Bartschatten von Abt Braumin Herde, als dieser sich über die Kante auf das Dach hinaufzog. Er griff hinter sich, holte von irgendwo weiter unten eine Laterne und stellte sie aufs Dach. Braumin war jetzt Mitte vierzig, fast zehn Jahre älter als Jilseponie. Sein Haar war ebenso silbrig, wie es zuvor braun gewesen war, und von den Winkeln seiner grauen Augen breiteten sich zahlreiche kleine Fältchen aus, *Lachfältchen*, wie er sie nannte. Er war immer schon von kräftiger Statur gewesen, ein sanfter Riese mit mächtigem Brustkorb und ebensolchem Bauch; in letzter Zeit jedoch war sein Bauch etwas mächtiger als sein Brustkorb.

Hinter ihm folgte sein zuverlässiger Gehilfe, ein lieber, alter Freund, der Braumin seit mehr als zwei Jahrzehnten zur Seite stand. Meister Viscenti Marlboro war ein nervöser, kleiner Mann mit viel zu vielen Macken, aber einem wachen Verstand, der vieles ein wenig anders sah als andere und dessen Meinung oftmals hilfreich war.

Obwohl sie hier, an ihrem Lieblingsplatz, eigentlich lieber alleine war und obwohl ihr die Laterne ein wenig aufdringlich erschien, konnte Jilseponie nicht anders, als sich über den Anblick ihrer beiden lieben Freunde zu freuen. Die beiden Mönche hatten sich während der unheilvollen letzten Tage des ehrwürdigen Vaters Dalebert Markwart hinter Jilseponie und Elbryan gestellt, und dabei hätten beide zweifellos auf entsetzliche Weise ihr Leben verloren, wenn Markwart obsiegt hätte. In den zurückliegenden Jahren hatte Jilseponies Verhältnis zu den beiden Männern zahlreiche Stationen durchlaufen, unter anderem auch die des Zorns auf sie und alle anderen abellikanischen Mönche, die sich in ihrer Abtei versteckt hielten, weil sie die Pest fürchteten und Angst hatten zu helfen. Der Zwist jener Zeiten war jedoch lange vergessen, denn in den letzten Jahren hatten sich Braumin und Viscenti bei der Eingewöhnung in ihr Amt als Herrscherin dieser großen Stadt als unschätzbare Hilfe für Jilseponie erwiesen. Als Baroness fielen die weltlichen Belange von Palmaris in ihren Verantwortungsbereich, während die geistlichen Belange von Palmaris Braumin Herde, dem Abt von St. Precious, oblagen. Ein solches Gleichgewicht von Staat und Kirche hatte Palmaris nie zuvor gekannt, nicht einmal, als noch der gute Baron Bildeborough auf dem weltlichen Thron in Chasewind Manor saß und der gutherzige Abt Dobronion der Abtei St. Precious vorstand.

»Ist Euch je der Gedanke gekommen, dass ich Chasewind Manor nur deshalb ohne Begleitung verlassen habe, weil ich ein wenig allein sein wollte?«, fragte Jilseponie. Trotz ihrer leicht vorwurfsvollen Frage hatte sie ein Lächeln auf den Lippen.

»Aber wir doch auch!«, erwiderte Abt Braumin, während er schnaufend und völlig außer Atem näher rückte, um sich neben ihr niederzulassen. »Nur wir drei, ganz allein.«

Jilseponie seufzte nur und schloss die Augen.

»Also, mit dieser Einstellung werdet Ihr das Segel nie zu sehen bekommen«, neckte Braumin sie gut gelaunt.

Sie öffnete ein Auge und sah den Mönch fragend an. »Das Segel?«

»Aber ja, so wird der Frühlingsmond doch wohl genannt, oder etwa nicht, Meister Viscenti?«, fragte Braumin in gespieltem Erstaunen.

Viscenti blickte auf und kratzte sich am Kinn. »Ich denke ja, so wird es sein, Bruder«, erwiderte er.

Jilseponie wusste, wann sie auf den Arm genommen wurde, und als das geklärt war, verstand sie auch, auf welches Segel Braumin anspielte. Ganz so einfach wollte sie es ihm aber nicht machen.

»Ich sehe jede Menge Segel – oder zumindest Masten«, entgegnete sie. »Aber jetzt, da Kapitän Al'u'mets *Saudi Jacintha* am Mantis Arm vor Anker liegt, ist keines von ihnen für mich von Interesse.«

»Was Ihr nicht sagt«, meinte Braumin. »Sollte es die Baronesse von Palmaris wirklich nicht interessieren, wenn ihr König in die Stadt einläuft?«

»Diese Respektlosigkeit gegenüber dem Königreich!«, warf Viscenti ein und legte sich in einer Geste gespielter Verzweiflung seinen dürren Unterarm vor die Stirn.

Jilseponie blickte finster drein, aber eigentlich hatte sie nichts gegen diese Sticheleien. Es war allgemein bekannt, dass König Danube Brock Ursal die Absicht hatte, diesen Sommer, wie auch schon die beiden letzten und die zwei davor, in Palmaris zu verbringen – auch wenn er jene beiden Male eingetroffen war, nur um festzustellen, dass die Baroness der Stadt ihren Amtssitz verlassen hatte und nach Norden in die Waldlande abgereist war, um dort den Sommer mit Freunden zu verbringen. In diesem Jahr, wie auch schon in den beiden davor, war Danube sorgsam darauf bedacht gewesen, seine Ankunft vorab anzukündigen und persönlich um Jilseponies Anwesenheit während seines ausgedehnten Aufenthalts zu ersuchen. Und da es für das ganze Volk kein Geheimnis war, dass König Danube ihre Stadt in diesem Sommer im Jahr des Herrn 839 erneut beehren würde, so wusste auch jeder in Palmaris und Ursal sowie in allen Städten dazwischen, dass ihr König nicht wegen dringender Staatsgeschäfte kam, nicht einmal, um sicherzustellen, dass es Palmaris unter der Regentschaft der jungen Baroness wohl erging. Nein, er kam aus einem ganz persönlichen Grund, und der trug den Namen Jilseponie Wyndon.

»Was meint Ihr, werter Bruder, wird die zurückhaltende Jilseponie König Danube in diesem Sommer endlich erlauben, sie zu küssen?«, fragte Braumin.

»Auf die Hand«, erwiderte Viscenti.

»Dann wird ja Eure Wange feucht, wenn ich Euch eine Ohrfeige gebe«, warf Jilseponie lachend ein.

Die beiden Mönche lachten herzhaft über diesen Scherz, dann aber wurde Braumins Miene ernst. »Ihr seid Euch doch im Klaren, dass er diesmal mit seinen Absichten weniger zurückhaltend sein wird?«, fragte er.

Jilseponie wandte den Blick ab und sah wieder zum fernen Fluss hinüber. »Bin ich«, gestand sie.

»Und wie werdet Ihr Euch verhalten?«, wollte Braumin wissen.

Wie, in der Tat?, fragte sich die junge Frau. Sie mochte Danube Brock Ursal durchaus – wer würde das nicht? –, schließlich hatte sich der König ihr gegenüber stets höflich, fair und edelmütig gezeigt. Obwohl er einige Jahre älter war als sie, fast so alt wie Braumin, war er mit seinem dunklen Haar und seiner kräftigen Statur zweifellos recht ansehnlich. Ja, Jilseponie mochte ihn und müsste nicht lange überlegen, ob sie sich bereit erklären sollte, ihm während seines Aufenthalts in Palmaris als Gesellschafterin zu dienen, müsste nicht lange überlegen, ob ihre Beziehung sich vertiefen ließe, um zu sehen, ob nicht vielleicht doch Liebe daraus wurde, es sei denn …

Stets blieb das eine Problem, das Jilseponie klar erkannte. Sie hatte ihr Herz einem anderen geschenkt, Elbryan Wyndon, ihrem besten Freund und Ehemann, ihrem Geliebten, jenem Mann, an den kein anderer jemals wirklich würde heranreichen können. Sie mochte Danube aufrichtig, in ihrem Herzen aber wusste sie, dass sie den Mann niemals lieben würde, dass sie überhaupt nie einen anderen so lieben würde wie Elbryan. Diese unerschütterliche Wahrheit vorausgesetzt – wäre es da einem anderen gegenüber fair, wenn sie dessen Heiratsantrag annahm?

Jilseponie wusste es wirklich nicht.

»Selbst Roger Flinkfinger hat sich mittlerweile dazu durchgerungen, die Verbindung in einem vorteilhaften Licht zu sehen«, bemerkte Bruder Viscenti, und diesmal war Jilseponies finsterer Blick nicht gespielt.

»Ich … ich wollte damit nicht andeuten …«, stammelte der Mönch, doch seine Worte – wie auch sein Herz – verdorrten unter ihrem Furcht erregenden Blick.

Den Jilseponie eine ganze Weile beibehielt. Sie war sich der Folgen bewusst, und sie wusste durchaus, dass Roger Flinkfinger, ihr bester Freund und engster Berater in Chasewind Manor, seine Einstellung zu König Danubes Annäherungsversuchen geändert hatte. So sehr, dass Roger und seine Gemahlin, Dainsey, Palmaris noch vor den ersten Schneefällen des Winters mit dem Ziel Dundalis, hoch im Norden, verlassen hatten. Roger, ein Freund des toten Elbryan, hatte sich aus Loyalität zu Elbryan entschieden gegen eine Liaison Jilseponies mit Danube oder einem anderen Mann ausgesprochen, und Jilseponie wusste das. Während des letzten Sommers aber war seine Haltung in diesem Punkt immer nachgiebiger geworden. Trotzdem missfiel es Jilseponie, dass Viscenti oder irgendjemand sonst von außen Druck auf eine Entscheidung auszuüben versuchte, die letztendlich auf ihren ureigensten Gefühlen beruhte. Sicher, für das gemeine Volk mochte es eine gute Sache sein, wenn sie König Danube ehelichte und damit Königin des Bärenreiches wurde. In dieser Eigenschaft konnte sie als Mittlerin bei den noch immer üblichen Streitereien zwischen Staat und Kirche auftreten.

»Vergebt meinem Freund«, bat Abt Braumin sie einen Augenblick darauf. »Wir Kirchenmänner würden Eure Verbindung mit König Danube, so sie denn zustande käme, zweifellos willkommen heißen«, erklärte er. »Natürlich würde ich sie um so mehr begrüßen, wenn sie tatsächlich Ponys Herzenswunsch entspräche«, beeilte er sich hinzuzufügen, als er sah, wie sich ihr Blick abermals verfinsterte.

Jilseponie hatte gerade widersprechen wollen, als Braumin seine letzte Bemerkung anfügte. Und natürlich war es ein Wort aus diesem Satz gewesen – Pony –, das sie schlagartig verstummen ließ. Es war ihr Kosename, ihr am häufigsten benutzter Name aus früheren Tagen. Als Jilseponie nach dem Ausbruch der Pest erkannte, dass sie sich nicht einfach, vergraben in ihrem Kummer, in Dundalis verkriechen konnte, hatte sie ihren Kosenamen allerdings bewusst aufgegeben und, einer schützenden Hülle gleich, den förmlicher klingenden Namen Jilseponie Wyndon angenommen. Zu hören, wie Braumin ihn jetzt so unerwartet aussprach, beschwor eine Vielzahl von Bildern und Erinnerungen herauf.

»In Ponys Herz ist kein Platz für den König«, erwiderte sie leise, und alle Anzeichen ihres Zorns waren verflogen. »In Ponys Herz niemals.«

Weder Braumin noch Viscenti schienen die tiefere Bedeutung zu begreifen.

»Im Übrigen scheine ich Euch daran erinnern zu müssen, meine Freunde, dass ich offiziell dem Staat und nicht Eurer Kirche angehöre«, fügte Jilseponie hinzu.

»Dieser Tatsache sind wir uns bewusst«, bemerkte Bruder Viscenti mit einem verschmitzten Grinsen.

»Man könnte den Eindruck haben, Ihr gehört sowohl der Kirche als auch dem Staat an«, beeilte Braumin sich hinzuzufügen, bevor Viscentis unangebrachter Sarkasmus sie erneut in die Defensive zwang. »Ihr habt das Staatsamt allen Ämtern vorgezogen, die die Kirche Euch hätte verleihen können, das stimmt, aber in dieser Eigenschaft habt Ihr alles darangesetzt, uns in Geist und Tat zu vereinen.«

»Ohne einen ungeheuren Kampf hätte Eure Kirche mich niemals in irgendeiner Machtposition akzeptiert«, sagte Jilseponie.

»Da bin ich anderer Meinung«, erwiderte Braumin. »Nicht nach dem zweiten Wunder von Aida und dem Bund von Avelyn. Selbst Fio Bou-raiy hat diese heilige Stätte als ein anderer Mensch verlassen, als ein Mann, der die Macht und die Redlichkeit von Jilseponie Wyndon verstand. Er hätte sich nicht einmal mehr Eurer Berufung in ein so bedeutendes Amt wie das einer Äbtissin von St. Precious widersetzt.«

Jilseponie reagierte nicht, denn noch im selben Augenblick, da sie die Worte ausgesprochen hatte, war ihr klar geworden, wie unaufrichtig ihre Behauptung war, sie gehöre eher dem Staat an.

»Trotzdem habt Ihr Euch für die Baronswürde entschieden, weil Ihr ganz genau wusstet, dass Ihr in dieser Eigenschaft, zusammen mit mir, Eurem Freund, dem Abt von St. Precious, am meisten Gutes bewirken könnt«, fuhr Abt Braumin fort. »Und diese Entscheidung war klug, wie jeder in Palmaris bestätigen wird. Daher liegt die Entscheidung abermals bei Euch, wenn Ihr Euer Herz gegen den Wunsch abwägt, Großes für die Welt zu bewirken. Seid versichert, der Aufstieg von Jilseponie Wyndon in das Amt der Königin des Bärenreiches würde im gesamten Abellikaner-Orden als großer Segen begrüßt werden, geradezu als ein Zeichen der Hoffnung auf eine noch strahlendere Zukunft!«

»Die Zukunft der Kirche erscheint bereits jetzt in einem strahlenden Licht«, erklärte Jilseponie.

»Sicher!«, pflichtete Abt Braumin ihr bei. »Weil der Bund von Avelyn viele unserer vordem miteinander im Streit liegenden Brüder im Geist vereint hat. Fürs Erste wenigstens.«

Seine letzte Bemerkung enthielt ein gewisses Maß an düsterer Vorahnung, die der scharfsichtigen Jilseponie keineswegs entging.

»Abt Agronguerres Gesundheit lässt zusehends nach«, erklärte Braumin. »Er ist ein alter Mann, der in jeder Hinsicht müde wird. Vielleicht bleibt er noch ein weiteres Jahr oder zwei in Amt und Würden und auf dieser Welt, ob aber länger, ist äußerst fraglich.«

»Und es gibt keinen eindeutigen Nachfolger«, fügte Viscenti hinzu. »Wahrscheinlich wird Fio Bou-raiy sich um das Amt bewerben.«

»Und ich werde ihn unterstützen«, fügte Abt Braumin ebenso rasch wie überraschend hinzu.

»Bewerbt Ihr Euch etwa nicht um das Amt?«, fragte Jilseponie.

»Ich fürchte, ich bin noch zu jung, um Chancen zu haben«, sagte Braumin. »Und sollte ich mich trotzdem dazu entschließen, würde das Bou-raiy zweifellos Stimmen kosten.«

»Einem Mann, den Ihr noch nie recht mochtet«, erinnerte ihn Jilseponie.

»Aber eine weitaus bessere Wahl als die Alternative«, erwiderte Braumin. »Denn wenn nicht Meister Bou-raiy, dann wird es sicherlich Abt Olin von St. Bondabruce aus Entel, ein Mann, der am Bund von Avelyn nicht beteiligt ist.«

»Entel ist weit weg vom Barbakan«, entgegnete Jilseponie trocken.

»Ein Mann, der in den finsteren Zeiten der Pest insgeheim Marcalo De'Unnero und seine Bruderschaft der Büßer unterstützte«, fuhr Braumin in Anspielung auf die Gruppe abtrünniger Mönche unter der Führung des grausamen De'Unnero, dem womöglich meistgehassten Gegner Jilseponies, fort. Ohne jemals die Billigung der Kirche besessen zu haben, hatte die Bruderschaft der Büßer weite Teile des Königreiches mit Angst und Schrecken überzogen, Aufstände angezettelt und behauptet, die Pest sei die Strafe Gottes für die Respektlosigkeit vieler Menschen, insbesondere der Befürworter Avelyns in der Kirche sowie der heidnischen Behreneser.

Braumins erschreckende Behauptung gab Jilseponie ernsthaft zu denken.

»Daher wird es sich wahrscheinlich so ergeben, dass Meister Fio Bou-raiy – oder vielleicht auch Abt Olin, weder ein Narr noch ein Fremder auf dem politischen Parkett – den Sieg davontragen wird. Wie auch immer, das ruhige Schiff der abellikanischen Kirche könnte womöglich schon bald unerwartet in einen Sturm geraten. Für uns und alle anderen wäre es besser, wenn Jilseponie Wyndon ein Amt von noch größerer Machtbefugnis übernehmen würde.«

Jilseponie sah ihre beiden Freunde lange an und erkannte, dass wieder einmal die Verantwortung nach ihr rief. Sie ließ sich einen Moment Zeit, um noch einmal über König Danube nachzudenken, schließlich war er ein rechtschaffener und anständiger Mann, und ein gut aussehender obendrein.

Trotzdem wusste sie, dass sie ihn niemals so lieben würde wie Elbryan.

Teil Eins

Ein grauer Morgen bricht an

Zehnmal meine Lebensdauer! Dabei ist ihnen ein Leben nach diesem versprochen, während ich bei völliger Dunkelheit in der Erde verfaulen werde, ohne mir dessen auch nur bewusst zu sein.

Wie ist es möglich, dass ich nicht als Touel'alfar geboren wurde? Warum diese hinfällige Abstammung vom Menschen, dieser Fluch, diese Strafe eines kurzen und vergänglichen Lebens, diese Aufforderung zur Nichtigkeit? Welche Ungerechtigkeit mir gegenüber! Und doppelt ungerecht, dass ich bei den Touel'alfar, diesen unsterblichen Wesen, aufgezogen wurde, wo mir jeder Augenblick eines jeden Tages die Nachteile meiner Abstammung so schmerzhaft vor Augen führt!

Lady Dasslerond hat mir die Wahrheit gesagt; sie erklärte mir, wenn nicht ein Feind oder eine Krankheit mich zur Unzeit niederstreckt, kann ich erwarten, sechs Jahrzehnte zu leben, vielleicht auch deren sieben oder acht, und selbst ein Leben von zehn Jahrzehnten ist in meiner Art nicht ohne Beispiel. Mehr aber nicht. Wie man mir berichtete, hat Lady Dasslerond sowohl den Anfang als auch das Ende von sechs Jahrhunderten miterlebt; sollte ich dagegen die Vollendung eines einzigen erleben, gelte ich in meiner Art bereits als ungewöhnlich und geradezu vom Glück verfolgt. Vermutlich wird sie sogar noch Zeugin meines Todes werden.

Schlimmer noch, nach sechs Jahrhunderten wirkt die Herrin von Caer'alfar noch genauso jugendlich und lebensfroh wie viele Touel'alfar, die weitaus jünger sind als sie. Sie kann ohne Mühe körperlich schwer arbeiten, mir dagegen hat man erklärt, dass ich genau mit solchen Mühen rechnen muss – und zwar bereits lange vor meinen alten Tagen. Ich lebe jetzt seit vierzehn Jahren und bin nach menschlichen Maßstäben noch immer kaum erwachsen, auch wenn ich über kräftige Arme und einen scharfen Verstand verfüge. In meinen Jugendjahren und in meinem dritten Lebensjahrzehnt werde ich körperlich aufblühen und gedeihen, dann aber wird der Verfall einsetzen, zunächst langsam während meiner vierten Lebensdekade, schließlich, wenn ich mein fünftes Lebensjahrzehnt durcheile, immer schneller.

Was ist das für ein Fluch?

Wie soll ich die Wunder dieser Welt kennen lernen? Wie soll ich die Erinnerungen an meine Weggefährten bewahren, selbst jene, die in dem langen Leben eines Touel'alfar so unbedeutend sind, einem kurzlebigen Menschen aber so wichtig erscheinen müssen? Wie soll ich die Geheimnisse dieser vernunftgesteuerten Existenz enträtseln, mir irgendeine Perspektive zurechtlegen, wenn mein Ende schon so bald naht?

Es ist ein ungemein grausamer Scherz, als Mensch geboren zu sein. Gehörte ich doch nur zum Volk! Wäre ich doch nur ein Touel'alfar! Könnte ich doch nur die Weisheit der Jahrhunderte erlangen, indem ich die Erfahrungen einer Frau wie Lady Dasslerond machen könnte! Mein Leben ist mir jeden Augenblick eines jeden Tages lieb und teuer, und mir vorzustellen, dass ich einst kalt und tot in der Erde liegen werde, während meine Freunde noch immer jung und voller Leben sind, zerreißt mir das Herz und treibt mir die Zornesröte ins Gesicht. Meine Bewacher sind voll des Lobes über meinen Vater, den großen und erhabenen Nachtvogel. Ich dagegen sage: Verflucht sei meine menschliche Herkunft!

Der tote Nachtvogel, kalt und ahnungslos in der Erde. Für die wenigen Touel'alfar, die zu Lebzeiten Nachtvogels starben, für Tuntun, die beim Angriff auf den geflügelten Dämonen auf dem Berg Aida fiel, gibt es nach dem Leben in dieser Welt noch eine andere Existenz. Sie werden an einem Ort voller Schönheit leben, der selbst Andur'Blough Inninness in den Schatten stellt, an einem Ort des Staunens und der puren Freude. Für Menschen aber, so erklärte mir Lady Dasslerond, folgen auf das Leben nur der kalte Tod und das Nichts.

Denn von den Völkern von Korona sind allein die Touel'alfar, die Dämonen und die Engel unsterblich. Nur diese drei sind in der Lage, ihre physische Existenz zu überwinden.

Verflucht seien meine Menscheneltern! Ich wünschte, ich wäre nie geboren, denn besser das, besser niemals davon zu erfahren, als das grausige Schicksal verstehen zu müssen, das mich zweifellos erwartet!

Verflucht seien meine Eltern.

AYDRIAN VON CAER'ALFAR

1. Die zweite Dimension

»Dein Körper ist das Medium«, erklärte Lady Dasslerond, nach Kräften bemüht, sich ihre Aufgebrachtheit nicht anmerken zu lassen. Sie ließ sich rücklings gegen eine Birke sinken, zauste ihre nahezu durchsichtigen Elfenflügel und warf achtlos den Kopf in den Nacken, sodass ihre goldenen Locken über ihre zarten Schultern fielen. Da sie bereits seit Jahrhunderten intensiv mit ihren mächtigen Smaragdsteinen arbeitete, war sie die einzige Elfe, die die Kräfte der magischen Steine wirklich verstand. Aus diesem Grund hatte Dasslerond diesen Teil von Aydrians Ausbildung persönlich übernommen; es war das allererste Mal, dass ein Mensch von jemandem aus dem Volk der Touel'alfar an den magischen Steinen ausgebildet wurde.

Der junge Bursche, der Dasslerونds Körpergröße von vier Fuß um nahezu anderthalb Fuß überragte, verzog das Gesicht und umklammerte den Stein, einen Blitze erzeugenden Graphit, nur noch fester, so als wollte er alle magische Energie aus ihm herauspressen. Gebaut war er ganz ähnlich wie sein Vater, kräftig und muskulös, mit breiten Schultern und deutlich ausgeprägten Muskeln, in vielen seiner Charaktereigenschaften aber glich er eher seiner Mutter – von der er praktisch nichts wusste.

Zuerst spielte Dasslerond mit dem Gedanken, ihn abermals zu korrigieren, doch als sie Aydrians angespanntes Gesicht sah, beschloss sie, ihm diesen Anblick einer persönlichen Erkenntnis zu gönnen. Die Herrscherin von Caer'alfar vermochte ihr Schmunzeln kaum zu unterdrücken, als sie sah, wie Aydrian sich konzentrierte – ihr Aydrian, der junge Menschensohn, der, wie sie glaubte, zum Retter ihres Volkes werden würde. Obwohl sie diese plumpen, körperlich größeren Menschen nicht besonders mochte, konnte Dasslerond nicht bestreiten, dass dieses Exemplar recht gut aussehend war mit seinen dichten, blonden Locken, seinen durchdringenden blauen Augen und seinen sinnlichen, an die seine Mutter erinnernden Lippen, dem wie gemeißelten Kinn und den Wangenknochen, die Lady Dasslerond, die auch die Ausbildung von Elbryan, dem Nachtvogel, überwacht hatte, noch recht gut in Erinnerung waren. Dieser Junge, so schien es, vereinte in sich tatsächlich die besten Eigenschaften seiner beiden Elternteile; und seine Schönheit kam umso besser zur Geltung, als er in dem Glanz von Andur'Blough Inninness aufwuchs, einem Ort voller Gesundheit und Vitalität. Allein im vergangenen Jahr hatte Aydrians schlaksiger Körper beträchtlich zugelegt. Sein Gewicht war von mageren hundertzwanzig Pfund auf mehr als hundertsechzig angewachsen, und keine Unze davon war Fett. Er war nichts als Sehnen und Muskeln, ein richtiges Kraftpaket, doch im Gegensatz zu anderen Menschen waren die Muskeln des jungen Mannes von einer Geschmeidigkeit und Beweglichkeit, die seine Arbeit beim *Bi'nelle dasada* umso eleganter aussehen ließ.

Aydrians Wachstum war längst noch nicht abgeschlossen, wie Dasslerond wusste. Sein Vater war mehr als sechs Fuß groß gewesen, und das Gleiche würde, und zwar mühelos, auch Aydrian gelingen. Im Übrigen vermutete die Herrscherin, dass er einmal mehr als zweihundert Pfund wiegen würde. Körperlich würde er gewiss ein Prachtexemplar werden, nach dem sich die Menschen umdrehten – er war es ja bereits jetzt. Seine eigentliche Stärke aber, hoffte Dasslerond, würde weniger offensichtlich sein und in der ungemein klaren Schärfe seines geschulten Verstandes liegen. Er würde im Stande sein, jeden Mann und jede Elfe, jeden Goblin und selbst die mächtigen Riesen im Kampf zu besiegen, aber sehr viel übler würde es seinen Feinden ergehen, wenn Aydrian diese Anlage mit seiner zweiten Gabe kombinierte, seiner Ausbildung an den magischen Steinen. Seine Mutter, so hieß es, sei eine der mächtigsten Benutzerinnen der Steine gewesen; daher erwartete Dasslerond auch von Aydrian nicht weniger.

Stöhnend verzog er das Gesicht, als er den Stein zusammenpresste, ihn beschimpfte und verlangte, er solle seine Energien preisgeben.

»Das ist kein Messen der Willenskraft«, wollte Dasslerond soeben sagen, doch bevor sie den Satz aussprechen konnte, hörte man das scharfe Knistern eines blauen Lichtbogens, der peitschenschnell aus Aydrians Hand hervorzuckte und sich flackernd und mit voller Wucht ins Gras zu seinen Füßen bohrte. Der darauf folgende Knall schleuderte sowohl Aydrian als auch die Elfendame in die Luft. Während Dasslerond mit Hilfe ihrer kleinen Flügel das Gleichgewicht wiederfand, landete Aydrian hart auf dem Boden und taumelte nach hinten, bis er sich schließlich in eine Rückwärtsrolle fallen ließ, die seinen Schwung abfing. Den kleinen grauen Stein in seiner Hand ungläubig anstarrend, rappelte er sich wieder auf, bis sein Blick von dem Stein zu der schwarz verkohlten Stelle im sanft abfallenden Gras des kleinen Hügels hinüberwanderte.

Sprachlos schaute Lady Dasslerond von dem Jungen zu der schwarz verbrannten Stelle. Sie wusste, er hatte es falsch, völlig falsch gemacht. Die Magie der Steine entstand durch eine Wechselwirkung zwischen dem Benutzer und dem Stein, und die Kräfte eines verzauberten Steins konnte diesem nicht allein durch rohe Willenskraft entrissen werden. Trotzdem hatte Aydrian genau das getan, er hatte seine Willenskraft mit empfindungsloser Energie gemessen – und gewonnen.

Dasslerond betrachtete das selbstgefällige und zufriedene Lächeln in seinem hübschen Gesicht. Aber da war noch etwas anderes, etwas, das die Herrscherin von Caer'alfar als seltsam beunruhigend empfand. Sie hatte in ihrem Leben die Fortschritte von einem Dutzend Hüter verfolgt, und normalerweise kam es im Laufe der Ausbildung zu einer ganzen Reihe von entscheidenden Durchbrüchen, die diese Personen auch klar erkannten. Oft nahmen sie diese Durchbrüche mit einem erfreuten Lächeln oder einem wild entschlossenen Nicken zur Kenntnis, stets aber waren sie ungemein zufrieden, denn es war nicht einfach, die Prüfungen der Touel'alfar zu bestehen. Und so verhielt es sich jetzt auch bei Aydrian, dessen Miene eher in letztere denn in die erste Kategorie fiel, denn seinem Gesicht war keinerlei Freude anzusehen. Nichts als pure Zufriedenheit und vielleicht noch etwas, das, wie Lady Dasslerond erkannte, ein wenig an den Gesichtsausdruck eines herzlosen Eroberers erinnerte, ein Höchstmaß an Arroganz, die scheinbar mehr Freude an der Niederlage des Gegners fand als an der Erreichung irgendeines anderen Ziels. Lady Dasslerond war sich natürlich darüber im Klaren, dass sie von diesem Jungen nichts Geringeres erwarten durfte – die Elfen hatten ihn von Geburt an in dieser Art von Kraft ausgebildet. Trotzdem, die schiere Anspannung in Aydrians Gesicht, die nötig war, damit dieser Mensch dem Stein seine Kraft auf so feindselige Weise entreißen konnte, verursachte Dasslerond ein unbehagliches Gefühl.

Dieser junge Mann verfügte über eine innere Kraft, die alle ihre Erwartungen überstieg. In Anbetracht der gewaltigen Aufgabe, die sie ihm zugedacht hatte, wusste Dasslerond natürlich, dass dies eigentlich nur von Nutzen sein konnte. Trotzdem …

Sie wollte schon ein weiteres Mal zu ihrer Litanei über die Ausbildung an den Steinen ansetzen, zu ihrer Ansprache über die Arbeit im Einklang mit den Kräften des Steins statt gegen sie, die sie Aydrian bereits mehrfach gehalten hatte, aber im Augenblick war sie dessen einfach nur überdrüssig. Zumal die Darbietung, deren Zeugin sie soeben geworden war, sie doch ein wenig aus der Fassung gebracht hatte.

»Du wirst wieder mit den Steinen arbeiten, und zwar schon

bald«, sagte sie schließlich und hielt Aydrian die Hand hin, damit er ihr den Graphit zurückgab.

Die Augen des jungen Mannes blitzten einen Moment lang wütend auf, wie Dasslerond erkannte, was deutlich machte, dass er den Stein eigentlich gern behalten hätte. Die Arbeit mit dem Stein hatte in dem Jungen eindeutig etwas wachgerufen, eine verborgene Regung, das Aufflackern einer Kraft vielleicht, die alles übertraf, was er je für möglich gehalten hatte. Und nach dieser Kraft verlangte es ihn, das stand für sie jenseits allen Zweifels fest. Er wollte sie anwenden, sie meistern und beherrschen. Und das war auch gut so, denn er brauchte diesen Ansporn, er musste die höchste Ebene der Kraft erreichen, wenn das, was sie mit ihm vorhatte, in Erfüllung gehen sollte. Doch wie schon die schiere Willenskraft, die er soeben bewiesen hatte, um dem Stein seine Magie zu entreißen, schien auch dieser übersteigerte, sich deutlich in diesen verblüffenden, eindrucksvollen Augen widerspiegelnde Ehrgeiz Lady Dasslerond vor etwas Unheilvollem zu warnen.

Der Augenblick war rasch vorüber, und Aydrian kam artig herbei und legte ihr den Graphit achselzuckend und mit einem verlegenen Lächeln in die Hand.

Dasslerond erkannte das Lächeln als das, was es tatsächlich war: ein Täuschungsmanöver. Hätte Aydrians Lächeln seine echten Gefühle widergespiegelt, hätte er dabei wenigstens die Zähne blecken müssen.

Unten auf dem Feld stand Brynn Dharielle und zäumte Diredusk auf, den eher kleinen aber kräftigen Hengst, den Belli'mar Juraviel einige Jahre zuvor für ihre Ausbildung nach Andur'Blough Inninness gebracht hatte. Auch sämtliche Touel'alfar waren an diesem Abend dort; die meisten von ihnen hatten sich unter den Zweigen der das lange, schmale Feld säumenden Bäume niedergelassen, viele von ihnen mit Fackeln in der Hand. Juraviel, den die anderen Elfen mittlerweile in neckischer Anspielung auf seinen offenkundigen Wandertrieb Marra-thiel Touk oder Schneegans nannten, sowie eine andere Elfe, To'el Dallia, standen bei Brynn auf dem Feld, plauderten mit ihr und gaben ihr, wie Aydrian vermutete, letzte Instruktionen.

Genau das war es, was die Elfen unentwegt taten, überlegte der junge Mann schmunzelnd. Sie sparten nie mit Anweisungen oder Kritik. Wie oft hatte Aydrian To'el Dallia, nach Lady Dasslerond seine zweite Ausbilderin, oder sogar der großen Herrscherin von Caer'alfar selbst ganz offen ins Gesicht sehen und sie anschreien wollen, sie solle ihn einfach in Frieden lassen. Mehrmals schon, vor allem während des letzten Jahres, war diese Vorstellung nahezu übermächtig gewesen, und allein Aydrians Erinnerung daran, dass er wirklich nicht viel Zeit hatte – vielleicht gerade mal ein paar Jahrzehnte –, verbunden mit dem Wissen, dass er von den Touel'alfar noch viel lernen musste, hatten ihn bewogen, seine Zunge im Zaum zu halten.

Und trotzdem widerstrebte es dem Knaben, der sich längst für einen jungen Mann hielt, sich immer an die Regeln seiner »Ausbilder« zu halten. Auch in dieser mondhellen Nacht – man hatte ihm ausdrücklich eingeschärft, er solle sich von Brynns Prüfung fern halten, hatte ihm erklärt, dieses Ereignis sei allein für ihre Augen und die der Touel'alfar bestimmt.

Und jetzt war er trotzdem hier und lag im Gras eines steilen Hanges oberhalb des Feldes. Er hatte sich schon des Öfteren dazu beglückwünscht, dass er die Lektionen der Elfen in puncto Heimlichkeiten gut gelernt hatte.

Kurz darauf richteten sich seine Gedanken nach außen, als Juraviel und To'el sich von dem gesattelten und aufgezäumten Pferd entfernten und Brynn Dharielle, der einzige andere Mensch, den Aydrian je zu Gesicht bekommen hatte, ebenfalls eine Hüterin in der Ausbildung und ein paar Jahre älter als er, sich in den Sattel hinaufschwang. Sie setzte sich in ihrem Sattel zurecht – etwas hektischer als sonst, ein untrügliches Zeichen ihrer Nervosität, wie Aydrian wusste – und warf ihr langes, schwarzes Haar aus dem Gesicht. Sie glich Aydrian nicht im Mindesten, was ihn ein wenig überraschte, weil die meisten Touel'alfar sich in seinen Augen sehr stark ähnelten und er angenommen hatte, dies sei bei den Menschen nicht anders. Er hatte helle Haut, blondes Haar und leuchtend blaue Augen, Brynn dagegen, von togaischer Abstammung, hatte eine Haut von der bräunlich-goldenen Farbe des Quiola-Hartholzes, Haar in der Farbe eines Rabenflügels und Augen, die so dunkel und glänzend waren wie Aydrians strahlend hell und kristallklar. Selbst ihre Augenform war anders und erinnerte eher an die einer Träne.

Auch körperlich hatten die beiden nicht viel gemein, obwohl das jahrelange, ausgezeichnete Training sowohl Brynns als auch Aydrians Muskeln perfekt gestählt hatte. Davon abgesehen aber war sie schlank und geschmeidig und eigentlich von eher schmächtiger Statur, während sich an Aydrians Armen bereits kräftige Muskeln abzuzeichnen begannen. Die männlichen und weiblichen Elfen unterschieden sich nicht so sehr; sie waren alle schlank, geradezu hager, und obschon die weiblichen Elfen Brüste besaßen, hatten diese kaum etwas mit den vollen Rundungen gemein, die mittlerweile Brynns Brust zierten.

Ihr Anblick hatte eine Wirkung auf Aydrians Psyche und Körper, die er nicht verstand. Während seiner ersten Zeit in Andur'Blough Inninness hatte er nicht viel Kontakt zu ihr gehabt, in den letzten Jahren aber war sie wegen Juraviel zu einer seiner engsten Gefährtinnen geworden. In letzter Zeit jedoch ertappte er sich oft bei der Frage, warum er in ihrer Nähe jedes Mal schweißnasse Hände bekam oder warum er das Bedürfnis hatte, tief durchzuatmen, wenn er nahe genug war, um ihren süßen Duft zu schnuppern …

Diese verwirrenden Gedanken waren schnell verflogen, als

Brynn Diredusks Zügel nach hinten riss und das heftig wiehernde Pferd zwang, sich aufzubäumen. Anschließend ließ die junge Hüterin ihr Ross schlagartig wenden und galoppierte zum fernen Ende des Feldes hinunter. Dort trat eine weitere Elfe aus den Bäumen und reichte Brynn einen Bogen mitsamt einem Köcher voller Pfeile. Erst jetzt fiel Aydrian auf, dass man sechs Zielscheiben – mannshoch und ihrer Farbe und Form nach in fließende weiße Gewänder gehüllt – am gegenüberliegenden Feldrand aufgestellt hatte.

Der junge Mann biss sich angespannt auf die Unterlippe. Er hatte Brynn bereits mehrmals reiten sehen; sie bot fürwahr einen sehenswerten Anblick, wenn sie, Ross und Reiter ein einziges Ziel vor Augen, mit ihrem Pferd zu verschmelzen schien. Er hatte sie nie mit dem Bogen üben sehen, aber nach dem, was er gehört hatte – beziehungsweise mitgehört, denn er hatte etliche Unterhaltungen Dassleronds mit Juraviel über die junge Frau belauscht –, war die junge Hüterin geradezu sensationell.

In diesem Augenblick schien es Aydrian, als ob der ganze Wald verstummte; kein einziger Nachtvogel rief, keine Grille zirpte, nicht einmal das Flüstern des scheinbar allgegenwärtigen Elfengesangs war zu hören. Sogar die zahlreichen Fackeln brannten unnatürlich ruhig und still, ein Augenblick höchster Anspannung.

Erst jetzt wurde dem jungen Aydrian der Ernst dieser Nacht und die Bedeutung seiner Einmischung bewusst. Dies war für Brynn nicht einfach irgendeine Prüfung. Hier ging es um weit mehr, um einen grundsätzlichen Nachweis ihres Könnens; vermutlich war dies der alles entscheidende Höhepunkt ihrer Ausbildung.

Er musste sich bewusst erinnern, nicht das Atmen zu vergessen.

Sie sah die fernen Zielscheiben, bloße Umrisse im Schein der Fackeln und des Mondes. Brynn war ein wenig verunsichert, dass die Elfen sich entschieden hatten, diese Zielscheiben in Anlehnung an die behrenesischen Yatols zu gestalten, die verhassten Feinde der To-gai-ru und damit ihrer Eltern. Deren Unmut über die Eroberung To-gais durch das Königreich im Osten und über die Unterwanderung aller Traditionen, sogar der Religion der nomadischen To-gai-ru durch die Yatols, hatte letztendlich zu ihrer Ermordung geführt. Die Yatols huldigten Häuptling Chezru, dem Herrscher über ganz Behren. Er war, so ging das Gerücht, ein ewiges Wesen, ein Geist, der von seinem alternden Körper unverändert auf den eines bald auf die Welt kommenden männlichen behrenesischen Kindes überging. Demzufolge hassten die Anhänger To-gais den derzeitigen Häuptling Chezru ebenso sehr wie seinen Vorgänger, der mit seinen Heerscharen in To-gai eingefallen war.

Die junge Hüterin kannte ihre Pflicht gegenüber ihrem Heimatland. Und die Elfen offensichtlich auch.

Sie inspizierte ihren Köcher – man hatte ihr nur acht Pfeile gegeben –, und Juraviels letzte Worte klangen ihr noch unmissverständlich in den Ohren: »Du hast nur einen Ritt.«

Brynn spannte den von einem berühmten Elfenbogenmacher aus Schwarzfarn gefertigten Bogen. Er ließ sich leicht, fast mühelos spannen, trotzdem hatte Brynn nicht den geringsten Zweifel, dass er im Stande sein würde, die Pfeile mit tödlicher Geschwindigkeit und Präzision abzuschießen.

Noch einmal überprüfte sie die Pfeile; sie waren alle von guter, robuster Machart, einer jedoch erschien ihr außergewöhnlich. Diesen legte Brynn an die Bogensehne.

»Bist du so weit, Diredusk?«, fragte sie leise, den Nacken des gedrungenen Hengstes tätschelnd.

Das Pferd wieherte, als hätte es verstanden, und Brynn, die sich durch ihr treues Tier ermutigt fühlte, musste trotz ihrer Ängste lächeln.

Sie atmete tief durch und berührte mit den Fersen Diredusks Flanken, woraufhin der Hengst mit einem Satz davonschoss und quer über das Feld donnerte. Sie wusste, sie hätte es langsamer angehen können, um mehrere Pfeile abzuschießen, bevor sie das erste Mal wenden musste, aber sie ließ sich ganz von ihren Gefühlen leiten, von ihrem Wunsch, es perfekt zu machen, ihrem Bedürfnis, Lady Dasslerond, Juraviel und all die anderen zu beeindrucken, und dem Drang, ihrem Zorn auf die verhassten Behreneser Luft zu machen.

Ihren ersten Pfeil ließ sie in vollem Galopp davonschnellen; das Geschoss überwand sirrend die Entfernung und bohrte sich mit einem dumpfen Geräusch in eins der Ziele. Ein zweiter Pfeil war bereits in der Luft, als der erste einschlug. Brynn beugte sich weit nach rechts und über den Hals des ruhigen Tieres, und noch während der zweite im Ziel einschlug, schwirrte bereits der dritte auf und davon.

Es war ein weiterer Treffer, doch zu ihrem Entsetzen hörte sie Juraviel rufen, die Wunde sei nicht tödlich.

Daraufhin war sie gezwungen, die Zügel anzuziehen und Diredusk ein Stück nach rechts zu lenken. Als das Pferd nachgab, ließ sie die Zügel fast augenblicklich wieder fallen, legte einen weiteren Pfeil an, ließ ihn von der Sehne schnellen und schaffte beim dritten Ziel einen zweiten und diesmal tödlichen Treffer.

Brynn hatte ihren harmlosen Fehler korrigiert, dabei aber kostbare Zeit und Schwung verloren. Die Zügel mit derselben Hand fassend, in der sie auch den Bogen hielt, zog sie mit der freien Hand einen Pfeil heraus. Dann zog sie Diredusk scharf nach links, sodass das Tier parallel zur Zielscheibenreihe und quer über die schmale Seite des Feldes galoppierte.

Brynn warf ihr linkes Bein über das Pferd, zielte seitlich im Sattel balancierend und schoss.

Das vierte Ziel erzitterte unter der Wucht des Aufpralls, und schließlich auch das fünfte. Schließlich setzte Brynn zu ihrem zweiten Linksschwenk an, jener Wende, die sie von den Zielen fortgaloppieren ließ, den Weg zurück, den sie gekommen war.

Sie hörte noch, wie Juraviel ihr etwas zurufen wollte – zweifellos um sie daran zu erinnern, dass eines ihrer Ziele noch am Leben war –, doch dann erstarb die Stimme des Elfen, als Brynn ein heimlich einstudiertes Manöver ausführte, das die Krieger der To-gai-ru schon vor langer Zeit zur Vollendung gebracht hatten. Nur mit dem linken Fuß im Steigbügel stehend, richtete sie sich, das Gesicht nach hinten gedreht, an Diredusks linker Flanke auf.

Ihr siebter Pfeil sirrte los und schließlich, nur um sicher zu gehen, auch ihr letzter.

Ihr Lächeln strahlte heller als das Licht des Vollmondes.

Oben auf der kleinen Erhebung lag Aydrian mit offenem Mund und brennenden Augen, denn er hätte fast das Blinzeln vergessen.

Der jüngere der beiden Hüter konnte weder die Schönheit Brynn Dharielles noch die Schönheit, die Eleganz und das unbestreitbare Können ihrer Darbietung an diesem Abend bestreiten. Was immer die Touel'alfar an Prüfungen für sie ausersehen haben mochten, sie hatte sie zweifellos bestanden, und zwar so beeindruckend, dass sie ihren strengen und unnachgiebigen Ausbildern Bewunderung, ja sogar Ehrfurcht abnötigte. Aydrian wusste das zweifellos zu würdigen, und hätte er gesehen, dass die Elfen angesichts des unglaublichen Könnens dieser Menschenfrau nervös wurden, wäre er geradezu entzückt gewesen.

Gleichzeitig aber wünschte sich der junge Aydrian, er besäße einen Graphitstein, um der heldenhaften Brynn ihr Pferd geradewegs unter dem Allerwertesten wegzusprengen.

2. Die Karten werden gezinkt

Früher hatte sie immer geglaubt, diese Zeit, der Frühling, sei ihre liebste Jahreszeit, eine Zeit der Erneuerung, der Rückbesinnung auf das Leben selbst. Aber wie schon in den Jahren zuvor sah Lady Constance Pemblebury vom Hof in Ursal in diesem Jahr dem Frühling mit Bangen entgegen. Denn wie in jedem Frühling ging König Danube, der Mann, den sie von ganzem Herzen liebte, der Vater ihrer beiden Söhne, wieder auf Reisen, belud seine königliche Barkasse und fuhr den Masur Delaval hinauf bis in die Stadt Palmaris – und zu diesem Weibsstück.

Zu Baroness Jilseponie Wyndon. Schon der Gedanke an den Namen ließ Constance Pemblebury die Galle hochkommen. Dabei empfand sie in mancherlei Hinsicht durchaus Respekt für diese mutige Frau. Unter anderen Umständen hätte sich Constance durchaus vorstellen können, dass sie enge Freundinnen geworden wären. Derzeit jedoch stand dieser Entwicklung ein nicht unbedeutendes Problem im Wege: Danube war in Jilseponie verliebt.

Er versuchte diesen Umstand nicht einmal mehr zu verheimlichen; in den letzten Jahren hatte er seine Liebe zu dieser Frau des Öfteren gegenüber Herzog Kalas erwähnt, seinem engsten Freund und – neben Constance – vertrautesten Berater. Zu seiner Ehre sei gesagt, dass König Danube versucht hatte, Constances Gefühle, soweit es Jilseponie betraf, so gut es ging zu schonen, und die Frau in ihrer Gegenwart nicht einmal mehr erwähnte. Es sei denn, natürlich, Constance brachte die Angelegenheit selbst zur Sprache, wie gerade noch an diesem Morgen, als sie Danube bekniet hatte, diesen Sommer in Ursal zu bleiben, und sich ihm in ihrer Verzweiflung praktisch vor die Füße geworfen hatte. Sie hatte ihn daran erinnert, dass Merwick, ihr ältester Sohn, in diesem Sommer seine Ausbildung beginnen, und Torrence, mit zehn ein Jahr jünger als sein Bruder, als Knappe einem Ritter der Allhearts dienen würde. Ob König Danube nicht den Wunsch verspüre, bei Merwicks wichtiger Zeremonie zugegen zu sein? Schließlich folgte der Junge in der Thronfolge gleich auf Danubes jüngeren Bruder, Prinz Midalis von Vanguard, und wer konnte schon sagen, welcher Ärger Midalis in der wilden Region im Norden widerfahren mochte?

König Danube würde daher, hatte Constance gefolgert, doch sicher die Ausbildung und Erziehung eines so wichtigen Nachfolgers wie Merwick persönlich überwachen wollen.

Danube aber hatte ihr dies rundweg abgeschlagen, und obwohl er dabei sehr um Liebenswürdigkeit bemüht war, hatten seine Worte Constance ebenso kalt und hart getroffen wie ein spätwinterlicher Regen in den Waldlanden. Er lehnte es ab zu bleiben und ließ sich die Zeit mit der Frau, die er so sehr liebte, nicht verbieten.

Sicher, es verletzte Constance, dass er Jilseponie besuchte. Es kränkte sie, dass er nicht mehr das Bett mit ihr teilte, nicht einmal in den kalten Nächten zu Beginn des Winters, wenn er wusste, dass er die Baroness von Palmaris noch viele Monate nicht sehen würde – darüber hinaus fand es Constance amüsant, dass er das Bett mit Jilseponie nicht einmal teilte, wenn er bei ihr war. Weitaus besorgniserregender aber war für sie der Umstand, dass Jilseponie, gerade erst in ihrem vierten Lebensjahrzehnt, noch immer im geburtsfähigen Alter war und jeder Abkömmling aus Danubes drohender Verbindung mit dieser Frau Merwick in der Erbfolge weiter zurückwerfen würde.

Womöglich ging Jilseponie sogar so weit, König Danube zu zwingen, Merwick und Torrence vollends aus der Thronfolge zu streichen.

All diese beunruhigenden Gedanken gingen Constance durch den Kopf, als sie vom Nordbalkon der Burg Ursal zu den Docks entlang des Masur Delaval und dem Schiff des Königs, der *Flusspalast*, hinüberschaute. An diesem Tag wehte Herzog Bretherfords Wimpel hoch am Mast, untrügliches Zeichen dafür, dass das Schiff mit der nächsten Flut auslaufen würde. Jedes Flattern des Wimpels erschien Constance wie ein Schlag ins Gesicht.

Eine kräftige Brise, dachte sie, *die Danube geschwind zu seiner Geliebten tragen wird.*

»Ihr begleitet König Danube nicht in seinen Sommerurlaub?«, ertönte eine kräftige Stimme hinter ihr und machte all ihre Überlegungen zunichte. Sie drehte sich um und erblickte Targon Bree Kalas, den Herzog von Wester-Honce, in der offenen Tür, einen Arm am Pfosten abgestützt, den anderen auf der Hüfte. Kalas war in ihrem Alter, Anfang vierzig, aber mit seinen lockigen schwarzen Haaren, dem penibel gestutzten Ziegenbart und seinem muskulösen Körper hätte man ihn leicht für einen zehn Jahre jüngeren Mann halten können. Sein Blick war ebenso scharf wie seine Zunge, und sein Gesicht, offenbar eher gewöhnt, zu Sonne und Mond hinaufzublicken als an eine Zimmerdecke, war von frischer Farbe. Obwohl er vielleicht Constance Pemblebury bester Freund war, erinnerte sie sein Anblick in letzter Zeit stets an die Frau, die hinter all der Ungerechtigkeit steckte, denn während Kalas mit jedem Jahr stattlicher und selbstsicherer zu werden schien, konnte Constance nicht länger übersehen, dass ihr eigenes Haar lichter wurde und sich um Augen und Lippen bereits die ersten Fältchen bildeten.

»Merwick wird diesen Sommer seine förmliche Ausbildung beginnen«, antwortete Constance, nachdem sie einen Augenblick gebraucht hatte, um sich zu fassen. »Ich hatte gehofft, der Herzog von Wester-Honce würde sich seiner Einführung in die ritterlichen Sitten und Gebräuche persönlich annehmen.«

Kalas zuckte mit den Achseln und schmunzelte wissend. Er hatte die Angelegenheit bereits ausgiebig mit König Danube diskutiert, und die beiden waren darin überein gekommen, dass Merwick von Antiddes unterwiesen werden sollte, einem der besten Kommandanten von Herzog Kalas, bis seine Fähigkeiten so weit fortgeschritten waren, dass er die Kunst des Krieges, sowohl zu Pferd als zu Fuß, erlernen konnte. Auch Constance wusste das längst, und der Unterton in ihrer Stimme verriet Kalas, wie sie in Wahrheit darüber dachte: dass er sich nicht auf Danubes Seite schlagen sollte, wenn der sich in die Arme einer anderen warf.

Wenn Constances Ton diese Tatsache verriet, dann verriet Kalas' Grinsen sein Wissen darum. Die fortgesetzte Amüsiertheit des Herzogs über ihre missliche Lage setzte Constance mehr als nur ein bisschen zu.

Constance runzelte missbilligend die Stirn, wandte sich seufzend wieder dem Geländer zu und sah, wie Danubes Schiff sich langsam aus den Docks herausschob, während draußen auf dem breiten Fluss bereits ein aus mehreren Kriegsschiffen bestehender Begleitzug wartete. Erst als sie sich abermals umdrehte, bemerkte sie überrascht, dass Herzog Kalas keinesfalls für eine Seereise gekleidet war, ja überhaupt nicht so, als wollte er verreisen.

»Danube sagte mir, Ihr würdet ihn begleiten«, sagte sie verwundert.

»Man hat ihn falsch unterrichtet«, erwiderte der Herzog beiläufig. »Mein Verlangen, jemals wieder eine Frau wie Jilseponie Wyndon zu Gesicht zu bekommen, ist eher gering.«

Constance sah ihn lange und eindringlich an. Wie sie wusste, hatte Kalas einige Jahre zuvor, noch vor dem Ausbruch der Rotflecken-Pest, versucht, die Frau in sein Bett zu bekommen, war jedoch brüsk zurückgewiesen worden. »Ihr heißt Danubes Wahl nicht gut?«

»Er wird eine Bäuerin zur Königin machen«, erwiderte Kalas verächtlich schnaubend und ohne das geringste Zögern. »Nein, ich heiße sie nicht gut.«

»Oder seid Ihr etwa eifersüchtig?«, hakte Constance nach, froh, den Spieß umdrehen zu können. »Befürchtet Ihr, dass Jilseponie seine Annäherungsversuche, im Gegensatz zu Euren, vielleicht nicht zurückweisen wird?«

Kalas unternahm nicht einmal den Versuch, seine säuerliche Reaktion auf diese Bemerkung zu verbergen. »König Danube wird ihr in diesem Jahr hartnäckiger als je zuvor den Hof machen«, stellte er, offenbar gut informiert, fest. »Und ich befürchte, dass sie sein Ansinnen zurückweisen und den König damit zutiefst verletzen wird.«

»Aber eigentlich befürchtet Ihr eher, sie könnte es nicht tun«, beeilte sich Constance hinzuzufügen.

»Königin Jilseponie«, intonierte Kalas theatralisch. »Eine Vorstellung, die einem in der Tat Angst machen sollte.«

Constance wandte sich ab, sah wieder auf die große Stadt und den fernen Fluss und biss sich auf die Lippen, denn bereits die unverblümte Nennung dieses Titels bereitete ihr größtes Unbehagen. »Es gibt viele, unter ihnen offensichtlich auch Danube, die darin nicht mit Euch übereinstimmen würden«, sagte sie. »Viele halten sie für die Heldin der ganzen Welt, die den geflügelten Dämon auf dem Berg Aida bezwungen und den ehrwürdigen Vater Markwart besiegt hat, nachdem er vom rechten Weg abgekommen war, und die sogar die Rotflecken-Pest überwunden hat. Eine Menge Leute würden anführen, dass niemand geeigneter wäre, Königin des Bärenreiches zu werden.«

»Und ihre Argumente wären nicht einmal völlig aus der Luft gegriffen«, gab Kalas zu. »Für den gemeinen Pöbel muss es tatsächlich so aussehen, als wäre Jilseponie all das und noch viel mehr. Aber dieser Pöbel ist außer Stande, die anderen Eigenschaften richtig zu beurteilen, die eine Anwärterin auf den Thron zwangsläufig mitbringen muss. Das ist eine Frage von Herkunft und Bildung, nicht bloß des Umgangs mit dem Schwert. Zumal dieser Pöbel auch nichts von der unglückseligen und unvermeidlichen Bürde weiß, die Jilseponie Wyndon mit nach Ursal bringen würde.«

Er brach unvermittelt ab und stand mit einem Schritt neben Constance am Geländer – sichtlich erregt, so sehr, dass es Constance nicht schwer fiel zu erkennen, dass er eifersüchtig auf Danube war. Targon Bree Kalas, Herzog von Wester-Honce und königlicher Kommandant der Allheart-Brigade, war es nicht gewohnt, zurückgewiesen zu werden. Obwohl Jilseponies Zurückweisung ein Jahrzehnt zurücklag, war die Wunde noch nicht verheilt, und das Wissen, dass Danube diese Frau vielleicht schon bald in seinen Armen halten würde, ließ sie wieder von neuem aufreißen.

Aber da war noch etwas anderes, etwas, das tiefer reichte. Als sie sich einen Augenblick Zeit ließ, um die Situation zu überdenken, trat es offen zutage. »Ihre Bürde ist ihre Treue zur abellikanischen Kirche«, mutmaßte sie.

»Sie ist eine Schachfigur in den Händen von Braumin Herde und all den anderen Robe tragenden Narren«, bestätigte Kalas.

Constance starrte ihn ungläubig an, bis er sich schließlich umdrehte und sie ansah.

»Nach all den Jahren hasst Ihr die Kirche immer noch so sehr?«, fragte sie, eine Frage, die auf einem mehr als zwanzig Jahre zurückliegenden Vorfall anspielte. Damals war Kalas ein Emporkömmling am Hof des jungen Königs Danube gewesen und hatte oft mit Danubes Gemahlin, Königin Vivian, das Bett geteilt. Als Königin Vivian dann, allen Bemühungen des Abtes Je'howith von St. Honce und seinen angeblich gottgegebenen heilenden Steinen zum Trotz, einer Krankheit erlag, konnte Kalas weder Je'howith noch der Kirche verzeihen, dass sie seine geliebte Vivian nicht gerettet hatten.

»Ihr tragt Euren Hass auf die Kirche deutlicher zur Schau als die Feder auf Eurem Allheart-Helm«, stellte Constance fest. »Ist Danube niemals hinter den Grund für Eure Bitterkeit gekommen?«

Kalas weigerte sich, ihren Blick zu erwidern; er starrte einfach eine Weile hinaus auf die Stadt, bis er schließlich ein zaghaft amüsiertes Lachen von sich gab und hilflos mit den Achseln zuckte. Hatte König Danube je von Vivians Stelldichein mit Kalas Wind bekommen? Hätte dies Danube, der sich keine Kurtisane in ganz Ursal, Constance Pemblebury eingeschlossen, entgehen ließ, überhaupt interessiert?

»Vivian hat er nie so geliebt wie diese Jilseponie«, stellte Constance kaltschnäuzig fest. »Seit all den Jahren macht er ihr unentwegt den Hof – und teilt nicht einmal mehr das Bett mit mir, geschweige denn mit einer anderen. Im Augenblick hat er es einzig auf Jilseponie abgesehen.«

Schließlich wandte Kalas doch den Kopf herum und sah sie an, doch der Blick, mit dem er sie bedachte, war nicht der, den Constance erwartet hatte. »So soll die Liebe sein«, gab er zu. »Vielleicht ist es ja verkehrt, dass wir die Wahl unseres Freundes mit Verachtung strafen.«

»Woher die plötzliche Einsicht, Herzog Kalas?«, fragte Constance, und wieder zuckte Kalas ehrlicherweise mit den Achseln.

»Wenn er sie so liebt wie Ihr ihn, was bleibt ihm dann anderes übrig?«, fragte der Herzog ruhig.

»Wir haben zwei Kinder miteinander!«, protestierte Constance.

Kalas' Lachen traf sie bis ins Mark. In Ursal war allgemein bekannt, dass König Danube mindestens noch zwei weitere Kinder gezeugt hatte. Im Bärenreich, im Jahr des Herrn 839, war dies nichts Außergewöhnliches, nichts, auf das man auch nur einen zweiten Gedanken verschwendete.

Als Kalas Constance abermals ansah, hatte er wieder dieses verschmitzte Grinsen im Gesicht, das ihr an diesem Tag gleich zu Anfang bei ihm aufgefallen war. »Setzt Euch der Verlust Eures Geliebten so sehr zu?«, fragte er sie unverblümt. »Das Bild von Danube in Jilseponies Armen, das Ihr ständig vor Eurem inneren Auge haben müsst? Oder ist es etwas schwerer Wiegendes? Am Ende gar die Möglichkeit eines noch weit größeren Verlustes, falls Jilseponie Wyndon nach Ursal käme? Sie ist noch jung und körperlich robust. Fürchtet Ihr um Euer Herz oder um Merwicks Erbe?«

Constance Pemblebury's Lippen wurden schmal, und ihre Augen verengten sich zu Pfeile schleudernden Schlitzen. Das Wörtchen *beides!* schrie in ihrem Kopf, aber sie weigerte sich, Herzog Kalas die Genugtuung zu geben, es laut auszusprechen.

Sein Kopfschütteln und sein leises, amüsiertes Lachen, als er wieder im Palast verschwand, sagten Ihr, dass dies auch gar nicht nötig war.

Herzog Bretherford, ein eher kleiner Mann mit ergrautem Haar und wettergegerbter Haut, stand auf dem Deck der *Flusspalast* und betrachtete schmunzelnd den Rücken seines guten Freundes und Lehnsherrn, König Danube, denn die Haltung des Königs, der sich über den Vordersteven beugte, verriet deutlich seine Ungeduld.

Als könnte er es kaum erwarten.

Was Herzog Bretherford durchaus verstehen konnte, obwohl auch er, wie so viele Adlige an Danubes Hof, große Bedenken hatte, eine Bäuerin, die Königin werden sollte, in ihre Kreise einzuführen. Doch wie bedenklich er die Gesamtsituation auch einschätzen mochte, Danubes Körperhaltung hatte zweifellos etwas Komisches, obwohl es Bretherford wehtat, derart spöttisch über seinen geliebten König zu denken.

Er holte tief Luft und nahm sich zusammen, unterdrückte seine Heiterkeit, schlenderte hinüber zu seinem König und trat neben ihn an die Reling. Dahinter erstreckten sich in nordwestlicher Richtung deutlich sichtbar die endlosen Hafenanlagen von Palmaris.

»Wird sie dieses Jahr da sein?«, erkundigte sich Bretherford.

König Danube nickte. »Ich habe Boten vorgeschickt; den ersten, um Jilseponie davon zu unterrichten, dass ich die Absicht habe, diesen Sommer nach Palmaris zu segeln, und sie dort um ihre Gesellschaft ersuchen möchte, und den zweiten, eine Woche später, um mich zu vergewissern, dass sie auch wirklich in der Stadt bleibt.«

»Um Euch zu vergewissern?«, wagte Bretherford nachzufragen. »Oder ihr den Befehl zu geben?«

König Danube bedachte den Herzog mit einem schnellen Seitenblick, konnte aber im Lächeln seines untersetzten, krummbeinigen Freundes keinen Spott erkennen. »Befehlen würde ich ihr das niemals, denn was wäre damit schon gewonnen? Aber Jilseponie versicherte meinem zweiten Kurier, sie werde ihren Amtssitz diesen Sommer bestimmt nicht verlassen.«

»Seht Ihr darin ein gutes Zeichen dafür, dass ...«, setzte Bretherford an, hielt dann aber inne und räusperte sich, als er merkte, dass er damit womöglich eine unsichtbare Grenze überschritten hatte.

Doch wenn König Danube sich gekränkt fühlte, so ließ er es sich nicht anmerken. Er sah wieder hinüber zu den fernen Docks und zur grauen, dunstverhangenen Stadt dahinter. »Jilseponie hat viel Tragisches erlebt«, meinte er. »Sie hat schwere Verluste erlitten und die große Liebe kennen gelernt. Ich konnte deutlich spüren, dass zwischen uns etwas entsteht, aber so etwas darf man nicht übereilen. Nein, ihre Wunden waren längst noch nicht verheilt, als ich sie das letzte Mal sah.«

»Aber wann werden sie es sein?«, fragte Herzog Bretherford.

König Danube dachte einen Augenblick nach und zuckte dann mit den Achseln. »Vermutlich, wenn ich ihre Antwort erhalte, wie immer sie ausfallen mag.«

»Ein quälender Aufschub«, bemerkte der Herzog.

»Aber nein«, erwiderte Danube. »Ich bin in den meisten

Dingen nicht sonderlich geduldig, aber auf Jilseponie werde ich warten, so lange sie mich warten lassen muss, selbst wenn das bedeutet, dass ich die nächsten Jahrzehnte den Sommer in Palmaris zubringen und mir die trüben Wintertage in meinem Thronsaal damit vertreiben muss, auf und ab zu gehen und darauf zu warten, dass sich das Wetter bessert, damit ich sie wieder besuchen kann.«

Herzog Bretherford wusste nicht recht, wie er auf diese Erklärung reagieren sollte, denn er spürte deutlich, dass König Danube nicht log, ja nicht einmal übertrieb. Der Mann wartete bereits so lange, und das, obwohl eine ganze Schar von Kurtisanen, allen voran Constance Pemblebury, praktisch auf den Knien liegend vor seiner Schlafzimmertür um Einlass flehte. Es tat dem Herzog von Mirianic gut, seinen König so voller Hingabe, so offenkundig verliebt zu sehen.

Irgendwie stieg der ohnehin von ihm bewunderte Mann dadurch in seinem Ansehen noch; diese wahren, tiefen und aufrichtigen Gefühle bei dem König des Bärenreiches zu beobachten, des mächtigsten Mannes der Welt und, in seinen Augen, jenes Mannes, der neben dem Abt der abellikanischen Kirche Gott am nächsten stand, erfüllte Bretherford mit Freude und bestätigte seinen Glauben an die Existenz von etwas, das mächtiger war als die sinnlich wahrnehmbare Welt. Danubes Liebe zu Jilseponie erschien ihm völlig rein und höherstehend als die nackte körperliche Lust, die in den Straßen von Ursal so verbreitet war.

Allerdings, sie *war* eine Bäuerin …

»Es wird ein prachtvoller Sommer werden«, sagte König Danube, ebenso zu sich selbst wie auch zu Bretherford und allen anderen, und das Lächeln des Königs dabei war zweifellos echt.

»Seid gegrüßt, Lady Pemblebury!«, rief Abt Shuden Ohwan mit der Überschwänglichkeit eines offenkundig nervösen

Mannes, als er Constance durch das Schiff der großen Kapelle von St. Honce schreiten sah. Der sonst stets zu Späßen aufgelegte Mann lispelte stark, so stark, dass »gegrüßt« sich eher wie »gegrüft« anhörte. »Wie ich Euch bereits letzte Woche versicherte, ist für die Verleihung des Lorbeers an Prinz Torrence alles bereit. Ich hoffe doch, alles bleibt beim Alten! Bitte – alles, nur keine Umstellungen, denn es wäre günstiger, die Zeremonie jetzt, im Frühling, hinter sich zu bringen, bevor es zu der unvermeidlichen Häufung von Eheschließungen kommt. Natürlich würden Eure Wünsche vorrangig behandelt – «

»Ich bin nicht gekommen, um über die Feierlichkeiten zu diskutieren«, unterbrach ihn Constance, die Hände zu einer flehenden Geste erhoben, damit der Mann sich wieder beruhigte. Sie wusste, wenn sie Ohwan nicht energisch unterbrach, würde sie sich sein Geplapper mindestens eine geschlagene Stunde anhören müssen. Der Mann hielt sich für einen gewandten Redner; Constance dagegen hielt ihn für den größten Trottel, dem sie je begegnet war. Sein Aufstieg zum Abt von St. Honce bestätigte in ihren Augen nur, dass Herzog Kalas' verächtliche Einstellung gegenüber der abellikanischen Kirche auch ihre guten Seiten hatte. Sicher, St. Honce hatte in den vergangenen Jahren schwere Zeiten durchgemacht, nachdem Abt Hingas und mehrere andere Meister Opfer eines Überfalls der Goblins geworden und auf der Straße in den fernen und wilden Barbakan während ihrer Reise zur Teilnahme am Bund von Avelyn umgekommen waren. Von den verbliebenen Meistern war der alte Ohwan der ranghöchste. Und es stimmte sicher auch, dass der Mann in jüngeren Jahren erträglicher – manchmal geradezu selbstkritisch – gewesen war als nach seinem Aufstieg in das höchste Amt. Es schien, als fühlte sich Ohwan durch seine Position mittlerweile in dem Glauben bestätigt, jeder auf der ganzen, weiten Welt warte nur darauf, dass er alle seine Gedanken unentwegt hinausposaunte.

Doch durch welche Umstände er auch immer in sein Amt

gehievt worden war, in Constances Augen schien die Kirche über Möglichkeiten zu verfügen, ihn dessen auch wieder zu entheben, zumal sich viele der jüngeren Ordensbrüder von St. Honce zu prächtigen jungen Meistern entwickelt hatten.

Constance verwarf diesen Gedanken ebenso wie ihre gegenwärtige Verachtung für Abt Ohwan und ermahnte sich, dass es nur in ihrem Sinne war, diesen Mann, diesen leicht zu manipulierenden Narren, in einer Machtstellung zu belassen. Sie betrachtete ihn, wie er dort stand, den Kopf leicht zur Seite geneigt, sich unablässig mit der Zunge die Lippen benetzend, und sie aus dumpfen Augen musterte; sie schenkte ihm ein freundliches Lächeln, das allein daher rührte, dass Abt Ohwan sie im Augenblick stark an einen der alles andere als klugen Jagdhunde von Herzog Kalas erinnerte.

»Ich nehme an, Ihr werdet in Kürze eine prunkvolle Hochzeitsfeier in St. Honce abhalten«, sagte sie ruhig.

»Ihr meint König Danube?«, wagte Abt Ohwan leise nachzufragen, woraufhin Constance nickte.

»Ach, Lady Pemblebury!«, entfuhr es dem Abt, dann eilte er zu ihr und schloss sie überschwänglich in die Arme. »Endlich hat er den Wert der Mutter seiner Kinder erkannt. Endlich wird unser mächtiger König seiner Rolle als Vater der Prinzensöhne gerecht!«

»Die Zeremonie wird ohne mich stattfinden«, erwiderte Constance giftig, schob Ohwan auf Armeslänge von sich und wollte schon hinzufügen: »Was seid Ihr für ein Narr!«, konnte sich aber gerade noch beherrschen. »König Danube ist in den Norden nach Palmaris gesegelt.«

»Amtsgeschäfte«, erwiderte Ohwan. »Ja, natürlich, wir wurden davon unterrichtet.«

»Lust und nichts anderes bläht die Segel der *Flusspalast*«, erklärte Constance. »Er ist in den Norden gereist, um bei Jilseponie Wyndon zu sein, der Baroness von Palmaris.«

»Der Retterin des …«

»Erspart mir Euer törichtes Geschwätz!«, fiel Constance ihm scharf ins Wort. »Jilseponie Wyndon hat Großes vollbracht, das will ich nicht bestreiten. Aber Ihr kennt sie nicht, wie ich sie kenne, ehrwürdiger Vater. Sollte sie tatsächlich die nächste Königin des Bärenreiches werden, müsst Ihr mit tief greifenden Veränderungen in dem Gefüge Ursals rechnen, insbesondere was die Abtei St. Honce betrifft.«

»Sie verfügt über keine Macht in der abellikanischen Kirche«, wandte Ohwan ein. »Sie besitzt weder Amt noch Titel ...«

»Einen Titel nicht, aber unterschätzt nicht ihren Einfluss«, erwiderte Constance. »Und zweifelt nicht daran, dass sie diesen Einfluss auch benutzen wird, um St. Honce ebenso umzugestalten, wie sie dies bereits mit St. Precious in Palmaris getan hat.«

»Das ist Abt Braumins Ordensprovinz«, gab Ohwan zu bedenken.

»Braumin, dessen Aufstieg schon aufgrund seiner Beziehung zu Jilseponie Wyndon abzusehen war«, stellte Constance klar, und ihr Argument enthielt in der Tat ein Körnchen Wahrheit. Zu Zeiten Vater Markwarts hatte Braumin Herde in St. Mere-Abelle, der großen Zentralabtei des Abellikaner-Ordens, noch eine untergeordnete Rolle gespielt. Bei der darauf folgenden Kirchenspaltung hatte sich Braumin dann voll und ganz auf die Seite von Jilseponie und Elbryan geschlagen und sich für das Anliegen von Avelyn Desbris eingesetzt, jenes neuen Märtyrers, dessen Vorgehen beim Sieg über den geflügelten Dämon – nachdem er von Markwart zum Ketzer erklärt worden war – die Kirche bis in die Grundfesten erschüttert hatte. Braumins Partei hatte in diesem Konflikt die Oberhand behalten, daher hatte man den Mönch mit einer Machtposition belohnt, die alles übertraf, was er sonst hätte erreichen können, selbst wenn er sich ein weiteres Jahrzehnt in St. Mere-Abelle abgemüht hätte.

»Versteht mich nicht falsch«, fuhr Constance fort. »Jilseponie Wyndon wird sich bestimmt als großartige Königin für König Danube erweisen und dem Volk des Bärenreiches gute Dienste leisten.«

»Das ist sehr großherzig von Euch«, bemerkte Abt Ohwan.

»Aber sie ist nicht von adeliger Abstammung und hat keinen blassen Schimmer, was es heißt, Königin zu sein, ganz zu schweigen davon, eine Königinmutter.« Da, jetzt hatte sie es ausgesprochen, ganz unverblümt, und der leere Ausdruck auf Ohwans Gesicht, sein offener Mund und seine aufgerissenen Augen verrieten ihr, dass er sie vollkommen verstanden hatte.

»Mir ist zu Ohren gekommen, sie sei ... verwundet worden«, bemerkte Constance.

»In ihrem Kampf mit Vater Markwart auf dem Feld, nördlich von Palmaris«, bestätigte Ohwan, denn die Geschichte war allgemein bekannt. »Damals, als sie ihr Kind verlor, ganz recht. Mir sind so ziemlich die gleichen Gerüchte zu Ohren gekommen.«

»Stellt bitte fest, was Ihr darüber hinaus noch in Erfahrung bringen könnt«, bat ihn Constance. »Ist Jilseponie unfruchtbar?«

»Ihr fürchtet um Merwick und Torrence«, stellte der Abt fest.

»Ich fürchte um das Bärenreich«, korrigierte ihn Constance. »Eine Bäuerin zur Königin zu haben, die sich leicht von einem geschickten Hofstaat und einem König kontrollieren ließe, ist eine Sache; etwas völlig anderes ist es, mit ansehen zu müssen, wie diese Bauernkönigin Kinder, und damit Erben, ins Spiel bringt. Von ihrem Geblüt und ihrer Erziehung her werden sie niemals dazu taugen, die ihnen vom Schicksal zugedachte Rolle auszufüllen. Erinnert Ihr Euch etwa nicht mehr an die Schreckensherrschaft König Archibalds des Roten?«, schloss sie theatralisch mit einem Hinweis auf einen Tyrannen, der, geboren von einer Bauernkönigin und besessen von seinem Groll gegen den gesamten Adelsstand, das Bärenreich im sechsten Jahrhundert regiert hatte. Ganz dem Willen seiner Mutter entsprechend, hatte Archibald das gesamte Gesellschaftsgefüge des Königreichs umkrempeln wollen, indem er Land von Adligen auf einfache Leute übertrug und seinen Hofstaat mit ungehobelten Bauern besetzte, alles mit katastrophalen Folgen. Als der Adelsstand sich daraufhin gegen Archibald stellte, mündete dies in einen fünf Jahre dauernden Bürgerkrieg, der das Königreich geschwächt und zerstört zurückließ.

Abt Ohwan war diese Geschichte durchaus bekannt, wie Constance seinem erschrockenen Gesichtsausdruck entnehmen konnte.

»Es wäre doch wohl für alle besser, wenn Merwick in der Thronfolge bliebe, meint Ihr nicht auch?«, fragte sie ihn ganz offen.

»Das wäre es in der Tat, Mylady«, antwortete Abt Ohwan mit einer leichten Verbeugung. »Ich werde mich in St. Mere-Abelle und St. Precious erkundigen und sehen, was ich über Jilseponies Zustand in Erfahrung bringen kann.«

»Es wäre für uns alle besser, wenn ihr Kampf gegen Vater Markwart bleibende Verletzungen hinterlassen hätte«, schloss Constance mit einer Kälte, die Ohwan frösteln ließ. Sie machte auf dem Absatz kehrt und verließ, einen stark erschütterten Abt Ohwan zurücklassend, erhobenen Hauptes die Kapelle.

3. Das hässliche Gesicht im Spiegel

Die schwere Axt sauste in hohem Bogen vor seinem Körper nieder und traf den Block genau im richtigen Winkel und spaltete ihn, sodass die beiden Scheite rechts und links vom

Hackklotz herunterfielen. Der kräftige Mann machte sich gar nicht erst die Mühe, sie aufzuheben, sondern schnappte sich den nächsten Block und legte ihn auf dem Klotz zurecht, wo er leicht schwankend liegen blieb. Das leichte Schwingen spielte kaum eine Rolle, denn die Axt senkte sich in einer einzigen schnellen, fließenden Bewegung, und zwei weitere Hälften fielen neben dem Klotz zu Boden.

Es folgte noch ein Scheit, dann noch einer, und schließlich musste der Mann mit der Axt eine Pause einlegen, um das Schnittholz auszusortieren und die bereits gespaltenen Stücke zwanzig Fuß weit auf einen riesigen Stapel mit Feuerholz zu schleudern.

Die Morgenluft war frostig kalt – was auch der Mann mit der Axt zu spüren bekam –, aber es schien ihn kaum zu stören. Trotz seiner nahezu fünfzig Jahre hätte niemand, der ihn beobachtete, sein Alter auch nur auf vierzig geschätzt. Seine Muskeln waren fest und voller Spannkraft, seine Haut faltenlos, und in seinen Augen leuchtete noch immer das Feuer der Jugend. Es war zugleich sein Segen und sein Fluch.

Ein weiterer Block, zwei weitere Scheite. Dann noch einer und noch einer, ohne Unterlass den ganzen frühen Vormittag hindurch, ein rhythmisch peitschendes Geräusch, das absolut nichts Ungewöhnliches hatte für das gute Dutzend anderer hartgesottener Kerle aus Micklins Dorf, einer tristen Ansammlung winziger Katen an der Westgrenze des Bärenreiches. Das Dorf wurde von einer Gruppe wettergegerbter ungehobelter Jäger und Fallensteller bewohnt, die elf Monate des Jahres Häute und Pelze sammelnd draußen durch die Wilderlande zogen, um anschließend einen Monat lang für einen riesigen, ausgelassenen Jahrmarkt in die Zivilisation zurückzukehren.

Seit dieser Mann, der sich Bertram Dale nannte – ein Deckname, wie jeder argwöhnte, genau wie die Namen von mehr als der Hälfte aller Männer im Ort, Gesetzlose allesamt –, in

Micklins Dorf gekommen war, hatte das rhythmische Geräusch des Holzhackens die Funktion des Hahnenschreis übernommen. Jeden Morgen, ob es wie aus Eimern schüttete oder dichter Schnee fiel, ob bei winterlicher Kälte oder in der Hitze des Sommers, Bertram Dale war draußen bei der Arbeit und hackte eifrig vor sich hin. Er schlug nicht nur das Holz für das gesamte Dorf im Wald und zerteilte es, sondern hatte sich auf vielerlei Weise nützlich gemacht: Er hatte sich zum Koch von Micklins Dorf gemausert, zum Schneider und, man höre und staune, zum Waffenschmied, der die Jäger in den legendären Techniken perfekter Waffenschmiedekunst unterwies. Seltsamerweise aber hatte Bertram nie Interesse an der Jagd gezeigt, dem mit Abstand lukrativsten Broterwerb in dieser Gegend. Während er sich mit der Zeit immer unentbehrlicher machte, hatten ihm die anderen angeboten, ihn mit auf die Jagd zu nehmen, ihm zu zeigen, wie man Spuren las und das in der Gegend vorkommende Wild erlegte: Waschbären, die gefährlichen Vielfraße, Otter, Biber und Wölfe.

Aber davon wollte Bertram nichts wissen. Er sei, behauptete er, und das schien wohl auch zu stimmen, mit seiner Holzhackerei, der Kocherei und den anderen Arbeiten im Dorf durchaus zufrieden. Anfangs wurde ein wenig hinter vorgehaltener Hand getuschelt, er müsse wohl Angst haben, in den Wald zu gehen, doch das Gerede verstummte schnell, als nach und nach jeder im Dorf, zumindest teilweise, die Wahrheit über diesen seltsamen Neuling erfuhr. Bertram kannte sich mit Waffen besser aus als jeder andere von ihnen; niemand war ihm an Körperkraft überlegen, nicht einmal Micklin selbst, obwohl der mindestens hundert Pfund schwerer war; zudem waren seine Bewegungen unbestreitbar von einer gewissen Eleganz. In letzter Zeit war das Getuschel von Spott in Neugier umgeschlagen, wobei die meisten jetzt die Ansicht vertraten, Bertram müsse ein Soldat im großen Dämonenkrieg vor einem Jahrzehnt gewesen sein. Vielleicht, so tuschelten manche, hatte er schreckliche Dinge erlebt, die ihn schließlich hierher, weitab jeder Zivilisation, verschlagen hatten. Oder aber er hatte sich während der Schlacht von seiner Truppe entfernt und war wegen Verrats auf der Flucht.

Wie auch immer, das Getratsche über Bertram war für die oft gelangweilten Bewohner von Micklins Dorf geradezu ein Segen. Das Getuschel und die Gerüchte schienen ihn nicht weiter zu stören; jeden Tag ging er einfach still seiner Arbeit nach, bearbeitete geräuschvoll seinen Stapel Feuerholz, um diesen, sobald vor jeder der sechs Hütten des Dorfes einige Klafter aufgeschichtet waren, gleich darauf mit frisch geschlagenem Schnittholz aufzufüllen.

Bertram unterbrach seine Arbeit, um den Jägern nachzuschauen, die an diesem Morgen das Dorf verließen, und gönnte sich einen tiefen Schluck aus dem Wassereimer, den er neben dem Hackklotz abgestellt hatte: Dabei schüttete er sich mehr über seinen eisenharten Oberkörper, als tatsächlich in seinen Mund gelangte.

Zum Abschied riefen ihm die Jäger etwas zu, und wie jeden Tag boten viele von ihnen an, ihn mitzunehmen und ihm ihr Handwerk beizubringen.

Doch Bertram lehnte ihr Angebot mit einem höflichen Lächeln kopfschüttelnd ab.

»Ich hab's dir im Nu beigebracht«, rief der letzte Mann herüber. »Innerhalb eines Monats hab ich dich so weit, dass du ein besserer Jäger bist als die meisten Narren hier im Dorf.«

Wieder lächelte Bertram nur und schüttelte den Kopf, ohne sich auch nur im Geringsten anmerken zu lassen, wie vollkommen absurd er diese Worte fand. Innerhalb eines Monats, was für ein Hohn! Schließlich wusste der Mann, der sich Bertram Dale nannte, längst, dass er schon jetzt jedem im Dorf bei der Jagd überlegen war und mühelos zwei beliebige von ihnen im Kampf besiegen konnte. Es war nicht etwa mangelndes Können, das ihn davon abhielt, in den Wald und auf die Jagd zu gehen, sondern Angst. Angst vor sich selbst, vor seinem anderen Selbst, zu dem er werden konnte, sobald ihm der kräftige Geruch von Blut in die Nase stieg.

Wie oft, fragte er sich, war ihm das in den vergangenen paar Jahren schon passiert? Wie oft hatte er sich irgendwo niedergelassen – stets am Rande der Zivilisation –, nur um kurz darauf wieder fliehen zu müssen, weil der Dämon in seinem Innern sich befreit und einen Dorfbewohner abgeschlachtet hatte?

Die Angst, gefasst und getötet zu werden, hasste Bertram ebenso sehr wie das Töten selbst, er hasste das Blut, das unauslöschlich an seinen Kriegerhänden klebte. Er war nie besonders zart besaitet gewesen, war nie davor zurückgeschreckt, seine Feinde im Kampf zu töten, aber dies …

Dies überschritt jede Grenze des Erträglichen. Er hatte einfache Bauern umgebracht, hatte die Frauen einfacher Bauern getötet und sogar deren kleine Kinder!

Und mit jedem Tötungsakt war der Ekel vor sich selbst gewachsen, hatte sich ein stärkeres Gefühl von Hilf- und Hoffnungslosigkeit eingestellt.

Jetzt lebte er in Micklins Dorf, einer von kräftigen, kerngesunden Jägern bewohnten Ortschaft. Er hatte sich ein geregeltes Leben angewöhnt, das ihm etwas zu essen und ein Dach über dem Kopf einbrachte und ihn von den Versuchungen des Dämons in seinem Innern fern hielt. Nein, Bertram Dale würde den Teufel tun und sich an diesen Jagdausflügen beteiligen, auf denen er womöglich wieder Blut wittern und in mörderische Raserei verfiel, nur um danach ein weiteres Mal fliehen zu müssen.

Wie viele Dörfer gab es überhaupt im westlichen Grenzgebiet des Bärenreiches?

Die Axt senkte sich in hohem Bogen und zerteilte einen weiteren Block.

Gegen Mitte des Vormittags hatte er das gesamte Holz geschlagen und aufgeschichtet. Mittlerweile war er allein im Dorf und würde es wahrscheinlich auch bis zum späten Nachmittag bleiben. Er machte kurz eine Runde über das Gelände, um sich zu vergewissern, dass niemand in der Nähe war, dann entkleidete er sich auf einem zwischen vier Hütten gelegenen Anger bis zur Hüfte.

Er atmete tief durch und ließ seine Gedanken über die Jahre und Meilen bis zu einer mächtigen steinernen Festung zurückwandern, einer Bastion des Studiums und der Meditation, der Erziehung und der Frömmigkeit.

Einem Ort mit Namen St. Mere-Abelle.

Über ein Jahrzehnt seines Lebens hatte er dort verbracht und sich in den Sitten und Gebräuchen des Abellikaner-Ordens und den Kriegskünsten geübt. Er war ein Meister des Abellikaner-Ordens gewesen, und sein Ruf war fast schon legendär. Bevor er den Namen Bertrand Dale und davor mehrere andere angenommen hatte, war er Marcalo De'Unnero, Meister von St. Mere-Abelle und Abt von St. Precious, gewesen. Marcalo De'Unnero, Bischof von Palmaris. Die meisten, die ihn im Kampf erlebt hatten, bezeichneten ihn als den größten Krieger, der je in St. Mere-Abelle ausgebildet worden war.

Er ließ sich in eine kauernde Haltung sinken und begann, die Luft vor seinem Körper mit den Händen zu zerteilen; kleine Kreise beschreibend wanderten sie mit fließenden Bewegungen erst nach vorn, dann wieder zu den Seiten.

Viele hatten vor ihm das Haupt geneigt, hatten ihn respektiert, sogar gefürchtet. Das war tatsächlich seine größte Freude gewesen, wie er sich letztendlich eingestehen musste. Die Angst in den Augen seiner Gegner, wenn sie ihn anstarrten. Wie hatte er das genossen!

Mittlerweile waren die Bewegungen seiner Hände schneller geworden, beschrieben die kreisenden Verteidigungsbewegungen mit einer solchen Geschwindigkeit und Präzision, dass kaum etwas sie jemals würde überwinden und ihn attackieren können. Ab und zu brach er mitten in einer Kreisbewegung ab, um blitzschnell einen gefährlichen Schlag oder einen Stoß mit gestreckten Fingern auszuführen, sei es nach vorn oder zu den Seiten, oder gar, mit einer kaum merklichen, plötzlichen Körperdrehung, nach hinten. Vor seinem inneren Auge sah er die Feinde unter seinen tödlichen Hieben niedersinken.

Und wie oft schon waren sie über ihn hergefallen, unzählige Male! Einmal, während seiner Amtszeit in St. Mere-Abelle, war die Abtei von einer gewaltigen Pauri-Streitmacht angegriffen worden; er hatte sich mit bloßen Händen mitten in eine Gruppe der Angreifer gestürzt und die entschlossenen, rotgesichtigen Zwerge mit heftigen Hieben und Tritten zu Fall gebracht, die ihnen den Atem raubten, oder mit präzisen Stößen, die ihre empfindlichen Augen bis in ihr zartes Hirngewebe durchbohrten, bis sich die Zwerge schließlich zuckend auf dem kalten Boden wälzten.

Es war eine Erfahrung reinsten Glücks gewesen, überlegte er; seine Bewegungen gewannen an Schnelligkeit und Intensität, er blockte und griff an, anfangs im Stil einer Schlange, dann wie ein attackierender, reißender Löwe und schließlich wie ein um sich tretender Storch. Einem Beobachter wäre der frühere Mönch als wild herumwirbelnde, undeutliche Gestalt erschienen, deren Bewegungen für das Auge zu schnell waren und deren Muskeln sich in der Dauer eines Lidschlags streckten und wieder zusammenzogen. Dies war seine Erlösung, sein Gebet, mit dem er den Zorn im Zaum hielt, der keine echte, dauerhafte Erlösung kannte. Wie tief war er gesunken! Wie sehr war seine Welt zerstört worden! Vater Markwart hatte ihm neue Höhen der Macht der Steine gezeigt, hatte ihm gezeigt, wie sich die Kräfte seines bevorzugten Steins, der Tigertatze, umfassender nutzen ließen. Dank dieses Steins hatte Marcalo De'Unnero einst seinen Arm in eine tödliche Tigertatze verwandeln können. Mit Markwarts Hilfe hatte die Verwandlung neue Dimensionen erreicht und auf seinen gesamten Körper übergegriffen.

Im Zuge dieser Verwandlung hatte De'Unneros Körper den Edelstein, die Tigertatze, dann offenbar irgendwie verinnerlicht, und jetzt waren dessen magische Energien unauslöschlich zu einem Teil seines Selbst geworden. Er war kein Mensch mehr – er schien nicht einmal mehr zu altern. Zu dieser Erkenntnis war er erst vor kurzem gelangt, denn davor hatte er geglaubt, nur sein ausgezeichnetes körperliches Training verleihe ihm sein jugendliches Äußeres. Jetzt aber war er neunundvierzig Jahre alt, wobei er das letzte Jahrzehnt in der Wildnis, bei hartem Training und unter rauen Witterungsbedingungen, verbracht hatte, und obwohl sein Äußeres, seine Hautfarbe wie auch sein Haarschnitt sich nun in der Tat verändert hatten, war sein Körper noch immer jung und kräftig, geradezu erstaunlich kräftig.

De'Unnero war sich darüber im Klaren, was das bedeutete. Er war schon lange kein richtiger Mensch mehr.

Er war jetzt der Wertiger, die Bestie mit dem unstillbaren Hunger. Als er sich endlich eingestand, dass die Macht in seinem Innern sich niemals würde vollständig beherrschen lassen, begriff De'Unnero, dass sie ein Fluch war, ein Segen jedenfalls ganz sicher nicht. Nichts auf der ganzen Welt war ihm so verhasst wie das Wesen, zu dem er geworden war. Er verachtete sich und seine Lebensweise und wünschte sich nichts sehnlicher als den Tod. Doch leider blieb ihm selbst der verwehrt, denn durch das Verschmelzen mit den Kräften seiner Tigertatze war er auch mit einem anderen Stein verschmolzen, dem Hämatit, dem Seelenstein. Jede Verletzung, die er jetzt erlitt, so schwer sie auch war, ob tödlich oder nicht, verheilte rasch und vollständig.

Wie als Reaktion auf diesen Gedanken vollführte De'Unnero einen Luftsprung und drehte sich dabei einmal um die eigene Achse; seine Füße schnellten zu ein, zwei mächtigen Tritten vor, die krachend gegen die Seitenwand einer Hütte prallten. Er landete leichtfüßig, schnellte aus sicherem Stand urplötzlich nach vorn und schlug mit seinen Händen peitschenschnell mehrfach auf die festen, unbehauenen Stämme ein, zertrümmerte, zersplitterte das Holz, riss sich die Haut auf und prellte sich die Knöchel. Trotz der brennenden Schmerzen ließ er nicht locker, sondern schlug immer wieder zu und bearbeitete die Wand, als würde ihr Durchbrechen ihn von seinem inneren Fluch erlösen, ihn irgendwie von dem Wertiger befreien.

Seine Hände schwollen an, ein glühender Schmerz schoss explosionsartig durch seine Arme, trotzdem drosch er immer weiter auf die Wand ein. Er sprang und trat und hätte noch lange so weitergemacht, hätte er nicht den Ruf in seinem Innern vernommen. Schließlich spürte er seine wachsende Kraft, spürte er, wie der Zorn umschlug und ihn in ein halb menschliches, halb katzenhaftes Ungeheuer verwandelte.

Marcalo De'Unnero, um Beherrschung bemüht und nicht bereit, der Bestie ihren Willen zu lassen, brach sofort ab. Er taumelte nach hinten, bis er gegen die Wand der gegenüberliegenden Hütte prallte, dann ließ er sich zu Boden gleiten, hielt sich die Hände vor die Brust, zog die Beine unter seinen Körper und schrie seine Absage an den Wertiger, an sich selbst und sein ganzes Leben hinaus.

Einige Zeit später rappelte sich der frühere Bruder des Abellikaner-Ordens aus eigener Kraft wieder auf. Seine Verletzungen bereiteten ihm keine übermäßigen Sorgen, schließlich wusste er, dass sie bei der Rückkehr der ersten Jäger fast vollständig verheilt sein würden. Er ging erneut an die Arbeit, erledigte aber nur das Allernötigste, denn seine Gedanken wanderten immer wieder zu seinem Gefühlsausbruch auf dem kleinen Hofplatz zurück. Um ein Haar hätte er seine neu geschaffene Existenz zerstört, und selbst wenn es in Marcalo De'Unneros Augen wirklich nichts Besonderes war, so schien es derzeit eine seiner wenigen Alternativen zu sein.

Am späten Nachmittag schlenderte er gemächlich zum Holzstapel hinüber und beschloss, als er sah, dass der Vorrat an geschlagenem Holz knapp wurde, in den Wald zu gehen, um trotz des nachlassenden Tageslichts ein wenig Nachschub zu beschaffen.

Um die Tageszeit entfernte sich De'Unnero nur ungern vom Dorf, denn es waren zu viele Tiere in der Nähe, zu viel nach verlockender Beute riechendes Rotwild, das den Wertiger reizte, sich loszureißen und es zu verschlingen. Nur selten wagte er sich am späten Nachmittag noch in den Wald, an diesem Tag aber, nach diesem Zwischenfall, glaubte er sich etwas beweisen zu müssen.

Lange Schatten lagen vor ihm auf der Erde, deren scharfe Umrisse mit dem Übergang von Tageslicht zu Zwielicht nach und nach zu einem verwaschenen Grau verblassten. De'Unnero entdeckte einen abgestorbenen Baum und versetzte ihm im Vorüberlaufen einen flüchtigen Tritt, der ihn zu Boden warf. Ein Ende anhebend ging er daran, ihn die wenigen hundert Schritte zurück zu Micklins Dorf zu schleppen, blieb aber fast augenblicklich wieder stehen, als er eine Witterung aufnahm. Er ließ das Stammende fallen und sog die Luft durch seine Nase ein. Schlagartig erschien ihm sein Geruchssinn sehr viel feiner als zuvor.

Eine Bewegung seitlich von ihm erregte seine Aufmerksamkeit, und noch während er sich in die Richtung drehte, war ihm klar, dass er, der Mensch, sie niemals bemerkt haben würde. Diese Erkenntnis war für ihn das Zeichen, dass der Wertiger in seinem Innern im Begriff war, die Oberhand zu gewinnen.

Die Hirschkuh trat ins Blickfeld, senkte den Kopf, um im Gras zu äsen, und ging schließlich dazu über, an den unteren Blättern eines Ahornbaumes zu knabbern.

Für De'Unnero wäre es ein Leichtes gewesen, dem Ruf des Wertigers nachzugeben, die schnelle Verwandlung seiner äußeren Erscheinungsform zuzulassen und sich auf seine wartende Mahlzeit zu stürzen. Innerhalb weniger Herzschläge würde er die Hirschkuh gerissen und getötet haben, um sich dann an ihrem Blut und ihrem zarten Fleisch gütlich zu tun.

»Und anschließend würde ich in Micklins Dorf zurückrennen und dort weitere fünfzehn Portionen meiner Mahlzeit vorfinden!«, rief der ehemalige Mönch plötzlich aus Wut darüber, dass er beinahe schwach geworden wäre; das unerwartete Geräusch seiner Stimme ließ die Hirschkuh aufschrecken, und sie nahm Reißaus.

Es folgte der schwierigste Augenblick überhaupt, der Augenblick der Flucht, wenn der süß-verlockende Geruch der Angst ihm immer übermächtiger in die Nase stieg. Der Wertiger nahm diese Witterung klar und deutlich auf und sprang darauf an; er ergriff von dem Mann Besitz, versuchte ihm alle Menschlichkeit zu rauben und seine niederen und dunklen Instinkte freizusetzen.

De'Unnero war auf diese Attacke aus seinem Innern vorbereitet, schließlich war er gerade wegen dieser Prüfung hergekommen; die Fäuste neben seinem Körper geballt, setzte er zu einem langen und leisen Knurren an, einem Fauchen der Verweigerung, und kämpfte mit sich, kämpfte hart.

Die Witterung wurde schwächer, als die Hirschkuh immer weiter fortsprang und außer Sicht geriet, und gleichzeitig ließ auch das Drängen des Wertigers nach.

Marcalo De'Unnero atmete einmal lang und tief durch, nahm seinen Holzstamm wieder auf und machte sich auf den Weg zurück in Micklins Dorf. Der Sieg verschaffte ihm eine gewisse Befriedigung; trotzdem war ihm klar, dass er in Wahrheit nicht viel zu bedeuten hatte, dass sein kleiner Erfolg hier auf einem vorbereiteten Schlachtfeld gegen einen unbedeutenden Feind erzielt worden war. Wie hätte er wohl reagiert, wenn ihm die Hirschkuh gänzlich unerwartet über den Weg gelaufen wäre, womöglich auf dem Hofplatz zwischen den Hütten im Dorf, als er seinem Zorn freien Lauf gelassen hatte? Wie würde er reagieren, wenn er unversehens in einen Kampf mit einem Bären oder einem tückischen Vielfraß oder, noch schlimmer, einem anderen Menschen verwickelt würde? Und zwar mit einem erfahrenen Krieger, nicht einem Mann, den er mühelos ausschalten konnte, bevor die Bestie in seinem Innern danach schrie, freigelassen zu werden?

Würde er den Wertiger auch dann noch im Zaum halten können?

Marcalo De'Unnero wusste, dass er dazu nicht im Stande wäre, und deshalb wusste er auch, dass sein Sieg hier draußen, an diesem Abend, von rein symbolischer Natur war, nichts weiter als ein hauchdünner Verband über seinem verletzten Stolz.

Bei seinem Eintreffen waren einige Jäger bereits wieder ins Dorf zurückgekehrt und verlangten lauthals nach ihrem Abendessen; einer von ihnen schmiss ihm eine Wildgans vor die Füße.

Da war er wieder, der Geruch des Blutes, doch inzwischen war De'Unnero wieder Bertram Dale, Holzfäller und Koch.

Wortlos zog er sich zurück, um das Abendessen zuzubereiten.

4. Ruhm und Unsterblichkeit

»Ich habe dich beobachtet«, sagte Aydrian der älteren Hüterin auf den Kopf zu, als die beiden draußen im Wald jenseits des eigentlichen Elfenlandes von Caer'alfar ein wenig Zeit alleine fanden.

Brynn betrachtete ihn mit einer Spur von Neugier, ohne sich jedoch anmerken zu lassen, ob sein herausfordernder Ton, die leise Anspielung, er habe womöglich etwas gegen sie in der Hand, sie auch nur im Geringsten kümmerte.

»Als du aus dem Sattel heraus die Pfeile abgeschossen hast«, fügte Aydrian erklärend hinzu.

In Brynns dunklen Augen blitzte kurz ein verärgertes Funkeln auf. »Ich übe mein *jhona'chuk klee*, mein *til'equest-martial* jeden Tag, stundenlang«, erwiderte sie ruhig, sich erst des To-gai-Ausdrucks und dann des Elfenausdrucks für den Kampf zu Pferd bedienend. »Meist beinhaltet das Kampftraining nach Art der To-gai, dass ich dabei Pferd und Bogen benutze. Soweit ich weiß, sind diese Trainingsstunden alles andere als geheim.« Als sie geendet hatte, schien sie das alles fast zu langweilen – sie gähnte sogar und sah weg.

Doch Aydrian durchschaute sie; er konnte beinahe jeden durchschauen und erkannte Brynns Unbekümmertheit als das Ablenkungsmanöver, das es tatsächlich war. »Ich habe dich bei den Elfen auf dem Feld beobachtet«, stichelte er. Es bereitete ihm großen Spaß zu sehen, dass sie Mühe hatte, ihre Selbstsicherheit und Ruhe zu bewahren. »Gerade mal acht Pfeile für sechs Ziele, und einer deiner Treffer wurde auch noch zu Unrecht für ungültig erklärt.«

Ein paar Augenblicke lang konnte Brynn ihre Miene der Zufriedenheit und Gelassenheit noch aufrechterhalten, schließlich aber legte sich ein erster Schatten über ihr sonnengebräuntes Gesicht, und das besagte Funkeln in ihren dunklen Augen erschien erneut. »Wissen die Touel'alfar, dass du die Prüfung beobachtet hast?«, fragte sie ruhig.

Aydrian zuckte mit den Achseln, als wäre dies nicht weiter von Bedeutung, aber dann drehte Brynn den Spieß um und brachte ihn in Verlegenheit, indem sie ganz nüchtern feststellte: »Nun, dann wissen sie es vermutlich jetzt, denn du hast es in Andur'Blough Inninness laut herausposaunt, und wir wissen ja wohl beide, dass den Touel'alfar kaum etwas entgeht, was wir in diesem Elfental sagen oder tun. Vermutlich hat man jedes deiner Worte klar und deutlich verstanden und ist bereits dabei, Lady Dasslerond die Neuigkeit zu übermitteln.«

Aydrians selbstgefälliges Lächeln fiel zu einer Grimasse zusammen; schließlich runzelte er die Stirn. »Kein Mensch hat mir gesagt, dass ich bei der Prüfung nicht zusehen darf«, protestierte er heftig.

Als Antwort lächelte Brynn nur; sie fand es erstaunlich, wie ungeheuer widersprüchlich sich der junge Aydrian verhalten konnte. Im Training konnte ihm keiner das Wasser reichen, wie Brynn, bescheiden wie sie war, gern zugab. Er übertraf jeden seiner Vorgänger, sogar seinen eigenen, zur Legende gewordenen Vater. Darüber hinaus konnte er trotz seiner gerade Mal vierzehn Jahre viele Elfen besiegen, was diese zutiefst verunsicherte. Es war schon öfters vorgekommen, dass Hüter, die sich auf ihren Abschied von Andur'Blough Inninness vorbereiteten, die meisten oder gar alle Elfen besiegen konnten, aber das hatte stets an der überlegenen Körperkraft und Größe der Menschen gelegen. Bei Aydrian lag der Fall anders. Zwar übertraf er jeden der Touel'alfar an Körpergröße, aber seine Muskeln waren noch jung und begannen erst, sich abzuzeichnen. Zum ersten Mal unterlagen die Touel'alfar ein ums andere Mal einem Menschen, weil er schneller mit der Klinge und in seinen routinierten Attacken geschickter war. Zu Pferd war Brynn besser als er, mit dem Bogen konnte sie ebenso gut umgehen wie Aydrian, und beim Spurenlesen und im Umgang mit Tieren brauchte sie sich gewiss hinter niemandem zu verstecken; in jedem anderen Aspekt der Ausbildung zum Hüter aber, angefangen vom Kampf bis hin zum Feuermachen, Laufen oder Klettern, konnte niemand diesem jungen Burschen, der fünf Jahre jünger war als sie, das Wasser reichen.

Tatsächlich glänzte Aydrian in vielerlei Hinsicht – mehr als alle Krieger, die die Touel'alfar in die Welt entlassen hatten –, gelegentlich jedoch fiel ein kritisches Wort oder es entstand eine Situation, in der sich offenbarte, wie verletzbar und unerfahren Aydrian war. Sein Gezeter, ob man ihm nun erlauben müsse, bei der Prüfung zuzusehen oder nicht, entsprach genau diesem bezeichnenden Zug, das wusste Brynn. Das war nicht etwa der erwachsene Protest gegen eine Ungerechtigkeit, sondern das für Kinder so typische Gejammer über feste Regeln.

»Du bist jetzt fast fertig«, stellte Aydrian fest, rasch einen etwas melancholischeren Tonfall anschlagend.

»Fertig?«

»Mit deiner Ausbildung«, erklärte der junge Mann. »Wenn Lady Dasslerond jeden hier nach draußen bittet, um deiner Darbietung beizuwohnen, ist das doch wohl ein Zeichen dafür, dass deine Ausbildung sich dem Ende nähert. Ich glaube, eigentlich hast du deine Ausbildung längst abgeschlossen. Ich hab keine Ahnung, was du noch tun musst, jedenfalls bist du fast fertig und wirst Andur'Blough Inninness bald verlassen.«

»Das kannst du unmöglich mit Bestimmtheit wissen«, entgegnete Brynn, obwohl sie seine Einschätzung im Grunde genommen teilte, denn der Gedanke war ihr auch schon gekommen. Belli'mar Juraviel hatte sich mit ihr über eine »Namensgebung« unterhalten, aber wie gewöhnlich hatte der Elfe ausweichend reagiert, als sie nähere Einzelheiten von ihm hatte wissen wollen. Brynn vermutete, dass die Zeremonie, wie auch immer sie aussehen mochte, das Ende ihrer Tage im Tal der Elfen markierte.

Aydrian sah sie bloß schmunzelnd an.

Brynn schenkte dem Jungen ein kurzes Lächeln. »Wahrscheinlich hast du Recht«, gab sie zu. »In meiner Heimat herrscht große Unruhe, und ich vermute, Lady Dasslerond würde mich gerne so früh wie möglich dorthin schicken, damit ich die Geschehnisse dort beeinflussen kann.«

Aydrians Gesichtsausdruck war eine Mischung aus Neugier und offenkundiger Verwirrung.

»Mein Volk, die To-gai-ru, wurde vor vielen Jahren von den Behrenesern unterworfen«, erläuterte Brynn. »Das ist eine Situation, die man nicht einfach auf sich beruhen lassen kann.«

»Die Geschichte kenne ich schon«, erinnerte Aydrian sie, und nicht zuletzt sein Ton erinnerte sie daran, dass sie ihm in den vergangenen Jahren, seit Lady Dasslerond ihnen beiden erlaubt hatte, sich gelegentlich zu sehen, unzählige Male von der Eroberung To-gais durch die Behreneser erzählt hatte.

»Dann wirst du wohl Hüterin in To-gai werden«, meinte Aydrian.

»Es ist das Land, das ich kenne«, erwiderte Brynn. »Ich kenne mich mit den großen Ochsen und den Löwen der hoch gelegenen Tundra aus, mit der schwarzen Schlange und den Wildpferden. Ich habe nie daran gezweifelt, dass meine Pflichtzeit bei den Touel'alfar mit meiner Rückkehr nach To-gai, meinem geliebten Land und meiner Heimat, enden würde.«

Aydrian nickte zum Zeichen, dass er ihre Erklärung akzeptierte, dann aber nahm sein Gesicht einen verwirrten Ausdruck an, der Brynn nicht entging. Aydrian fragte sich natürlich, wo er wohl am Ende seiner Pflichtzeit zum Einsatz kommen würde, schließlich hatte er keine Heimat, in die er zurückkehren konnte. Er wusste nicht einmal, in welchem Königreich, in welcher Stadt er geboren worden war. Lady Dasslerond hatte Brynn gleich zu Beginn ihrer Zeit in Andur'Blough Inninness unmissverständlich zu verstehen gegeben, wohin ihre Mission sie letztendlich führen würde, und vermutlich hatte man auch für Aydrian Pläne, auch wenn ihr diese weniger augenfällig schienen – und dem Jungen offenbar auch.

»Dann wirst du also zurückkehren und in der Tundra in der Nähe eines To-gai-Dorfes patrouillieren«, schloss Aydrian. »Und die Menschen vor gefährlichen Tieren und Ungeheuern beschützen ... gibt es in To-gai überhaupt Ungeheuer? Goblins vielleicht, oder Riesen?«, fügte er mit leuchtenden Augen hinzu, denn der junge Krieger hörte die Geschichten von den zahllosen Ungeheuern, die es in der Welt gab, und von den

Helden, vor allem den Hütern, die sich mit ihnen befassten, stets gern.

»Aber ja, jede Menge«, antwortete Brynn und bekam dabei diesen entrückten Blick, wie immer, wenn sie von ihrer geliebten Heimat zu erzählen begann. »Riesige Berg-Yetis und scharenweise Goblins. Tundra-Riesen mit der Hautfarbe des braunen Tundragrases, die sich in abgedeckten Erdlöchern verstecken, aus denen sie sich auf unaufmerksame Reisende stürzen!« Bei den letzten schnell und erregt gesprochenen Worten warf sie sich auf Aydrian, woraufhin der junge Krieger auch tatsächlich überrascht aufsprang, wenn auch nicht sehr hoch, gerade hoch genug, um eine Verteidigungshaltung einzunehmen.

Ja, er ist wirklich ein Krieger, dachte Brynn. *Ruhig und sich seiner Sache sicher.*

»Jede Menge Ungeheuer«, fuhr sie einen Augenblick später fort. »Aber die sind längst nicht so zahlreich und gefährlich wie die Behreneser.«

»Die Bewohner der Wüste«, bemerkte Aydrian, der in den Religionen und Völkern der menschlichen Königreiche ein wenig bewandert war. »Sie folgen den Yatol-Priestern.«

»Die Dämonen, die den Häuptling Chezru als ihren Gottkönig bezeichnen«, erläuterte Brynn. »Schon viel zu lange verpesten sie die reine Luft To-gais mit ihrem Gestank!«

Aydrian sah sich nervös um. »Pass auf! Dieselben Elfenohren, die meine Worte mitbekommen haben könnten, wie du behauptest, könnten jetzt auch deine hören«, meinte er.

»Aufpassen?«, fragte Brynn amüsiert. »Lady Dasslerond hat für meine Absicht vollstes Verständnis. Ich wurde dazu ausgebildet, den Aufstand gegen die Behreneser anzuführen, und das ist meine erste und vornehmste Pflicht.«

Aydrians Gesicht nahm wieder diesen verwirrten Ausdruck an. »Alles, was ich in Andur'Blough Inninness gelernt habe, hat mir gezeigt, dass die Interessen der Menschen und die der Touel'alfar sich normalerweise nicht decken«, sagte er. »Man wird dir, wie du sagst, einen Namen geben, und das macht dich zu einer voll ausgebildeten Hüterin. In Lady Dasslerонds Augen ist das ein großes Geschenk. Warum sollte Lady Dasslerond dir erlauben, dieses Geschenk im Interesse der Menschen einzusetzen? Verstößt das nicht gegen die ureigensten Gebote der Touel'alfar? Ich kann mir nicht – «

Brynn hob die Hand und unterbrach ihn lächelnd. »Die meisten Hüter werden als Wachen gegen die Übergriffe aus der Wildnis ausgebildet«, gab sie ihm Recht. »So hat es dein Vater, Nachtvogel, gehalten, obwohl sein Weg ihn in einen der größten Konflikte in der Geschichte zwischen den Bewohnern des Bärenreiches geführt hat. Aber meine Adoption durch die Touel'alfar entsprach nicht dem gewöhnlichen Verfahren; man hat mich nicht aufgenommen, damit ich eine typische Hüterin werde. Lady Dasslerond hat mich vor meinen Häschern, diesen teuflischen Yatols, die meine Eltern und mein ganzes Dorf hingemetzelt haben, gerettet, damit ich eines Tages zurückkehre, nicht nur um diese Morde zu rächen, sondern um mein Volk von der Sklaverei zu befreien, in der es leben muss, seit die verhassten Behreneser bei uns eingefallen sind.«

Aydrian, leicht nach vorn gebeugt, lauschte gespannt auf jedes Wort; offenbar zog diese Wendung der Geschichte ihn ganz in ihren Bann. Teilweise kannte er Brynns Geschichte bereits, aber erst jetzt begann er zu begreifen, dass Brynn Dharielle nicht nur eine »typische Hüterin« werden wollte, sondern ein ganz besonderes Ziel in ihrem Leben verfolgte. Brynn erzählte von den Yatols und den ehemaligen Häuptlingen der To-gai-ru, jenen stolzen Männern und Frauen, die das Nomadenvolk in körperlichen und geistigen Dingen anleiteten, die weit älter waren als die Religion der Yatols oder des Abellikaner-Ordens. Sie erzählte von den spirituellen Ritualen der To-gai-ru, und in Aydrians Ohren ähnelten viele den Gebeten, die die Touel'alfar ihm und Brynn beigebracht hatten. Und allmählich dämmerte dem jungen Mann, was Brynn längst wusste, dass ein großer Teil der To-gai-Kultur eine überraschende Ähnlichkeit mit den Sitten und Gebräuchen der Touel'alfar aufwies.

Brynns Stimme veränderte sich, als sie Aydrian ein weiteres Mal von den grässlichen letzten Tagen ihres Dorfes erzählte, als sie Zeugin der Enthauptung ihres Vaters und der Vergewaltigung und Ermordung ihrer Mutter geworden war. Die Narben seien noch immer vorhanden, aber unter der Vormundschaft der Touel'alfar, erklärte Brynn Dharielle, habe sie gelernt, aus diesen Narben optimistische Zukunftspläne erwachsen zu lassen.

Und was war das für eine Zukunft, die sie Aydrian jetzt beschrieb! Nichts weniger als eine Revolution, um die Behreneser aus den Steppen To-gais zu vertreiben, die Eindringlinge wieder in die Sandwüsten ihrer Heimat zurückzudrängen und To-gai von den blutigen Fesseln der Yatol-Religion zu befreien.

»Vielleicht stellt sich heraus, dass es meine schwerste Aufgabe sein wird, mein Volk von dem Haufen Lügen zu erlösen, die diese Yatols gesät haben«, erklärte Brynn in düsterem, melancholischem Tonfall. »Viele aus meinem Volk sind ausschließlich mit den Gebeten der Yatol aufgewachsen – sie kennen die alten Sitten und Gebräuche gar nicht mehr.«

»Aber deine Eltern hielten noch lange nach der Eroberung des Landes durch die Yatol an diesen Sitten fest«, vermutete Aydrian.

»Wie mein ganzer Stamm«, bestätigte Brynn. »Und viele andere, die, über die endlose Steppe verteilt, heimlich beteten und sich an den uralten religiösen Stätten trafen, um unsere wichtigsten Gedenktage zu feiern. Ich bin sicher, irgendjemand hat meine Eltern und deren Freunde an die Behreneser verraten. Irgendjemand hat die Yatol-Priester von unserem Frevel unterrichtet, weshalb sie mit einer so gewaltigen Streitmacht über uns hergefallen sind«, erklärte sie, und Brynn Dharielle war in diesem Augenblick deutlich ihre innerlich schäumende Wut anzumerken. Sollte sie jemals die Identität dieses Verräters in Erfahrung bringen, so viel war Aydrian klar, dann wäre dieser Mann besser bereits tot!

Das kurze Aufflackern ihres Zorns war rasch vorbei, als Brynn zu erzählen begann, sie wolle To-gai wieder zu dem machen, was es einst war, zu einem Ort, an dem zahllose Stämme im Geiste vereint und in Frieden miteinander lebten. Wie prächtig würde das erste To-gai-Winterfest werden, wenn sich sämtliche Steppenvölker in der alten Stadt *Ysohun Magyek* trafen, um sich an den Händen zu fassen und das *Ber'quek Jheroic Suund* zu singen, das »Lied der Kalten Nacht«!

Aydrians Neugier wurde noch gesteigert, als Brynn von der Revolution sprach, von den Höhen, die ihr Volk erklimmen würde, um seine Unterdrücker zu besiegen. In diesem Augenblick wurde dem jungen Krieger bewusst, dass der Name Brynn Dharielle im Falle ihres Erfolges in den Geschichten der To-gai-ru für Jahrhunderte überdauern würde. Vielleicht würde der Name Brynn Dharielle sogar das Ende der Tage von Lady Dasslerond überdauern …

Damals war er sich dessen noch nicht bewusst, aber dieser Gedanke, die Vorstellung, durch Ruhm unsterblich zu werden, grub sich tief in die Psyche des jungen Aydrian Wyndon ein.

Als Brynn geendet hatte, blieb sie, den Blick starr nach vorne gerichtet, vollkommen still und ruhig sitzen, auch wenn für Aydrian unverkennbar war, dass sie nichts mit den Sinnen Wahrnehmbares vor sich sah, dass ihr Blick in die Ferne gerichtet war, in eine ferne Vergangenheit und Zukunft gleichermaßen.

»Ich verstehe immer noch nicht«, sagte Aydrian nach einer Weile. »Immer höre ich Lady Dasslerond davon reden, die Angelegenheiten der Menschen seien nicht die der Touel'alfar, und nie lässt sie einen Zweifel daran, dass wir beide, als Menschen, weit unter den Touel'alfar stehen. Warum sollte sie sich dann für To-gai und die To-gai-ru interessieren? Wieso sind die Probleme unseres Volkes die der Touel'alfar, und wenn nicht, warum sollte sie dann wollen, dass du zurückkehrst und einen solchen Krieg anzettelst?«

»Sie hat Angst vor den Yatols«, antwortete Brynn. »Oder besser, sie bedenkt die möglichen Probleme, die sie eines Tages verursachen könnten. Seit vielen Jahren schon hat Lady Dasslerond ihren Blick nach Süden gerichtet, auf den gewaltigen Gebirgszug namens Großer Gürtel, auch wenn ich nicht weiß, warum. Ihr wäre es bedeutend lieber, wenn die To-gai-ru – in deren Erzählungen die *Jyok ton'Kutos*, die Touel'alfar, als wunderliche oder gutmütige Geister beschrieben werden – den Südrand dieses Gebirges bewohnten. Früher erzählte mir meine Mutter immer Geschichten von den *Jyok ton'Kutos* oder den *Jynek ton'Kutos*, den hellen und den dunklen Elfen, und hatte dabei stets ein freundliches Lächeln auf den Lippen. Von allen Menschen seien ausgerechnet wir dem Volk der Elfen am ähnlichsten, behauptete meine Mutter dann immer, und jetzt, da ich die *Jyok ton'Kutos* selbst aus der Nähe kennen gelernt habe, glaube ich, sie hatte Recht. Die To-gai-ru sind dem Volk Lady Dasslerонds bestimmt ähnlicher als die Behreneser oder die hellhäutige Bevölkerung des Bärenreiches. Wie die Behreneser versucht auch dein Volk das Land nach seinen Bedürfnissen zu gestalten, während die To-gai-ru sich an dem Land erfreuen, wie es ist.«

Aydrian sah sie an, als hätte er nicht recht verstanden – was natürlich insofern stimmte, als er nur eine sehr begrenzte Vorstellung davon hatte, was es mit »seinem« Volk des Bärenreiches auf sich hatte. Sicher, die Touel'alfar hatten ihm einige der alten Geschichten erzählt und ihm die großen Städte beschrieben – und wie sehr wünschte sich Aydrian, diese Städte zu besuchen! Aber die einzigen Erzählungen, die er von »seinem«

Volk kannte, stammten aus dem Mund seiner Elfenlehrer, und mittlerweile hatte Aydrian ein recht feines Gespür dafür entwickelt, dass nicht alles, was die Touel'alfar ihm erzählten, zwangsläufig auch der Wahrheit entsprach.

»Falls Lady Dasslerond mit dem Gedanken spielen sollte, in dieses Gebirge im Süden zu reisen«, fuhr Brynn fort, »dann wäre es für sie und jeden, den zu entsenden sie beschließt, besser, die Yatols hätten diese Region bereits verlassen.«

»Weißt du das sicher?«, fragte Aydrian, dessen Blick sich neugierig verengte. »Wird sie Andur'Blough Inninness verlassen? Oder jemand anderen in den Süden schicken?«

Brynn zuckte mit den Achseln. »Das war nur eine Vermutung von mir«, gestand sie. »Warum sonst sollte sich die Anführerin der Touel'alfar für die hoffnungslose Lage der To-gai-ru interessieren?«

»Vielleicht wäre es Lady Dasslerond einfach lieber, wenn ihre Welt von weniger Menschen bevölkert wäre«, entgegnete Aydrian unverblümt. »Wie ließe sich dieses Ziel besser erreichen als mit Hilfe eines Krieges?«

Brynn sah sich nervös um; ihre entsetzte Miene verriet, dass Aydrian in ihren Augen mit dieser Beschuldigung die Grenzen des Anstands soeben bei weitem überschritten hatte.

Seine Reaktion bestand aus einem unbekümmerten Achselzucken. »Ich will ja gar nicht behaupten, dass ich die Beweggründe der Touel'alfar verstehe«, sagte er. »Dir geht es offenbar anders, aber hast du in den paar zusätzlichen Ausbildungsjahren wirklich so viel mehr über sie gelernt?«

Brynn sah ihn fest an.

»Oder kannst du gar nicht anders, als einfach immer nur das Beste über sie zu denken?«, fuhr Aydrian fort.

»Sie sind meine Familie«, erwiderte die junge Frau.

»Deine Herren«, korrigierte Aydrian sie sofort. »Schon möglich, dass du sie als deine Familie ansiehst, aber über dich denken sie bestimmt nicht so. Auch nicht über mich oder überhaupt über einen Menschen. Nicht einmal über meinen Vater, Nachtvogel. Es stimmt schon, sie sprechen sehr respektvoll über ihn und erzählen unentwegt, was für ein großer Hüter er gewesen sei. Aber nicht einmal seine Heldentaten können ihn in den Stand eines Touel'alfar erheben – jedenfalls nicht in den Augen der Touel'alfar selbst.«

Brynn presste die Lippen zusammen – sie wusste, dass er Recht hatte, wie Aydrian in diesem Augenblick klar wurde. Es gefiel ihm, Recht zu haben.

»Sie sind alles, was ich an Familie habe«, erwiderte Brynn trotzig. »Und das gilt auch für dich.«

»Dann habe ich eben keine Familie«, erklärte Aydrian, und als ihm die Worte über die Lippen kamen, stellte sich heraus, dass sie sowohl für Aydrian als auch für Brynn etwas von einer Offenbarung hatten.

»Wie kannst du schlecht von denen sprechen, die dir das Leben gerettet haben?«, schimpfte Brynn. »Von denen, die dir Kenntnisse vermitteln, die dich der breiten Masse deiner Art überlegen machen?«

»Die mich aber niemals auch nur auf die unterste Stufe ihrer Art erheben werden«, entgegnete Aydrian. »Wenn ich Lady Dasslerond als meine Familie betrachte, dann mache ich mir falsche Hoffnungen, denn sie wird mich nie so sehen.«

»Die Touel'alfar sind den Hütern überaus zugetan«, hielt Brynn dagegen.

»So wie du deinem Pferd«, konterte Aydrian.

Brynn wollte etwas erwidern, beließ es dann aber bei einem tiefen Seufzer. Sie gab die Hoffnung auf, Aydrian überzeugen zu können. Aus seiner Sicht entsprach seine Bemerkung durchaus den Tatsachen. Zweifellos wusste Brynn ebenso gut wie Aydrian, was es hieß, als Mensch unter den Touel'alfar zu leben, und es war in der Tat so, dass die Elfen sich den Menschen oder jeder anderen Art überlegen fühlten. Selbst Belli'mar Juraviel, Brynns Mentor und eben jener Elf, der sich nach Ansicht der Touel'alfar den Menschen gegenüber noch am freundlichsten verhielt, hielt unverrückbar an diesem Rassismus, dieser selbstverständlichen Überheblichkeit fest.

Trotzdem sah Brynn die Dinge nicht so wie Aydrian. All ihren Unzulänglichkeiten zum Trotz gaben die Touel'alfar ihr etwas Außergewöhnliches und machten ihr damit ein großes Geschenk, mit dessen Hilfe sie das Leben ihres Volkes verbessern und die Grenzen ihrer Möglichkeiten erkennen konnte.

»Früher hätte ich sie vielleicht auch mit deinen Augen gesehen«, erwiderte sie, obwohl es gelogen war, denn sie hatte in den Touel'alfar nie etwas anderes gesehen als ihre Retter und später ihre Freunde. »Bei deiner Rückkehr aber ...« Das Wort »Rückkehr« ließ Brynn innehalten, denn womöglich lag darin der Schlüssel zu den unterschiedlichen Gefühlen, die sie und Aydrian für Lady Dasslerond und ihr Volk empfanden. Sie würde tatsächlich zu ihrem Volk zurückkehren; Aydrian dagegen hatte nie bei seinem Volk gelebt. Wie seltsam musste das für den Jungen sein!

»Eines Tages wirst du die Geschenke der Touel'alfar noch schätzen lernen«, fuhr sie stattdessen mit leiser Stimme und gebührendem Respekt fort. »Du wirst deine Meinung über Lady Dasslerond und ihre hochmütigen Artgenossen schon noch ändern.«

Jetzt war es an Aydrian, einfach mit den Achseln zu zucken, so als sei dies alles völlig nebensächlich; Brynn musterte ihn eine ganze Weile und fragte sich besorgt, wie tief seine Wut auf ihre Mentoren wohl sitzen mochte. Aydrian war ja nicht einmal bereit, die Wut zuzugeben. Er sagte Dinge, die er einfach nur für pragmatisch und ehrlich hielt, aber Brynn war scharfsichtig genug zu erkennen, dass sich hinter seinen Bemerkungen ein gewisser Zorn, ja geradezu Hass verbarg.

Sie fragte sich, ob Lady Dasslerond das ebenfalls bemerkt hatte, und konnte sich nicht recht vorstellen, dass es der ehrwürdigen Herrscherin von Caer'alfar und ihren scharfohrigen Artgenossen entgangen sein sollte. Welche unheilvollen Folgen mochte dies für den armen Aydrian haben?

Schließlich ließ sie ihn mit einem Klaps auf die Schulter sitzen, während er den Blick starr in die Zweige des wunderschönen Waldes richtete. Wie gerne hätte sie diese Unterhaltung gegenüber Lady Dasslerond erwähnt, doch das war natürlich ausgeschlossen, wenn sie Aydrian nicht in entsetzliche Schwierigkeiten bringen wollte.

Als Brynn gegangen war, blieb Aydrian noch eine ganze Weile sitzen und ging das Gespräch noch einmal in Gedanken durch, vor allem seine eigenen Worte, jene letzten paar Bemerkungen, die ihm vor Augen geführt hatten, wie tief seine Wut saß. Alles schien sich zusammenzufügen, glaubte er jetzt, die Teile des großen Lebenspuzzles ordneten sich zu einem großen Ganzen.

Und das Bild, das sich aus den Puzzlestücken ergab, gefiel Aydrian ganz und gar nicht. Die Ungerechtigkeit seiner Lage machte ihm schwer zu schaffen. Es war nicht nur sein Schicksal, in den Augen der einzigen Gemeinschaft, die er sinnvollerweise als seine Familie bezeichnen konnte, als minderwertig zu gelten, sondern jedes einzelne Mitglied dieser Familie würde ihn, unvorhersehbare Umstände einmal ausgenommen, um ein Vielfaches überleben! Was war an diesem jämmerlichen Dasein gerecht! Gut möglich, dass To'el Dallia nach ihm noch ein Dutzend oder mehr Hüter ausbildete; würde sie sich überhaupt an den einen namens Aydrian erinnern? Würde seine »Familie« seinen Namen in hundert Jahren überhaupt noch kennen?

Gleichzeitig aber war dies der Hoffnungsschimmer, den Aydrian an diesem Abend im Gespräch mit Brynn Dharielle gesehen hatte, jener Hüterin, der es bestimmt war, eine Revolution anzuführen, der Hüterin, deren Name sich, so schien es Aydrian, auf lange Zeit in das Bewusstsein der gesamten Welt einprägen würde.

Ja, dachte der junge Mann, vielleicht konnte ein einfacher Mensch doch noch ein kleines Stück elfengleicher Unsterblichkeit erlangen …

Es war wieder eine dieser stillen, ruhigen Nächte – zu ruhig, fand Aydrian, der instinktiv wusste, dass etwas im Gange war, eine weitere Prüfung Brynns vielleicht. Da selbst To-el Dallia nirgendwo zu finden war, begab sich der junge Hüter zum selben Feld, auf dem Brynn schon ihre letzte Prüfung mit Bravour bestanden hatte.

Das Feld lag ruhig und verlassen da, kein Nachtvogel regte sich, und nicht einmal eine Fackel brannte.

Aydrian wanderte über die Waldpfade, rieb sich das Kinn und versuchte herauszufinden, wohin die Elfen Brynn in dieser Nacht gebracht haben mochten. Er wusste nicht, wie viele Elfen in Caer'alfar lebten, aber es waren sicher mehr als hundert. Trotzdem war sich Aydrian darüber im Klaren, dass er sie, wenn sie alle mit Brynn draußen im Wald waren, niemals finden würde, es sei denn, er stieß zufällig auf sie. Aydrian hatte sein ganzes Leben in Andur'Blough Inninness verbracht, hatte ausgiebig nach Art der Elfen trainiert, und das Einzige, was ihm diese geballte Erfahrung und das Training eingebracht hatten, war die Erkenntnis, besser als jeder andere auf der Welt zu wissen, wie verstohlen sich die Elfenwesen im nächtlichen Wald bewegen konnten.

Immer weitere Kreise um Caer'alfar ziehend, schritt er die Pfade ab, und mit jedem Schritt wuchs sein Zorn, dass er wieder einmal ausgeschlossen werden sollte von … nun, was immer die Touel'alfar in dieser Nacht mit Brynn anstellen mochten.

Seine Enttäuschung wurde immer größer, verflog dann aber mit einem Schlag, als er helle Elfenstimmen vernahm, die mit der abendlichen Brise herangeweht wurden. Sofort war Aydrian auf der Hut, ging in die Hocke und spitzte die Ohren, um aus dem Geräusch auf die Richtung zu schließen. Er wusste auch, dass die Elfen ihre Stimmen verbergen oder irreführend einsetzen konnten, und als er sie schließlich ortete und sich rasch in diese Richtung aufmachte, rechnete er sehr wohl damit, dass die Elfen ihn vergeblich durch die Nacht irren lassen würden. Kurz darauf kam jedoch der Schein von Fackeln in Sicht; diesmal säumten sie eine ebenso breite wie lange, auf allen vier Seiten von prachtvollen Kiefern umstandene Freifläche. Der junge Hüter blieb stehen und ließ sich einen Augenblick Zeit zu überlegen, wo er sich befand, und sich alles in Erinnerung zu rufen, was er über das Gelände rings um diese Fläche wusste. Kurz darauf setzte er sich wieder in Bewegung, ohne aber direkt auf die Wiese zuzuhalten. Stattdessen lief er in nördlicher Richtung links hinunter zu einem ausgetrockneten und eingesunkenen Bachbett, das parallel zum Nordrand der Wiese verlief.

Während der Elfengesang die Luft um ihn herum erfüllte, robbte Aydrian, den Bauch an den Boden gepresst, die Uferböschung hinauf. Kurz vor Erreichen des Kamms hielt er inne, lauschte auf den Elfengesang und versuchte daraus auf die Stimmung der Touel'alfar zu schließen.

Dem Klang dieser wundervollen und ehrfürchtigen Melodie nach schien dies kein weiterer Test zu sein, erst recht keiner über Brynns Tapferkeit als Kriegerin. Nein, irgendwie erschien ihm dies ernster und feierlicher, aus längst vergangener Zeit.

Aydrian atmete tief durch und kroch ein wenig weiter hinauf, um unter den ineinander verflochtenen Fichtenzweigen über den Kamm blicken zu können.

Dort auf dem Feld standen in Reih und Glied die Touel'alfar, alle miteinander, wie es schien, das Gesicht Lady Dasslerond zugewandt. Lange, sehr lange blieb der Junge dort liegen, ohne auch nur zu merken, dass er atmete.

Schließlich endete der Elfengesang, obwohl die letzten Töne noch endlos lange in der Luft zu hängen schienen. Kein einziger Vogel, nicht einmal eine Grille, zirpte in dieser lautlosen Nacht.

»Belli'mar Juraviel«, sagte Lady Dasslerond einen Moment später. »Zum zweiten Mal in dieser kurzen Zeit übergibst du uns eine Hüterin, die bereit ist, in die weite Welt hinauszuziehen. Ist sie so weit?«

»Sie ist es, Mylady«, erwiderte Juraviel, während er die stummen Reihen der Elfen abschritt. »Ich übergebe Euch Brynn Dharielle!« Er blieb stehen, drehte sich um und deutete mit ausgestrecktem Arm hinter sich; und dort, unmittelbar hinter ihm, ging Brynn.

Aydrian hätte es fast den Atem verschlagen; vielleicht blieb ihm sogar die Luft weg, aber es kümmerte ihn nicht. Brynn schritt mit einer Eleganz und einem Stolz einher, die dem Ereignis angemessen waren. Sie war, bis auf ein paar große Federn, die man ins dunkle Haar geflochten hatte, nackt. Aydrian hatte sie bereits nackt gesehen, schon oft sogar, denn er hatte sich häufig in das Gestrüpp am Rande der kleinen Wiese geschlichen, auf dem die junge Frau ihre morgendlichen *Bi'nelle dasada*-Schwerttanzübungen ausführte, und stets hatte der Anblick ihrer makellosen, braunen Haut bei Aydrian Gefühle ausgelöst, die er nicht recht verstand.

Aber dies ging sehr viel weiter. In dieser Nacht schien ihm Brynn Dharielle etwas sehr viel Großartigeres als die Frau, die er beim Schwerttanz beobachtet hatte, etwas Übernatürliches und von spiritueller Schönheit Erfülltes, das über die lustvollen fleischlichen Begierden hinausging. Sie war nackt und unbestreitbar aufreizend, trotzdem vermochte Aydrian seinen Blick nicht von ihrem heiteren, zufriedenen Gesicht und ihren leuchtenden, dunklen Augen abzuwenden. Es schien ihm, als trüge sie an diesem Abend als einzige Bekleidung ihre Seele.

Plötzlich fühlte sich Aydrian fehl am Platz, so als verletze er ihre Privatheit diesmal weit mehr als bei seinen pubertären Spitzeleien während ihrer morgendlichen Schwerttanzübungen. Da hatte er ihr Training im Blick gehabt, hatte ihre Konzentration, ihr körperliches Geschick und ihre körperlichen Reize bewundert, jetzt dagegen …

Jetzt konnte er bis auf den Grund ihrer Seele blicken.

Als Brynn hinüberging, um ihren Platz unmittelbar vor Lady Dasslerond einzunehmen, setzte der Elfengesang erneut ein, um gleich darauf unvermittelt abzubrechen – oder vielleicht auch nicht. Vielleicht, überlegte Aydrian, hatten die Elfen einfach eine ihrer Schallschutzmauern errichtet, eine Barriere, die ihre Stimmen nicht durchdrangen. Jetzt richtete Lady Dasslerond das Wort unmittelbar an Brynn, während Belli'mar Juraviel zum fernen Ende des Feldes hinüberging und unter den Fichtenzweigen verschwand, um gleich darauf wieder zum Vorschein zu kommen, ein großes, weiß-braun gescheckte Pony an der Hand, mit zwei so blauen Augen, dass Aydrian ihre Farbe im Schein der Fackeln selbst aus dieser Entfernung erkennen konnte. Das Pony hatte eine weiße Mähne mit einer einzelnen schwarzen Strähne sowie einen ganz ähnlich aussehenden Schwanz. Anfangs machte es einen scheuen Eindruck oder schien zumindest unnatürlich aufgeregt; es warf den Kopf mit scharfen, ruckartigen Bewegungen hin und her.

Dann aber stand das Pony ganz dicht neben Brynn, und von Anfang an konnte man deutlich erkennen, dass die beiden miteinander auskommen würden. Der junge Hengst stellte die Ohren auf, und obwohl seine Augen nach wie vor das Geschehen vor ihm aufmerksam verfolgten, ließ sich das scheckige Pony von Brynn im Gesicht und an seinem kräftigen Hals streicheln, ohne ein einziges Mal mit dem Kopf zu zucken.

Zu Aydrians Verwunderung blieb das Pony neben Brynn stehen, als Lady Dasslerond abermals das Wort ergriff, und schließlich stimmten auch die Elfen wieder ihren Gesang an – auch wenn Aydrian keine der Elfenstimmen hören konnte, nur das gelegentliche Schnauben und Wiehern des gescheckten Ponys.

Es dauerte eine ganze Weile, bis der völlig hingerissene Aydrian bemerkte, dass Belli'mar Juraviel erneut die Wiese verlassen hatte, und als er es schließlich merkte, war es zu spät, um noch zu reagieren.

Er wollte sich gerade umdrehen, als er spürte, wie ihn eine kräftige, kleine Hand von hinten an den Haaren packte. Ein plötzlicher Ruck, und Juraviel riss Aydrian aus seinen Gedanken und auf die Beine.

»Was hast du hier zu suchen?«, fuhr ihn der Elf wütend an.

Knurrend langte Aydrian hinter sich, um Juraviels Handgelenk zu packen, doch der Elf kam ihm zuvor und zog seine Hand mit einem Ruck rückwärts nach unten, so fest, dass er Aydrian damit von den Füßen riss.

Der Junge schlug hart auf dem Boden auf, machte aber Anstalten, sich mit einer schnellen Drehung und unter wütendem Geknurre wieder aufzurappeln, fest entschlossen, sich auf Juraviel zu stürzen.

Noch bevor er sich auch nur annähernd aufrichten konnte, bekam er einen Tritt ins Gesicht; in dem Nebel, der daraufhin einsetzte, fühlte er plötzlich einen Hagel von Schlägen auf sich niederprasseln, der ihn nach kürzester Zeit zwang, sich zusammengekrümmt auf die Seite fallen zu lassen.

»Was du in letzter Zeit auch tust, du strapazierst Lady Dassleronds Geduld aufs Äußerste«, bemerkte Juraviel.

Aydrian wälzte sich herum, kam auf die Knie und begann sich langsam zu erheben. »Niemand hat mir gesagt, ich soll heute Abend von diesem Ort fernbleiben«, protestierte er.

Juraviels Blick blieb hart. »Du findest die Antwort auf deinen Protest in deinem Herzen«, erwiderte der Elf nach einer langen und verlegenen Pause. »Sollte dir etwa entgangen sein, dass du Brynn Dharielle stören könntest?«

»Niemand hat mir gesagt – «, begann Aydrian zu widersprechen.

»Das sollte auch niemand müssen«, fiel ihm Juraviel ins

Wort. »Du wurdest eines Besseren belehrt. Man hat dir Einblick in dein Herz und deine Seele gegeben. Oder kannst du etwa falsch nicht von richtig unterscheiden?«

Aydrian wollte etwas erwidern, doch Juraviel ließ ihn gar nicht erst zu Wort kommen.

»Kannst du das wirklich nicht?«, wiederholte er ungehalten. »Willst du etwa versuchen, die Wahrheit deines Herzens mit Wortklauberei abzustreiten?«

Aydrian stammelte noch etwas, verstummte dann und stand vollkommen reglos da, Juraviel kalt beäugend.

Eine ganze Weile blieb er in dieser drohenden Haltung stehen, während Juraviel ihn im Gegenzug unverwandt anstarrte, bis er ein Geräusch hinter sich vernahm. Er drehte sich um und sah die mittlerweile in einen Schal gehüllte Brynn, ihr Pony führend, vom Feld herüberkommen.

»Ich wollte nicht …«, setzte Aydrian an, doch als Brynn ganz nah an ihm vorüberging – falls sie ihn sah, so tat sie nichts, das auch zu zeigen –, fiel ihm auf, dass ihre Augen glasig waren, so als wandle sie geradewegs durch einen Traum.

»Brynn?«, rief er, doch die frisch gesalbte Hüterin ging unbeirrt weiter.

Aydrian sah ihr einen Augenblick lang nach, dann wusste er Bescheid. Schlagartig begriff der Junge ohne den geringsten Zweifel, dass Brynn, seine einzige menschliche Freundin, die einzige Person in ganz Andur'Blough Inninness, die wenigstens entfernt mit ihm verwandt war, das Elfental noch in dieser Nacht verlassen würde.

Er wollte ihr hinterher, doch dort, zwischen ihm und ihr, stand Juraviel, ein schlankes Schwert in der Hand und mit einem Ausdruck im Gesicht, der Aydrian keinen Augenblick daran zweifeln ließ, dass er das Schwert auch gegen ihn benutzen würde.

»Sie geht fort«, sagte Aydrian leise.

»Genau wie ich«, erwiderte Juraviel. »Noch heute Nacht.

Wir brechen in die Südlande auf, mein junger Aydrian, zu einem Ort, wo ein unbarmherziger Wind unablässig das Gras beugt. Brynn Dharielle und Belli'mar Juraviel verabschieden sich noch heute Nacht aus der Geschichte des Aydrian Wyndon.«

»Werde ich Euch jemals … ich meine … warum hat mir niemand davon erzählt?«, stammelte Aydrian.

»Weil es für das, was Lady Dasslerond mit dir vorhat, nicht von Belang ist«, antwortete Juraviel. »Deine Unbesonnenheit heute Abend bleibt unter uns. Und jetzt mach, dass du in dein Bett zurückkommst, damit Lady Dasslerond niemals erfährt, dass du etwas gesehen hast, was du nicht hättest sehen dürfen.«

Aydrian, völlig überwältigt, starrte ihn ausdruckslos an.

»Nun geh schon!«, drängte ihn Juraviel, und noch bevor er recht wusste, was er tat, rannte Aydrian über die Waldwege zu seinem kleinen Nachtlager unter einem schützenden Zweig in den Randbezirken von Caer'alfar zurück.

Er war gerade erst losgelaufen, als Lady Dasslerond vom Rand der Böschung herunterkletterte und ihm hinterherblickte. Sie stellte sich neben Juraviel und fuhr sich, einen sichtlich angsterfüllten Ausdruck im Gesicht, mit ihrer zarten Hand durch das dichte, goldene Haar.

»Als ich ihn zwang, in sein Herz zu blicken, hat er die Wahrheit nicht abgestritten«, meinte Juraviel.

»Was mir Angst macht, ist, dass er diese Wahrheit leugnen konnte, um die Übertretung zu begehen«, erwiderte Lady Dasslerond. »Ich fürchte, der Junge hat eine dunkle Seite.«

Belli'mar Juraviel erwiderte nichts, und das war auch nicht nötig. Schließlich hatten sich er und all die anderen aus Caer'alfar, Lady Dasslerond eingeschlossen, in den vergangenen Wochen mehrfach über den trotzigen, dickköpfigen und beängstigend starken jungen Aydrian gewundert.

Und auch jetzt hatte Juraviel keine Zeit, sich darüber den

Kopf zu zerbrechen, denn vor ihm und Brynn lag ein langer und gefahrenvoller Weg. Ihre Zeit in der Geschichte des Aydrian Wyndon war abgelaufen.

Zumindest glaubte das Belli'mar Juraviel.

5. Intrigen zum beiderseitigen Nutzen

Seine Züge waren ausgeprägter geworden während der letzten zehn Jahre seines Lebens, eines Lebens voller Offenbarungen und Enttäuschungen und erfüllt vom Beschreiten eines Weges, von dem er aufrichtig angenommen hatte, er würde ihn Gott näher bringen, das dann aber, dank der Erkenntnisse des Bundes von Avelyn, eine jähe und unerwartete Wendung genommen hatte. Dieser Bund, die Heilung von der Rotflecken-Pest, hatte so manche Veränderung bewirkt bei Fio Bou-raiy, dem mächtigsten Meister von St. Mere-Abelle und, nach Vater Agronguerre und Abt Olin von St. Bondabruce in Entel, vielleicht dem drittmächtigsten Mann des gesamten Abellikaner-Ordens. Fio Bou-raiy war entschieden dagegen gewesen, dass die abellikanischen Ordensbrüder ihre befestigte Abtei verließen, um der verseuchten Bevölkerung zu helfen. Er hatte sogar Bruder Francis angegriffen und bestraft, als der Mönch, unfähig die Schreie der Sterbenden vor den mächtigen Mauern von St. Mere-Abelle länger zu ertragen, einen Seelenstein zur Hand genommen, sich unter die Menge gemischt und den Menschen allen Trost, zu dem er fähig war, gespendet hatte, um schließlich sein Leben für seine ebenso mutigen wie vergeblichen Bemühungen zu opfern.

Aber dann hatte Jilseponie Heilung durch die Hand Avelyns erfahren, des ehemaligen Ordensbruders, der bald heilig gesprochen werden würde. Eines Mannes, der in dem Ruf stand, überaus mitfühlend zu sein. Zu mitfühlend in den Augen vieler Ordensbrüder, unter ihnen auch der ehemalige ehrwürdige Vater Dalebert Markwart, der Fio Bou-raiys höhere Ausbildung weitgehend beaufsichtigt hatte. In der gegenwärtigen Welt war es offenbar ein Leichtes, die Ansicht zu vertreten, Avelyn habe Recht gehabt und seine Anhänger hätten sich den Wünschen Gottes gefügt, als sie sich, wie der Bund selbst ja bewies, um eine mitfühlendere und großzügigere Haltung der Kirche gegenüber der Gemeinde bemüht hatten.

Mit dieser Möglichkeit konnte Meister Fio Bou-raiy leben, da sie nicht, wie im Falle Markwarts und seiner fanatischeren Anhänger wie Meister De'Unnero, sein gesamtes Leben Lügen strafte. Tatsächlich war Bou-raiys Machtposition in der Kirche in den Jahren seit dem Bund noch gestärkt worden. Vater Agronguerre war mittlerweile ein alter, sehr alter Mann, dessen Gesundheit ebenso nachließ wie seine geistige Beweglichkeit. Die Aufgabe, ihn durch seine Gottesdienste zu geleiten, fiel den Meistern um Agronguerre zu; und der Anführer dieser Gruppe war kein anderer als Fio Bou-raiy, der diesen Gottesdiensten, diesen Ansprachen und Predigten eine für ihn selber vorteilhafte Richtung gab.

Trotzdem verlief Fio Bou-raiys Aufstieg nicht völlig ohne Schwierigkeiten. Nachdem Interimsabt Hingas auf der Straße zum Barbakan umgekommen war, hatte Agronguerre ihm die Abtei von St. Honce angetragen. Fio Bou-raiy jedoch hatte abgelehnt und ein höheres Ziel ins Auge gefasst, ein Ziel, das er für erreichbarer hielt, wenn er im Umfeld des ehrwürdigen Vaters blieb. Denn das war die Stellung, die Fio Bou-raiy anstrebte, und die Wahl, die unweigerlich auf Agronguerres scheinbar bald bevorstehenden Tod folgen musste, war vermutlich seine letzte Gelegenheit dazu.

Daher hatte er geglaubt, alles verlaufe geradezu prächtig, bis der alte Agronguerre in einem seiner wacheren Momente Bou-raiy und alle anderen anwesenden Meister mit der Ankündigung überrascht hatte, er werde Fio Bou-raiy nicht zu seinem Nachfolger ernennen. Tatsächlich würde Agronguerre überhaupt niemanden ernennen – gleichwohl hatte er seiner Hoffnung Ausdruck verliehen, sein Amt werde an Abt Haney fallen, seinen Nachfolger in St. Belfour in Vanguard, obwohl der Mann viel zu jung war, um überhaupt vorgeschlagen zu werden. »Ich werde wohl noch ein Jahrzehnt weiterleben müssen«, hatte Agronguerre mit dünner, kraftlos gewordener Stimme angemerkt und sich dann über diesen scheinbar so abwegigen Einfall köstlich amüsiert.

Die verblüffende Ablehnung Fio Bou-raiys hatte jeden in St. Mere-Abelle überrascht und unter den Meistern, die sich der Folgen bewusst waren, große Befürchtungen ausgelöst. Wenn nicht an Bou-raiy, so würde die Stellung zweifellos an den einzigen offenkundig qualifizierten Kandidaten fallen, Abt Olin, und das konnte keiner der Meister von St. Mere-Abelle wirklich wollen.

Tatsächlich waren Bou-raiy und vielleicht auch Abt Braumin Herde die einzigen Männer in der Kirche, die über die nötigen Voraussetzungen verfügten, Olin herauszufordern. Dabei stand Braumin vor dem gleichen Problem wie Abt Haney, denn wie so viele neue Äbte und Meister des Abellikaner-Ordens verfügte er nicht über die nötige Erfahrung, um die Stimmen der älteren Meister und Äbte zu gewinnen, selbst wenn diese Abt Olin nicht sonderlich zugetan waren.

Daher gab es vieles abzuwägen, als Fio Bou-raiy in diesem Frühling nach Palmaris kam, vorgeblich um der Weihung der Kapelle von Avelyn in Caer Tinella beizuwohnen, in Wahrheit aber, um in Ruhe ein wenig Zeit mit Abt Braumin und seinen engsten Freunden zu verbringen, sie auf seine Seite zu ziehen und sich einige Stimmen zu sichern.

Als er die Fähre verließ, die den Masur Delaval von Amvoy aus überquerte, bot er mit seinen schmalen, habichtartigen Gesichtszügen, seinem perfekt geschnittenen grauen Haar und seinem gepflegten dunkelbraunen Gewand, dessen linker Ärmel an der Schulter abgebunden war, einen eindrucksvollen Anblick. Als er sich seinen Weg vorbei an den geschäftigen Docks von Palmaris bahnte, gingen ihm die Kinder aus dem Weg, doch das war für Fio Bou-raiy mehr ein Kompliment, ein Bezeugen des ihm gebührenden Respekts, als irgendetwas anderes. Er zog den Respekt eines anderen Menschen, ganz gleich wie alt, der Freundschaft immer vor.

Er brachte ein aus einem halben Dutzend jüngerer Ordensbrüder bestehendes Gefolge mit, das in zwei ordentlichen Reihen und im Abstand von drei Schritten respektvoll hinter ihm marschierte. Auf dem Weg nach St. Precious achtete er auf das, was in den Straßen getratscht wurde; alles Geschwätz, so schien es, kreiste um König Danube Brock Ursals Werben um die derzeitige Baroness von Palmaris, Jilseponie Wyndon.

Fio Bou-raiy tat gut daran, sein Schmunzeln über diese Neuigkeit nicht offen zu zeigen. Selbstverständlich hatte er lange vor seiner Ankunft in Palmaris von der sich anbahnenden Beziehung gewusst und ausführlich darüber nachgedacht, wie sich womöglich Nutzen daraus ziehen ließe.

Jilseponie war eine Freundin der Kirche. Vor allem aber war sie eine Freundin von Abt Braumin. Passte es in Fio Bou-raiys Pläne, wenn sie auf dem Thron in Ursal saß?

Es fiel ihm in der Tat schwer, sein Schmunzeln nicht offen zu zeigen.

König Danube war ein ausgezeichneter Reiter. Er riss sein Pferd in eine scharfe, knappe Wende, ließ es von links nach rechts hinüberschießen und schnitt Jilseponie auf Greystone den Weg ab.

Die Frau zog hart an der Trense, woraufhin Greystone sprang und bockte, sogar austrat und dabei unablässig wiehernd und schnaubend protestierte. Jilseponie spielte mit dem Gedanken, sich dem wütenden Protest des Tieres anzuschließen, doch Danubes Lachen zerstreute jeden Gedanken an eine Beschwerde.

»Und dieses Tier wolltet Ihr mir unterschieben, mit der Begründung, es sei das bessere Pferd!«, rief Danube und trieb seinen Hengst weiter an. Das Pferd senkte den Kopf, legte die Ohren an und galoppierte in vollem Tempo hinaus in die endlosen Felder hinter Chasewind Manor.

Von der Handlungsweise und der Haltung des Mannes überrumpelt, fehlten Jilseponie die rechten Worte für eine Erwiderung. Sie stammelte ein paar unverständliche Laute, beschloss, die Herausforderung anzunehmen, und bohrte ihre Fersen in Greystones Flanken.

Das langbeinige, beigefarbene Tier schoss davon. Früher war Greystone das bevorzugte Reittier von Baron Rochefort Bildeborough gewesen, und das nicht ohne Grund. Das Pferd war über zwanzig Jahre alt, aber es war immer noch unglaublich schnell. Es streckte seinen schlanken, kräftigen Hals, legte die Ohren an und donnerte los, mit jedem seiner kraftvollen Schritte gegenüber Danube auf dem kleineren Grauschimmel an Boden gewinnend.

»Von wegen, ich hätte dich jemandem unterjubeln wollen!«, rief Jilseponie dem Pferd zu. »Zeig es ihm!«

Und das tat Greystone; er holte auf und überholte schließlich König und Grauschimmel – wobei es durchaus eine Rolle spielte, dass König Danube hundert Pfund schwerer war als Jilseponie.

Trotzdem, die Eleganz und Leichtigkeit, mit der sowohl Reiterin als auch Ross vorüberflogen, war nicht einfach von der Hand zu weisen. Sie schienen in perfekter Harmonie, die Reiterin eine Verlängerung des Pferdes, das Pferd eine Verlängerung der Reiterin. Ihre Bewegungen waren voller Schwung und Schönheit, und als sie an König Danube vorüberflogen, verflog auch Jilseponies Ärger. Denn Danubes Grinsen zeigte ihr, dass alles nur eine Hänselei gewesen war, und wenn sie darüber nachdachte, musste sie sich eingestehen, dass der König durch sein plötzliches Wegabschneiden deutlich gemacht hatte, dass er vollkommen auf ihr Können vertraute.

Daher musste jetzt auch Jilseponie lächeln, als sie das Pferd erst in einen leichten Galopp und schließlich in einen schnellen Trab hinüberwechseln ließ. Sie ließ es wenden, als König Danube, das lange weite Feld im Rücken, auf sie zugetrabt kam.

»Ich sagte Euch doch, Greystone ist das beste Tier im ganzen Stall«, erklärte sie.

»Und das in seinem Alter«, staunte König Danube kopfschüttelnd. »Ein fürwahr bemerkenswertes Geschöpf. Das prächtigste Pferd, das ich je zu Gesicht bekommen habe – mit Ausnahme eines anderen, natürlich, des prachtvollen Hengstes Symphony ...« Danube hielt abrupt inne, als er den Gedanken zu Ende dachte; erschrocken hob er den Kopf und sah Jilseponie an.

Er weiß, dass er schmerzliche Erinnerungen wachgerufen hat, erkannte sie, und tatsächlich, schlagartig hatte er Jilseponie an ihre wildeste Zeit erinnert, als sie mit Symphony und Elbryan, Goblins, Pauris und Riesen tötend, durch die Wälder gehetzt war. Sie versuchte sich den Schmerz nicht anmerken zu lassen, trotzdem trübte ein Schatten unverkennbar ihre blauen Augen. Sie hatte Symphony lange nicht gesehen – nicht seit ihrem Besuch an Elbryans Grab im vergangenen Sommer.

Elbryans Grab. Wo er kalt in der Erde lag, während Jilseponie ausgelassen an der Seite eines anderen durch die Landschaft galoppierte.

»Ich bitte um Verzeihung, meine Liebe«, sagte Danube ernst. »Ich hatte nicht die Absicht ...«

Jilseponie hob die Hand und unterbrach ihn, einen aufrichtig freundlichen Ausdruck im Gesicht. Schließlich konnte König Danube nichts für ihre Erinnerungen und hatte sie auch nicht zu verantworten. Da er sie körperlich beim Reiten nicht geschont hatte, sollte er das auch in emotionalen Dingen nicht tun. »Schon gut«, sagte sie. »Es wird Zeit, dass ich die Toten endgültig begrabe, damit ich meinen eigensüchtigen Kummer endlich ablegen und Mut aus all den Freuden schöpfen kann, die ich mit Elbryan erlebt habe.«

»Er war ein vortrefflicher Mann«, sagte Danube aufrichtig.

»Ich habe ihn geliebt«, erwiderte Jilseponie. »Von ganzem Herzen und von ganzer Seele.« Sie sah König Danube direkt in die Augen. »Ich weiß nicht, ob ich jemals einen anderen so lieben werde«, gestand sie. »Könnt Ihr mit dieser Wahrheit leben?«

Danube war überrascht von ihrer Offenheit, doch er erholte sich erstaunlich schnell. »Ihr erweist mir eine große Ehre, wenn Ihr in dieser Offenheit darüber sprecht«, sagte er. »Im Übrigen ist mir Eure Situation nicht völlig unvertraut, denn auch ich habe einst eine andere von ganzem Herzen geliebt. Ich denke, ich sollte Euch von Königin Vivian erzählen, vielleicht schon heute Abend.«

Er schloss mit einem heiteren Ausdruck im Gesicht, Jilseponies starrer Blick dagegen verlor nichts von seiner Härte. »Ihr habt meine Frage nicht beantwortet«, erwiderte sie.

König Danube holte tief Luft und seufzte, um seinen Ärger, dass ihn jemand so in Verlegenheit brachte, zu vertreiben. »Ihr reitet Greystone«, sagte er. »Kann ein Zweifel daran bestehen, dass Ihr und das Pferd eine besondere magische Verbindung eingegangen seid?«

Jilseponie sah auf ihr Pferd und dessen goldene Mähne herab, grub ihre Hand hinein und zupfte spielerisch daran.

»Kanntet Ihr je ein prächtigeres und vortrefflicheres Pferd als Symphony?«, fragte König Danube.

Jilseponie sah ihn ungläubig an. »Nein, natürlich nicht«, antwortete sie.

»Und doch seid Ihr mit Greystone zufrieden, sogar mehr als zufrieden«, fuhr der König fort. »Oder irre ich mich etwa?«

Das brachte abermals ein Lächeln auf Jilseponies hübsches Gesicht, und Danubes Herz machte einen Sprung, als er sah, wie sie strahlte.

»Greystone ist zwar schneller«, sagte Danube plötzlich, sein Pferd wieder in die entgegengesetzte Richtung herumreißend, »aber für ein weiteres Rennen ist er viel zu alt!« Mit diesen Worten donnerten der König und sein junger Hengst zurück zum fernen Chasewind Manor. »Diesmal werdet Ihr das Rennen nicht gewinnen!«, war sein verklingender Ruf zu vernehmen.

Jilseponie konnte nicht bestreiten, dass er mit seiner Bemerkung Recht hatte, denn Greystones Atem ging tatsächlich bereits schwer. Unmöglich konnte er noch einmal mit dem jungen Hengst Schritt halten – jedenfalls nicht in einem fairen Rennen.

Also beschloss Jilseponie, es unfair zu gestalten. Das Feld verlief nicht gerade, sondern war leicht gebogen, und zwar eindeutig nach rechts hinüber, um ein kleines Gehölz herum.

Und zwischen diesen Bäumen verschwanden Jilseponie und ihr Pferd. Die Strecke war ihnen vertraut und voller umgestürzter Stämme, die übersprungen werden mussten, aber es war eine viel kürzere Route als die, die König Danube genommen hatte.

Und so war Danube nicht wenig überrascht, als er um die letzte Kurve bog und feststellen musste, dass sich Jilseponie und Greystone, mühelos dahinfliegend und den Sieg bereits sicher in der Hand, weit vor ihm befanden.

König Danube brach bei diesem Anblick in herzhaftes Gelächter aus, und als er die wunderschöne Frau mit ihrem dichten blonden Haar betrachtete, das hinter ihr herwehend im Sonnenlicht schimmerte, wurde ihm ganz warm ums Herz. Es war nicht unbedingt gelogen gewesen, als er die Ähnlichkeiten ihrer Gefühle für ehemalige Geliebte angesprochen hatte, aber auch wenn er es nicht offen zugab, wusste er, dass es zumindest einen schwer wiegenden Unterschied gab. Danube Brock Ursal hatte Vivian, die Frau, die er in jungen Jahren zu seiner Königin gemacht hatte, geliebt, allerdings nicht so, wie er jetzt Jilseponie liebte. Alles an dieser Frau – ihre Schönheit, die Eleganz ihrer Bewegungen, ihr Mut und ihre Intelligenz, was sie sagte und sogar was sie dachte – gab ihm das Gefühl, jung und voller Leben zu sein, und weckte in ihm den Wunsch, auf einem Pferd über eine sonnenbesprenkelte Wiese dahinzujagen oder mit einem Schiff die bekannte Welt zu umsegeln. Jeder seiner wachen Augenblicke war durchdrungen von Jilseponies Wesen. Ja, er hatte Vivian geliebt, aber nicht so, nicht mit dieser Heftigkeit und verzweifelten Leidenschaft. Konnte er sich damit zufrieden geben, dass Jilseponie ihm soeben gestanden hatte – und zwar wahrheitsgemäß, wie er wusste –, dass sie niemals einen anderen so würde lieben können wie Elbryan? Würde ihm ihre halbe Liebe genügen?

Sie würde es wohl müssen, gestand sich Danube ein, denn wenn er Jilseponie Wyndon betrachtete, die Frau, die ihm Herz und Seele gestohlen hatte, dann wusste König Danube Brock Ursal, dass er gar keine andere Wahl hatte. Wenn er sie ansah, wenn er sie roch und jedem ihrer Worte lauschte, dann musste König Danube einfach glauben, dass ihre halbe Liebe eine Hälfte mehr war, als er verdiente.

»Sie sträubt sich«, bemerkte Fio Bou-raiy, als er mit Abt Braumin auf dem hohen Wehrturm der Abtei St. Precious saß. Meister Viscenti hatte die beiden begleitet, aber Bou-raiy hatte ihn mit einem Auftrag fortgeschickt – einem Auftrag, wie Braumin jetzt erkannte, der lediglich als Vorwand diente, damit er und Bou-raiy ungestört sein konnten.

»Sie sträubt sich, weil sie die wahre Liebe kennen gelernt hat«, entgegnete Braumin, der befürchtete, Bou-raiy könnte damit irgendwie ein Urteil über Jilseponie fällen. »Sie hat die

Liebe zu Elbryan kennen gelernt, und ich fürchte, es gibt nicht viel, was im Vergleich damit Bestand hätte.«

»Er ist König des Bärenreiches«, lautete Bou-raiys wenig überraschende Antwort. »Er ist der mächtigste Mann der Welt.«

»Selbst der König des Bärenreiches vermag neben dem Mann, der als Nachtvogel bekannt war, nicht übermäßig hell zu strahlen«, sagte Braumin. »Selbst der ehrwürdige Vater des Abellikaner-Ordens ...«

»Hütet Eure Zunge«, fiel ihm Fio Bou-raiy scharf ins Wort, um sich jedoch schnell wieder zu beruhigen; seine angespannten Züge wurden weicher. »Ich weiß um Eure Liebe und Verehrung für diesen Mann, Bruder Braumin, trotzdem besteht keinerlei Veranlassung, sich zu Lästerungen hinreißen zu lassen. Ihr werdet ihm nur ungenügend gerecht, wenn Ihr ihn so über die Sterblichen erhebt. Wenn seine eigentlichen Verdienste nicht genügen ...«

»Das tun sie ja«, versicherte Braumin dem alten Meister, obwohl er Mühe hatte, seinen aufkommenden Zorn nicht offen zu zeigen. »Sie gehen weit über das hinaus, was man von jedem Sterblichen, von jedem König oder ehrwürdigen Vater erwarten kann ...«

»Genug!«, unterbrach ihn Fio Bou-raiy lachend. »Ich gebe mich geschlagen, mein guter Abt Braumin!«

Der Ton, vor allem diese freundliche und respektvolle Ehrerbietung, überraschte Braumin, denn dies gehörte zweifellos nicht zu den Dingen, die er von Fio Bou-raiy erwartet hätte. »Also könnt Ihr Jilseponie keinen Vorwurf machen, wenn ihr Herz für die Aufmerksamkeiten eines anderen nicht offen ist, ob König oder nicht.«

Bou-raiy nickte lächelnd und seufzte schwer. »Wie wahr«, klagte er. »Dabei wäre es für das gesamte Königreich besser, wenn Jilseponie sich überwinden könnte, König Danubes Liebe zu erwidern.«

Abt Braumin sah den Meister fragend an.

»Sie ist eine Freundin der abellikanischen Kirche«, erläuterte Fio Bou-raiy. »Und in diesen Zeiten des Wohlstandes und des Friedens kann eine engere Verbindung zwischen Staat und Kirche nur von Vorteil sein.«

Abt Braumin fiel es schwer, sich seine Zweifel nicht anmerken zu lassen. Er kannte Fio Bou-raiy mittlerweile seit vielen Jahren, und obschon der Mann, wie so viele abellikanische Ordensbrüder, eine Offenbarung erfahren hatte, die ihm beim Bund von Avelyn den rechten Weg gewiesen hatte, war er zweifellos ein selbstgerechter Mensch. Überdies war er ehrgeizig und so entschlossen wie kaum ein anderer, in das Amt des ehrwürdigen Vaters aufzusteigen. War Fio Bou-raiy nach Palmaris gekommen, um sich lobend über Jilseponie und ihre Chancen, eines Tages Königin zu werden, zu äußern und Braumin damit auf seine Seite zu ziehen? Denn wenn der Zeitpunkt gekommen war, einen neuen ehrwürdigen Vater vorzuschlagen und zu wählen, würden die Meister Castinagis, Viscenti und Talumus von St. Precious wahrscheinlich Abt Braumins Beispiel folgen.

»Vielleicht im Frühjahr«, räumte Abt Braumin einen Augenblick später ein, woraufhin Fio Bou-raiy ihn fragend ansah. »Vielleicht findet Jilseponie im nächsten Frühjahr einen Weg, König Danube näher zu kommen«, erläuterte Braumin. »Sie hat eingewilligt, nächsten Sommer nach Ursal zu reisen, und möglicherweise ist das ein wichtiger Schritt in dem Prozess, an dessen Ende sie den Thron des Bärenreiches besteigen wird.«

Fio Bou-raiy lehnte sich auf seinem Stuhl zurück und dachte kurz darüber nach. »Und wird sie Eurer Meinung nach König Danubes Antrag annehmen, falls er erfolgen sollte?«

Braumin zuckte mit den Achseln. »Ich behaupte nicht zu wissen, wie es in Jilseponies Herz aussieht«, erwiderte er. »Außer, dass ihre Liebe zu Elbryan über das Grab hinaus gehalten hat. Allerdings bewundere ich – wie übrigens wohl auch Jilseponie – König Danubes Geduld und Beharrlichkeit. Vielleicht findet sie einen Weg, sich zu ihm zu bekennen. Vielleicht auch nicht.«

»Ihr scheint weder der einen noch der anderen Variante den Vorzug zu geben«, bemerkte Bou-raiy.

Woraufhin Abt Braumin nur mit den Achseln zuckte, denn das war durchaus eine zutreffende Einschätzung seines Standpunktes in dieser Angelegenheit. Er mochte König Danube und die Art, wie dieser Mann auf Jilseponie gewartet und die Entwicklung der Dinge ihrem Zeitempfinden überlassen hatte, statt ihr, was er ohne weiteres hätte tun können, einfach seinen Zeitplan aufzudrängen. Trotzdem verspürte Braumin noch immer so etwas wie Loyalität gegenüber dem toten Elbryan, und sein Einverständnis, dass Jilseponie ihre Hand einem anderen schenkte, hatte für ihn etwas von Verrat – ob er nun wollte oder nicht.

Fio Bou-raiy lehnte sich abermals auf seinem Stuhl zurück und strich sich mit seinen schlanken, perfekt manikürten Fingern über das kantige Kinn. »Vielleicht ließe sich ein Weg finden, die gewünschten Veränderungen unabhängig von Jilseponies Entscheidung herbeizuführen«, meinte er schließlich.

Abt Braumins Gesicht verriet, dass er einem solchen Plan mit einer gewissen Besorgnis entgegensah.

»Allen Berichten zufolge ist König Danube bei prächtiger Laune«, erläuterte Bou-raiy. »Vielleicht ließe er sich überreden, einer geringfügigen Veränderung in der Hierarchie von Palmaris zuzustimmen?«

»Wie das?«

»Ein neuer Bischof von Palmaris?«, schlug Fio Bou-raiy vor. »Einer, der König Danubes Wünschen mehr entspricht als zuvor Marcalo De'Unnero.«

Wäre Fio Bou-raiy aufgestanden, um den kleinen Tisch herumgegangen und hätte Abt Braumin ins Gesicht geschlagen, dieser hätte nicht verblüffter sein können. »König Danubes Stimmung kann nur prächtig sein, wenn er sich in Jilseponies Gesellschaft befindet«, erwiderte er. »Was aber nicht heißt, dass er die finsteren Zeiten eines Bischofs De'Unnero vergessen hätte! Und ich würde einen solchen Posten nicht einmal dann anstreben, wenn es Euch irgendwie gelingen sollte, König Danube zu überreden, ihn mir anzubieten. Ein Abt von St. Precious hat bereits genug Pflichten, mein lieber Bruder; man muss ihn nicht zusätzlich noch mit der Bürde des weltlichen Amtes belasten.«

Bou-raiys Gesicht verriet hochgradigen Zweifel. »Ihr?«, fragte er, verächtlich schnaubend. »Dem würde König Danube wohl kaum zustimmen. Übrigens auch nicht die Kirche, wenngleich Ihr auf Eurem derzeitigen Posten vortreffliche Arbeit leistet. Nein, Bruder Braumin, ich dachte, vielleicht könnte der gegenwärtige Abt von St. Precious vorübergehend auf ein anderes Amt ausweichen, um den Weg für meine Pläne freizumachen.«

Er hatte Braumin zutiefst erschreckt, doch der Abt behielt seine Einwände für sich und hörte weiter zu.

»In Kürze werden wir die Kapelle von Avelyn in Caer Tinella weihen«, fuhr Bou-raiy fort. »Noch ist dies natürlich keine bedeutende Abtei, da diese Gebiete äußerst dünn besiedelt sind. Aber niemand von uns hegt Zweifel daran, dass Avelyn bald heilig gesprochen wird – offenbar ist das mittlerweile nur noch eine Formalität. Daher könnte diese in Kürze zur Abtei erhobene Kapelle durchaus schon bald zu den bedeutendsten überhaupt gehören, ganz sicher aber wird sie als Tor in die Nordlande dienen, wohin noch immer viele pilgern wollen, um die versteinerte Hand von Avelyn Desbris zu küssen.«

»Ihr bittet mich, die Abtei St. Precious aufzugeben, um der Kapelle von Avelyn vorzustehen?«, fragte Braumin ungläubig.

»Es erscheint mir angemessen«, antwortete Fio Bou-raiy ohne Zögern und veränderte seine Sitzposition, wodurch der abgebundene Arm seines braunen Gewandes nach vorne klappte. »Ihr seid besser als irgendjemand sonst geeignet, der Kapelle als oberster Geistlicher vorzustehen. Es wäre das Beste, wenn Ihr, der Ihr Euer Herz an Avelyn schon länger vergeben habt als jeder andere Ordensbruder in der Kirche, den Wechsel von Kapelle zu Abtei überwacht.«

In Braumin Herdes Ohren klang dies durchaus verlockend – einerseits. Es wäre tatsächlich eine große Ehre für ihn, eine solch ruhmvolle Ehrung zum Gedenken an den toten Helden Avelyn zu beaufsichtigen. Im Übrigen war er der nicht enden wollenden Pflichten hier in der geschäftigen Stadt längst ein wenig überdrüssig. Caer Tinella mochte sich als willkommene Abwechslung erweisen, so lange die Beschränkung seiner Verantwortung nicht mit einer Herabstufung seines Ranges einherging, die Berufung vorübergehend war und man Braumin eine baldige Rückkehr auf seinen Posten in St. Precious zusicherte.

»Die Berufung wäre natürlich nicht auf Dauer«, versicherte ihm Fio Bou-raiy, als könnte er seine Gedanken lesen.

Braumin bedachte den Mann mit einem langen, festen Blick. Nichts von alledem ergab für ihn unmittelbar einen Sinn, aber er kannte Bou-raiy gut genug, um zu wissen, dass unterhalb der Oberfläche ein Geflecht aus Intrigen lauerte – Intrigen, die Bou-raiy persönlich zum Vorteil gereichen würden. »Ihr bittet mich, nach Norden, nach Caer Tinella zu gehen, um den Weg für Eure Machtübernahme hier in Palmaris freizumachen?«, fragte er, überzeugt, alles verstanden zu haben.

Das Lachen von Bou-raiy, das darauf folgte, steigerte Braumin Herdes Verwirrung nur noch.

»Wohl kaum!«, erwiderte Bou-raiy mit offenkundiger Aufrichtigkeit.

»Denn selbst wenn ich mit König Danube spreche«, fuhr Braumin fort, »selbst wenn ich Jilseponie anflehe, in Eurem Namen mit ihm zu sprechen, und sie einwilligt, bezweifle ich, dass er die Zeit für einen so dramatischen Schritt gekommen sieht. Der erste Eindruck, den er von einem Bischof hatte, war alles andere als angenehm …«

Braumin hielt inne, da Fio Bou-raiy nur noch amüsierter lachte. »Ich versichere Euch, selbst wenn Gott sie mir persönlich anböte, wäre ich nicht gewillt, eine solche Stellung anzustreben oder anzunehmen«, erklärte der Meister von St. Mere-Abelle. »Nein, ich bin gekommen, um Euch einen Besuch abzustatten und als offizieller Gesandter von St. Mere-Abelle der Eröffnung der Kapelle von Avelyn beizuwohnen und um mich mit eigenen Augen davon zu überzeugen, wie sich das gegenseitige Interesse zwischen König Danube und Jilseponie entwickelt. Nach der Weihung der Kapelle werde ich nicht länger als ein, zwei Wochen in Palmaris bleiben. Meine Bestimmung liegt in St. Mere-Abelle, wo ich meine Pflichten als oberster Berater des ehrwürdigen Vaters Agronguerre wieder aufnehmen werde. Ich habe weder Pläne für Palmaris, Abt Braumin, noch für Euer hoch geschätztes St. Precious.«

Braumins Blick verdüsterte sich, als er den Mann misstrauisch musterte und dabei erkennen musste, dass er Bou-raiys scheinbar wirren Gedankengängen nicht folgen konnte. Wenn weder Braumin noch er selbst, wer sollte dann seiner Ansicht nach den Vorsitz in Palmaris führen? Meister Glendenhook von St. Mere-Abelle vielleicht, denn der war stets ein Handlanger Bou-raiys gewesen. Doch das ergab für Braumin noch immer keinen Sinn, denn was hätte Bou-raiy dadurch auf seinem Weg in das Amt des ehrwürdigen Vaters gewonnen? Glendenhook besaß bereits Mitsprache- und Stimmrecht in allen Abtkollegien, und die Chancen, Glendenhook, der in jeder Hinsicht alles andere als diplomatisch war, in ein so mächtiges

Amt zu hieven, waren eher gering. Nein, in diesem Augenblick ergab nichts von alledem für Braumin einen Sinn.

»König Danube würde sicher keiner Ernennung eines weiteren Bischofs zustimmen, der als Beamter der Kirche dient«, erläuterte Fio Bou-raiy. »Nicht nach dem Debakel mit dem ehrwürdigen Vater Markwart und Bischof De'Unnero. Aber vielleicht könnten wir den Wünschen des Königs entgegenkommen, indem wir durchblicken lassen, dass die derzeitige weltliche Macht in Palmaris beide Rollen übernehmen sollte.«

Braumin brauchte einen Augenblick, um das zu verdauen, und als er schließlich begriff, dass Fio Bou-raiy, der strenge Meister von St. Mere-Abelle, soeben erklärt hatte, er werde einer Ernennung Jilseponies, die nicht einmal offiziell als Priesterin der abellikanischen Kirche geweiht war, zur Äbtissin von St. Precious, der drittwichtigsten Abtei des gesamten Ordens, zustimmen, bekam er fürwahr große Augen.

»Es ist alles vollkommen logisch«, verteidigte sich Bou-raiy gegen den ungläubig-fassungslosen Blick. »Und dient dem Wohl der Kirche und des Staates. Jilseponie hat sich als fähige weltliche Herrscherin erwiesen, und ihr Einfluss und ihre Verbindungen innerhalb der Kirche sind unbestreitbar. Auch wird ihr König Danube, wenn wir ihm den Vorschlag unterbreiten, den Titel wohl kaum verwehren. Entweder ist er begeistert, dass sein Hof die Macht der Kirche attackiert, oder aber er ist so sehr in dem Konflikt zwischen Verstand und Herz gefangen, dass er es nicht wagen wird, sich zu widersetzen.«

»Ihr geht davon aus, dass Jilseponie diesen Titel auch tatsächlich will«, stellte Braumin fest, der fasziniert, aber längst nicht überzeugt war.

»Ich gehe davon aus, dass Ihr sie dazu bringen könnt«, verbesserte Bou-raiy. »Wenn Ihr es als eine Möglichkeit präsentiert, der Sache Avelyns zu dienen, wird sie vermutlich akzeptieren.«

»Das könnt Ihr unmöglich wissen«, erwiderte Braumin ruhig. »Außerdem wisst Ihr nicht, wie Jilseponie wirklich denkt.«

»Ebenso wenig wir Ihr«, entgegnete Bou-raiy schnell. »Aber das ließe sich in Erfahrung bringen, lange bevor wir mit dem Angebot an König Danube herantreten. Denkt darüber nach, Bruder, ich flehe Euch an. Es stünde Euch frei, der Kapelle von Avelyn während ihrer wichtigsten Phase vorzustehen, ihren Aufstieg zur Abtei zu überwachen und die Architekten und Steinmetze auszuwählen, während Ihr die Erhebung Bruder Avelyns in seinen rechtmäßigen Stand als Heiliger leitet.«

»Ihr wart noch nie ein Bewunderer von Avelyn Desbris«, erinnerte ihn Braumin. »Ihr standet auf Seiten Vater Markwarts, als dieser den Mann als Ketzer brandmarkte und Meister Jojonah auf dem Scheiterhaufen verbrennen ließ.« Trotz seines Bemühens, eine energische Miene aufzusetzen, brach Braumins Stimme gegen Ende des Satzes, denn seine Bemerkung weckte Erinnerungen an die entsetzliche Ungerechtigkeit, die man seinem Mentor und besten Freund, Meister Jojonah von St. Mere-Abelle, zugefügt hatte. Hilflos hatte er mit ansehen müssen, wie Markwart und seine engsten Freunde den Mann erst verurteilt und schließlich hingerichtet hatten. Und obwohl viele dieser Übeltäter, unter ihnen auch Fio Bou-raiy, mittlerweile mit der Tat nichts mehr zu tun haben wollten und ihre Fehler eingestanden, hatten sich die Bilder dieses entsetzlichen Tages unauslöschlich in Braumin Herdes Gedächtnis eingebrannt.

»Ich kann Bruder Avelyns Aufstieg weder verhindern noch davon abraten«, räumte Bou-raiy ein. »Nicht, nachdem sich sein Ruhm in den Tagen der Rotflecken-Pest so deutlich offenbart hat. Weder bin ich der Narr, für den Ihr mich haltet, noch bin ich so stolz, dass ich keine Fehleinschätzungen eingestehen kann. Wir mussten erkennen, dass Vater Markwart und seine Gefolgsleute im Irrtum waren – ob dieser Irrtum allerdings reinen Gewissens und aufgrund aufrichtiger, wenn auch irriger Absichten entstanden ist, wird noch lange Zeit diskutiert werden müssen«, fügte er schnell hinzu, denn Bouraiy mochte vielleicht eine Fehleinschätzung eingestehen, aber keine offenkundige Sünde.

»Es scheint mehr als angemessen, dass Abt Braumin, der sich unter Lebensgefahr hinter die Anhänger Avelyns stellte und der deren Sieg zur Machtübernahme missbrauchte ...«

Bei diesen Worten nahm Braumin eine drohende Haltung an.

»Das könnt Ihr nicht bestreiten«, sagte Bou-raiy. »Solltet Ihr auch gar nicht. Ihr habt Euch für die richtige Seite entschieden, und das trotz großer Gefahren, daher ist es nur angemessen, dass man Euch für Eure Urteilskraft und Euren Mut belohnt. Das will ich gar nicht in Abrede stellen, keinen einzigen Augenblick lang. Ich biete Euch daher jetzt die Gelegenheit, Eure wahre Berufung zu erkennen – die eines Vorkämpfers für Avelyn Desbris – und in naher Zukunft auch für Meister Jojonah.«

Diese letzte Verlockung, die Möglichkeit, Meister Jojonah weiter zu entlasten und zu glorifizieren, war Abt Braumin keineswegs entgangen. Tatsächlich wünschte sich der Abt von St. Precious – mehr als alles andere auf der Welt, mehr noch sogar als die Heiligsprechung Avelyns, den Braumin im Grunde kaum gekannt hatte –, dass sein früherer Ratgeber in jenen Status erhoben wurde, den er unzweifelhaft verdiente. Vor die Wahl gestellt, sich für das eine oder andere zu entscheiden, würde Braumin Herde Avelyn bei der Heiligsprechung glatt übergehen und sie stattdessen Meister Jojonah gewähren.

Und offensichtlich wusste Fio Bou-raiy das.

»Im Übrigen leuchtet mir nicht ein, warum Ihr den Aufstieg von Jilseponie, einer Frau, von der Ihr fast ausnahmslos in höchsten Tönen sprecht, in das Amt des Bischofs von Palmaris fürchten solltet, mein lieber Abt«, fuhr Fio Bou-raiy fort.

»Was mir nicht einleuchtet, ist, was Euch dazu veranlasst, diesen Aufstieg zu unterstützen«, gab Braumin offen zu.

»Es erscheint mir klug«, erwiderte Bou-raiy. »Eine Gelegenheit, die wir uns nicht entgehen lassen sollten. Denn König Danube ist von Jilseponie viel zu hingerissen, um ihr diesen Wunsch abzuschlagen; vielleicht glaubt er, seine weltliche Herrschaft bis in die Kirche auszuweiten, indem er eine Baroness in unsere Reihen einschmuggelt. Wir beide dagegen wissen, dass wir mit der Ernennung Jilseponies in Wahrheit genau den gegenteiligen Effekt erzielen werden. Dem Titel nach ist sie Baroness, im Herzen jedoch Äbtissin; das hat sowohl ihr Schaffen während des Pestjahrs bewiesen als auch die schlichte Tatsache, dass Gott und Avelyn sie zur Verkünderin des Bundes auserkoren haben.

König Danube wird einwilligen«, fuhr Bou-raiy fort, »allerdings ist Bischöfin kein Titel, den Jilseponie lange tragen wird, denn sollte sie irgendwann beschließen, den Hof von Ursal zu ihrem Zuhause zu machen, wird sie Königin werden, und die Entscheidung über ihren Nachfolger liegt dann bei uns.«

Braumin verzog verwundert das Gesicht, während er Fio Bou-raiys Absichten zu begreifen versuchte. Allein die Tatsache, dass dieser Mann mit Geschick und scheinbar mühelos ein ganzes Gebäude aus Intrigen zu errichten vermochte, bewirkte, dass sich mehr als nur einige Haare in Braumins Nacken sträubten. Trotz allem schien die Folgerichtigkeit all dessen unbestreitbar. Vermutlich würde Danube Jilseponies Aufstieg in das Amt des Bischofs tatsächlich zustimmen, und wenn sie dann nach Ursal ginge, um Königin zu werden, hätte die Priorität des Bischofsamts auch weiterhin Bestand, und es war durchaus anzunehmen, dass Danube bereit war, es dabei zu belassen. Mit Jilseponies Unterstützung würde der nächste Bischof aus der Kirche kommen statt aus dem weltlichen Bereich.

»Bischof Braumin von Palmaris, das hat doch einen wunderbaren Klang, oder etwa nicht?«, fragte Fio Bou-raiy mit einem für seine beherrschte Art typischen verhaltenen Lächeln. »Jilseponie wird dies vermutlich unterstützen, ja sogar darauf drängen, und König Danube, in seiner Verzückung über seine bevorstehende Vermählung, wird wahrscheinlich mitspielen.«

Abt Braumin sah den Mann eine Weile unverwandt an und versuchte, jede seiner Bewegungen studierend, zu ergründen, was hinter all diesen überraschenden Informationen steckte. »Ihr denkt, Ihr führt mich in Versuchung, aber in Wahrheit wisst Ihr gar nicht, was mir wirklich am Herzen liegt«, sagte er. »Mein persönlicher Gewinn ist mir nicht wichtiger als das Wohlergehen meiner liebsten Freundin, und ich werde sie keinen Intrigen aussetzen, die dem entgegenstehen, was gut für sie ist.«

»Wie könnt Ihr glauben, ein solcher Aufstieg würde sich für Jilseponie nicht als vorteilhaft erweisen?«, fragte Fio Bou-raiy ungläubig. »Sie hat sich ihren eigenen Worten nach für ein Leben als Dienerin entschieden, und wir können ihr womöglich zu einem Amt verhelfen, das dieses Potenzial unermesslich ausweitet. Glaubt Ihr, sie erkennt den Vorteil nicht?«

»Den Vorteil für Jilseponie oder für den Abellikaner-Orden?«, fragte Braumin.

»Für beide natürlich«, antwortete Bou-raiy, aufgebracht mit den Armen fuchtelnd. »Doch selbst wenn der Vorteil nur auf Seiten der Kirche läge, sollte sie mit Freuden einwilligen. Ihr übrigens auch, und zwar ohne diese Fragerei! Eure Pflicht gegenüber der abellikanischen Kirche ist eindeutig, Bruder Braumin. Überzeugt diese Frau, dem zuzustimmen und beide Titel, vereint im Amt des Bischofs, anzunehmen, bis sie mit König Danube vermählt ist – falls es jemals dazu kommt. Diese Ehe wird Staat und Kirche tiefgreifender miteinander verbinden, als es jemals der Fall war, und sie wird die vortreffliche Arbeit der abellikanischen Kirche im ganzen Land stärken.«

»Zumindest was die Kirche anbetrifft, macht Ihr sie damit innerhalb unserer patriarchalischen Strukturen zu einer Galionsfigur ohne echte Macht«, sagte Braumin vorwurfsvoll. »Ihr nutzt ihre Beliebtheit zum eigenen Vorteil, nicht zu ihrem. Es stimmt schon, König Danube wird Euren Plänen vermutlich zustimmen, denn auch ich bezweifle, dass er Jilseponie diese Chance verwehren wird. Und wenn wir mit diesem Pfund wuchern, könnte uns das auf Dauer ein Bischofsamt in Palmaris einbringen. Tatsächlich wird der Gewinn für die Kirche selbst ohne ihren Verbleib im Amt beträchtlich sein, denn allein die Verbindung zu Jilseponie wird die Liebe des gemeinen Mannes zur Kirche ungeheuer stärken. Und nein, Meister Bou-raiy, ich halte das keineswegs für verwerflich. Es macht mir aber Angst, meine Freunde auf diese Weise zum Vorteil anderer auszunutzen. Denn was immer Ihr auch anführt, in Wahrheit wird der Gewinn für Jilseponie gering ausfallen. Die kirchliche Seite des Bischofsamts, als Äbtissin von St. Precious, wird ihr wenig echte Macht eintragen, und sie wird sie gänzlich verlieren, sobald sie dieses Amt aufgibt, um an den Hof von Ursal zu gehen. Nein, der Titel Bischöfin wird für Jilseponie null und nichtig sein, ein Titel, dem jede wahre Macht genommen wird, sobald sie Palmaris verlässt.

Fio Bou-raiy fing lauthals an zu lachen, noch bevor Braumin den Gedanken zu Ende führen konnte. »Sie wird Palmaris verlassen, um Königin zu werden!«, hielt er dagegen. »Im Übrigen gewichtet Ihr die Situation falsch. Popularität bedeutet Macht, mein Freund, das ist die schlichteste Wahrheit allen Seins, die alle Unbeliebten mit großem Aufwand und trotzdem vergeblich in Verruf zu bringen versuchen. Sowohl innerhalb von Palmaris als auch außerhalb wird Jilseponie mühelos allein kraft ihres Wortes sehr viel Macht und Einfluss ausüben können. Möglicherweise wird sie eines Tages Königin, und wenn wir klug und geschickt vorgehen, wird sie selbst dann ein Mitspracherecht in der Kirche behalten. Ich möchte ihre Popularität und ihre Gunst bei König Danube nicht benutzen, um sie anschließend fallen zu lassen – ganz im Gegenteil, denn dann läge der Verlust allein bei uns. Nein, mein Freund, ich bin zu der Überzeugung gelangt, dass Jilseponie ein Mitspracherecht in der Kirche verdient hat, als Bischöfin, wenn wir das durchsetzen können, und anschließend darüber hinaus. Vielleicht beinhaltet ihre Rolle als Königin eine Machtposition innerhalb von St. Honce in Ursal – eine Ernennung zur obersten Ordensschwester, vielleicht sogar eine Ernennung zur Äbtissin –, denn diese von Sorgen geplagte Abtei ist gewiss nicht gerade mit einem Übermaß an qualifizierten Ordensbrüdern gesegnet!«

In diesem Augenblick hätte Meister Bou-raiy Abt Braumin mit einer Feder umstoßen können, so verblüfft war dieser. Immer wieder kreisten seine Gedanken um Bou-raiys soeben enthüllte Pläne, denn sie ergaben für ihn beinahe keinen Sinn. Selbst nach den Offenbarungen des Bundes von Avelyn, selbst nachdem die Kirche dazu übergegangen war, Avelyn Desbris und seine Anhänger als wahre Abellikaner anzuerkennen, hatte Fio Bou-raiy kaum etwas unternommen, was echte Veränderungen in der verkrusteten Machtstruktur bewirkt hätte. Wann immer die Sprache darauf kam, Jilseponie als mögliche Kandidatin in die Kirche zu locken – außer als Leiterin der Abtei St. Gwendolyn, die traditionell von Frauen geführt wurde –, hatte Bou-raiy ablehnend reagiert. Und jetzt saß er hier und drängte geradezu darauf, die Frau fest an die Kirche zu binden.

»Es wird das erste Mal sein«, fuhr Bou-raiy fort, »dass man der Königin des Bärenreiches ein Mitspracherecht im nächsten Abtkollegium gewährt, welches, das versichere ich Euch, angesichts des fortgeschrittenen Alters Vater Agronguerres und seiner nachlassenden Gesundheit schon bald einberufen werden wird.«

Ein Mitspracherecht im Kollegium?, fragte sich Abt Braumin im Stillen. *Oder ein Stimmrecht im Kollegium?* Welche Beute hatte sich Fio Bou-raiy in Wahrheit mit seiner Reise nach Palmaris sichern wollen? Wollte er alte Wunden heilen, um sich Verbündete bei der nächsten Wahl zum ehrwürdigen Vater zu verschaffen? Aber wenn das der Fall war, warum sollte er dann ein Mitspracherecht für Jilseponie wollen?

»Wäre Euch, Meister Fio Bou-raiy, der Ihr Euch zum ehrwürdigen Vater wählen lassen wollt, nicht besser damit gedient, wenn Jilseponie nicht im Kollegium säße?«, fragte ihn Braumin auf den Kopf zu. »Es ist bekannt, dass sie anderen aus der Kirche den Vorzug gibt.«

Beherrscht wie immer, zeigte Fio Bou-raiy kaum eine Regung, immerhin aber genug – ein Aufblitzen seiner grauen Augen –, dass Abt Braumin wusste, seine Direktheit hatte den unermüdlichen Intriganten ein wenig überrascht.

»Sie bevorzugt andere, die aber noch nicht so weit sind, dass sie in dieses Amt aufsteigen könnten«, antwortete der Meister von St. Mere-Abelle.

»Ihr sprecht, als läge Vater Agronguerre bereits im Grab«, sagte Braumin angewidert.

»Vater Agronguerre ist in jedem außer dem biologischen Sinne längst tot«, erwiderte Bou-raiy, und obschon seine Worte gefühllos klangen, konnte Abt Braumin dem Mann schwerlich einen Vorwurf machen, denn seine oftmals kalte Stimme enthielt tatsächlich – und das war überraschend – einen Hauch von Mitgefühl. Vielleicht hatten die Jahre mit Agronguerre, einem in jeder Hinsicht liebenswürdigen Menschen, bei Fio Bou-raiy positive Spuren hinterlassen.

»Sein Gedächtnis ist sehr schwach; manchmal weiß er nicht einmal mehr seinen eigenen Namen«, beeilte sich Bou-raiy fortzufahren. »Als Abt war er stets ein Vorbild – weit mehr, als ich es für möglich gehalten hätte, denn ich habe seine Wahl damals, vor all den Jahren, nicht unterstützt. Aber ich bin sicher, lange wird er nicht mehr unter uns weilen. Ein paar Monate noch, ein Jahr oder zwei, mehr nicht. Ich sage das nicht etwa, weil es mich drängt aufzusteigen, auch wenn ich mich für am besten geeignet halte, die Nachfolge Vater Agronguerres anzutreten, sondern schlicht, weil es die Wahrheit ist, eine Wahrheit, die übrigens unter den Ordensbrüdern von St. Mere-Abelle, die seinen Niedergang jeden Tag vor Augen haben, bestens bekannt ist.«

Abt Braumin lehnte sich auf seinem Stuhl zurück und begann, Fio Bou-raiy zu mustern, während er versuchte, das alles auseinander zu sortieren. Versuchte Bou-raiy ihn deshalb zu überreden, um jenen Stimmenblock auf seine Seite zu ziehen, dem vermutlich auch Viscenti, Castinagis, Talumus und Meister Dellman von St. Belfour angehören würden, und vielleicht sogar Abt Haney von dieser Abtei im Norden? Trotz seines mehrjährigen Aufenthalts in St. Belfour war Dellman Braumin Herde und seinen Freunden, die er in St. Precious zurückgelassen hatte, treu verbunden geblieben; und es war gut möglich, dass Haney, ein junger Abt, der Agronguerres Nachfolge in St. Belfour angetreten hatte, sich bei seiner Stimmabgabe an dem eher weltlich gesinnten Dellman orientierte.

Aber wo passte nach Bou-raiys Ansicht Jilseponie ins Bild? Hoffte er lediglich, Braumin auf seine Seite zu ziehen, wenn er die Frau nach außen hin begünstigte? Oder wollte er ihrer Stimme im Kollegium tatsächlich Gehör verschaffen?

Dann fiel es Braumin schlagartig wie Schuppen von den Augen, als er Fio Bou-raiys einzigen ernst zu nehmenden Konkurrenten um das Amt ins Auge fasste. Denn natürlich war es ganz richtig, wenn Bou-raiy sagte, dass Braumin Herde zu jung und unerfahren für einen solchen Aufstieg war. Und wenn man den raschen Niedergang von Marcalo De'Unnero bedachte, die tumultartigen Unruhen in St. Honce, wo es wieder einmal einen neuen Abt gab, die extreme Schwächung von St. Gwendolyn nach der Katastrophe der Rotflecken-Pest in der dortigen Abtei, sowie den Umstand, dass sowohl St.

Precious als auch St. Belfour derzeit Äbte vorstanden – Braumin und Haney –, die viel zu jung waren, um für das Amt des ehrwürdigen Vaters zu kandidieren, blieb aufgrund seiner Leistungen und Führungsqualitäten lediglich einer der älteren Meister und Äbte übrig: Abt Olin von St. Bondabruce in Entel. Damals vor zehn Jahren hatte Olin Agronguerre den Titel im Abtkollegium ernsthaft streitig gemacht, und während der letzten zehn Jahre war die Position des Abtes aus dem Süden weiter gestärkt und gefestigt worden. Doch Olin besaß eine Schwäche, einen dunklen Fleck, der seinem Aufstieg im Wege stand und den die Befürworter von Abt Agronguerre bei der letzten Wahl überaus wirksam gegen ihn eingesetzt hatten: Er war enger mit dem im Süden liegenden Königreich Behren verbunden als seit Jahrhunderten jeder andere abellikanische Abt. Sicher, das Bärenreich und Behren lagen miteinander nicht im Krieg, aber sie waren auch nicht die allerbesten Nachbarn. Darüber hinaus hatte die abellikanische Kirche mit den Yatol-Priestern des südlich gelegenen Königreiches noch nie auf gutem Fuß gestanden. Olin stand seiner Abtei in Entel vor, der südlichsten Stadt des Bärenreiches, einer aufstrebenden Hafenstadt, nur eine kurze Schiffsreise von Jacintha, der Hauptstadt Behrens und dem Thronsitz des Chezru-Häuptlings, entfernt. Olins Verflechtungen mit den seltsamen Bräuchen und Verschrobenheiten Entels waren der abellikanischen Kirche stets ein Dorn im Auge gewesen, und seine Nähe zu Behren hatte König Danube Brock Ursal schon des Öfteren Anlass zu äußerstem Unbehagen gegeben.

Jilseponie würde Königin werden, davon war Meister Bouraiy, wie alle Beobachter, ganz offenkundig überzeugt, und als solche wäre sie für König Danubes Wünsche und politische Notwendigkeiten empfänglich. Zweifellos käme es König Danube nicht sonderlich gelegen, Olin als ehrwürdigen Vater der abellikanischen Kirche zu sehen. Das wiederum würde Jilseponie in den Stimmenblock um Meister Bou-raiy treiben.

Was für ein gerissener Plan!, musste Braumin zugeben. Er stellte fest, dass er Bou-raiy für diese Ränke nicht einmal sonderlich gram war und er den Mann für seine Hartnäckigkeit und sein politisches Geschick im Grunde bewunderte. Schließlich brachte es das Amt des ehrwürdigen Vaters mit sich, dass man die Notwendigkeiten der Kirche und die Anliegen des Königs möglichst geschickt miteinander verband. Es war, trotz Agronguerres Weigerung, sich in irgendeinem politischen Amt zu engagieren, ebenso sehr wie alles andere eine politische Funktion. Traditionell hatten sich die meisten ehrwürdigen Väter stets mit dem jeweils herrschenden König eng beraten.

Jilseponie in das Amt des Bischofs zu hieven – und damit den Wünschen Braumins und mehrerer anderer Rechnung zu tragen –, würde sich für Fio Bou-raiy im Abtkollegium also als vorteilhaft erweisen, insbesondere, wenn sie tatsächlich Königin des Bärenreiches würde. Wenn Jilseponie auch keine leidenschaftliche Anhängerin Bou-raiys war, so war sie doch auch nicht seine Feindin, und jede Königin Danubes würde ihm den Vorzug vor Olin und seinen zahlreichen behrenesischen Freunden geben müssen.

In Wahrheit aber gefielen Abt Braumin die Folgen von Fio Bou-raiys Intrige nicht sonderlich, und Jilseponie, auf welche Weise auch immer, zu benutzen, hinterließ bei ihm einen bitteren Nachgeschmack. Letztendlich aber musste er sich eingestehen, dass Bou-raiys Plan auf mannigfaltige Art dem Wohl der Kirche und des Staates dienen würde. Allen persönlichen Vorbehalten zum Trotz konnte Braumin die Berufung Jilseponies in das Amt des Bischofs von Palmaris sowie seine Versetzung, um der Eröffnung und Aufwertung der Kapelle von Avelyn vorzustehen, zu diesem Zeitpunkt nur als doppelten Gewinn ansehen.

»Ihr werdet sie also überzeugen?«, fragte ihn Fio Bou-raiy lächelnd und selbstgewiss, so als hätte er genau gesehen, dass

Braumin sich nach hartem inneren Kampf am Ende doch auf seine Seite geschlagen hatte.

Abt Braumin zögerte lange, dann aber nickte er schließlich doch.

6. Das Ende des Bertram Dale

Obwohl der Sommer seinen Höhepunkt längst überschritten hatte und der achte Monat sich dem Ende näherte, war der Tag unerträglich heiß und feucht; dampfend stand die Luft über den zahlreichen Seen in der Nähe. Tagein, tagaus hatte die Sonne glühend heiß herniedergebrannt und das Wasser verdunsten lassen, woraufhin gegen Ende eines jeden Tages der vergangenen Woche am späten Nachmittag ein schweres Unwetter losgebrochen war, das den Boden erzittern ließ und das Wasser in einem alles durchtränkenden Regenguss zurück auf die Erde schleuderte.

So war es auch am Tag zuvor gewesen; es hatte ein heftiges und stürmisches Unwetter gegeben, weswegen De'Unnero – Bertram Dale – an diesem heißen Morgen, zusätzlich zu seinen üblichen Arbeiten, auch noch ausgiebige Reparaturen an den Dächern vornehmen musste. Lange vor Tagesanbruch war er wach geworden, gleich zum Holzstoß hinausgegangen und hatte sein Pensum Holz gehackt, um die anstrengendsten Arbeiten hinter sich zu bringen, bevor die Sonne hoch am Himmel stand. Jetzt hockte er, bekleidet nur mit seiner Hose und am ganzen schlanken und gebräunten, muskulösen Körper in der Mittagssonne schwitzend, auf dem Giebel eines Daches, entfernte das beschädigte Dachstroh und besserte die darunter liegende Tragekonstruktion aus. Obwohl er oft innehielt, um sich den Schweiß von der Stirn zu wischen, sickerte noch immer ein großer Teil durch sein Stirnband und brannte ihm in den Augen. Trotz seiner ausgezeichneten körperlichen Verfassung musste De'Unnero in der stickigen Luft häufig eine Pause einlegen, um Atem zu schöpfen und sich mit Wasser zu übergießen. Als er sich während einer dieser Verschnaufpausen flüchtig umsah, erblickte er von seinem erhöhten Ausguck in der Ferne eine Gruppe von Personen, zwei zu Fuß und drei zu Pferd, die sich über die Straße Micklins Dorf näherten.

Obwohl die nahende Gruppe noch zu weit entfernt war, um die Gesichtszüge deutlich unterscheiden zu können, erkannte De'Unnero sofort, dass es sich nicht um einen der Jagdtrupps handelte, denn keiner seiner Mitbewohner hatte das Dorf zu Pferd verlassen. Vorsichtig rollte er sich über die Dachkante, hielt sich am oberen Mauerrand fest und ließ sich leichtfüßig zu Boden fallen. Es geschah nicht oft, dass Fremde sich in diese Abgeschiedenheit verirrten, und wenn doch, befanden sie sich eher auf der Flucht, als dass sie ein bestimmtes Ziel vor Augen hatten.

De'Unnero streifte ein ärmelloses Hemd über und nahm sein Stirnband ab, während er sich gemächlich der den Fremden zugewandten Dorfseite näherte. Beim Gehen wanderten seine Augen von einer Seite auf die andere und prüften das Gelände, immer auf der Suche nach möglichen Fluchtwegen, günstigen Verteidigungspositionen oder gar weiteren Fremdlingen, die sich als Vorhut vielleicht schon in das Dorf geschlichen hatten.

Kurz darauf hörte er Gesang – von einem der Reiter, wie er erkannte. Lässig hockte der Barde im Sattel des in der Mitte gehenden Pferdes, klimperte auf einem dreisaitigen Instrument herum und sang dazu von fernen Kämpfen gegen mächtige Drachen. De'Unnero musste zugeben, dass er ein recht guter Sänger war; das, sowie der Umstand, dass die Gruppe sich so offen zeigte, ließ ihn hoffen, dass es keine nichtsnutzigen Herumtreiber waren, mit denen man nichts als Ärger haben würde.

»Die Drachenaugen, sie schimmerten gülden«, sang der Barde. »Sein feuriger Atem züngelte am Holz; doch flinker noch war Traykles Schwert, das zum Erlöschen bracht' sein' Stolz.«

Es war »Die Ballade von Traykle Chaser«, wie De'Unnero jetzt bemerkte, ein ziemlich bekanntes altes Lied über einen sagenumwobenen Drachenjäger, der im Norden Alpinadors dem Winter getrotzt hatte, um Rache an einem riesigen Drachen zu nehmen, der Traykles Grenzdorf in Schutt und Asche gelegt hatte. De'Unnero hatte in der Bibliothek von St. Mere-Abelle mehrere unterschiedliche Versionen des Liedes gefunden und oft gehört, wie es von Dorfbewohnern gesungen wurde, die am Markttag in die Abtei gekommen waren. De'Unneros Misstrauen wurde erneut geweckt, denn für einen fahrenden Barden war es seiner Ansicht nach eine ziemlich schlichte Weise.

Vielleicht wollte der Reiter nur, dass irgendwelche sich zufällig in der Nähe aufhaltenden Dorfbewohner glaubten, er sei ein fahrender Musikant.

Noch immer unbemerkt, nahm De'Unnero die Gruppe der Reisenden genauer unter die Lupe und versuchte aus der Art, wie sie zu Pferde saßen und marschierten, Rückschlüsse auf die Stärke dieses Trupps zu ziehen. Ein geübter Krieger hatte einen leichteren und geschmeidigeren Gang, ein primitiver Schurke dagegen ging oft so, als wollte er den Boden mit jedem Schritt gerade misshandeln. Und genauso verhielt es sich bei den beiden zu Fuß: Der eine war ein bärenhaft-plumper Kerl, dessen kahler Schädel hell in der Sonne glänzte, der andere ein untersetzter Bursche mit nichts sagendem Gesicht und rötlichem Haar, was auf eine Herkunft aus dem Grenzgebiet hindeutete. Beide trugen schwere Waffen über ihren Schultern; eine Axt der Fettleibige, einen endlos langen Speer der andere. Einer der Reiter wirkte keinesfalls vornehmer, ein hoch gewachsener Kerl mit langem, schwarzem Haar, dem mehrere Zähne fehlten; sein Schwert dagegen, das er deutlich sichtbar in einem Gurt an seiner Hüfte trug, schien De'Unnero eine erheblich elegantere und gefährlichere Waffe zu sein. Die beiden übrigen, darunter der Barde, machten in puncto Kleidung und Reinlichkeit einen etwas gediegeneren Eindruck; beide trugen das Haar kurz geschnitten und waren rasiert. Einer war von durchschnittlichem Wuchs, etwa so groß wie De'Unnero, und führte einen über seiner Schulter hängenden Kurzbogen sowie einen vorne am Sattel befestigten, stets griffbereiten Pfeilköcher mit. Der andere, der Sänger, war ein geradezu zierliches Kerlchen mit Falsettstimme und hellbraunen Augen, die umso heller glänzten, sobald er sein strahlendes, heiteres Lächeln sehen ließ. Soweit De'Unnero erkennen konnte, war er gänzlich unbewaffnet, was ihn in den Augen des kampferprobten ehemaligen Mönchs zum Gefährlichsten von allen machte.

Mittlerweile waren sie bei den ersten Häusern angelangt, und da sie noch immer keinerlei Anstalten machten, sich zu verstecken, trat De'Unnero vor ihnen auf den Weg.

»Seid gegrüßt«, rief er. »Es geschieht nicht oft, dass Besucher in Micklins Dorf kommen. Verzeiht uns also, wenn wir Euch nicht in aller Form empfangen.« Als er geendet hatte, machte er eine tiefe Verbeugung. »Bertram Dale, zu Euren Diensten.«

»Seid herzlich gegrüßt, und einen wunderschönen Tag!«, antwortete der Barde überschwänglich und mit unverkennbar weiblicher Stimme; und erst jetzt, als er genauer hinsah, erkannte De'Unnero, dass es sich in Wahrheit um eine Frau mit kurz geschorenen, braunen Haaren handelte. »Wir sind umherziehende Abenteurer, die wissen wollen, wie es in der Welt zugeht«, fuhr sie schwärmerisch fort, »und die nach Geschichten suchen, aus denen sich bedeutende Oden spinnen lassen.«

Warum vergeudet ihr Eure Zeit dann mit Kinderliedern?, dachte

De'Unnero, behielt seine Kritik jedoch für sich. Obwohl er ihr Äußeres irgendwie bemerkenswert fand, galt sein Augenmerk nicht der Frau, denn die beiden zu Fuß gehenden Schurken, die sich ein Stück abgesondert hatten und miteinander tuschelten, beunruhigten ihn erheblich mehr. Offenbar hielten sie nach den übrigen Dorfbewohnern Ausschau, was De'Unnero eindeutig verriet, dass diese Bande alles andere als harmlos war.

»Wir bieten allen Reisenden etwas zu essen und zu trinken an«, sagte er, sich wieder zu dem weiblichen Barden umdrehend.

»Meine Kehle könnte einen feurigen Schluck gebrauchen«, meinte der hoch gewachsene Reiter mit bäuerlichem Dialekt.

»Schnaps haben wir leider nicht«, erklärte De'Unnero. »Es gibt Wasser, Tortha-Beerensaft und ein köstliches Gemisch aus ausgepressten Blaubeeren und Trauben, das ist alles. Aber wenn Ihr absitzen wollt, werde ich die Pferde in den Pferch lassen, wo sie grasen können, und anschließend bereite ich Euch allen ein kräftiges Mahl.«

Die drei Reiter wechselten einige Blicke, ohne anzunehmen oder abzulehnen, machten aber, wie De'Unnero auffiel, auch keinerlei Anstalten abzusteigen. Inzwischen hatten die anderen beiden die Tür einer nahen Hütte geöffnet und warfen einen Blick ins Innere.

»Bitte erklärt Euren Begleitern, sie möchten sich an die Regeln der Privatheit und des Anstands halten. Wir sind hier durchaus freundlich, einige unserer Häuser sind allen zugänglich, andere dagegen, wie das, für das die beiden sich zu interessieren scheinen, sind privat.«

»Sie sehen sich doch bloß um«, erwiderte der hoch gewachsene Mann unbeeindruckt.

»Meine Mitbewohner werden in Kürze von der Jagd zurückkommen«, fuhr De'Unnero fort, der das höfliche Getue zusehends leid wurde. Wenn sie die Absicht hatten, ihn anzugreifen oder offen zu bedrohen, sollten sie es endlich hinter sich bringen. »Ich bin sicher, sie haben nichts dagegen, dass Ihr so lange hier bleibt, wie Ihr wollt. Außerdem werden sie bestimmt all Eure Lieder und Geschichten hören wollen; gute Unterhaltung im Tausch gegen eine kräftige Mahlzeit und ein warmes Nachtlager.«

Die Sängerin, die De'Unnero merkwürdig ansah, nahm sein Angebot lächelnd entgegen und vollführte, immer noch zu Pferd, eine elegante Verbeugung.

»Vielleicht erzählen sie mir noch fantastischere Geschichten, damit ich sie vertonen kann«, erwiderte sie.

»Alles, was ich Euch bis jetzt habe singen hören, war eine alte Ballade, die hier im Bärenreich jedes Kind kennt«, versuchte De'Unnero sie zu provozieren; er wollte sehen, ob es ihm gelang, der Frau mit ihrem elfenhaften Gesicht einen Anflug von Verärgerung zu entlocken.

Es gelang ihm nicht; sie lachte nur über seine Bemerkung und erwiderte: »Ich fürchte, in der Welt ist es still geworden. Die großen Kriege sind vorbei, und die Pest hat sich längst verzogen.«

»Ach, sie ist keine tolle Bänkelsängerin«, mischte sich der hoch gewachsene Kerl ein und spie aus. »Sie hält sich mit ihren hübsch gereimten Liedern und den großen Worten für eine weltgewandte Dichterin, dabei ist sie bloß Sadye, Sadye die Hure. Sie ist keinen Deut besser als wir.« Der abgerissene Kerl hatte noch nicht zu Ende gesprochen, als die Frau ihn bereits mit einem stechenden, drohenden Blick bedachte. De'Unnero spürte, wie sich ihm die Nackenhaare aufstellten. Spätestens jetzt war ihm jenseits allen Zweifels klar, dass sie mehr als gefährlich war.

Den weiteren Wortwechsel konnte er jedoch nicht mehr verfolgen, da eine Bewegung seitlich neben ihm seine Aufmerksamkeit erregte. Er sah, wie die beiden Männer zu Fuß in das nächste Haus eindrangen, diesmal in die Schankwirtschaft des Dorfes.

»Dort, wo ich herkomme, gilt eine solche Bemerkung als überaus unhöflich«, sagte der ehemalige Mönch. Als er sich wieder umdrehte, sah er, dass der hoch gewachsene Kerl ihn aus seinem hohen Sattel wütend anfunkelte. Und der war wirklich hoch, denn das Pferd des Mannes war riesig.

Der große Mann spie abermals aus, diesmal knapp vor De'Unneros Füße.

Der frühere Mönch war klug genug, seinen Zorn im Zaum zu halten. Noch war der Augenblick nicht gekommen …

Die beiden unberittenen Männer gingen weiter zum nächsten Haus, doch inzwischen hatte De'Unnero beschlossen, die Karten offen auf den Tisch zu legen. »Ihr werdet unaufgefordert kein weiteres Haus mehr betreten«, rief er den beiden Schnüfflern zu. »Wir haben eine Gemeindeschänke, die ihr soeben gesehen habt, alles andere hier im Dorf ist für euch tabu, so lange die anderen Dorfbewohner nicht ihr Einverständnis gegeben haben.«

»Wir sind schon so lange unterwegs und bloß neugierig«, bemerkte die Bardin aalglatt und mit breitem Grinsen. »Nur die Ruhe, mein Freund, wir sind nicht gekommen, um Geschichten zu machen, sondern um welche zu hören.«

De'Unnero wandte sich zu ihr um, oder tat zumindest so, denn in Wahrheit richtete er den Blick zur Seite, wo die beiden Männer zu Fuß wieder zum Vorschein kamen. Er sah sofort, dass sie ihre Waffen in eine griffbereitere Position gebracht hatten.

Diesmal hätte der Speichel des hoch gewachsenen Kerls auf dem Pferd De'Unneros Bein getroffen, wäre der flinke ehemalige Mönch nicht im letzten Moment ausgewichen.

»Wir sind fünf und du nur einer«, knurrte der Kerl auf dem Pferd bedrohlich. »Wir gehen, wohin es uns passt.«

De'Unnero senkte den Blick und lachte amüsiert, dann hob er den Kopf und sah der Bardin in die Augen. »Und wie denkt Ihr darüber?«, fragte er.

»Sie hat überhaupt nichts zu denken!«, brauste der hoch gewachsene Kerl auf und zeigte mit dem Finger auf De'Unnero. »Jetzt rede ich, und ich sage dir, du hältst den Mund!«

De'Unnero sah die Bardin achselzuckend an, die seine unverbindliche Geste erwiderte.

»Verschwindet von hier«, forderte der ehemalige Mönch sie ruhig auf.

»Aber nur mit deiner Leiche im Schlepptau …«, setzte der hoch gewachsene Kerl zu seiner Antwort an; die ersten Worte bekam er noch klar und deutlich heraus, bevor Marcalo De'Unnero sich blitzschnell in Bewegung setzte, mit zwei Riesenschritten bei ihm war, hochsprang und sich in der Luft drehte, sodass er mit den Füßen voran gegen den hoch gewachsenen Kerl prallte.

Der kippte mit einem lauten Aufschrei auf der anderen Seite vom Pferd, während De'Unnero, durch den Aufprall in seinem Schwung gebremst, sich geschickt auf die Seite fallen ließ und mit einer Körperdrehung wieder auf die Füße kam, um dem wütenden Angriff der beiden unberittenen Männer zu begegnen.

Blitzschnell richtete er sich auf, sodass der plumpe Koloss, der seine schwere Axt schwang, um De'Unnero den Kopf abzuschlagen, seinen Angriff, ganz wie von De'Unnero beabsichtigt, verhältnismäßig hoch ansetzte.

Der ehemalige Mönch, der bedeutendste jemals vom Abelikaner-Orden ausgebildete Krieger, tauchte ab, ging tief in die Hocke, wirbelte, eines seiner Beine streckend, herum, trat dem großen Mann mit der Ferse von hinten gegen den Knöchel und brachte ihn dadurch unter lautem Ächzen zu Fall.

Der andere Schurke stürzte sich mit seinem unhandlichen Speer auf den am Boden kauernden De'Unnero und versuchte, vor Wut, Erregung und vielleicht sogar vor Schadenfreude brüllend, ihn zu durchbohren.

Am Ende brüllte er vor Angst; denn De'Unnero war es gelungen, die Spitze des langen Speeres mit seinem linken Unterarm abzulenken, gerade so weit, dass sie ihr Ziel verfehlte; woraufhin der Speerträger um Hilfe rief, ja wimmerte, denn jetzt schnellte De'Unnero hoch und warf sich mit seinem ganzen Gewicht nach vorne, bevor der Mann reagieren, den unhandlichen Speer zurückziehen und erneut in Stellung bringen konnte. De'Unneros perfekt gezielte Gerade zerbrach den Speer genau in der Mitte. Der Speerträger besaß jedoch noch eine zweite Waffe, einen Dolch; den zog er jetzt, wirbelte herum und stach blindlings zu.

De'Unnero blieb augenblicklich stehen, drehte sich und ging, seinem Instinkt gehorchend, tief in die Hocke.

Ein Pfeil zerschnitt dicht über seinem Kopf die Luft.

Er blickte zu dem noch zu Ross sitzenden Bogenschützen hinüber und sah, wie der Mann seelenruhig den nächsten Pfeil an seine Bogensehne legte; und er sah auch, dass die Bardin mittlerweile wieder auf ihrem dreisaitigen Instrument spielte. Er ahnte den Angriff des Lanzenträgers in seinem Rücken, der sich die Sache ein wenig zu einfach machen wollte, stoppte den Narren jedoch jäh mit einem peitschenschnellen Tritt nach hinten, der dem Mann die Kniescheibe zertrümmerte. Eine kurze Drehung, und De'Unnero trat ihm seitlich gegen das Knie und knickte es in eine Richtung, in die es sich eigentlich nicht knicken ließ.

Der Lanzenträger ging vor Schmerzen brüllend zu Boden.

Der Vorteil war gering und von flüchtiger Natur, wie De'Unnero ahnte, denn sowohl der große Reiter als auch der ungeschlachte Koloss waren mittlerweile wieder auf den Beinen und griffen, geschickt aufeinander abgestimmt, abermals an. Und der Bogenschütze hatte längst bewiesen, dass er wenig Skrupel hatte, mitten ins Gewühl zu schießen.

In diesem Moment standen die Dinge nicht zum Besten, aber schließlich war er Marcalo De'Unnero, einer der besten Kämpfer überhaupt, jener Mann, der sich völlig hemmungslos mitten in eine Bande von Pauris geworfen hatte. Er konnte mit List und Tücke zu Werke gehen, kannte die vorteilhaftesten Techniken und Angriffe, konnte …

Plötzlich merkte De'Unnero, dass er nicht mehr allein war, dass der Wertiger sich in ihm regte und darum bettelte, freigelassen zu werden. Es wäre ein Leichtes, ihn in seiner ganzen Furcht erregenden Pracht hervorbrechen zu lassen! Sie würden die Flucht ergreifen, jeder Einzelne von ihnen, und er könnte sie jagen, würde sie verfolgen und schließlich niederreißen.

Ein Leichtes – plötzlich bemerkte De'Unnero, dass einer seiner Arme krampfhaft zu zucken und sich zu verändern begann. Er hatte seine Triebe jahrelang unterdrückt und sperrte sich instinktiv dagegen; andererseits, wenn er den Wertiger jetzt akzeptierte, nur einen einzigen, winzigen Augenblick lang, wäre die Veränderung vollzogen und der Kampf gewonnen.

De'Unnero wehrte sich unter wütendem Geknurre gegen die Verlockung, dabei hatte sich sein Arm in diesem Augenblick längst verwandelt. Der Bestie nachzugeben hieß zu verlieren, entschied er, wie immer der Kampf ausgehen mochte.

Während er sich ganz auf die bevorstehende Aufgabe konzentrierte, sirrte ein weiterer Pfeil vorbei und verfehlte ihn nur um Haaresbreite. Er täuschte einen Angriff auf die beiden Stehenden vor, um sich gleich darauf blitzschnell nach rechts zu werfen, kopfüber abzurollen, sich mühsam aufzurappeln und zu versuchen, hinter das mittlerweile reiterlose Pferd zu gelangen.

Beide, sowohl der bärenhafte Koloss als auch der hoch gewachsene Kerl, setzten ihm nach, doch als sie hinter das Pferd traten, mussten sie zu ihrer Überraschung feststellen, dass De'Unnero stehen geblieben war, sich umgedreht hatte und sie jetzt mit einem fürchterlichen Hieb seiner mächtigen Katzenpfote empfing. Der große Mann stieß einen schrillen

Schrei aus, als De'Unnero ihn an der Schulter erwischte, Lederweste und Haut zerfetzte und ihm mit der Kralle eine tiefe Risswunde unterhalb des Kinns beibrachte.

Er kippte nach hinten, aber De'Unnero konnte sich nicht weiter um ihn kümmern, denn mittlerweile ging der plumpe Koloss, mit seiner riesigen Axt weit ausholend, auf ihn los.

De'Unnero wich ein Stück zurück und versuchte weiterhin, hinter dem Pferd zu bleiben, um dem Bogenschützen kein Ziel zu bieten.

Das Drängen des Wertigers dauerte an und wurde stärker; gleichzeitig beschlich De'Unnero ein noch weit mächtigeres Unbehagen, das seltsam beklemmende Gefühl, völlig aus dem Gleichgewicht zu geraten. Als er daraufhin seine beiden unmittelbaren Gegner, insbesondere den hartnäckigen, hoch gewachsenen Kerl, eingehender betrachtete, dämmerte es ihm plötzlich, denn die letzte Wunde des Mannes verheilte unmittelbar vor seinen Augen!

»Was soll das?«, entfuhr es dem ehemaligen Mönch, der in Magie bewandert war. Obwohl De'Unnero sich nach allen Seiten umsah, konnte er weder einen sichtbaren Hinweis auf irgendwelche Edelsteine erkennen, noch schien einer der Schurken, die noch auf den Beinen waren, gerade mit irgendeinem Zauber beschäftigt zu sein. Und auch die Waffe des hoch gewachsenen Kerls, ein schartiges altes Schwert, war allem Anschein nach nicht mit Edelsteinen besetzt.

Dann fiel es De'Unnero wie Schuppen von den Augen, und er stöhnte laut auf. Das Lied der Bardin. Er hatte bereits von Musikinstrumenten gehört, die mit magischen Steinen besetzt waren, deren Kräfte mittels eines Liedes abgerufen werden konnten. Jetzt sah er es mit eigenen Augen, ein Lied, das seine Feinde heilte und ihm ein unbehagliches Gefühl verschaffte.

Plötzlich schien der Kampf erheblich schwieriger.

Gleichzeitig wurde der Ruf des Wertigers sehr viel verlockender.

Schließlich hatte einer der Schurken die Situation so weit durchschaut, dass er dem verängstigten Pferd einen Klaps aufs Hinterteil versetzte und es davonjagte, wodurch De'Unnero völlig ungeschützt den Pfeilen ausgesetzt war. Der Bogenschütze vergeudete keine Zeit, ließ einen Pfeil in Richtung des abtauchenden Mannes schnellen und traf De'Unnero hinten an der Wade, wo er eine tiefrote Kerbe hinterließ.

Er spürte zwar den Schmerz, aber am meisten Sorgen bereitete ihm das Drängen des lauthals seine Freiheit fordernden Wertigers. Marcalo De'Unnero wusste, dass er der Verlockung widerstehen konnte, allerdings nur auf Kosten seines Lebens, denn dazu würde er das Kämpfen, überhaupt alles, einstellen und sich ganz auf den Kampf in seinem Innern konzentrieren müssen.

Ein weiterer Pfeil streifte ihn; er vernahm die aufgeregten Rufe der beiden Männer, die seine Verfolgung aufgenommen hatten.

In diesem kritischen Augenblick bemächtigte sich eine neue Sichtweise des ehemaligen Mönchs, die Erkenntnis, dass er sich selbst betrog, wenn er diesen sehr realen Teil seiner Persönlichkeit leugnete. Lass ihn heraus, entschied er, lass ihn in diesem ganz speziellen und in allen ähnlichen Augenblicken einfach heraus, wenn seine Feinde es verdienten, die abgründigeren Seiten von Marcalo De'Unneros Persönlichkeit kennen zu lernen.

Er lief um die Ecke einer Kate und hörte, wie hinter ihm ein Pfeil mit einem dumpfen Geräusch im Holz steckenblieb. Außer Sichtweite, riss er sich das Hemd vom Leib – wie oft hatte er sich seine Kleidung bei diesen Verwandlungen schon ruiniert? –, zog seine Hose aus und verzog schmerzerfüllt das Gesicht, als er dem Wertiger freien Lauf ließ und ihm gestattete, seine Beine in die Hinterbeine einer großen Katze zu verwandeln.

Die beiden Unberittenen bogen hinter ihm um die Hüttenecke, aber er war längst verschwunden, hatte seine kräftigen Katzenmuskeln kurz angespannt, zu einem mächtigen Sprung angesetzt und war ohne das geringste Geräusch auf dem Dach gelandet. Er trabte sofort zum First, ging in Lauerstellung und horchte.

»Geh du anders herum!«, rief der hoch gewachsene Kerl dem Bogenschützen zu, und De'Unnero hörte, wie das Hufgetrappel sich der Vorderseite des Hauses näherte.

»Wo hat sich diese kleine Ratte verkrochen?«, brüllte der plumpe Kerl wütend. »Sucht nach versteckten Türen. Wenn ich den in die Finger kriege!«

»Wir werden ihn ganz weit oben an die Wand nageln!«, rief der hoch gewachsene Kerl, dessen Worte im neuerlichen Geschrei des Mannes mit dem zertrümmerten Knie beinahe untergingen. Das Geräusch lieferte De'Unnero den entscheidenden Hinweis, dass die Bardin nicht mehr ihr erstes Lied sang, das den Hämatit aktiviert hatte, sondern jetzt ein anderes angestimmt hatte, ein Lied über Wälder und wilde Tiere.

Als die Wandlung daraufhin ihren Fortgang nahm, wurde De'Unnero von einer kurzen Panik ergriffen, denn er befürchtete, das Lied könnte auf seinen Zustand als Katze abzielen. Vielleicht hatte sie seine Hand bemerkt oder irgendwie seinen katzenhaften Sprung gesehen. Besaß sie eine magische Waffe, die sie gegen ihn einsetzen konnte?

Diese Befürchtungen legten sich jedoch, als er vollends zum Wertiger wurde und sich einzig auf die Jagd konzentrierte. Er hörte das Lied der Bardin jetzt in einer völlig anderen Klangfarbe, die ihn erregte, die ihn vor Nervosität ganz ungeduldig werden ließ und in ihm den Wunsch weckte, loszuspringen, sich auf das Menschenfleisch zu stürzen und seine Feinde zu vernichten.

Er vernahm die Schreie, hörte das Lied der Bardin, er hörte, wie das Pferd des Bogenschützen sich galoppierend vom Haus entfernte, am deutlichsten aber vernahm er das unablässige Geschwätz der beiden Handlanger, die jetzt um die hintere Ecke der Kate bogen, ihn verfolgten und verhöhnten und ungestraft mit Beleidigungen und Drohungen um sich warfen.

Den Leib dicht an den First geschmiegt, schlich sich der riesige Tiger Schritt für Schritt an, bis er schließlich genau oberhalb der beiden Narren in Stellung ging. Der hoch gewachsene Kerl stand näher an der Hüttenwand.

Die große Katze flog einem gewaltigen Geschoss gleich heran. Eigentlich hatte De'Unnero es auf den plumpen Koloss abgesehen, aber als er an dem Hochgewachsenen vorübersegelte, trat er geschickt mit seinen Tatzen aus und riss dem noch immer spottenden Kerl die Kehle auf. Den plumpen Koloss trat er mit voller Wucht, presste ihm den Atem aus den Lungen und stieß ihn rücklings zu Boden. Alles Selbstvertrauen und aller Spott waren verflogen, als der bärenhafte Kerl jetzt seine Freunde heulend und kreischend beschwor, ihm irgendwie beizustehen, und dabei wild mit den Armen fuchtelnd versuchte, die große, reißzahnbesetzte Schnauze und die Krallen von seinem Gesicht fern zu halten.

Mit seinen gewaltigen Tatzen schälte De'Unnero die Haut so mühelos vom Arm des Mannes, als wäre sie aus trockenem Papier, riss ihn mit jedem Hieb in Stücke. Er verhakte sich am Knochen des einen Arms, und als er seine Tatze nach unten zog, riss er diesen wie auch den anderen Arm mit herunter, sodass Kopf und Kehle des Mannes ungeschützt vor ihm lagen. Blitzschnell schnappte das Tigermaul zu, schloss sich über dem Gesicht des kreischenden Mannes und biss erbarmungslos zu.

Ein Stechen in seiner Hüfte erinnerte De'Unnero daran, dass wenigstens noch zwei weitere Gegner übrig waren, woraufhin er von dem hünenhaften Kerl abließ und sich mit einigen Sprüngen entfernte. Als ein zweiter Pfeil ihn sirrend verfehlte, brachte er sich mit einem schnellen Satz um die Hüttenecke in Sicherheit. Der Kerl mit dem zertrümmerten Knie und der hünenhafte Kerl schrien hinter ihm vor Schmerzen. Das Lied der Bardin war nach wie vor zu hören und wurde einen Augenblick darauf vom Geräusch galoppierender Pferde unterlegt. Irgendwo, tief in seinem Innern, begriff De'Unnero jetzt, was es mit der Melodie auf sich hatte; die Bardin hatte dieses Lied angestimmt, um ihr Pferd zu noch schnellerer Flucht anzutreiben.

De'Unnero stürmte zurück um die Hüttenecke. Ein Reiter, der Bogenschütze, war noch in Sichtweite und entfernte sich in scharfem Galopp über die Straße, auf der die Bande ins Dorf gelangt war; von der Bardin dagegen war keine Spur zu sehen.

Der bärenhafte Kerl schrie abermals auf; beinahe hätte die Hilflosigkeit in seiner Stimme De'Unnero bewogen, stehen zu bleiben und zu seinem Festmahl zurückzukehren.

Aber nur beinahe, denn noch immer spürte er das Brennen in seinem Hinterteil, von dem Pfeil, den der davongaloppierende Reiter abgeschossen hatte.

In seiner Versessenheit, sich aus dem Staub zu machen, schaute der Bogenschütze stur geradeaus, daher war er völlig überrascht, als ihn der Tiger von der Seite her ansprang und aus dem Sattel warf. Die beiden Körper landeten in einem wirren Knäuel, der Mann schreiend, der Tiger mit den Krallen reißend und um sich schnappend. Der Fuß des Bogenschützen verfing sich im Steigbügel; das völlig verängstigte Pferd raste weiter, sowohl seinen Reiter als die um sich schlagende Bestie hinter sich herschleppend. Wie es der Zufall wollte, bot der Oberschenkel des Bogenschützen den besten Halt für die Raubtierzähne, sodass sich dieses Bein dank der vereinten Kräfte des Gezogenwerdens und der schnappenden und reißenden Zähne alsbald vom Körper löste.

Der Mann hörte überhaupt nicht mehr auf zu schreien, bis seine Stimme erst in ein Wimmern und schließlich in ein leises Stöhnen überging. Schließlich blieb er reglos liegen, während der Wertiger sich an ihm gütlich tat.

Später kehrte Marcalo De'Unnero blutüberströmt und mit zerrissener Hose in Micklins Dorf zurück. Er wusste nicht genau, wie viel Zeit verstrichen war, seit er gefressen hatte und anschließend in einen Dämmerzustand verfallen war, in dessen Verlauf er sich wieder in einen Menschen zurückverwandelt hatte. Nach dem Erlegen seiner Beute hatte er nicht einmal versucht, die Bardin zu verfolgen; gefangen in der Gedankenwelt des Tigers war ihm das überhaupt nicht in den Sinn gekommen. Nie zuvor hatte die Bestie so vollkommen, so alles verzehrend, von ihm Besitz ergriffen. Diesmal war er nicht nur seiner äußeren Erscheinung nach eher Bestie als Mensch gewesen; sein Hunger auf Blut, seine nackte Gier nach Nahrung und die Lust am Töten hatten alles andere überlagert.

Jetzt war er müde und wütend – auf die Banditen und auch auf sich selbst. Sogar hauptsächlich auf sich selbst. De'Unnero hatte die Verwandlung gutgeheißen und sie bereitwillig hingenommen, nicht etwa weil sie unvermeidlich gewesen wäre, sondern als willkommene Waffe gegen Feinde, die nichts anderes verdient hatten. Aber der Wertiger bedeutete mehr, wie De'Unnero wusste. Der Wertiger bemächtigte sich Marcalo De'Unneros Seele und raubte ihm alles – seine gesamte Disziplin und Selbstbeherrschung. In Gestalt des Wertigers hatte Marcalo De'Unnero keinen Zugang zu Gott, denn Gott hatte ihn und seine Mitmenschen mit Verstand gesegnet, damit er über die tierischen Triebe triumphierte und jeden Schritt und jede Tat vor der Ausführung genau bedachte.

Der Wertiger dagegen war ein von Instinkten und Gier geleitetes Geschöpf, das geschickt im Reißen seiner Beute war, aber kaum jemals Zeit darauf verwendete, irgendetwas zu durchdenken.

Marcalo De'Unnero hasste dieses Wesen von ganzem Herzen, und er hasste sich selbst, weil er wieder einmal versagt und der unter Kontrolle geglaubten Bestie freien Lauf gelassen hatte.

Mit jedem Schritt einen wüsten Fluch ausstoßend, kehrte De'Unnero ins Dorf zurück. Dort lag der hoch gewachsene Kerl, die Kehle vom reißenden Wertiger zerfleischt, und gleich daneben, in Stücke gerissen und blutüberströmt, der bärenhafte Hüne. All das viele Blut!

Ein Schluchzen hinter dem Haus erinnerte De'Unnero an den anderen Kerl.

Er fand ihn, leise weinend an die Wand gelehnt. Als der Mann De'Unnero erblickte, versuchte er sich hochzuziehen und Reißaus zu nehmen, stürzte aber sogleich wieder hin, hielt sich das Knie und schrie noch lauter als zuvor. »Der Dämon!«, jammerte er. »Der geflügelte Dämon ist gekommen, um mich zu holen!«

Marcalo De'Unnero ging beiläufig zu ihm, packte den Mann – den einzigen Zeugen – an den Haaren, bog ihm den Kopf mit einem Ruck in den Nacken und entblößte dadurch seine Kehle. Ein Stoß mit gestreckten Fingern, und die Luftröhre des Mannes war zertrümmert. Achtlos ließ De'Unnero den Kopf wieder fallen und trat einen Schritt zurück.

Dieser letzte Tötungsakt beschäftigte ihn ohnehin nicht sonderlich, denn in seinem Herzen und nach dem merkwürdigen moralischen Regelsystem, dem Marcalo De'Unnero stets gefolgt war, hatte er mit der Exekution dieses Mannes kein Unrecht begangen. Der Narr, offenkundig ein Dieb und Mörder, hatte sich diese brutale Gerechtigkeit selbst zuzuschreiben, davon war De'Unnero überzeugt.

Vielmehr dachte De'Unnero im Augenblick darüber nach, wie er den zurückkehrenden Jägern die Art der Verletzungen erklären sollte, die er diesen Leuten zugefügt hatte.

De'Unnero entfernte sich und überließ den Narren seinem einsamen Tod. Die geflohene Zeugin dagegen bereitete ihm erheblich größere Sorgen. Ausgerechnet eine Bardin hatte er entkommen lassen.

Erst jetzt bemerkte er, wie müde und verwundet er tatsächlich war, und ließ sich gegen eine Hauswand sinken.

Eine Bardin als Zeugin! Ausgerechnet!

7. Zielstrebig

»Ich habe dir in dieser Frage keine Entscheidungsmöglichkeit gelassen«, herrschte Lady Dasslerond Aydrian an.

»Und wenn ich nicht wieder hinunter in das Loch will?«, erwiderte der Junge trotzig – noch trotziger als sonst.

Lady Dasslerond setzte eine amüsierte Miene auf, eine Miene, die dem jungen Aydrian zeigen sollte, dass es ihr vielleicht sogar lieber war, wenn er sich offen widersetzte, und sei es nur, um ihr die Genugtuung zu geben, ihn eigenhändig hinunter in das Loch zu befördern.

»Ich will hier draußen bleiben«, beharrte Aydrian. »Unter den Sternen, wo die Luft von lieblichen Düften erfüllt ist und ein frischer Wind weht.«

»Wenn du tüchtig bist und deine Arbeit gut machst, wirst du wieder draußen sein, bevor die Sterne am Nachthimmel stehen«, erwiderte Lady Dasslerond.

Aydrian musterte sie kurz, zuckte mit den Achseln und erklärte: »Nein, ich bleibe lieber hier.« Daraufhin vernahm er ringsum ein Rascheln und Murmeln, das ihm verriet, dass viele aus Dassleronds Volk in der Nähe waren. Noch beunruhigender waren Dassleronds fortgesetzte Amüsiertheit über seine Albernheiten und dieser Gesichtsausdruck, der jetzt in ein fast begieriges Feixen überging.

Die Herrscherin deutete mit ausgestrecktem Arm nach oben und blickte in den spätnachmittäglichen Himmel. »Genieß den Sonnenschein«, sagte sie. »Genieße deine letzten Stunden in Andur'Blough Inninness.«

Aydrian, viel zu sehr damit beschäftigt, sich eine Antwort zurechtzulegen, um das ganze Gewicht ihrer Bemerkung zu begreifen, geriet bereits bei den ersten Worten seiner Erwiderung ins Stammeln; als er daraufhin Lady Dasslerond aus großen Augen ansah, ihre Körperhaltung und ihr katzenhaftes Grinsen betrachtete, wurde ihm jenseits allen Zweifels klar, dass sie sich keinesfalls einen Scherz mit ihm erlaubte. Erst jetzt dämmerte ihm, dass er es mit der gestrengen Herrscherin von Caer'alfar diesmal etwas zu weit getrieben hatte.

Wie schon die ganze Zeit seit Brynn Dharielles Abreise.

Plötzlich schien sich eine düstere Wolke über Dasslerонds Miene zu legen und ihr Blick wurde stechend kalt. »Runter mit dir ins Loch, unverschämtes Bürschchen, oder du wirst, ohne jemals zurückkehren zu können, aus meinem Land gewiesen«, sagte sie kühl. »Und glaube ja nicht, dass ich bluffe, denn allmählich bin ich es leid mit dir.«

Entsetzt über ihre plötzliche Härte, über die Unerbittlichkeit ihres Tons und ihres Plans, starrte Aydrian sie fassungslos an.

»Hältst du durch, wird man dir mit ein wenig Glück gestatten, den Sonnenuntergang jenseits des Tales zu betrachten«, fuhr die Lady fort. Ihre enorme Selbstbeherrschung und die offenkundige Verärgerung, die unmittelbar hinter ihrer kühlen Fassade brodelte, machten dem Jungen große Angst.

»Ich weiß nicht, wie das geht«, beklagte sich Aydrian. »Das habe ich doch schon so oft gesagt.«

»Aus eben diesem Grund wirst du es immer wieder versuchen«, erwiderte Lady Dasslerond. »Wenn wir immer nur jene Fertigkeiten üben, die wir bereits hervorragend beherrschen, verdammen wir uns selbst zur Mittelmäßigkeit. Dass du deine Schwäche zugibst, bestärkt mich nur in meinem Entschluss, dich in das Loch zum Orakel hinabsteigen zu lassen, und zwar von nun an jeden Tag.«

»Und außerdem macht es mir keinen Spaß«, fügte der junge Mann dickköpfig hinzu.

»Wann bist du nur auf die Idee verfallen, dir soll hier irgendetwas Spaß machen?«, entgegnete die Elfe ruhig. »Du bist aus einem Grund hier, der viel mehr zählt als dein persönliches Vergnügen. Vergiss das niemals.«

Aydrian wollte etwas erwidern, doch Dasslerond schnitt ihm mit erhobener Hand das Wort ab.

»Ich habe dich vor die Wahl gestellt«, sagte sie. »In klaren Worten und ohne jeden Verhandlungsspielraum. Entscheide dich. Mehr gibt es dazu nicht zu sagen.«

Wieder machte er Anstalten, etwas zu erwidern, doch bevor er überhaupt dazu kam, machte Lady Dasslerond auf dem Absatz kehrt und ließ ihn stehen.

»Ich bin doch keine Marionette!«, rief Aydrian ihr nach und musste gegen seine Tränen ankämpfen, gegen das überwältigende Gefühl von Verzweiflung und Einsamkeit, das er im Grunde immer noch nicht recht begriffen hatte. Brynn Dharielles Abreise, des einzigen anderen Menschen in Andur'Blough Inninness und die einzige Person, für die Aydrian Wyndon jemals so etwas wie Freundschaft empfunden hatte, hatte ihn zutiefst verletzt und so einsam gemacht wie nie zuvor, und er hatte nur noch wenig Hoffnung, dass dieser Verlust jemals wieder wettgemacht werden könnte.

Aber so gerne er Lady Dasslerond auch angeschrien und sich ihr widersetzt hatte, was ihn jenseits des geschützten Tales von Andur'Blough Inninness erwartete, ängstigte Aydrian weit mehr. Hier war sein Zuhause, das einzige, das er je gekannt hatte. Die Geschichten, die man ihm von der weiten Welt draußen erzählt hatte, hatten alles andere als verlockend geklungen; es waren albtraumhafte Geschichten von Krieg und Streit, von einer grausamen und verheerenden Epidemie gewesen.

Hektisch holte er ein paar Mal tief Luft, murmelte leise ein paar Flüche und zwängte sich hinein in das Loch, bis er in eine kleine Erdhöhle mit einer Wurzel als Bank auf der einen Seite gelangte, mit einer einzelnen brennenden Kerze davor und einem Spiegel genau gegenüber. Aydrian hielt inne und sog den schweren Geruch der mit Duftstoffen, mit Flieder und einer Vielzahl anderer Düfte des bewaldeten Tales, versetzten Kerze ein. Sofort beruhigten sich seine Nerven, seine Muskeln entspannten sich, und obwohl es ihn eigentlich kaum interessierte, vermutete er, dass bei der Kerze ein wenig Elfenzauber im Spiel war, ein wenig Duftmagie, mit der man seine ungestüme Natur ein wenig zügeln wollte.

Achselzuckend ließ der junge Mann sich auf der Wurzel nieder und schaute in den Spiegel. Nachdem er ihn eine ganze Weile betrachtet hatte, blies er die Kerze aus.

Anfangs sah er überhaupt nichts; als seine Augen sich dann aber an die Dunkelheit gewöhnt hatten, zeichnete sich der Umriss des rechteckigen Spiegels ab. Er versuchte den Blick von ihm zu lösen und vielleicht das Muster der Wurzeln an der gegenüberliegenden Wand zu erkennen, sie womöglich gar zu zählen – einfach alles zu tun, um sich die endlos lange Stunde zu vertreiben, die Dasslerond ihn hier unten schmoren lassen würde. Mehrmals schon hatte er sich erfolglos am Orakel versucht. Obwohl die Touel'alfar diese Gabe eigentlich den älteren Hütern vorbehielten, hatte Lady Dasslerond darauf bestanden, dass Aydrian es auch weiterhin versuchte. Ihrer Ansicht nach war er längst so weit; nach seinem eigenen Empfinden aber drängte sie ihn viel zu sehr und zu hartnäckig – noch dazu in einer Angelegenheit, die ihn überhaupt nicht interessierte.

Also schaute der Junge wie schon bei den früheren Sitzungen am Spiegel vorbei und begann, die ineinander verschlungenen Wurzeln dahinter zu zählen.

Er begann, kam aber nicht sonderlich weit, denn unmerklich wurden Aydrians Augen – so unmerklich, dass er die Veränderung kaum bemerkte – wieder zum Spiegel hingezogen. Er starrte auf die reflektierende Oberfläche, die in der Dunkelheit nicht mehr als ein tiefschwarzer Tümpel zu sein schien.

In der Dunkelheit bewegte sich etwas. Aydrian bemerkte es, obwohl ihm vom Verstand her klar war, dass er eigentlich nichts hätte sehen dürfen, denn dafür war es in der Höhle viel zu düster.

Trotzdem wusste er, dass dort etwas lauerte. Bewegungslos und Unheil verkündend.

Aydrians Konzentration wuchs, sein Blick verengte sich und er vergaß völlig, dass er sich Lady Dasslerond widersetzen wollte. Was dort geschah, war vollkommen unerklärlich, aber dass etwas geschah, spürte er ganz deutlich.

Mittlerweile schien die reflektierende Oberfläche nicht mehr ganz so düster, sondern eher wolkig, und an der linken Seite konnte Aydrian ganz klar die Umrisse einer gewandeten Gestalt ausmachen, obwohl es nicht mehr als eine Silhouette war.

Aydrian, sprach sie in seinen Gedanken.

Der junge Mann wäre fast von der Bank gekippt, doch irgendwie gelang es ihm, seinen Platz und seine Konzentration beizubehalten.

Die Silhouette übermittelte ihm telepathisch einen einzigen Gedanken: *Vater*.

»Nachtvogel«, entfuhr es Aydrian leise. Er wagte kaum zu atmen; dann spürte er, dass die Gestalt unzufrieden mit ihm war, was ihn zutiefst verstörte.

Schließlich schlich sich eine Empfindung in seinen Kopf und geleitete ihn an einer Abfolge von Gedanken entlang, die ihm vor Augen führte, wie töricht es war, sich Lady Dasslerond unentwegt zu widersetzen. Der Gedanke wurde immer mächtiger, ließ ihn nicht mehr los und führte ihm ein Leben in Elend vor Augen, ein Leben ohne Kenntnisse und Fertigkeiten. Dickköpfig wie immer, versuchte Aydrian alles abzustreiten, aber die Bilder, die sich ihm jetzt auf der reflektierenden Oberfläche des Spiegels zeigten – echte Bilder, trotz ihrer Trübheit und Schattenhaftigkeit –, ließen sich unmöglich leugnen. Mehrfach versuchte Aydrian zu protestieren; mehrmals setzte er zu einer Bemerkung an, nur um erleben zu müssen, wie seine unsinnigen Worte und Gedanken in der feuchten, muffigen und rauchgeschwängerten Luft der kleinen Erdhöhle verhallten.

Denn dort, vor seinen Augen, spulte sich unbestreitbar jenes Leben ab, für das er sich in diesem Augenblick mit jeder Nörgelei und jedem Widerwort entschied.

Aydrian hatte jegliches Zeitgefühl verloren, und es vergingen mehrere Stunden, bis ihm die Stimme in seinem Kopf schließlich riet, *Lady Dasslerond zu vertrauen, denn sie wird dir große Macht verleihen.*

Erst jetzt merkte Aydrian, dass sich auch noch andere Bilder unter die düsteren Reflexionen auf der Spiegeloberfläche mischten. Er erblickte riesige Städte, so völlig anders als alles, was er in den stillen und so vergänglichen Baumhäusern von Caer'alfar gesehen hatte. Er sah Märkte unter freiem Himmel sowie ein riesiges Gebäude – eine der Abteien, wie er sofort wusste, obwohl unklar war, woher. Scharen von Menschen – Menschen wie er! – bevölkerten diese Bilder, und einige von ihnen schienen bis unmittelbar an die gläserne Barriere zu treten, um ihn zu betrachten.

Ohne es zu merken, beugte sich der junge Mann von diesen Bildern angezogen auf seiner Bank nach vorne. Das Gefühl innerer Leere traf ihn wie ein Stich, der heftiger war als alles, was er bis dahin kennen gelernt hatte, und dieses Gefühl der Einsamkeit wurde noch verstärkt durch die feinen Andeutungen der Geistergestalt, die ihm von den Möglichkeiten erzählte, die er eines Tages in die Tat umsetzen würde.

Lady Dasslerond wird dir den Weg zu großer Macht weisen, hörte Aydrian ganz deutlich in seinem Kopf; ihn beschlich der Verdacht, dies könnte ein Trick der Touel'alfar sein, die ihn überreden wollten, Lady Dasslerond zu gehorchen. Doch dann überraschte ihn der Geist, indem er fortfuhr: *Und anschließend werde ich dir zeigen, wie man diese Macht am besten nutzt.*

Das überraschende Versprechen ließ Aydrian blitzschnell auffahren; der Schrecken über diese Ankündigung machte jede Konzentration zunichte, und die Bilder im Spiegel verblassten bis zur Unkenntlichkeit. Weder konnte er noch die Geistersilhouette sehen, noch die Wolken auf der Spiegeloberfläche, nicht einmal der Rand des Spiegels war noch zu erkennen, wie er jetzt merkte, denn in der Höhle war es stockfinster geworden.

Kurz darauf krabbelte Aydrian aus der Erdhöhle hervor und stellte fest, dass er völlig allein im Wald war. Er schaute sich nicht einmal um, ob sich in den Zweigen der stark belaubten Bäume ringsum noch Elfen versteckten, denn er spürte, dass sie nicht da waren, und im Grunde war es ihm auch egal. Unweit der Höhle des Orakels fand er eine kleine Lichtung, von der aus er einen ungehinderten Blick auf einen großen Teil des sternenübersäten Nachthimmels hatte.

Dort ließ er sich nieder, sah nach oben, ließ seine Gedanken zu dem sternenbeschienenen Himmelszelt hinaufwandern und dachte über den telepathischen Gedankenaustausch nach. Was mochte er bedeuten? Eine Chance vielleicht?

Irgendwie hatte er das Gefühl, es könnte tatsächlich einen Weg geben, Unsterblichkeit zu erlangen.

»Das sollte Euch nicht überraschen«, sagte To'el an Lady Dasslerond gewandt, als sie, lange bevor Aydrian aus dem Erdloch herauskletterte, wieder in Caer'alfar waren. Sie sprach zögernd, denn sie war sich durchaus darüber im Klaren, dass Dasslerond es nicht gewohnt war, dass man auf diese Weise mit ihr sprach. »Seit uns Brynn Dharielle verlassen hat, ist er immer starrsinniger und aufsässiger geworden. Ich hatte eigentlich erwartet, dass er sich Euch widersetzen und Euch zwingen würde, ihn rauszuwerfen.«

»Und doch hat er in der Höhle des Orakels ausgeharrt«, gab Lady Dasslerond zu bedenken, woraufhin To'el jedoch nur mit den Achseln zuckte, so als sei dies angesichts der alles überlagernden Negativität, die Aydrian ausstrahlte, wohl eher unbedeutend. »Möglicherweise seht Ihr Euren jungen Hüter in einem ganz falschen Licht«, erläuterte Dasslerond. »Ihr beurteilt ihn nach den Maßstäben, die wir bei unseren anderen Schülern anlegen.«

»Soll er denn kein Hüter werden?«, fragte To'el mit einem Zögern in der Stimme, denn der Ausdruck auf Lady Dasslerونds Gesicht, ein Blick von kalter Berechnung, war in der Tat eindrucksvoll.

»Nur insofern, als er von den Touel'alfar ausgebildet wird«, erwiderte Dasslerond. »Nicht in der Hinsicht, dass ein Hüter anschließend zu seinem Volk zurückkehrt, um ihm als Beschützer zu dienen.«

»Dann soll er also hier bleiben?«, fragte To'el alles andere als begeistert. »Und wie lange?«

»Bis er so weit ist«, antwortete Dasslerond. »Aydrian wurde weder nach Caer'alfar gebracht, weil wir es seinem Vater schulden, noch weil die Welt unbedingt einen weiteren Hüter braucht. Man hat ihn aus einem einzigen Grund hierher gebracht, und während Ihr in seiner Verstocktheit einen Nachteil für seine Ausbildung seht, betrachte ich seine arrogante Eigenständigkeit geradezu als notwendige Voraussetzung.«

To'el wollte schon nach diesem einen Grund fragen, aus dem man Aydrian hergebracht hatte, merkte dann aber, dass er etwas mit dem Makel zu tun haben musste, der Verdorbenheit, die der Geflügelte über Andur'Blough Inninness gebracht hatte. Indes, Dasslerونds Miene riet ihr, davon Abstand zu nehmen, daher wechselte sie das Thema. »Trotzdem wart Ihr bereit, ihn aus Caer'alfar zu verbannen«, sagte sie. »Als er sich Euch unter diesem Baum widersetzte, wart Ihr kurz davor, ihn endgültig aus Andur'Blough Inninness zu verstoßen, ihn vielleicht sogar töten zu lassen. Es war nicht zu übersehen, wie ernst Euch diese Drohung war, Lady Dasslerond.«

»Wir bewegen uns mit diesem Jungen auf sehr dünnem Eis«, räumte Lady Dasslerond ein. »Ich sehe seine unglaublichen Kräfte mit jedem Tag wachsen. Er wird diese Willensstärke brauchen, trotzdem bin ich mir über eins im Klaren: Wenn wir diese Kraft nicht beherrschen und gleichzeitig unseren Bedürfnissen unterordnen können, wird er etwas Schlimmeres werden als bloß reine Zeitverschwendung. Er wird zu einer Gefahr.«

»Er ist doch bloß ein Mensch«, wandte To'el ein.

Dassleronds goldene Augen verengten sich. »Im Kampf verfügt er über das gleiche meisterhafte Können wie sein Vater. Mindestens«, erwiderte sie. »Und wie seine Mutter weiß er mit den magischen Steinen umzugehen; vielleicht sogar besser als sie. Viel wichtiger aber ist, er verfügt über einen viel zu ausgeprägten Willen, als dass man ihn kontrollieren oder auf etwas anderes lenken könnte. Er weiß über uns Bescheid, und trotzdem ist er, anders als alle anderen, nicht bereit, die Welt mit unseren Augen zu sehen. Im Übrigen bezweifle ich, dass er die Toel'alfar jemals wirklich als seine Familie betrachten wird.«

»Und doch teilen wir auch weiterhin unsere Geheimnisse mit ihm«, sagte To'el.

»Ich gehe davon aus, dass das Orakel ihn beruhigen wird«, erklärte Dasslerond. »Vielleicht wird unser junger Aydrian etwas umgänglicher, wenn ihn der Geist seines Vaters heimsucht und ihm den Weg weist.«

To'el war mit der Erklärung mehr als zufrieden. Sie nickte

und machte eine elegante Verbeugung, dann überließ sie Lady Dasslerond ihren Gedanken – Gedanken, die offenkundig um den jungen Aydrian kreisten.

Und tatsächlich, Lady Dasslerond ließ ihre letzte Begegnung mit dem jungen Menschen noch einmal vor ihrem geistigen Auge vorüberziehen und verglich seine Starrköpfigkeit mit dem Umstand, dass ihre Späher berichteten, er befinde sich noch unten in der Erdhöhle, wo er sich noch immer mit dem Orakel befasste oder es zumindest versuchte. Lady Dasslerond war von dem jungen Hüter nicht übermäßig angetan – überhaupt mochte sie Menschen nicht besonders, den jungen Aydrian allerdings fand sie noch weniger liebenswert als irgendeinen der anderen, mit denen sie es bislang zu tun gehabt hatte. Was aber, wie Dasslerond wusste, daran lag, dass der junge Aydrian weniger formbar war und sie diese Selbstständigkeit und diesen Stolz gegen ihn würde kehren müssen. Denn eigentlich war Aydrian von Anfang an nur aus einem einzigen Grund hier: um den Makel des geflügelten Dämons zu tilgen.

Noch immer war Lady Dasslerond nicht völlig klar, was dafür erforderlich sein mochte – würde Aydrian sich in die finstere Unterwelt begeben müssen, um mit Bestesbulzibar zu kämpfen? –, sie vermutete aber, dass das Opfer dieses Hüters gewiss nicht geringer ausfallen würde als das seines Vaters.

Lady Dasslerond gab sich nicht der Illusion hin, der junge Aydrian würde sein Leben für sie oder für Caer'alfar opfern. Nein, sie würde sich auch weiterhin auf dünnem Eis bewegen müssen, wie sie es To'el gegenüber formuliert hatte. Sie würde, gewissermaßen als Ausgleich für die Kontrolle, die sie über ihn ausübte, diesem jungen Mann erlauben müssen, auf vielen Gebieten immer stärker zu werden.

Und sie würde ihren eigenen Unmut zügeln müssen, und zwar immer wieder, denn ihre Geduld mit diesem aufsässigen jungen Burschen schwand von Tag zu Tag.

8. Intrigen zum Wohl der Welt

Sie betrachtete die aus hunderten von Rosen und Nelken bestehenden Blumenbouquets mit einer Mischung aus ehrfürchtiger Scheu, Respekt und Traurigkeit. Noch nie hatte Jilseponie so viele Blumen gesehen, und noch nie hatte sie einen so lieblichen, geradezu überwältigenden Duft erlebt. Obwohl eine so theatralische Geste für König Danube keine übermäßig große Leistung war – nicht mehr als ein Fingerschnippen und ein knapper Befehl an einen seiner zahllosen Bediensteten –, hatte sich seit ihrer Zeit mit Elbryan niemand mehr so viel Mühe gegeben, ihr eine Freude zu machen.

Sie durfte sich also durchaus geschmeichelt fühlen. Es war ihr bei weitem schönster Sommer mit Danube gewesen. Ihre Gespräche waren unbeschwert und freundschaftlich gewesen, in aller Offenheit hatten sie über das Königreich diskutiert und darüber, wie jeder von ihnen das Los der einfachen Leute verbessern konnte. Der König war geistreich und charmant, stets zu einem Scherz oder einem Lächeln aufgelegt, und während Jilseponie diese Art der Gesellschaft aufrichtig zu schätzen wusste, so war ihr doch bewusst, dass sie die Quelle seiner Heiterkeit war.

Eben daher rührte auch ihr Unbehagen. Und jetzt das – sie war aufgewacht und hatte ihr Zimmer sowie die Hälfte der oberen Etage von Chasewind Manor voller Blumenbouquets vorgefunden. Es war der offenkundigste Liebesbeweis, den Danube ihr seit seiner Ankunft hatte zuteil werden lassen, ein Liebesbeweis, der sie auf nicht eben subtile Weise bat, ihre Freundschaft auf eine höhere und emotionalere Ebene zu heben, eine Ebene, von der Jilseponie noch nicht wusste, ob sie mit ihr würde umgehen können.

Eine Ebene, nach der die Witwe Nachtvogels nie wieder geglaubt hatte, ein Verlangen zu verspüren.

Als sie die Treppe hinunterstieg, erwartete er sie bereits – ein wenig nervös in seinem Sessel im Gemeinschaftsraum herumrutschend, wie Jilseponie bemerkte. Er war ein unverkennbares Wagnis eingegangen, ein gewaltiges Risiko für seinen Stolz.

Und sie wusste nicht recht, wie sie auf dieses Wagnis reagieren sollte. Diese Erkenntnis kam ein wenig überraschend, aber das Letzte, was sie wollte, war König Danube zu kränken. All die Jahre, die er in Nachtvogels Schatten gestanden hatte, hatte er so viel Geduld mit ihr bewiesen und sie, von den Blumen einmal abgesehen, auch nie übermäßig unter Druck gesetzt. Wie sollte sie sich jetzt also verhalten?

Sie ging zu ihm und blieb stehen, und als er sich darauf erhob, trat sie noch näher an ihn heran und gab ihm einen Kuss auf die Wange – was bei der rings um den Saal postierten Leibwache des Königs erstaunte Blicke und sogar überraschtes Keuchen hervorrief.

Danube, offensichtlich völlig verblüfft, fing an zu stottern und zu stammeln und hatte große Mühe, wenigstens nach außen hin Haltung zu bewahren.

»Sie sind wunderschön«, sagte Jilseponie. »Es geschieht nicht oft, dass ein Mann von Eurer Macht und Stellung sich so viel Mühe macht, und das trotz eines so großen persönlichen Risikos.«

Der letzte Teil ihrer Bemerkung ließ Danube erstaunt stutzen; er sah sie fragend an. »Persönliches Risiko?«, wiederholte er und musste dann kopfschüttelnd lachen. »Was seid Ihr doch unverblümt, Baroness. Vielleicht ist das die Eigenschaft, die ich am meisten an Euch bewundere.«

Auch Jilseponie strahlte übers ganze Gesicht. »Ich habe schon zu viel erlebt«, erläuterte sie, »als dass die Schwächen der menschlichen Natur mich noch übermäßig verwirren könnten. Nehmt meine Worte als großes Kompliment und als aufrichtigen Dank.«

»Weil es mir gelungen ist, Euch den Morgen heiterer zu gestalten?«, fragte Danube. Als ihr Lächeln daraufhin noch strahlender wurde, genügte ihm das als Antwort.

»Es ist ein prachtvoller Morgen; eine laue Brise weht durch die goldenen Strahlen der warmen Sonne«, fuhr der König fort. »Würdet Ihr mit mir ausreiten?«

Es war eine Einladung, die auszuschlagen ihr nicht einmal in den Sinn kam, und so galoppierten Jilseponie und König Danube schon wenig später über die hinter Chasewind Manor gelegenen Felder, fühlten den Wind in den Haaren und die Sonne im Gesicht.

Sie ritten fast den ganzen Vormittag und waren gerade dabei, auf der rückwärtigen Terrasse des Herrenhauses gemeinsam ein wunderbares Mittagessen zu sich zu nehmen, als Danube Jilseponie fragte, ob sie ihn auf einen Ausflug in den Golf von Korona begleiten wolle, eine kurze Bootstour, um sich die wunderbaren Delfine anzusehen, von deren Eintreffen zu Beginn der Woche Herzog Bretherford ihn unterrichtet hatte.

Im Grunde hätte Jilseponie nichts lieber getan, als Danube bei diesem aufregenden Abenteuer zu begleiten, denn sie hatte gehört, wie sich ein paar seiner Soldaten über die Delfine unterhalten hatten, die elegant und mit vollendeter Körperbeherrschung zwanzig Fuß weit aus dem Wasser sprangen.

»Ich fürchte, heute muss ich ablehnen«, war sie jedoch gezwungen zu antworten, »denn ich bin bereits vorher eine wichtige Verpflichtung eingegangen und habe nicht mehr genug Zeit.«

Sie hatte den Eindruck, dass Danube sie nach den näheren Einzelheiten dieser Verpflichtung ausfragen wollte, vielleicht sogar, dass ein Funken Eifersucht in seinen grauen Augen aufblitzte. Zu seiner Ehre sei jedoch gesagt, dass er nicht weiter nachhakte. »Aber vielleicht reicht es noch für einen weiteren Ritt?«, fragte er stattdessen. »Einen kurzen Ausritt über die Felder hinterm Haus?«

Jilseponie willigte lächelnd ein, und kurz darauf waren die beiden abermals unterwegs und ritten in lockerem Trab über das wunderschöne Gelände hinter Chasewind Manor, umhüllt vom schweren Duft der sommerlichen Felder, während das Gezwitscher unzähliger Vögel die geschmeidigen Bewegungen der Pferde mit einem natürlichen Lied untermalte.

»Heute ist ein prächtiger Tag für eine Segeltour«, wiederholte König Danube ganz beiläufig seine Frage. »Seid Ihr sicher, dass Ihr mich nicht begleiten könnt?«

Jilseponie hätte die Einladung nur zu gerne angenommen – nichts lieber als das! –, und das verriet König Danube auch unmissverständlich ihr Gesichtsausdruck. »Ausgeschlossen«, erklärte sie jedoch. »Ich habe nämlich versprochen, den Nachmittag mit Abt Braumin zu verbringen, der zurzeit die Weihung der Kapelle von Avelyn vorbereitet.«

»Euer alter Freund, Bruder Avelyn«, sagte König Danube. »Wann wird sich die Kirche endlich dazu durchringen, diesen Mann in gebührender Form heilig zu sprechen? Hat die Zeit der Pest sie etwa nicht überzeugt? Hat sie nicht jeden Mann und jede Frau im ganzen Königreich überzeugt? Auf der ganzen Welt?«

Es tat Jilseponie gut, den König des Bärenreiches in so hohen Tönen von ihrem verstorbenen Freund sprechen zu hören, zumal sie die Aufrichtigkeit hinter Danubes Worten spürte. Er sagte diese Dinge nicht nur, um Jilseponie eine Freude zu machen.

»Ich könnte möglicherweise mit dem derzeitigen Abt von St. Honce reden«, bot Danube an. »Ich bezweifle allerdings, dass Ohwans Stimme großes Gewicht innerhalb der Kirche hat – jedenfalls nicht, wenn man in der Kirche seit den Tagen der Herrschaft Markwarts klüger geworden ist.« Er lachte über seinen harmlosen Scherz, den Jilseponie aber, die Abt Ohwan nicht kannte, nicht verstand.

»Wie man mir berichtet, ist der Vorgang der Heiligsprechung bereits recht weit fortgeschritten«, erwiderte sie. »Selbst wer in der Kirche den Lehren Avelyns nicht günstig gesinnt ist, kann die Wunder am Berg Aida wohl kaum bestreiten, zumindest nicht das zweite. Niemand, der dem Bund beigetreten ist und vom Blut Avelyns gekostet hat, hat sich anschließend mit der Rotflecken-Pest infiziert, und wer bereits krank dorthin gekommen war, wurde ohne Ausnahme geheilt.«

»Man möchte meinen, wenn überhaupt jemals ein Mensch den Titel eines Heiligen verdient hat, dann ganz sicher Avelyn Desbris«, erwiderte Danube lächelnd. Als er daraufhin in den Himmel blickte und sah, dass die Sonne ihren Zenit überschritten hatte, erlosch sein Lächeln, und er wurde ernst. »Ihr müsst jetzt fort, nach St. Precious«, sagte er. »Sehen wir uns heute Abend vielleicht wieder?«

Jilseponie dachte einen Augenblick über die Einladung nach. Ihre erste Reaktion war, abzulehnen – sie hatte bereits zu viel Zeit mit König Danube verbracht, zumal ihr Verhältnis im Begriff war, sich rasch auf ein innigeres und damit unbehaglicheres Niveau zuzubewegen –, doch zu ihrer eigenen Überraschung hörte sie sich einwilligen.

Danubes Lächeln strahlte mit der Sonne um die Wette. »Diesmal werdet Ihr nicht vor mir in Chasewind Manor sein!«, rief er, riss sein Pferd herum und donnerte davon.

Jilseponie zog ernsthaft in Erwägung, sich heute von Danube schlagen zu lassen; hatte er nicht gerade die obere Etage von Chasewind Manor für sie mit Blumen überhäuft? Die Überlegung war jedoch von flüchtiger Natur und längst verflogen, als sie mit den Fersen Greystones Flanken berührte.

Sie war bereits abgestiegen, als König Danube sich neben der kleinen Koppel hinter den Stallungen zu ihr gesellte.

Sein Lächeln war keinen Deut weniger strahlend.

»Wird er in diesem Sommer um Eure Hand anhalten?«, wollte Braumin wissen. Jilseponie sah ihm fest in die Augen und fragte sich, wieso er sie an diesem Tag so in die Enge trieb. »Alles deutet darauf hin, dass König Danube die Absicht hat, Jilseponie noch vor dem Jahreswechsel zu seiner Königin zu machen.«

»Dann ist Jilseponie offenbar die Einzige, die davon noch nichts weiß«, erwiderte sie ziemlich ungehalten.

»Nun, selbstverständlich muss er sich Eurer Antwort sicher sein, bevor er zu fragen wagt«, meinte Braumin. »Es würde sich für den König des Bärenreiches nicht ziemen, wenn man ihn zurückweisen würde.«

Jilseponie zuckte mit den Achseln. Natürlich lag Braumin mit seinen Schlussfolgerungen richtig, und auch die Gerüchte, so glaubte sie zumindest, entsprachen der Wahrheit. Tatsächlich deutete alles darauf hin, dass König Danube im Begriff war, sich in ein Abenteuer zu stürzen, das vor dem Altar von St. Honce enden würde.

»Und wie wird Eure Antwort lauten?«, fragte Abt Braumin sie geradeheraus.

»Haben wir das nicht schon ausgiebig besprochen?«, entgegnete Jilseponie und warf ihm einen zornigen Blick zu.

»Ich fürchte nein, sofern Ihr Euch Eurer Antwort noch nicht sicher seid«, sagte Braumin. »Steht es mir etwa nicht zu, Euch bei dieser schwierigen Entscheidung mit Rat und Tat zur Seite zu stehen?«

»Als Abt von St. Precious?«, fragte Jilseponie.

»Als Euer Freund«, verbesserte Braumin.

»Dann sprecht auch wie ein Freund mit mir«, verlangte Jilseponie. »Es ist unverkennbar Euer Wunsch, dass ich den Titel Königin annehmen soll. Trotzdem versucht Ihr, immer wieder mit scherzhaften Bemerkungen oder vorsichtigen Anspielungen um den heißen Brei herumzureden.«

Abt Braumin senkte den Blick und seufzte schwer. »Das ist wahr«, gab er zu. »Ich wünsche mir diese Verbindung in der Tat, denn Eure Stimme wird in dieser Verbindung sehr viel mehr Gewicht haben, und das mit sehr viel besseren Möglichkeiten, sowohl die Welt zu einem besseren Ort zu machen, als auch Avelyn und Jojonah zu jenem Status zu verhelfen, den sie völlig zu Recht verdienen. Soweit es mich betrifft, scheinen alle anderen Aufgaben daneben zu verblassen.«

»Aber Ihr seid es nicht, der sein Leben und sein Seelenheil mit dem König teilen muss«, erinnerte ihn Jilseponie, woraufhin sich Braumin seufzend geschlagen gab.

»Es besteht noch eine andere Möglichkeit«, sagte er einen Moment später.

»Ich wollte damit nicht andeuten, dass ich die Absicht habe, Danubes Antrag abzulehnen, so er denn erfolgen sollte«, erinnerte ihn Jilseponie.

»Aber bis es so weit ist, könnten wir König Danube vielleicht dazu bewegen, einem Punkt zuzustimmen, der Eurer Stimme in der Stadt, ja sogar in der gesamten Region, zusätzliches Gewicht verleihen würde.«

Jilseponie sah ihn fragend an.

»Man hat mir angeboten, die Weihung der Kapelle von Avelyn zu beaufsichtigen und ihr im ersten Jahr vorzustehen«, bekannte der Abt. »Das mag wie eine Degradierung aussehen – die es, bei genauer Betrachtung auch wäre –, aber es gäbe mir die Macht, die Entwicklung dieser zukünftigen Abtei – dieser, wenn mich nicht alles täuscht, bald sehr einflussreichen Abtei – zu überwachen. Dadurch entstünde in St. Precious eine Lücke, die niemand besser als Ihr, Jilseponie, auszufüllen im Stande wäre.«

»Aber ich bin doch bereits Baroness«, wollte sie antworten, doch die Worte blieben ihr in der Kehle stecken, als sie begriff, was Braumin tatsächlich damit meinte. »Ein weiterer Bischof?«, fragte sie ungläubig. »Nach dem Debakel mit den Handlangern Markwarts?«

»Das war etwas völlig anderes«, versicherte ihr Braumin.

»König Danube würde der Ernennung eines weiteren Bischofs niemals zustimmen, nicht nach dem Desaster mit Marcalo De'Unnero«, sagte Jilseponie entschieden.

»In beiden früheren Fällen, bei Bruder De'Unnero und bei Bruder Francis, ging diese Stellung ursprünglich nicht aus dem Machtgefüge des Staates, sondern der Kirche hervor«, erklärte ihr Braumin. »In diesem Fall dagegen böte die Kirche König Danube eine Ausweitung seiner Machtbefugnis an, nicht umgekehrt. Durchaus vorstellbar, dass er sein Einverständnis gibt, insbesondere wenn man bedenkt, wie viel Vertrauen er zu der in Frage kommenden Person hat.«

»Aber in diesem Fall würde die Kirche niemals ihr Einverständnis geben«, erwiderte Jilseponie.

»Meister Fio Bou-raiy von St. Mere-Abelle hat mir den Vorschlag persönlich unterbreitet«, gestand Abt Braumin. »Viele in der Kirche sehnen sich schon lange danach, Eure Stimme aus der Kanzel zu vernehmen.«

Jilseponie vermochte die Richtigkeit dieser Feststellung zwar nicht zu widerlegen, aber sie hatte Fio Bou-raiy niemals zu den »vielen« gezählt, von denen Braumin jetzt sprach. Schon die Tatsache, dass Bou-raiy selbst diese Verschiebung im Machtgefüge vorgeschlagen hatte, ließ bei ihr sämtliche Alarmglocken läuten. Vielleicht akzeptierten Bou-raiy und andere die scheinbare Unausweichlichkeit einer Verbindung zwischen ihr und König Danube und versuchten jetzt, sich ihrer Stimme zu versichern, so lange sich ihnen noch die Möglichkeit der Einflussnahme bot.

Natürlich würde eine solche Verbindung Jilseponie zwingen, nach Ursal zu gehen, wodurch in Palmaris ein Vakuum entstünde.

»Ihr setzt auf die Gunst, die der König mir entgegenbringt«, sagte Jilseponie vorwurfsvoll, als ihr die Schattenseite dieser Unterredung bewusst wurde. »Ich werde Bischöfin, gehe fort, um Königin zu werden, aber wer wird dann – «

»Ich tue nichts von alledem um meines persönlichen Vorteils willen«, fiel Abt Braumin ihr theatralisch ins Wort, stürzte vor, fasste sie bei den Schultern und blickte ihr ins Gesicht. »So etwas würde ich niemals tun. Wenn Ihr nach Ursal geht, um Königin des Bärenreiches zu werden, nun ja, dann würde ich vermutlich Euer Nachfolger als Bischof von Palmaris werden.«

»Dann bin ich für Euch, beziehungsweise für Fio Bou-raiy, also nur ein Mittel zum Zweck, um die Position Eurer Kirche in Palmaris erneut zu festigen?« Es war eher eine Feststellung als eine Frage.

»Von festigen kann kaum die Rede sein, sollte König Danube, den Einflüsterungen Jilseponies gehorchend, beschließen, dass es im Falle Eures Fortgangs auf den Thron der Königin keinen neuen Bischof geben sollte«, erinnerte Braumin sie. »Ich tue dies alles nicht zu meinem persönlichen Vorteil, mein Wort darauf.«

Jilseponie zögerte mit ihrer Antwort, bedachte ihren lieben Freund mit einem festen Blick und wusste sofort, dass er natürlich die Wahrheit sprach. »Aber doch wohl zum Vorteil der Kirche«, sagte sie schließlich.

»Zum Vorteil der Bevölkerung von Palmaris«, verbesserte sie Braumin. »Besser, Ihr übernehmt die geistliche und die weltliche Führung, wenn ich nach Norden gehe, als mit anzusehen, wie Fio Bou-raiy erneut jemanden aus St. Mere-Abelle nach Palmaris schickt – vermutlich noch dazu jemanden, der nichts von Palmaris und den Erfordernissen hier versteht. Und es wäre auch besser, wenn ich in Eurer Abwesenheit die geistliche und weltliche Führung übernehme, als zuzulassen, dass König Danube Herzog Kalas oder auch Herzog Tetrafel zum Baron ernennt. Das ist keine Ausbeutung Eures Verhältnisses zu König Danube, sondern es bedeutet vielmehr, eine günstige Gelegenheit beim Schopf zu packen. Wollt ihr etwa den Vorteil für unsere Sache bestreiten, oder dass unsere Sache dem Wohl des Volkes dient?«

Wieder nahm sich Jilseponie Zeit, die Worte zu verdauen. Das Ganze hatte für sie einen unangenehmen Beigeschmack und erschien ihr irgendwie ungehörig; nichtsdestotrotz stimmte sie mit Braumins Einschätzung überein, dass es ihre, seine und überhaupt jedermanns Pflicht war, alles zu tun, damit die Welt zu einem besseren Ort wurde. Und als Bischöfin von Palmaris konnte sie zweifellos Veränderungen bewirken, die das Leben der Bevölkerung verbessern würden.

»Erlaubt Meister Bou-raiy und mir, mit König Danube über Eure Ernennung zur Bischöfin zu sprechen«, bat Braumin sie. »Eure Beteiligung wird dabei unerwähnt bleiben – im Grunde wäre es sogar besser, wenn Ihr mir Eure endgültige Entscheidung in dieser Angelegenheit verschweigen würdet, bis man Euch das Amt ganz offiziell anbietet.«

»Wenn dem so ist, wozu braucht Ihr dann meine Einwilligung, König Danube aufzusuchen?«, wollte Jilseponie wissen.

»Weil Ihr meine Freundin seid«, antwortete Abt Braumin ohne das geringste Zögern. »Ich bin zwar mit Meister Bou-raiy in dieser Sache einer Meinung und wünsche mir durchaus, der Kapelle von Avelyn vorzustehen, trotzdem würde ich das Angebot rundweg ablehnen, wenn ich den Verdacht hätte, es könnte unserer Freundschaft abträglich sein.«

Jilseponie ließ ihre Gedanken, den Blick ins Leere gerichtet, über all die Jahre zurück zu ihren Jugendtagen in Dundalis wandern, zu ihrer Zeit in Palmaris, als sie noch eine orientierungslose junge Frau war, die sich nicht an die Tragödie erinnerte, die ihr die Familie, ihre Freunde und die Jugend genommen hatte. Wie weit hatte sie es seither gebracht! Jetzt stand sie hier und unterhielt sich über Ereignisse, die das Leben von dreißigtausend und vielleicht mehr Menschen verändern würden. Und wenn sie tatsächlich Königin des Bärenreiches wurde, besäße sie die zweitwichtigste Stimme im mächtigsten Königreich der Welt. Unglaublich – Jilseponie als Führerin von hunderttausenden Menschen!

Schon der Gedanke ließ ihre Knie weich werden und bescherte ihr ein aufgeregtes Kribbeln in der Magengegend. Und doch hatte sie mit all diesen Ängsten und Befürchtungen zu kämpfen. Sie durfte die Gelegenheit, die das Schicksal ihr bot, nicht ausschlagen. Nein, als sie aus Dundalis zurückgekehrt war, um die Rotflecken-Pest zu bekämpfen, als sie ihren Kosenamen Pony abgelegt hatte und für alle Welt Jilseponie geworden war, hatte sie beschlossen, sich ihrer Verantwortung zu stellen und sich, so gut dies eben möglich war, für die Verbesserung der Welt einzusetzen. Und das war jetzt aus ihr geworden, ein Mensch im Dienst des einfachen Volkes, ein Mensch, der entschieden hatte, dass seine Pflichten Vorrang hatten vor seinen persönlichen Träumen und Wünschen.

Möglicherweise verbarg sich hinter den Ereignissen in St. Mere-Abelle tatsächlich eine ruchlose Intrige – allerdings war Abt Braumin gewiss nicht daran beteiligt, dafür kannte Jilseponie ihren Freund viel zu gut. Doch selbst wenn, konnte sie das Angebot, sollte es tatsächlich erfolgen, nicht ausschlagen. Es wäre nur zum Wohl des Volkes, wenn sie es annahm und König Danube anschließend erklärte, er würde dem Volk von Palmaris mit Braumins Ernennung zu ihrem Nachfolger einen guten Dienst erweisen – vorausgesetzt, es kam überhaupt dazu.

»Noch hat er nicht um meine Hand angehalten«, gab Jilseponie ruhig zu bedenken.

Abt Braumin lächelte breit. »Dann wird Eure Amtszeit als Bischöfin möglicherweise doch recht lang werden«, antwortete er.

Jilseponie erwiderte sein Lächeln nicht, sondern bedachte den Mann mit einem strengen Blick. »Wie lange wollt Ihr die Stadt verlassen?«, fragte sie. »Für ein paar Monate, wenn ich nach Ursal gehe? Oder für immer, wenn ich hier bleibe?«

Abt Braumin musste laut lachen. »Wenn Ihr in der Funktion der Bischöfin hier bliebet, würde ich im Norden bleiben, das ist wahr«, antwortete er. »Aber nur, weil ich in meinem

Herzen wüsste, dass dem Volk von Palmaris damit besser gedient wäre. Und nur, weil ich mich dazu berufen fühle, die Heiligsprechung Avelyns zu überwachen.«

Jilseponie konnte die strenge Miene ihrem lieben Freund gegenüber nicht aufrechterhalten. Kopfschüttelnd fing sie hilflos an zu lachen, schließlich beugte sie sich vor, nahm Abt Braumin in die Arme und küsste ihn auf die Wange. »Was immer es der Welt nützen mag, meine private Welt wird ohne Euch an meiner Seite ärmer sein.«

»So weit weg ist Caer Tinella nicht«, erwiderte Braumin, obwohl beide ganz genau wussten, dass Jilseponie die Entfernung meinte, die sie im Falle einer Hochzeit mit König Danube trennen würde. Bis nach Ursal war es von Palmaris weit, über Land und über Wasser.

Jilseponies Gedanken wirbelten wild durcheinander, nachdem Braumin sich von ihr verabschiedet hatte. Natürlich kannte sie die Gerüchte, denen zufolge König Danube in diesem Sommer um ihre Hand anhalten würde, aber sie so offen und nüchtern ausgesprochen zu hören, machte sie viel greifbarer und realer.

Die junge Frau lehnte sich zurück und überlegte zum allerersten Mal ernsthaft, was sie auf einen solchen Antrag des Königs des Bärenreiches antworten würde. Einer Ernennung zur Bischöfin zuzustimmen war eine Sache, und im Grunde gar keine so schwierige Entscheidung, wenn sie aber Königin würde, hatte das sehr viel weitreichendere Auswirkungen auf ihr Privatleben.

Während sie alleine dasaß und ihr immer wieder dieselben Gedanken durch den Kopf gingen, atmete sie ein Dutzend Mal tief durch, doch keiner dieser Atemzüge vermochte sie auch nur annähernd zu beruhigen.

König Danube Brock Ursal saß einfach da, musterte seine beiden Gäste und hielt es für eine glückliche Fügung, dass Herzog Targon Bree Kalas sich in diesem Jahr gegen einen Besuch der Stadt Palmaris entschieden hatte. Denn wäre der launische Kriegerherzog in den Norden gekommen, säße er jetzt zweifellos neben König Danube, und wenn er hier säße, würde er zweifellos vor Zorn über den Vorschlag dieser beiden Abellikaner-Mönche erbeben, König Danube solle einen weiteren Bischof von Palmaris ernennen.

»Ihr zweifelt nicht an Jilseponies Eignung«, stellte Abt Braumin ziemlich unverblümt fest. »Und zweifellos habt Ihr Recht, wenn Ihr vermutet, dass die Kirche sie dem Staat ein wenig stehlen möchte. Warum auch nicht? War es nicht Jilseponie selbst, die den Bund von Avelyn begründet und diese Kunde bis vor die Tore von St. Mere-Abelle getragen hat? War es nicht Jilseponie, die Bruder Avelyn Desbris, den man vermutlich bald heilig sprechen wird, zum Berg Aida begleitet hat, um dort gegen den Geflügelten zu kämpfen und ihn zu vernichten? Die Kirche wünscht sie sich schon seit vielen Jahren als Sprecherin, mein König.« Er endete mit einem lauten Lachen, obwohl ihm keinesfalls entgangen war, dass Meister Bou-raiy ihn mit einer Mischung aus Zorn und ungläubigem Staunen musterte.

Nachdem er ihn einige Augenblicke fassungslos angestarrt hatte, brachte auch König Danube ein amüsiertes Lachen zu Stande.

»Diese Aufrichtigkeit bin ich von Eurer Kirche nicht gewöhnt, Abt Braumin«, bemerkte Danube durchaus freundlich.

»Vielleicht war es der Mangel an Diplomatie, der Euch verwirrt hat, mein König«, erwiderte Braumin, der sah, dass Meister Bou-raiy sich nun entspannt zurücklehnte. Die Unterredung mit Danube dauerte jetzt schon fast eine Stunde, und noch immer hatten sie – bis zu diesem Augenblick – keine Bewegung bei Danube erkennen können. »Denn wir sind hergekommen, um ganz einfach die Wahrheit zu sagen«, fuhr Braumin fort, »und Euch eine Gelegenheit zu bieten, die letztendlich uns beiden nützen wird, denn sie ist für die Bevölkerung von Palmaris und ganz Ursal von Vorteil.«

»Und wie lange wird diese ... Situation des zweiten Bischofs erwartungsgemäß andauern?«, wollte der König wissen und forderte Braumin mit einer ungeduldigen Handbewegung auf fortzufahren.

»So lange Jilseponie dies wünscht«, erwiderte der Abt von St. Precious. »Vielleicht bis sie die Möglichkeit erhält, einen anderen Titel in einer weiter südlich gelegenen Stadt anzunehmen.«

Im Nu hatte sich König Danube kerzengerade aufgerichtet, und auch Meister Bou-raiy beugte sich vor, beide offenbar verblüfft über die Dreistigkeit des Abts.

»Was wisst Ihr davon?«, herrschte der König ihn an.

»Nicht mehr als die Gerüchte, die jeder Mann und jede Frau in Palmaris sich seit mehr als zwei Jahren hinter vorgehaltener Hand erzählen«, antwortete der Abt amüsiert.

»Und habt Ihr schon mit Jilseponie über diese ... Angelegenheit gesprochen?«, fragte der König, dessen Stimme erste Anzeichen von Unsicherheit verriet.

»Hat er nicht!«, warf Fio Bou-raiy ein, und Braumin musste sich auf die Lippe beißen, um nicht loszulachen über das ehrliche Entsetzen in der Stimme des Meisters. Bou-raiy befürchtete, Braumin könnte ein wenig zu keck auftreten und den König gegen sich aufbringen. Eine berechtigte Befürchtung, wie Braumin zugeben musste, nur dass er den Ausdruck in Danubes Augen anders deutete. Sicher, er war der König, ein vortrefflicher und tapferer Herrscher, aber er war auch ein Mann, und Jilseponie hatte ihm das Herz gestohlen. Somit war König Danube ein verwundbarer Mann.

»Sollte ich mit ihr über gewisse Dinge gesprochen haben, kann ich Euch aus verständlichen Gründen nichts davon erzählen, mein König«, erwiderte Braumin. »Jilseponie Wyndon ist meine liebste Freundin, und ich möchte ihr Vertrauen nicht missbrauchen.«

König Danube setzte zu einer gestammelten Erwiderung an, doch Braumin fiel ihm ins Wort.

»Aber seid versichert, mein König, wüsste ich genau, dass sie Euren Antrag ablehnen wird, würde ich Euch um Eures Rufes und der Gefühle meiner Freundin willen ganz offen und unter vier Augen davon unterrichten«, erklärte der Abt.

»Dann wisst Ihr also, dass sie es nicht tun wird«, folgerte König Danube.

Abt Braumin zuckte mit den Achseln. »Ich denke, sie ist unsicher«, erklärte er. »Aber ich kann Euch versichern, dass sie nichts als Zärtlichkeit und Respekt für Euch empfindet.«

»Und Liebe?«, fragte der König.

Wieder zuckte Braumin mit den Achseln, doch da er dazu herzlich lächelte, schien König Danube sich mit dieser Antwort zufrieden zu geben.

»Dann werde ich ihr das Amt der Bischöfin anbieten«, entschied Danube nach kurzer, stiller Überlegung. Mit einem verschmitzten Ausdruck fuhr er fort: »Wir werden ja sehen, wie lange der Titel Bestand hat.«

Gleich nachdem sie sich von König Danube verabschiedet hatten, fiel Meister Bou-raiy aufgebracht über Braumin her. »Man wird mit dem König des Bärenreiches nicht vertraulich.«

»Hier geht es nicht um Politik, Meister Bou-raiy«, erwiderte Abt Braumin gelassen. »Hier geht es um die Zukunft meiner liebsten Freundin. Ich habe nicht die Absicht, ihr Glück Eurer erfolgreichen Wahl zum Nachfolger Abt Agronguerres zu opfern. Und seid gewarnt: Wie immer die Geschichte ausgehen mag, Jilseponie wird sich im nächsten Abtkollegium Gehör verschaffen, und das Gleiche gilt auch für den Abt von St. Precious gegenüber Jilseponie.«

Das ließ Bou-raiy stutzen; er hatte nicht damit gerechnet, dass Braumin seinen eigenen Plan gegen ihn kehren würde.

Braumin blieb stehen, wandte sich um und sah dem strengen Mann direkt ins Gesicht. »Ich stimme dem ebenso zu wie Jilseponie, weil es das Richtige ist«, erklärte er. »Ich wollte sehen, ob König Danube bereit ist, aus den gleichen Gründen einzuwilligen, denn Jilseponie sollte wissen, wie er in diesem Punkt empfindet. Daher bin ich, könnte man sagen, ein großes Wagnis eingegangen – allerdings nur, wenn man den möglichen Verlust oder Gewinn der Kirche im Auge hat.«

»Ihr seid Abt«, erinnerte ihn Bou-raiy.

»In erster Linie bin ich Freund und dann erst Abt«, erwiderte Braumin ruhig, machte kehrt und ging davon, sich des Umstands, dass Fio Bou-raiy ihm nicht folgte, überdeutlich bewusst.

9. Ein wüstes Gelage wird zur Falle

De'Unnero wusste sofort, dass etwas im Busche war, als Mickael und Joellus den Schankraum in Micklins Dorf betraten. Zu diesem Zeitpunkt befand er sich in Gesellschaft sämtlicher Jäger, was selten vorkam, da sich die Saison bereits ihrem Ende entgegen neigte, und alle fünfzehn oft unterwegs waren, um ihre Fallstricke als Vorbereitung auf ihren allherbstlichen, einhundert Meilen langen und überaus beschwerlichen Marsch nach Tyankin's Eck auszulegen, jener Ortschaft, in der der Markt für die Jäger aus der gesamten Region abgehalten wurde.

An diesem Abend aber waren alle zugegen, nicht einmal der stets sauertöpfische Micklin fehlte, und das, obwohl die Sterne leuchtend klar am Himmel funkelten und kein allzu frostiger Wind ging – die Nacht war für das Auslegen von Fallstricken geradezu perfekt.

Die Unterhaltung im Schankraum plätscherte dahin und

kreiste meist um den bevorstehenden Marsch und die zu erwartenden Preise für Fellbündel – sowie die Mengen von Schnaps, gutem Essen und Weibern, die man dafür würde kaufen können. De'Unnero hörte kaum hin; das Ganze interessierte ihn nicht weiter, und so dauerte es nicht lange, bis er sich zur Tür aufmachte, um sich endlich einmal richtig auszuschlafen.

»He, wo willst du hin, Bertram?«, war Micklins Stimme hinter ihm zu vernehmen, bevor er sich der Tür auch nur genähert hatte.

De'Unnero blieb stehen und überlegte, was er von dem unerwarteten Zuruf halten sollte – in seinen Augen war er nur ein weiterer Beweis dafür, dass irgendetwas an diesem Abend ungewöhnlich war. Normalerweise nahm Micklin kaum Notiz von ihm, es sei denn, der Mann hatte irgendeine Arbeit, die dringend erledigt werden musste. Selbst dann benutzte Micklin nie De'Unneros angenommenen Namen, und wenn doch, dann bestenfalls mit spöttischem Unterton.

»Ich will morgen mit dem zweiten Stapel Holz fertig werden«, erklärte De'Unnero. Als er sich umdrehte, sah er, dass alle im Raum ihn anstarrten, mehrere von ihnen grinsend. »Könnte sein, dass es noch einmal richtig heiß wird, dann will ich fertig sein, bevor die Sonne hoch am Himmel steht.«

»Ich glaube kaum, dass du morgen viel arbeiten wirst«, warf Mickael ein und konnte sich kaum halten vor klammheimlicher Freude.

»Er wird den ganzen Tag lang schlafen«, schlug ein anderer, Jedidie, in die gleiche Kerbe. »Und sich anschließend übergeben!«

Das löste brüllendes Gelächter aus; Micklin nickte kurz, woraufhin einer der Männer zu De'Unnero hinüberging, in der einen Hand einen silbernen Becher, den er hinter seinem Rücken hervorholte, und in der anderen eine kunstvoll verzierte Flasche.

De'Unnero verstand sofort; die Jäger hatten nicht viel Aufhebens um seine Anstrengungen gemacht, ihr Dorf gegen das umherziehende Gesindel zu verteidigen. Sicher, der eine oder andere hatte ihm anerkennend auf die Schulter geklopft, und viele hatten angeboten, ihre Goldstücke mit ihm zu teilen, sobald sie ihren langen Marsch hinter sich hatten. Jetzt jedoch war nicht zu übersehen, dass die Männer ihm ihre Anerkennung deutlicher zeigen wollten. Und wieso auch nicht? Schließlich hatte De'Unneros Heldentat ihnen den Ertrag von mehr als einer halben Jagdsaison, mehrere Pferde sowie den größten Teil ihrer kostbaren Habseligkeiten gerettet. Wahrscheinlich hatte De'Unneros erstaunliche Verteidigung von Micklins Dorf einigen von ihnen sogar das Leben gerettet, denn wären die Diebe noch in der Nähe gewesen, als die ersten Jäger zurückkamen …

Aber der ehemalige Mönch hatte mit Anerkennung und Beifall nichts im Sinn, und ganz bestimmt wollte er keinen starken Schnaps. Er wollte überhaupt nicht an seine Verteidigung von Micklins Dorf erinnert werden, die er nach wie vor als schreckliches Versagen empfand, denn er hatte dem todbringenden Wertiger freien Lauf gelassen.

Mittlerweile jubelten alle, grölten lauthals seinen Namen, und der Mann vor ihm ließ den Korken aus der Flasche schießen, mit einem scharfen Knall, der De'Unnero bereits verriet, dass es sich um Elfen-Trester handelte, ein seltenes und außergewöhnlich kostspieliges Getränk.

Mit einem breiten Grinsen, das die ganze Pracht seiner sechs Zähne offenbarte, füllte der Mann den silbernen Becher zur Hälfte und reichte ihn De'Unnero.

»Darauf, dass du mir die Mühe erspart hast, diese Narren selber umzubringen«, brachte Micklin mit erhobenem Becher einen Toast aus, woraufhin sämtliche Becher im Raum erhoben wurden – bis auf einen.

Marcalo De'Unnero starrte in den farblosen, leicht moussierenden Trester, sog das feine Bouquet durch die Nase ein und begann sich mit dem Gedanken abzufinden, dass er diesen Männern diese kleine Feier schuldig war. Er betrachtete den Trester – ausgerechnet! – und wusste nur zu genau, dass allein der Schluck in seinem Becher einen kleinen Beutel Goldstücke wert war.

Als der frühere Mönch Augenblicke später den Kopf hob, sah er, dass noch immer alle Becher erhoben und aller Augen geduldig wartend auf ihn gerichtet waren.

»Runter damit, und dann 'ne Rede!«, rief einer der Männer aus dem Hintergrund, woraufhin alle in schallendes Gelächter ausbrachen.

Selbst Marcalo De'Unnero musste gegen seinen Willen lachen. »Ich hab nur getan, was getan werden musste, mehr nicht«, sagte er.

»Erst saufen, dann reden«, grölte einer, und der ganze Raum nahm den Zuruf auf, und schließlich tranken alle.

Auch De'Unnero trank, langsam und vorsichtig, bis er das leichte Brennen spürte, das sich mit dem typischen Kribbeln und dem verräterisch feinen Aroma vermischte. Er wusste um die Stärke des Elfen-Tresters, eines überaus berauschenden Getränks, wenn auch nicht aus eigener Erfahrung. Denn Marcalo De'Unnero hatte sich stets in Disziplin und Selbstbeherrschung geübt und wusste, dass solche Schnäpse beides zunichte machen konnten. Säufer hatte er zur Genüge gesehen; die meisten von ihnen bettelnd vor den Toren von St. Mere-Abelle, und er empfand für diese schwächlichen Kreaturen weder Mitgefühl, noch wollte er irgendetwas mit ihnen zu tun haben.

Dieses eine Mal aber trank er den Trester und ließ ihn in einem langen, tiefen Zug die Kehle hinunterrinnen. Dann straffte er sich, wischte sich den Mund ab und brauchte anschließend eine Weile, um sich wieder im Raum zurechtzufinden, denn schon nach dem kleinen Becher dieser starken Flüssigkeit drehte sich ihm leicht der Kopf.

»Los, und jetzt die Rede!«, grölten ein paar Männer, wurden

aber von anderen mit dem lauten Ruf nach etwas Essbarem übertönt. Zu De'Unneros Erleichterung setzte sich der zweite Schlachtruf rasch durch, und mehrere Männer begaben sich hinter die Tische und schleppten mit Fleisch, Waldbeeren und Pfannkuchen – Unmengen von Pfannkuchen, mehr als De'Unnero je zu Gesicht bekommen hatte – beladene Tabletts herbei.

Das Festmahl kam ihm überaus gelegen, zum einen, weil dessen schlichte Verlockungen ihn davon befreiten, eine Rede halten zu müssen, aber auch weil er spürte, dass er dringend etwas essen musste, um das Drehen in seinem Kopf zu unterbinden.

Dann ließen sich alle nieder und nahmen die Unterhaltung wieder auf, während die Tabletts, auf die unweigerlich Flaschen folgten, an den Tischen herumgereicht wurden. De'Unnero wurde von allen Seiten mit Fragen bestürmt; die Männer wollten wissen, wie er es geschafft hatte, erst drei bewaffnete Männer im Dorf auszuschalten und schließlich einen vierten auf der Straße zu verfolgen und ebenfalls zu erschlagen.

Bertram Dale hielt seine Geschichte so bescheiden wie möglich und schrieb seinen Erfolg eher einer gehörigen Portion Glück denn irgendwelchen bemerkenswerten Fähigkeiten zu; auf keinen Fall wollte De'Unnero die Aufmerksamkeit auf sein überragendes Kampfgeschick lenken, das in diesem unzivilisierten Kaff bestimmt den einen oder anderen provozieren würde, ihn zu einer Prügelei herauszufordern.

Wie zu erwarten, verstummten die anderen Unterhaltungen schnell, als alle gespannt zuzuhören begannen.

Nur der Mann gleich neben De'Unnero rührte sich noch und griff zur Tresterflasche, als wollte er dem Erzähler nachschenken.

Ohne das geringste Stocken in seiner größtenteils erfundenen Geschichte hielt De'Unnero seine Hand über den Becher. Er war klug genug, nicht noch mehr von diesem starken Getränk zu sich zu nehmen.

»Ach, Unsinn, die Pfannkuchen sind trocken«, widersprach der Mann mit der Flasche. »Wie willst du sie ohne etwas zum Nachspülen runterkriegen?« Als er lachend nach De'Unneros Hand greifen wollte, um sie fortzuschieben, packte De'Unnero die Hand des Mannes mit einer blitzschnellen Bewegung und drückte sie geräuschvoll auf den Tisch.

Die Bewegung selbst war eigentlich nicht weiter bemerkenswert, ihre Ausführung dagegen so perfekt, dass einige große Augen machten. De'Unnero spürte, dass einigen von ihnen in diesem Augenblick dämmerte, wie dieser an sich so stille und zurückhaltende Mann den Überfall auf ihr Dorf abgewehrt haben mochte.

»Ich hab genug, danke«, erklärte er dem Mann ruhig, ließ seine Hand los und hielt sie wieder über seinen Becher.

Kurz darauf wurde ein Weinschlauch durchgereicht, und man füllte De'Unneros Becher mit Traubensaft.

Gleich nach dem Essen versuchte der frühere Mönch sich zu entschuldigen, doch davon wollten die Jäger nichts hören und bestanden darauf, dass die Feier doch gerade erst anfange. Mittlerweile ging es hoch her, und De'Unnero wurde bedrängt, seine Geschichte immer wieder von vorne zu erzählen.

Der ehemalige Mönch spielte mit und musste sich schon bald eingestehen, dass er die Aufmerksamkeit genoss. Vielleicht lag es am Trester, vielleicht auch nur an der schlichten Tatsache, dass er so lange gezwungen gewesen war, seine wahre Identität und seine Heldentaten zu verschweigen. Vor langer Zeit – ihm kam es wie eine Ewigkeit vor – hatte er sich gerne unterhalten, vor allem, wenn er selbst Gegenstand des Gespräches war. Während seiner Zeit in St. Mere-Abelle hatte De'Unnero in dem Ruf gestanden, sich selbst ziemlich wichtig zu nehmen, ja, manchmal sogar aufzuschneiden, aber nie, niemals, hatte er etwas zu können behauptet, was sich nicht auch beweisen ließ.

Daher genoss er jetzt diesen Abend mit seinen ... nun, vermutlich seinen Freunden, denn er konnte nicht davon ausgehen, jemals wieder engere Freunde zu finden als diese Männer aus Micklins Dorf.

Nicht lange, und De'Unnero gab den Versuch auf, sich zu verabschieden.

»Für meinen Geschmack ist er ein bisschen zu verkniffen«, sagte Mickael wenig später zu Joellus. Mickael, dreckig und verlottert, warf sich das lange, strähnige Haar aus dem Gesicht, zwinkerte ihm zu, schlich sich von hinten an Bertram Dale heran, wo er geduldig wartete, bis der Held des Tages einen Schluck von seinem Traubensaft nahm, den Becher auf dem kleinen Tisch abstellte und anschließend seine Unterhaltung wieder aufnahm.

Mickael schenkte ihm ein wenig aus seinem eigenen Becher nach und setzte sich wieder zu Joellus.

»Ich werd dafür sorgen, dass die anderen sich dabei abwechseln«, erklärte Joellus breit grinsend. »Immer nur einen winzigen Schluck«, erklärte Mickael. »Ich will nicht, dass er es schmeckt und womöglich vor Wut über uns herfällt.«

Joellus begab sich hinüber auf die andere Seite des Raumes und stellte sich auf denselben Platz in Bertram Dales Rücken, wo eben noch Mickael gestanden hatte. Nachdem er Bertram in gleicher Weise nachgeschenkt und sein Getränk mit normalem Traubensaft aufgefüllt hatte, schlich Joellus davon, um den nächsten Verschwörer anzustiften.

Mit jedem Nachfüllen wurde die Bande zuversichtlicher, Bertram Dale unbemerkt immer mehr des starken Schnapses in sein Getränk mischen zu können, und bald war für keinen der Anwesenden zu übersehen, dass der sonst so in sich gekehrte Mann tatsächlich lockerer zu werden begann. Er lachte und redete drauflos, und einmal machte er sogar eine Bemerkung, die vermuten ließ, dass er einige Zeit in der abellikanischen Kirche gedient hatte – und das ausgerechnet in der berühmten Abtei St. Mere-Abelle!

Mickael verfolgte dies alles mit wachsendem Vergnügen, ohne sich auch nur das Geringste dabei zu denken.

»Du warst in der Kirche?«, wandte sich Jedidie an Bertram Dale.

Der überraschte Unterton in der Stimme des Mannes ermahnte Marcalo De'Unnero, sich seine Antwort genau zu überlegen – eigentlich konnte er kaum glauben, dass er überhaupt eine Andeutung über seine Verbindung zur abellikanischen Kirche hatte fallen lassen.

»Nein«, erwiderte er und durchforstete sein erstaunlich verschwommenes Erinnerungsvermögen nach einer Möglichkeit, das drohende Unheil abzuwenden.

»Gerade hast du doch noch erzählt, du hättest drüben im Osten, in St. Mere-Abelle, gearbeitet, und wenn das kein Mönchsorden ist …«, mischte sich ein anderer Jäger ein, dessen etwas gewandtere Ausdrucksweise und Dialekt De'Unnero verrieten, dass er ein wenig gebildeter war als seine Gefährten. Die Art, wie er von St. Mere-Abelle sprach, deutete darauf hin, dass er eine Menge über den Ort wusste. »Du sprachst sogar davon, du hättest an der Mauer gearbeitet, und das ist eine Arbeit, die ausschließlich Mönchen vorbehalten ist«, fuhr der Mann fort und bestätigte damit De'Unneros Befürchtungen. »Also, wann hast du gelogen, Bertram Dale? Als du sagtest, du hättest an der Kaimauer der Abtei St. Mere-Abelle gerarbeitet, oder jetzt, wo du alles abstreitest?«

De'Unnero lehnte sich zurück und versuchte sich jedes seiner Worte ins Gedächtnis zu rufen, sich irgendwie herauszureden.

»Was willst du damit sagen?«, wandte sich Jedidie an den anderen Jäger.

»Ich habe eine Zeit lang in der Gegend gelebt«, antwortete

der Mann. »Daher weiß ich, dass beides zugleich nicht möglich ist.« De'Unneros offenkundig bestürzten Gesichtsausdruck musternd fügte er grinsend hinzu: »Du warst früher einmal Mönch, hab ich Recht?«

»Für kurze Zeit«, antwortete De'Unnero. »Sehr kurze Zeit. Es dauerte nicht lange, bis ich herausfand, dass ich im Grunde meines Herzens nicht in den Abellikaner-Orden gehöre, so wie er heute ist.«

»Muss schon eine Weile her sein«, hakte der Jäger nach. »Du bist so ungefähr mit zwanzig in den Orden eingetreten, stimmt's?«

Als Antwort nickte De'Unnero knapp und drehte sich zur Seite, griff nach seinem Becher und leerte ihn in einem einzigen Zug.

Er spürte das Brennen in seiner Kehle, als die Flüssigkeit hinunterrann. Im ersten Augenblick dachte er sich nichts dabei, doch dann wurde ihm schlagartig bewusst, was hier gespielt wurde und wieso seine Erinnerung so verschwommen war.

»Ich spreche nicht gerne über diese Zeit«, sagte er mit schwerer Zunge, erhob sich mit einer wenig anmutigen Verbeugung und begann sich zu entfernen, wobei er auf dem Weg zur Tür unbeabsichtigt die Richtung wechselte. Ein wenig kalte Luft würde ihm jetzt gut tun, sagte er sich und wünschte sich nichts sehnlicher, als in den späten Sommerabend hinauszutreten.

Aber die anderen, die noch einmal die Geschichte von seiner Rettung ihres Dorfes hören wollten, hatten etwas anderes im Sinn. Sie umringten ihn, bevor er auch nur in die Nähe der Tür gelangte, und drängten ihn mit sanfter Gewalt quer durch den halben Raum, wo er sich auf einen Stuhl fallen ließ.

Ihm fiel auf, dass noch ein anderer sofort zur Stelle war. Mickael stellte seinen Becher auf den nächstbesten Tisch und zog diesen so nah heran, dass er den Stuhl beinahe berührte.

De'Unneros gequälter Blick wanderte von diesem Becher zu

Mickael, doch der kicherte bloß und verschmolz mit dem allgemeinen Durcheinander.

Von allen Seiten wurde er mit Fragen bestürmt, doch De'Unnero, viel zu sehr mit sich selbst beschäftigt, bekam kaum etwas davon mit. Die Situation war für ihn alles andere als vertraut und bereitete ihm zusehends Unbehagen.

Körperlich war er, ob er nun wollte oder nicht, vollkommen entspannt, sein Verstand dagegen war umnebelt und wirr. Er wusste genau, was er sagen oder verschweigen musste, trotzdem ertappte er sich dabei, wie er, sobald er den Mund aufmachte, ständig viel zu freimütig Fragen beantwortete.

»Ich will mehr über St. Mere-Abelle hören«, rief Jedidie entschlossen, zwängte sich durch das Gedränge vor De'Unnero bis in die erste Reihe und landete dabei praktisch auf De'Unneros Schoß.

In diesem Augenblick verspürte der ehemalige Mönch tief in seinem Innern eine urwüchsige Regung und musste sich bewusst zusammenreißen, um ein raubtierhaftes Knurren zu unterdrücken, das aus ihm hervorzubrechen drohte. Wieder einmal hatte ihn der Wertiger eingeholt und wurde immer stärker, je mehr die Konzentration des Mannes in ihm nachließ.

Trotzdem war De'Unnero überzeugt, dass der Mann den Tiger besiegen konnte. Solange es ihm gelang, die Jäger aus seiner unmittelbaren Umgebung fern zu halten und zu verhindern, dass sie ihn mit allzu unangenehmen Fragen bedrängten, konnte er hier sitzen und den Wertiger in Schach halten.

»Irgendwann trete ich auch dort ein, mein Wort darauf!«, grölte Jedidie, De'Unnero mit jedem seiner geifernden Worte besabbernd und beim Sprechen so stark torkelnd, dass er sein Getränk auf De'Unneros Hosenbein schüttete.

Der ehemalige Mönch schloss die Augen und kämpfte mit seiner ganzen, angegriffenen Willenskraft, um die Bestie in Schach zu halten.

Ein weiterer Becher wurde ihm in die Hand gedrückt, begleitet von der gegrölten Aufforderung: »Trink! Runter damit!« De'Unnero versuchte sich dagegen zu sträuben, was damit endete, dass die Hälfte des Becherinhalts auf seiner Hose landete. Er sprang auf, da er die Bestie jetzt ganz deutlich spürte, dann zügelte er sich und riss sich unter Aufbietung seiner ganzen Kraft und Konzentration zusammen, sodass er kaum mitbekam, wie einer ihm den Arm nach oben bog, um den Becher an seine Lippen zu führen, wodurch auch der restliche Inhalt verschüttet wurde.

De'Unnero registrierte die Bewegung kaum, würgte etwas von der Flüssigkeit hinunter und spürte das scharfe Brennen; erst jetzt wurde ihm bewusst, dass sie sich nicht einmal mehr die Mühe machten so zu tun, als gäben sie ihm Traubensaft.

Trotzdem konnte er sie in diesem entscheidenden Augenblick nicht anschreien, denn er musste sich ganz auf das Geschehen in seinem Innern konzentrieren. Wieder wurde ihm ein Becher an die Lippen gepresst, dann noch einer; er schlug danach und versuchte sich torkelnd zu befreien, schrie, flehte sie an, ihn in Ruhe zu lassen.

Zu ihrer Ehre sei gesagt, dass sie ihn tatsächlich gehen ließen, woraufhin er quer durch den Raum wankte, um schließlich krachend gegen eine Wand zu prallen. Sich an ihr abstützend gelang es ihm, sich umzudrehen, etliche Male tief durchzuatmen, den Wertiger mit jedem Atemzug zurückzudrängen und sich mit Gewalt zu innerer Ruhe zu zwingen.

Er glaubte ihn besiegt zu haben, wenn er nur eine Weile dort stehen bleiben konnte, ohne trinken oder sprechen zu müssen.

Ohne überhaupt etwas tun zu müssen. Nur Ruhe und Gefasstheit.

Die Augen fest geschlossen und die Gedanken ganz nach innen gerichtet, bekam Marcalo De'Unnero überhaupt nicht mit, wie der beleibte Micklin, offensichtlich volltrunken, auf ihn zugetorkelt kam und sich vor ihm aufbaute.

»Wie hast du das gemacht?«, lallte der dicke Kerl und versetzte ihm dabei einen harten Stoß gegen die Schulter.

Das Gesicht eher wegen des Aufruhrs in seinem Innern als wegen Micklins grobem Schlag zur Grimasse verzerrt, schlug De'Unnero die Augen auf und sah den kräftigen Mann fragend an – wie auch die anderen, die grinsend hinter Micklin standen.

»He, Meister Bertram Dale?«, hakte Micklin nach und versetzte ihm erneut einen Stoß. »Wie kommt es, dass ein so schmächtiger Kerl wie du diese Banditen fertig machen konnte? Hast du vielleicht Freunde hier, von denen wir nichts wissen?« Es folgte ein weiterer Stoß, und plötzlich wurde De'Unnero klar, dass der Mann in diesem Augenblick den Tiger womöglich unmittelbar attackierte.

Denn da war sie wieder, die fürchterliche Bestie, für die Micklins Verhalten geradezu ein Leuchtzeichen war, um die gefährlichen Klippen von Marcalo De'Unneros getrübter Selbstbeherrschung zu umschiffen.

»Wann bist du bloß zu einem so tollen Kämpfer geworden?«, fragte Micklin, schob sein Gesicht ganz nah an De'Unneros heran und bespuckte ihn mit jedem Wort. »Möchtest du uns vielleicht deine fabelhaften Techniken zeigen? Drei Männer fertig machen, dass ich nicht lache!« Micklin wandte sich um und sah grinsend in sein Publikum. »Wo er doch schon Mühe hatte, die Scheite zu treffen, und die haben still gehalten.«

Das trug ihm einen Lacher ein, der noch mehr Zuschauer anlockte, die das sich anbahnende Spektakel verfolgen wollten. Die Männer unmittelbar hinter Micklin grinsten noch breiter; sie wussten, was gleich kommen würde.

Zumindest glaubten sie das, wie De'Unnero erkannte. Wie sollten sie auch wissen, was Micklin mit seiner Stichelei tatsächlich anrichtete? Vermochte jemand, der den Wertiger weder gesehen hatte noch ermessen konnte, was es hieß, diese

Bestie in sich zu spüren, das Ausmaß an urwüchsiger Wut und Kraft auch nur zu erahnen?

In diesem Augenblick löste sich De'Unnero entschlossen von der Wand und richtete sich auf.

»Drei Männer, dass ich nicht lache!«, grölte Micklin, drehte sich um und stieß De'Unnero unsanft zurück gegen die Wand.

»Vier«, korrigierte ihn der ehemalige Mönch. »Du vergisst den einen auf der Straße. Sein Pferd habe ich übrigens auch getötet.«

»Und das war der größte Blödsinn!«, tönte Micklin.

De'Unnero konnte die Aufregung des Mannes durchaus verstehen. Von Anfang an hatte Micklin in dieser kleinen Gemeinde unleugbar und unwidersprochen das Sagen gehabt. Und nun hatte De'Unnero allein durch sein Vorgehen an jenem Tag, und ohne auch nur gegen Micklin selbst oder seine Vorherrschaft das Wort zu erheben, diese Stellung in Gefahr gebracht.

Er sah deutlich, wie der hünenhafte, betrunkene Mann immer wütender wurde, konnte sehen, wie Micklin am ganzen Körper zu zittern begann, als sein Zorn sich dem Augenblick der Entladung näherte.

»Also gut, dann eben vier!«, brüllte Micklin. »Habt ihr das alle mitbekommen? Hier spricht unser Held!«

»Jetzt lass ihn schon in Ruhe, Micklin«, rief einer aus dem Hintergrund. »Was er getan hat, war doch gut für uns alle.«

»Aber zeigen muss er es uns!«, fuhr Micklin ihn an. »Wir wollen alle so gut kämpfen lernen wie Bertram Dale!« Mit diesen Worten packte der Kerl De'Unnero bei den Schultern und zerrte ihn weg von der Wand – oder setzte zumindest dazu an, denn kaum hatte er ihn gepackt, zog Micklin seine Hände auch schon wieder zurück und schlug sie sich vor das Gesicht.

Vor das, was davon noch übrig war.

Marcalo De'Unnero hatte selbst kaum etwas mitbekommen; er starrte auf seine rechte Hand, auf seine Tigerpranke, an deren langen Krallen ein ziemlich großer Fetzen von Micklins Gesicht baumelte.

Urplötzlich war sämtlicher Lärm im Raum verstummt; alle Augen richteten sich auf das Spektakel, und alle Anwesenden starrten fassungslos mit offenem Mund.

Jetzt endlich begriff De'Unnero, was mit ihm geschah, was ihn hemmungslos und ohne die geringste Chance, sich dagegen zu wehren, mit aller Macht zu überwältigen drohte. Der Alkohol und die Drohungen hatten sein Aufnahmevermögen überfordert, waren viel zu verlockend für den Wertiger, als dass dieser dem Drängen auch nur ansatzweise hätte widerstehen können. Und auch De'Unnero wusste das; er begriff, was jeden Augenblick wieder einmal mit ihm geschehen würde. Er versuchte noch, den anderen Jägern zuzurufen, sie sollten Reißaus nehmen und sich in ihren stabilsten Hütten verbarrikadieren, zu den Waffen greifen und ihn kurzerhand erschlagen. Das alles wollte er ihnen noch zurufen, doch aus seinem Mund kam nichts als ein tiefes, katzenhaftes Knurren.

Und dann setzten die Schmerzen und die Krämpfe ein, als sein Körper sich zu verwandeln begann. Er hörte sie noch rufen, hörte, wie sie sich erkundigten, was denn nicht stimme, und wie sie ihn anflehten, er solle endlich antworten. Er hörte, wie andere ihre Gefährten anschrien, sie sollten sich um Micklin kümmern, der sich wie von Sinnen auf dem Boden wand.

Wenige Augenblicke später allerdings achtete keiner der Anwesenden mehr auf den armen Micklin. Sämtliche Augenpaare waren auf das Schauspiel des Bertram Dale gerichtet, auf den gewaltigen Tiger, in den er sich verwandelt hatte. Für ein paar Augenblicke, die den völlig entgeisterten Männern wie Minuten vorkamen, schien der Raum in völliger Regungslosigkeit zu verharren, es war der Moment der angespannten Stille, bevor das mächtige Raubtier zum Sprung ansetzte. Und dann brach die Hölle los; der Tiger sprang, schlug um sich, Blut spritzte an die Wände, man hörte Schreie und sah vergeblich um sich schlagende Glieder.

Mehrere Männer schafften es noch, aus dem Schankraum zu fliehen, doch der Wertiger war ihnen augenblicklich auf den Fersen, hetzte sie über das Gelände, riss sie einen nach dem anderen zu Boden und zerfleischte sie entweder gleich oder zertrümmerte ihnen mit einem gezielten Biss die Kehle, um gleich darauf weiterzurasen und sie ersticken zu lassen. Zwei schafften es noch bis zu ihren Waffen, doch selbst so bewaffnet und mit Unterstützung einer weiteren Gruppe von drei Männern waren die Jäger der Raserei des Wertigers nicht gewachsen.

Einige Zeit später kam Marcalo De'Unnero ein gutes Stück von Micklins Dorf im Wald wieder zu sich. An viele Einzelheiten und die entsetzlichen Geräusche vermochte er sich noch zu erinnern, aber er hatte nicht die leiseste Ahnung, wie viele der fünfzehn Dorfbewohner er getötet hatte.

Am ganzen Körper zerschunden, im Kopf ein Wummern von der Sauferei des letzten Abends – welch eine Dummheit, ihn heimlich unter Alkohol zu setzen! – kam De'Unnero schwerfällig wieder auf die Beine und machte sich auf den Weg zurück ins Dorf. An einer verborgenen Stelle unweit der Hütten hatte er, aus Angst vor genau einem solchen Zwischenfall, ein geheimes Vorratslager mit persönlichen Dingen vergraben. Dort bewahrte er Kleidungsstücke, einen Wasserschlauch, ein kleines Messer und, am allerwichtigsten, ein Bündel Pergamentrollen auf, die er in St. Mere-Abelle hatte mitgehen lassen, als man ihn vor zehn Jahren fortgeschickt hatte, um Berichten über die Rotflecken-Pest in den Südlanden nachzugehen.

De'Unnero bemerkte die Bewegung erst gar nicht, als er die Pergamentrollen an sich nahm und sich zu Micklins Dorf umdrehte. Dann sah er, wie sich mehrere Gestalten zwischen den Hütten bewegten, und war froh, dass er nicht alle getötet hatte, auch wenn es jetzt noch mehr Zeugen gab, die Geschichten über den riesigen Tigermenschen verbreiten würden, der das Grenzland des Bärenreiches schon seit Jahren unsicher machte.

Ein Ruf, der De'Unnero nicht unbedingt mit Stolz erfüllte.

Sich mit einem resignierten Seufzer eingestehend, dass die Welt vermutlich nicht groß genug für ihn war, machte er sich erschöpft wieder einmal auf den Weg; was machte es schon für einen Unterschied, ob er sich für diese oder jene Straße oder auch für überhaupt keine Straße entschied? Wohin mochte ihn sein Weg diesmal führen? Auf wie viele entlegene Dörfer würde er noch stoßen?

Konnte er sich guten Gewissens einfach wieder unter die Menschen wagen? Diese Frage würde er sich stellen müssen. Diesmal hatte er geglaubt, der Wertiger sei besiegt und endgültig unter Kontrolle. Obwohl es außerordentlicher Ereignisse bedurft hatte, die Bestie erneut hervorzulocken, wusste er, dass Ähnliches immer wieder passieren konnte. Schlimmer noch, der Tiger war trotz aller Disziplin und Entschlossenheit hervorgebrochen und würde sich nicht ohne weiteres wieder in die Schranken weisen lassen.

Fürs Erste jedoch war der Hunger des Wertigers gestillt, wenn auch nur vorübergehend. Und das war, musste De'Unnero sich eingestehen, auch der einzige Grund, weshalb er sich nicht wieder in die reißende Bestie verwandelte und Hals über Kopf ein weiteres Mal in Micklins Dorf einfiel, um sein einmal begonnenes Werk zu vollenden. Denn die riesige und fürchterliche Katze lauerte noch immer ganz dicht unter der Oberfläche, bereit, sich jederzeit wieder gewaltsam zu befreien und De'Unneros Feinde mit Unheil und Vernichtung zu überziehen.

»Wenn es wenigstens so wäre«, machte De'Unnero seiner

Verzweiflung Luft, denn der Wertiger trat keineswegs nur in Erscheinung, um seine Feinde zu vernichten; vielmehr zeigte er sich, um ganz nach Belieben und wahllos zu töten.

Die Männer dort unten in Micklins Dorf – nicht einmal dieser Rohling Micklin – hatten es nicht verdient, dem Zorn des Wertigers ausgesetzt zu werden. Möglicherweise hatte Micklin einen Dämpfer verdient; vielleicht hätte De'Unnero gut daran getan, dem Mann seine herkömmlichen Kampftechniken vorzuführen, ihm ordentlich eins zu verpassen, ihn zu Boden zu werfen und vor allen anderen zu demütigen. Aber genau da lag das Problem, erkannte der ehemalige Mönch. Er durfte nicht einmal mit dem Gedanken spielen, auf diese Weise seine Enttäuschungen abzureagieren, denn damit würde er dem stets auf der Lauer liegenden Tiger Tür und Tor öffnen – aber auch ohne diese Erlösung öffnete ihm De'Unneros stetig wachsende Verzweiflung alle Pforten.

Damit befand er sich in einer ebenso unhaltbaren wie ausweglosen Situation, und ihm wurde in aller Schärfe bewusst, dass er jedes Dorf, in das er kam, allein durch seine Anwesenheit in tödliche Gefahr brachte.

Das konnte er nicht tun. Nicht jetzt, wo er wusste, wie es in Wahrheit um den Kampf in seinem Innern stand, und er es sich auch eingestehen konnte.

Die Bestie war stärker als der Mensch.

Ein Dasein in Abgeschiedenheit, das Leben eines Einsiedlers vor Augen, ließ De'Unnero Micklins Dorf hinter sich, ging nach Westen statt nach Osten und entfernte sich immer weiter von den zivilisierten Regionen des Bärenreiches.

Tagelang war Marcalo De'Unnero unterwegs; sich zu ernähren fiel ihm nicht weiter schwer, denn er unternahm erst gar nicht den Versuch, sich gegen die Triebe des Wertigers zu sperren. Bekam er Hunger, brauchte er der großen Katze nur freien Lauf zu lassen, und kurz darauf hatte er sich mühelos etwas zu fressen beschafft.

Er wusste nicht, wie viele Meilen er zurückgelegt hatte oder wie vieleTage verstrichen waren, als er eines späten Nachmittags einen hoch gelegenen Hügelkamm entlang wandernd die Klänge eines Saiteninstruments im Herbstwind vorüberwehen hörte.

Schließlich fiel eine Stimme in die Melodie ein, eine Stimme, die Marcalo De'Unnero sofort wiedererkannte.

Getrieben sowohl vom Bedürfnis nach Unterhaltung als auch vom Hunger nach Rache, rannte er den Hügelkamm entlang und versuchte festzustellen, aus welcher Richtung die Melodie gekommen war.

Er spielte schon mit dem Gedanken, den Wertiger herauszulassen, da die große Katze sicher kaum Mühe haben würde, die Bardin aufzuspüren, verwarf den Gedanken aber augenblicklich wieder, denn seine Bedürfnisse an diesem Tag waren ganz anderer Art – er brauchte einfach Gesellschaft.

Die Sonne sank im Westen bereits hinter den Horizont, als das Lied kurz abbrach, um gleich darauf wieder einzusetzen. Als De'Unnero abermals versuchte, die Richtung zu orten, stieß er auf den entscheidenden Hinweis: Er erblickte den Schein eines Lagerfeuers.

Er unternahm gar nicht erst den Versuch sich anzuschleichen, sondern rannte los, so schnell er konnte. Kurz darauf hatte er Sadyes Lagerplatz erreicht, wo er sofort bis ans Feuer trat und gegenüber der völlig verdutzten Frau stehen blieb.

Sie sprang auf, zog ihre Laute schützend vor den Körper und sah sich, einen angsterfüllten Ausdruck im Gesicht, nervös nach allen Seiten um. De'Unnero hatte erwartet, sie würde zu fliehen versuchen, aber dann, fast so, als wollte sie sich ins Unvermeidliche fügen, entspannte sich plötzlich ihr Körper, und sie brachte sogar ein hilfloses Lachen zustande.

»Ich hätte Euch niemals für so hartnäckig gehalten, mich bis hierhin zu verfolgen«, sagte sie.

»Das hat weder etwas mit Hartnäckigkeit noch mit Verfolgen zu tun«, erwiderte De'Unnero wahrheitsgemäß. »Ich bin ganz zufällig auf Euch gestoßen. Es war einfach Glück.«

»Für die Bardin Sadye wohl eher ein Unglück«, entgegnete sie.

De'Unnero zuckte nur mit den Achseln.

»Ich war gerade dabei, ein neues Lied zu komponieren«, sagte sie nach einer kurzen Pause. »Ich werde es ›Die Ode von De'Unnero‹ nennen.«

De'Unnero machte ein verwirrtes Gesicht und sah sie durchdringend an.

»Aber selbstverständlich seid Ihr es«, sagte sie lachend. »Schon Eure Bewegungen verraten den Abellikaner-Mönch – den ehemaligen Abellikaner-Mönch.«

»Es gibt jede Menge ehemaliger Abellikaner-Mönche«, erwiderte De'Unnero.

»Aber wie vielen von ihnen eilt der Ruf voraus, sie könnten sich in einen Tiger verwandeln?«, fragte die Frau, und ihr Lächeln war echt, denn ganz offenkundig hatte sie zwei und zwei zusammengezählt.

De'Unneros Augen verengten sich zu bedrohlich schmalen Schlitzen.

»Die Gerüchte von Baron Rochefort Bildeboroughs Ableben?«, fragte Sadye. »Gerüchte, die mit Bischof Marcalo De'Unnero in Verbindung gebracht werden.«

»Ihr maßt Euch an, eine Menge zu wissen.«

»Das ist schließlich mein Geschäft, oder etwa nicht?«, erwiderte Sadye. »Ich sammle Geschichten, schmücke sie aus und trage sie weiter – allerdings muss ich zugeben, dass die Geschichte von Marcalo De'Unnero kaum der Ausschmückung bedarf, wenn die Gerüchte stimmen.«

»Sie stimmen«, bestätigte De'Unnero trocken. »Jedes Einzelne von ihnen.«

»Dabei habt Ihr noch gar nicht jedes Einzelne gehört«, gab Sadye zu bedenken.

»Aber ich weiß, es gibt so viele wahre Geschichten, dass Lügen überflüssig sind«, bekannte er.

»Dann seid Ihr also tatsächlich Marcalo De'Unnero, der allen Bestrebungen der Witwe Wyndon zum Trotz noch lebt?«

»Zur Witwe ist sie durch mich geworden«, erwiderte De'Unnero, und als Sadye daraufhin erstaunt die Brauen hochzog, fügte er hinzu: »Es stimmt, es war tatsächlich Marcalo De'Unnero, der Nachtvogel erschlagen hat – verflucht sei sein Name.«

Sadye schüttelte langsam den Kopf; es fiel ihr schwer, die Nachricht zu verdauen, und sein Eingeständnis schien sie zu lähmen. »Aber warum solltet Ihr mir erzählen – «, begann sie.

»Warum nicht?«, fiel De'Unnero ihr ins Wort. »All die Jahre musste ich meine Identität und meine Vorgeschichte verheimlichen. Was habe ich schon zu verlieren, wenn ich sie Euch verrate?«

»Ihr wollt mich also töten?« Es war eher eine Feststellung als eine Frage.

»Könnt Ihr mir, nach allem, was mir Eure Räuberbande angetan hat, vielleicht einen Grund nennen, warum nicht?«

Sie zögerte und zuckte schließlich mit den Achseln. »Weil Ihr ohne mich allein wärt«, antwortete sie schlicht.

»Nun, ich werde wahrscheinlich ohnehin bald alleine sein«, entgegnete er. »Ihr habt die Bestie ja gesehen, die in mir steckt.«

Wieder entstand eine nachdenkliche Pause. »Dann stimmt die Geschichte über Euren letzten Kampf mit Jilseponie also«, sagte Sadye. »Es heißt, sie habe den Tiger aus Euch herausgelockt, um allen Bewohnern von Palmaris sowie Baron Tetrafel und seinen Soldaten die Wahrheit über Euch vor Augen zu führen, und Euch damit aus der Stadt vertrieben.«

»Sie hat ihn herausgelockt, oder ich habe ihn herausgelassen«, erwiderte De'Unnero, beiläufig mit den Achseln zuckend und sehr darum bemüht, ihr klarzumachen, dass diese Unterscheidung ihn wenig kümmerte.

Ein wenig zu sehr, wie er jetzt merkte, denn die Miene der aufmerksamen Sadye hellte sich verschmitzt auf.

»Ich warte noch immer darauf, dass Ihr mir einen Grund nennt«, fuhr der Mann kühl fort.

Sadye bedachte ihn mit einem durchdringenden Blick. »Ich bin nicht völlig unbegabt«, sagte sie, ihm ihre Laute zeigend, aber auch mit einem unverkennbaren Unterton von Lüsternheit in der Stimme.

Jetzt war es an De'Unnero zu lachen. »Ihr bietet mir Eure Gesellschaft an?«, fragte er erstaunt. »Nachdem Ihr meine andere Seite kennen gelernt habt?«

Sie zuckte mit den Achseln. »Vielleicht habe ich es gern gefährlich.«

»Eins scheint Ihr nicht recht zu begreifen, meine liebe, törichte Bardin – der Wertiger kann völlig unvermutet hervorbrechen«, bekannte der ehemalige Mönch. »Und er macht keinen Unterschied zwischen Freund und Feind. Nur zwischen Abend- und Mittagsmahl.«

»Wie reizend«, antwortete Sadye trocken. »Und bezaubernd«, fügte sie hinzu und zeigte ihm abermals ihre Laute. »Auch ich verfüge über gewisse Fähigkeiten, Marcalo De'Unnero, und über Magie. Vielleicht kann ich Euch helfen.«

»Und wenn Ihr Euch irrt, müsst Ihr das mit dem Leben bezahlen«, erwiderte De'Unnero.

»Wäre der Preis etwa geringer, wenn ich es nicht versuche?«, erklärte sie spitzfindig.

Ein guter Einwand, wie De'Unnero zugeben musste, denn aus Sadyes Sicht hatten sie und ihre Kumpane versucht, ihn umzubringen, und zweifellos würde er ihr das gleich hier an Ort und Stelle mit gleicher Münze heimzahlen. Aber stimmte das überhaupt?, fragte sich De'Unnero, denn im Grunde empfand er gar keinen Hass auf diese interessante Frau. Eigentlich war er so erleichtert, eine andere menschliche Stimme zu hören, dass er sich überhaupt nicht vorstellen konnte, sie umzubringen.

Ihm war natürlich bewusst, dass der Wertiger womöglich andere Absichten hegte.

»Euer Leben hat das Zeug zu einem Heldenlied«, sagte Sadye. »Und was immer meine früheren Reisegefährten verbrochen haben mögen – allesamt Narren, die niemals wirklich meine Freunde waren –, ich bin wirklich eine Bardin, oder hoffe zumindest, eine zu werden. Wer wäre besser geeignet, ›Die Ode von De'Unnero‹ zu verfassen, als ich? Schließlich habe ich den Zorn Eurer ... dunkleren Seite erlebt.«

De'Unneros Blick verlor daraufhin ein wenig von seiner Härte; im Grunde wusste er nicht, was er davon halten sollte. Sie hatte ihn mit jeder Wendung des Gesprächs überrumpelt. Warum in aller Welt sollte sie in seiner Nähe bleiben wollen? War es nur eine List, um ihre Haut zu retten, um etwas Zeit zu gewinnen? Das schien natürlich das Naheliegendste.

»Verschwindet«, hörte er sich zu seiner eigenen Überraschung sagen. »Geht weit fort von hier und schreibt Euer Lied.«

Das überraschte sie offenbar, was sie jedoch geschickt verbarg. Einen Augenblick lang zögerte sie; als sie die Laute schließlich neben sich auf dem Boden ablegte, sah De'Unnero, dass sie mit Juwelen besetzt war, genau wie er es vermutet hatte, als er während des Kampfs in Micklins Dorf die Magie gespürt hatte.

»Ich würde lieber hier bleiben«, sagte Sadye überraschenderweise, ging auf ihn zu, legte De'Unnero die Hände auf seine kräftigen Schultern und berührte ihn sanft, ganz zärtlich an der Wange.

De'Unnero hätte gerne etwas erwidert, nur fielen ihm in diesem Augenblick einfach nicht die passenden Worte ein.

Sadye kam noch näher und hauchte ihm einen Kuss auf die Lippen. »Ihr fasziniert mich«, sagte sie leise.

»Ich sollte Euch Angst machen«, erwiderte er.

Sadye trat gerade weit genug zurück, dass er ihr nachdenkliches Lächeln sehen konnte. »Oh, das tut Ihr«, versicherte sie ihm, als sie sich abermals an ihn schmiegte und ihn leidenschaftlich küsste, um sich gleich darauf wieder zurückzuziehen. »Nichts erregt mich mehr als Gefahr.«

Dann näherte sie sich ihm erneut, ungestüm und voller an Wut grenzender Leidenschaft – De'Unnero jedoch blieb standhaft.

Ganze drei Herzschläge lang. Dann erwiderte er ihren Kuss ebenso leidenschaftlich, und die beiden umschlangen einander, die Körper aneinander gepresst. Sadye zog ihn zur Seite, brachte ihn ins Stolpern, und schon landeten die beiden in einem leidenschaftlichen Knäuel auf der Erde.

Mit der Liebe einer Frau hatte Marcalo De'Unnero noch keine Bekanntschaft gemacht, zum einen wegen seines Ranges unter den Ordensbrüdern von St. Mere-Abelle, aber auch, und das war weitaus entscheidender, weil es ihm immer wie ein Eingeständnis der eigenen Schwäche und eine Absage an jede Disziplin erschienen war, solch niederen Gefühlen nachzugeben. Jetzt aber ließ er es geschehen, und erst im Augenblick der Erfüllung und völligen Hingabe wurde ihm das Ausmaß der Gefahr bewusst.

Denn in diesem Augenblick der Ekstase regte sich die Bestie in ihm, und die primitiven Triebe des Tigers drängten mit aller Macht an die Oberfläche.

Marcalo De'Unnero entfernte sich mit einem Satz von Sadye und stieß sie zurück, als sie ihm folgen wollte. »Ich habe Euch gewarnt«, konnte er noch keuchen, bevor die Veränderung zum Katzentier ihm die Kehle zuschnürte.

Und dann zwang er sich zurückzuweichen, wütend, geradezu außer sich, weil er wusste, dass er im Begriff war, auch diese Frau in Stücke zu reißen und sich damit wieder in die völlige Einsamkeit zurückzukatapultieren. Er wurde zum Wertiger und konnte nichts dagegen tun. Wenn er tatsächlich in den Zustand dieser primitiven Bestie zurückfiel, würde Sadye sterben wie all die anderen vor ihr ...

Völlig vereinnahmt von der qualvollen Prozedur der Verwandlung, hörte Marcalo De'Unnero nicht einmal mehr seine eigenen Schreie, mit denen er sich heftig protestierend wehrte.

Aber die Musik hörte er.

Er schlug die Augen auf und sah Sadye vor sich, die, mit übereinander geschlagenen Beinen und nackt, ihre Laute in der Hand, sachte über die Saiten strich und leise dazu sang. Ihre Worte konnte er nicht verstehen, aber das nahm ihnen nichts von ihrer Sanftheit.

Einen flüchtigen Augenblick lang war er wieder Marcalo De'Unnero, der Mann und nicht die Bestie, aber zu seinem Leidwesen musste er feststellen, dass selbst Sadyes Musik den Wertiger nicht in die Schranken weisen konnte.

Und dann schwand sein Bewusstsein, denn die Katze hatte die Oberhand gewonnen …

Als Marcalo De'Unnero eine Weile später, nachdem er sich an einem glücklosen Reh gütlich getan hatte, frierend und nackt zum Lagerplatz zurückkehrte, erwartete er, dort die schauerlichen Überreste seines jüngsten menschlichen Opfers vorzufinden.

Stattdessen hockte Sadye am Feuer und begrüßte ihn mit einem Lächeln auf den Lippen.

Wäre in diesem Augenblick ein leichter Wind aufgekommen, er hätte den völlig verdutzten Marcalo De'Unnero glatt umgeweht. »Wie ist das …«, stammelte er.

»Setzt Euch zu mir«, forderte ihn Sadye mit neckisch-sehnsüchtigem Lächeln auf und griff nach einer Decke, offenbar um sie ihm um die Schultern zu legen. »Ich würde sagen, Ihr seid mir noch ein wenig Unterhaltung schuldig, und anschließend könnten wir dann noch einmal die Bestie in Euch wecken.«

»Ihr müsstet eigentlich tot sein«, brachte De'Unnero hervor, bevor er sich schließlich neben dieser bemerkenswerten Frau niederließ.

»Wie ich bereits sagte, auch ich verfüge über ein gewisses Maß an Magie«, erwiderte sie und deutete dabei auf ihre juwelenbesetzte Laute. »Vielleicht kann ich die wilde Bestie sogar mit meiner Musik zähmen, wer weiß?«

De'Unnero starrte sie mit einer Mischung aus Staunen und Bewunderung an. Eben noch hatte sie einem entsetzlichen Tod ins Auge gesehen, und doch war ihrer Stimme nicht das geringste Zittern anzumerken.

»Ihr seid eine weitaus angenehmere Gesellschaft als diese Bande, mit der ich zuletzt zu tun hatte«, sagte Sadye lachend. »Und außerdem der beste Liebhaber, dem ich je begegnet bin.« Sie lachte lüstern. »Eins kann ich Euch versichern, ich weiß, wovon ich rede!«

De'Unnero starrte sie einfach nur an.

»Und längst nicht so gefährlich wie diese Bande«, fuhr Sadye fort.

Bei der Bemerkung machte der ehemalige Mönch große Augen.

»Aber ja, das stimmt!«, verkündete Sadye. »Sicher, Ihr seid von dieser inneren Macht besessen – trotzdem habt Ihr Euch darüber hinaus ein gewisses Maß an Ehrgefühl und Selbstbeherrschung bewahrt.«

»Ihr könnt unmöglich sicher sein, dass ich Euch nicht in Stücke reißen werde«, erwiderte De'Unnero.

Sadye rückte ganz nah an ihn heran. »Das macht es gerade so spannend«, sagte sie.

Und er glaubte ihr, jedes einzelne Wort; dann liebten sie sich erneut, und diesmal ließ sich der Tiger nicht blicken.

Am nächsten Tag brachen sie zusammen auf; und in einer zwanglosen Unterhaltung gestand ihr Marcalo De'Unnero intimste Gefühle und Sorgen, die er sich vor diesem Augenblick nicht einmal selbst eingestanden hatte.

10. Pfarrer und Bischof

»Ich wusste, dass ihr kommen würdet!«, rief Jilseponie entzückt, als sie die beiden den Schankraum von Caer Tinella betreten sah. Sie eilte quer durch den Raum zu Roger Flinkfinger und schloss ihn überschwänglich in die Arme, um gleich darauf Dainsey mit der gleichen Herzlichkeit zu begrüßen.

Jilseponies Lächeln war aber nicht von Dauer, denn als ihr Blick hinter die beiden fiel, musste sie feststellen, dass der dritte Besucher, den sie erwartete, nicht mitgekommen war.

»Belster musste auf die Reise verzichten«, erklärte Roger, denn Jilseponies Enttäuschung war nicht zu übersehen.

»Er ist doch nicht etwa krank?«, fragte Jilseponie besorgt. »Ich werde ihn sofort besuchen.«

»Krank nicht«, warf Dainsey ein und versuchte sie zu beruhigen.

»Er hat sich am Bein verletzt«, sagte Roger. »Er ist wohlauf und hat sogar noch versucht, die Reise anzutreten, aber wir mussten umkehren, weil das Rütteln des Wagens zu schmerzhaft für ihn war.«

»Dann werde ich ihn besuchen«, wiederholte Jilseponie, und diesmal bedachte Roger sie mit einem liebevollen Blick, statt ihr zu widersprechen.

»Das habe ich ihm auch erklärt«, sagte er. Rogers Blick wanderte durch den Raum hinüber zu König Danube, der, am Tresen sitzend, locker mit einem anderen Mann plauderte, in dem Roger Herzog Bretherford von Mirianic wiedererkannte. »Möglicherweise würde es dir auch gut tun, Elbryans Grab in diesem Sommer aufzusuchen.«

Jilseponies Blick verengte sich, während sie Roger weiterhin musterte.

»Hat er etwa um deine Hand angehalten?«, fragte Roger sie auf den Kopf zu.

»Meine Königin«, zog Dainsey sie auf und deutete einen Hofknicks an.

Jilseponie warf ihr einen finsteren Blick zu, doch ihr Ärger war nur gespielt, und Dainsey wusste das. »Hat er nicht«, erwiderte Jilseponie.

»Aber abgereist ist er auch noch nicht«, bemerkte Roger verschmitzt.

Woraufhin Jilseponie nur achselzuckend einen Blick über ihre Schulter auf König Danube warf; schließlich war das nicht zu leugnen. Außerdem verlieh sie damit ihrer Überzeugung Ausdruck, dass Danube ihr noch vor seiner Rückkehr in den Süden des Landes einen Antrag machen würde.

»Und wenn er es nun tatsächlich tut?«, hakte Roger ein wenig misstrauisch nach, und mehr als alles andere war es sein Tonfall, der Jilseponie bewog, sich umzudrehen und ihn anzusehen.

»Wird Pony sich dann bereit erklären, Königin des Bärenreiches zu werden?«, fragte Roger, Jilseponies längst abgelegten Kosenamen benutzend, einen Namen, den allein Roger auf diese Weise benutzen durfte, ohne sich ihren Zorn zuzuziehen.

»Nein«, antwortete Jilseponie ohne das geringste Zögern.

Offenkundig erschrocken über diese entschiedene Antwort, sahen sich Roger und Dainsey mit großen Augen an.

»*Pony* wird niemals einen anderen heiraten«, erklärte Jilseponie mit unüberhörbarer Betonung ihres Kosenamens. »Denn ich fürchte, mit Elbryans Tod ist unwiederbringlich auch Pony gestorben.«

Roger stieß einen tiefen Seufzer aus. »Entschuldige«, sagte er und ergriff behutsam Jilseponies Hand. »Verrate mir trotzdem eins: Was wird Jilseponie König Danube antworten, wenn er ihr den Antrag macht? Vorausgesetzt, sie weiß es selber schon.«

Sie schaute abermals über ihre Schulter und betrachtete den

König, als hätte sie die Absicht, die Entscheidung gleich hier und jetzt zu treffen. »Aber sie weiß es nicht«, gestand sie und wandte sich wieder um. »Trotzdem bin ich nach einem weiteren Sommer an seiner Seite noch immer überzeugt, dass König Danube ein vortrefflicher und ehrenhafter Mann ist – und ein würdiger König.«

»Aber liebst du ihn denn auch?«, fragte Dainsey.

»Ich fühle mich in seiner Gesellschaft äußerst wohl«, antwortete Jilseponie. »Ich weiß, es geht mir besser, wenn er bei mir ist. Die Antwort, Dainsey, lautet also: ja, ich glaube schon.« Ihr entging weder Rogers leichtes Stirnrunzeln, noch sein skeptischer Gesichtsausdruck.

»Natürlich nicht so, wie ich Elbryan geliebt habe«, beeilte sie sich hinzuzufügen; erstens, weil es der Wahrheit entsprach, und zweitens, weil Roger Flinkfinger diese Worte unbedingt aus ihrem Munde hören musste. »Eine Liebe, wie ihr beide sie gefunden habt«, fuhr sie fort, löste ihre Hand aus Rogers lockerem Griff und zog die beiden an den Armen behutsam näher, »werde ich bestimmt nicht noch einmal finden, das weiß ich. Ich glaube, das möchte ich auch gar nicht mehr – es sei denn, in einem Zusammensein mit meinem Elbryan nach dem Tod, aber nicht in dieser sterblichen Hülle. Dennoch glaube ich, dass ich Zufriedenheit – nein mehr, sogar Glück – mit der Art von Liebe erlangen kann, die ich bei König Danube gefunden zu haben glaube. Werde ich seinen Antrag annehmen, falls es dazu kommt? Ich vermag es nicht zu sagen, denn meine wahren Gefühle werde ich erst erkennen, wenn es so weit ist.«

Roger nickte – offenbar zufrieden – und lächelte sogar, so als wüsste er etwas, das Jilseponie nicht einmal ahnte.

»Unter der Regentschaft von Königin Jilseponie wird das Bärenreich aufblühen«, verkündete er theatralisch, und abermals verengte Jilseponie in gespieltem Ärger ihren Blick.

Als daraufhin alle herzlich lachten, sah Jilseponie ihre Hoffnung bestätigt, dass ihr Zusammentreffen mit Roger und Dainsey genau so verlaufen würde; sie konnten über die ernstesten Dinge sprechen, und das mit einer humorvollen Vertrautheit, wie sie nur unter engsten Freunden möglich war. Sie konnten sich die bedeutsamsten Fragen stellen, ohne je den Pfad der Freundschaft und des völligen Vertrauens zu verlassen.

Wie hatte sie Rogers Gesellschaft im letzten Jahr vermisst!

Über eins war Jilseponie sich immer im Klaren gewesen: Sie würde König Danubes Antrag niemals annehmen, ohne zuvor mit Roger und Dainsey darüber gesprochen zu haben. Sie schaute abermals über ihre Schulter hinüber zum König.

Nein, Pony wäre sicher nicht im Stande, ihn zu heiraten oder zu lieben; aber was war mit Jilseponie?

Jilseponie vielleicht.

An einem kalten und windigen Herbsttag, die Luft erfüllt von einem Tanz aus fallendem Laub, der zugleich etwas Aufmunterndes und Schwermütiges hatte, standen König Danube Brock Ursal, Baroness Jilseponie, Roger und Dainsey Flinkfinger, Herzog Bretherford, Abt Braumin Herde, Meister Fio Bou-raiy sowie einige weitere Würdenträger der weltlichen und religiösen Gemeinden von Palmaris in der Kapelle Caer Tinella.

In Anbetracht von Jahreszeit und Ort war die Weihung der Kapelle von Avelyn Desbris durchaus gut besucht; in und um das Gebäude drängten sich sämtliche Einwohner Caer Tinellas sowie ihrer Schwesterstadt Landsdown, eine bescheidene Gruppe, die aus Dundalis und den beiden anderen Städten in den Waldlanden nach Süden gekommen war, sowie eine kleine Schar normaler Bürger, die von Palmaris aus angereist waren. Jilseponie und Braumin Herde fanden die Anzahl der Anwesenden trotzdem nicht recht zufriedenstellend.

»Eigentlich müsste die ganze Welt hier vertreten sein«,

raunte Roger Jilseponie zu. »Wie viele tausend Menschen hat er gerettet?«

»Unter anderen mich«, bemerkte Dainsey. Tatsächlich war Rogers Frau die Erste gewesen, die von Avelyns Blut gekostet hatte und dem heiligen und die Pest besiegenden Bund beigetreten war. »Sei versichert, ich wäre auch von den Wetterinseln hierher gekommen, um diesen Tag mitzuerleben!«

Jilseponie bedachte sie mit einem freundlich-warmen Lächeln; sie glaubte ihrer Beteuerung aufs Wort. Sie kannte Dainsey schon seit Jahren, schon als sie noch den Namen Dainsey Aucomb getragen hatte und ein sichtlich unzufriedenes Schankmädchen in der ›Geselligen Runde‹ in Palmaris gewesen war. Welche Veränderung der Namenswechsel und die schweren Zeiten der Rotflecken-Pest ganz offensichtlich bei der jungen Frau bewirkt hatten! Längst war Dainsey nicht mehr jenes übermütige junge Ding, dessen herzliches und offenes Wesen geradezu eine Einladung an jeden darstellte, sie zutiefst zu verletzen. Mittlerweile war sie sehr viel zurückhaltender und ruhiger, ja beinahe nachdenklich geworden. Das Leben mit Roger tat ihr ganz offensichtlich gut.

Genau wie auch Roger diese Verbindung gut tat, was Jilseponie sofort aufgefallen war. Sie kannte Roger, seit er seinen jetzigen Namen, Flinkfinger, angenommen hatte. Damals war er noch so jung gewesen, ein Angeber und kleiner Narr, allerdings ausgestattet mit reichlich Talent und jener anderen schwer fassbaren Gabe, Charisma, die ihn für Elbryan und Jilseponie in der Zeit des Dämonenkrieges so wertvoll gemacht und durch die er ihre Zuneigung gewonnen hatte. Mit dem Größerwerden hatte Roger seinen ursprünglichen Familiennamen, Billingsbury, wieder angenommen, und als er dann in den Jahren nach Elbryans Tod erwachsen wurde, hatte er abermals den Namen Flinkfinger angenommen, diesmal ganz offiziell. Wie groß er geworden war! Noch dazu praktisch unter ihren Augen. Jilseponie erinnerte sich noch genau, wie sie sich gefreut hatte, als sie von Dainseys und Rogers Heirat, der Heirat ihrer beiden besten Freunde, erfahren hatte. Wie hatte sie die beiden in den letzten Monaten vermisst! Den ganzen Sommer über war sie immer wieder zu dem Zimmer geschlendert, das Roger normalerweise auf Chasewind Manor bewohnte, in der Hoffnung, mit ihm über ihre Abenteuer mit Danube sprechen zu können, nur um sich zu erinnern, dass er diesmal nicht auf sie warten würde.

Jilseponie war wirklich überglücklich, dass die beiden ihr jetzt, im vielleicht wichtigsten Sommer ihres Lebens, zur Seite standen.

Es war ein Tag mit zahlreichen Reden und viel Beifall, ein gleichermaßen feierlicher wie düsterer Tag, aber auch, ganz wie der Tanz des fallenden Laubes draußen, ein Tag erfüllt von lebendigem Treiben. Der frühere Abt und derzeitige Pfarrer Braumin machte mit einer ausführlichen Schilderung seiner Zeit in St. Mere-Abelle den Anfang und erwähnte auch Meister Jojonah, jenen Mann in der Gründungsabtei, der eingesehen hatte, dass der ehrwürdige Vater Markwart den Pfad der Tugend verlassen hatte und eigentlich der als Ketzer gebranntmarkte Avelyn Desbris zum Heiligen ernannt werden müsste. Im Laufe seiner ausführlichen Schilderung brach mehrfach Braumins Stimme, denn für die derzeitigen Anhänger der Lehren Bruder Avelyns und Meister Jojonahs war der Weg zum Sieg mit tragischen Zwischenfällen gepflastert gewesen. Avelyn selbst war tot, er war im selben Feuersturm verbrannt, mit dessen Hilfe er den Geflügelten am Berg Aida vernichtet hatte, und auch Jojonah lebte nicht mehr, verbrannt in den Flammen des Fanatismus von Vater Markwart.

Und auch Elbryan war tot, getötet von der Bestie in Marcalo De'Unnero und dem verderbten Geist Markwarts während der großen Entscheidungsschlacht des Dämonenkrieges.

»Wie treffend verkörperte die Bestie, die sich Marcalo De'Unneros bemächtigt hatte, doch jene Dunkelheit, die der

Kirche selbst innewohnte«, bemerkte Pfarrer Braumin. »Sie war eine Macht, die Bruder De'Unnero zum Wohl des Abellikaner-Ordens einsetzen zu können glaubte, die aber auf dem Irrweg, den der ehrwürdige Vater Markwart eingeschlagen hatte, letzten Endes nur sehr viel Schönes in der Welt vernichtet hat.«

Bei diesen Worten sah er Jilseponie direkt ins Gesicht, und tatsächlich, der jungen Frau standen Tränen in den blauen Augen. Aber sie nahm sich zusammen, unterdrückte tapfer ihre Tränen, brachte sogar ein verhaltenes Lächeln zuwege und nickte Braumin zu, um ihm zu zeigen, wie sehr sie seine Darstellung der Geschichte billigte.

Pfarrer Braumin schloss mit der Ankündigung des nächsten Redners, Meister Fio Bou-raiy von St. Mere-Abelle.

Der scharfsichtigen Jilseponie entging keineswegs, dass sich der Mann vor diesem Forum weniger wohl fühlte als sein Vorredner. Er sprach überhastet, und seine Rede erschien Jilseponie sehr viel weniger überzeugend als die von Braumin.

Meister Bou-raiy war nicht mit dem Herzen bei der Sache: weder was diese Feier, diese Kapelle oder die Heiligsprechung Avelyns anbetraf, noch überhaupt etwas, das innerhalb der abellikanischen Kirche und mit ihr geschah. Er war ein Überlebender, kein Gläubiger; ein Opportunist und nachgerade von Ehrgeiz besessen.

Jilseponie nahm ihr persönliches Urteil ein wenig zurück und ermahnte sich, dass Bou-raiy, was immer seine Beweggründe sein mochten, auf derselben Seite kämpfte wie Braumin. Seine Motive waren vielleicht nicht ganz so ehrenhaft, aber spielte das wirklich eine Rolle, wenn sein Tun dem Wohl der Kirche und der Welt diente?

Bou-raiys Rede war kurz und endete mit der Bitte, Pfarrer Braumin möge abermals aufs Podium treten, ein etwas überraschender Schachzug, der aber durchaus Jilseponies Beifall fand. Sie wusste, der nächste Redner würde König Danube sein, und indem er Braumin die Ankündigung des Königs überließ, gestand er das gesamte Forum eben jenem Mann zu, der zukünftig der Kapelle von Avelyn vorstehen würde.

Pfarrer Braumin freute sich sichtlich über Meister Bou-raiys Entscheidung, denn obwohl er nur in die Kanzel steigen und den König bitten musste, ein paar Worte zu sprechen, wirkte er geradezu glücklich.

König Danube trat mit jener lässigen Selbstsicherheit vor das Publikum, die Jilseponie an diesem Mann so bewunderte. Seine Selbstsicherheit erwuchs aus einer inneren Überzeugtheit, aus einer Bereitschaft, etwas zu riskieren und notfalls sogar in Kauf zu nehmen, sich ein wenig lächerlich zu machen. Das Gleiche galt für sein Verhältnis zu Jilseponie, und das wusste sie. König Danube brauchte nur mit dem Finger zu schnippen, und schon lag ihm praktisch jede unverheiratete Frau in Ursal zu Füßen. Warum sollte er sich also in Verlegenheit bringen, indem er für jeden ersichtlich eine Frau umwarb, die ihrem eigenen Eingeständnis nach zögerte, eine Verbindung mit ihm oder einem anderen Mann einzugehen?

Bei manchen Männern wäre das Motiv ganz einfach Stolz gewesen, das Bedürfnis, das Unerreichbare zu erobern, die Herausforderung der Jagd. In Danubes Fall dagegen lagen die Dinge anders, dessen war sich Jilseponie ziemlich sicher. Wies sie ihn ab, reagierte er nicht etwa mit dem verräterischen Drängen, das weniger ehrenhafte Männer wie Herzog Targon Bree Kalas an den Tag gelegt hätten. Nein, in den Jahren seines allmählich immer intensiver werdenden Werbens um sie hatte König Danube jede Zurückweisung in eben jenem Geiste akzeptiert, in dem sie erteilt worden war, und war stets bemüht gewesen, sich Jilseponies Sichtweise und Empfindlichkeiten zu Eigen zu machen.

Lässiges Selbstvertrauen, so sah Jilseponie König Danubes Bereitschaft, sein Möglichstes zu tun und hinzunehmen, was immer sich daraus ergeben mochte.

»Damals lernte ich Elbryan und Jilseponie gerade kennen«, sagte König Danube soeben, und die Nennung ihres Namens holte sie in die Gegenwart zurück. Überrascht stellte sie fest, dass sie, versunken in ihren Betrachtungen, einen Großteil von Danubes Rede versäumt hatte.

»Und zwar als meine Gefangenen«, fuhr König Danube kopfschüttelnd fort und lachte leise. »Irregeleitet von den verdrehten Worten eines verdrehten Mannes hielten wir sie für gewöhnliche Verbrecher.«

Jilseponie bemerkte, dass Meister Bou-raiy bei Danubes Schilderung von Markwart als »verdrehtem Mann« leicht zusammenzuckte. Braumin hatte ihr anvertraut, dass man in Kirchenkreisen beschlossen habe, das Andenken des ehrwürdigen Vaters Markwart, zumindest auf absehbare Zeit, mit Fingerspitzengefühl zu behandeln und kein Urteil über ihn zu fällen, und doch ließ sich König Danube zu einer derart eindeutigen Feststellung hinreißen.

»Aber bereits kurz nach ihrer Einkerkerung sollten wir die Wahrheit erfahren«, erklärte König Danube dem versammelten Publikum. »Die Wahrheit über Elbryan, den Nachtvogel, die Wahrheit über Avelyn Desbris und die Wahrheit über Jilseponie – eine Wahrheit, die noch gestützt, bekräftigt und selbst für den schärfsten Zweifler offenkundig wurde, als diese drei uns alle vor der Rotflecken-Pest retteten.

Es erfüllt mich daher mit großer Freude, dass ich dieser Feier beiwohnen kann. Diese Freude wird noch gesteigert, wenn ich den Blick in die Menge richte und sehe, dass Baroness Jilseponie unter den Anwesenden weilt, die ich jetzt ganz herzlich bitten möchte, nach vorn zu kommen und uns von ihrer Zeit mit Avelyn zu berichten, von der Schlacht mit dem verhassten geflügelten Dämon und vom ersten und zweiten Wunder auf dem Berg Aida.« Bei seinen letzten Worten deutete er mit ausgestreckter Hand auf sie und winkte sie zu sich herauf.

Die Frau namens Pony wollte nicht dort hinauf, sie wollte

ihre Erinnerungen an Nachtvogel oder Avelyn mit niemandem teilen. Die Frau mit Namen Jilseponie aber wusste, dass sie dort hinaufgehen, der Welt die Wahrheit erzählen und damit der derzeitigen Kirche und dem Staat den Rücken stärken musste.

Also tat sie es. Sie stellte sich neben König Danube und berichtete von ihrer ersten Begegnung mit Avelyn, als er noch als der »irre Mönch« bekannt und für den Unachtsamen kaum mehr als ein Trunkenbold und Prahlhans gewesen war. In Wahrheit hatte es sich bei jenem Mann um denjenigen gehandelt, der den Irrweg des Abellikaner-Ordens in aller Deutlichkeit erkannt und mit allen ihm zur Verfügung stehenden Mitteln versucht hatte, die Menschen darüber aufzuklären. Sie berichtete von den Kämpfen in den Waldlanden gegen die Günstlinge des Dämons und von der beschwerlichen Reise zum Berg Aida, dem Hort der Bestie. Anschließend erzählte sie, sorgsam darauf bedacht, die Empfindlichkeiten der Kirchenoberen nicht zu verletzen, von den Nachwirkungen des Krieges gegen den Dämon, von Markwarts Irrweg und schließlich von ihrer Reise mit Dainsey zurück zum Berg Aida und zu dem versteinerten Arm von Avelyn Desbris, dem Schauplatz des Bundes und jenes Wunders, durch das so viele vor der Rotflecken-Pest gerettet worden waren.

Gegen Ende merkte sie plötzlich, dass sie Pfarrer Braumin direkt in die Augen sah, und er ihr, übers ganze Gesicht strahlend, beifällig zunickte. Zu ihrer Überraschung stellte sich König Danube daraufhin neben sie und legte ihr die Hand auf die Schulter.

»Für mich steht jetzt zweifelsfrei fest, was des weiteren zu geschehen hat«, verkündete er laut. »Wegen der Weihung dieser Kapelle von Avelyn und der Ernennung von Braumin Herde zu ihrem Pfarrer sind die Abtei St. Precious und die Stadt Palmaris offenkundig ohne Abt. Mit dem Segen von St. Mere-Abelle, gespendet von Meister Fio Bou-raiy, und dem Segen von St. Precious, gespendet von dessen früherem Abt Braumin, verfüge ich hiermit, dass Jilseponie Wyndon ihr Amt als Baroness von Palmaris niederlegt und ihre Pflichten als Bischöfin übernimmt.«

Der Beifall war spontan und überwältigend, Jilseponie aber sah König Danube nur bestürzt an.

»Ich bin der König«, sagte er mit einem Anflug von Schadenfreude. »Ihr könnt unmöglich ablehnen.«

»Und was wünscht König Danube sonst noch vorzuschlagen, das ich nicht ablehnen kann?«, flüsterte sie. Danube wirkte völlig verblüfft.

Jilseponie wandte sich wieder dem versammelten Publikum zu und gab sich dabei größte Mühe, sich ihre Gefühle nicht allzu deutlich anmerken zu lassen. Am liebsten hätte sie in diesem Augenblick laut losgelacht, denn nach ihrem Empfinden hatte sie das kleine Scheingefecht mit König Danube diesmal zweifellos gewonnen – ein Kampf der Überraschungen, den sie wirklich genossen hatte.

Beim Fest im Anschluss an die Weihung sah sich Jilseponie plötzlich von Braumin und Roger und Dainsey mit Fragen bestürmt; alle wollten wissen, mit welcher Entgegnung sie König Danube, diesen normalerweise so gelassenen Mann, unmittelbar nach seiner Erklärung so offensichtlich aus der Fassung gebracht hatte.

Als Antwort hatte Jilseponie für sie alle nur ein Lächeln.

»Ich möchte, dass Ihr mit mir nach Ursal zurückkehrt«, verkündete König Danube überraschend an jenem regnerischen Morgen, der den Beginn des Kalembers ankündigte. Mit Beginn dieses Monats, dem elften des Jahres, so hatte Herzog Bretherford den König unterrichtet, nahte auch die Zeit, da die *Flusspalast* ihre Rückkehr nach Süden antreten sollte.

»Erwartet mich denn am Hof überhaupt eine Aufgabe?«, fragte Jilseponie stirnrunzelnd. »Es stünde mir nicht gut zu

Gesicht, wenn ich die Stadt so kurz nach meiner Ernennung zur Bischöfin verlasse. Wie sollen die Menschen an Sicherheit und Beständigkeit glauben, wenn ich gleich nach Antritt meines neuen Amtes die Flucht ergreife?«

Danube lehnte sich zurück und sah sich in den neuen Tagesgemächern Jilseponies um. Nach ihrer Rückkehr aus Caer Tinella war sie in dem Glauben nach St. Precious gegangen, ihrer Aufgabe besser gerecht zu werden, wenn sie weltliche und kirchliche Pflichten wahrnahm. Da sie die einzige Frau in St. Precious sein würde, hatte sie beschlossen, ihre Schlaf- und Privatgemächer in Chasewind Manor zu behalten; tagsüber jedoch machte sie sich, bewusst ohne Eskorte, auf den weiten Weg durch ganz Palmaris, um ihren Dienst in der Abtei zu versehen.

Danube wusste, dass sie Recht hatte. Zwar würde die Aussicht, Danube werde Jilseponie zu seiner Königin machen, die Bevölkerung ganz sicher zu Beifallsstürmen hinreißen, aber nach den Feierlichkeiten wäre die Stellung der Stadt geschwächt. Trotzdem wollte er einfach nicht länger warten. Nur noch wenige Tage, dann würde er an Bord der *Flusspalast* gehen und seine Reise nach Ursal antreten müssen, und diese Reise und der darauffolgende Winter würden ohne Jilseponie an seiner Seite lang und freudlos werden.

»Am Hof nicht«, antwortete er wahrheitsgemäß. »Meine Gründe, dich zu bitten, mich nach Ursal zu begleiten, sind rein persönlicher Natur.«

»An meiner Situation hier würde das nichts ändern«, erwiderte sie arglos – zu arglos, wie Danube auffiel. Was ihm, zusammen mit dem Anflug eines Lächelns, das um ihre Mundwinkel spielte, verriet, dass sie es ihm absichtlich nicht leicht machte.

Amüsiert lachend rieb er sich mit den Händen durchs Gesicht, zwei Gesten, die ihm nach kurzer Überlegung völlig fehl am Platz erschienen.

»Dies ist keineswegs eine meiner unanfechtbaren Anordnungen«, erklärte er und sah Jilseponie direkt in ihre blauen Augen. Dann wurde er ernst. »Es war deine Pflicht gegenüber dem Volk, die dich gezwungen hat, die Ernennung zur Bischöfin von Palmaris anzunehmen«, fuhr er fort. »Dies ist etwas völlig anderes.« Dann zögerte er; er fühlte sich verwundbar, erregt und überaus lebendig, alles gleichzeitig, und obwohl er sich alle Mühe gab, dem festen Blick dieser Frau standzuhalten, ertappte er sich dabei, wie sein Blick ziellos im Zimmer umherwanderte.

Doch dann wurde er plötzlich und unerwartet festgehalten, als Jilseponie sein Gesicht in ihre zarten und trotzdem kräftigen Hände nahm und ihn zwang, sie anzusehen.

König Danube war wütend über sich selbst, weil er sich so albern benommen hatte. Schließlich war er der König, ein Mann, dessen Wort über Leben und Tod entschied. Wieso war ihm jetzt so unbehaglich zumute?

Die Antwort darauf kannte er, aber das machte es nicht einfacher.

»Heiratet mich«, überrumpelte Danube sie mit seinem Antrag, noch bevor er richtig überlegt hatte, wie er die alles entscheidende Frage in Worte kleiden sollte.

Jilseponie ließ ihn los und wich zurück, ohne jedoch ihren Blick von ihm zu lösen.

»Werdet Königin des Bärenreiches«, improvisierte Danube stammelnd. »Was könntet Ihr dem Volk für gute Dienste leisten – «

Jilseponie schnitt ihm das Wort ab, indem sie ihm einen Finger auf die Lippen legte. »Eine Frau sollte niemals aus diesem Grund heiraten«, erklärte sie. »Man wird nicht aus Verantwortungsgefühl Königin des Bärenreiches.« Als Danube sich daraufhin auf seinem Stuhl zurücklehnte, seine Fingerspitzen aneinander legte und sich mit den Zeigefingern gegen Kinn und Unterlippe tippte, musste sie einfach lachen.

»Wollt Ihr wirklich, dass ich Eure Gemahlin werde, damit ich dem Volk besser dienen kann?«, fragte sie ihn geradeheraus.

König Danube antwortete nicht; er wusste, dass er sich die Antwort sparen konnte. Er sah sie einfach weiter an und tippte sich mit den Fingern gegen das Kinn.

»Oder möchtet Ihr, dass ich Eure Frau werde, weil Ihr ein rechtschaffener, ehrenwerter und gut aussehender Mann seid? Ein Mann, den ich liebe?«

»Wenn Ihr auch nur ein wenig Vertrauen in mich habt, sind alle diese Fragen rein rhetorisch«, ließ sich Danube dann doch zu einer Erwiderung hinreißen.

Jilseponie rutschte auf ihrem Stuhl nach vorn, schob Danubes Hände mit einer Hand aus seinem Gesicht, zog ihn mit der anderen zu sich heran und gab ihm zärtlich einen Kuss. »Euer Antrag kam nicht völlig unerwartet«, gestand sie. »Meine Antwort erfolgt daher nicht aus einer Eingebung des Augenblicks heraus, und ich werde sie später auch nicht bedauern. Ich werde in erster Linie Eure Gemahlin werden, und dann erst Königin des Bärenreiches.«

Daraufhin fiel König Danube geradezu über sie her, schloss sie überschwänglich in die Arme und legte seinen Kopf an ihre Schulter, hauptsächlich, weil sie die Tränen nicht sehen sollte, die ihm plötzlich in die Augen traten. Nie zuvor hatte er solche Freude verspürt. Und noch nie war König Danube Brock Ursal glücklicher gewesen. Sein Leben lang hatte er Privileg auf Privileg gehäuft, war er von Menschen umgeben gewesen, die ihm niemals etwas abzuschlagen wagten. Diesmal jedoch war alles anders, dessen war er sich vollkommen bewusst. Jilseponie war keine unterwürfige Frau und fühlte sich nur in Dingen an ihre Pflicht gebunden, die nichts mit ihrem Herzen zu tun hatten. Sie hätte ihn zurückweisen können, und in Anbetracht seiner Kenntnis jenes Mannes, den sie einmal ihren Ehemann genannt hatte, hatte er von ihr, trotz ihrer offenkundig aufrichtigen Freundschaft, auch gar nichts anderes erwartet. Wie konnte er, wie konnte überhaupt jemand dem Vergleich mit Elbryan Wyndon, dem Nachtvogel, standhalten, jenem Mann, der die Welt bereits zweimal vor dem Untergang bewahrt hatte? Elbryan, dem Held und Krieger, der von der Bevölkerung von Palmaris und der Nordlande geradezu abgöttisch verehrt wurde?

Diese Liebe konnte selbst Danube Elbryan nicht streitig machen, denn Danube empfand für diesen Mann aufrichtige Bewunderung und einen Respekt, der in all den von Unruhe und Krieg erfüllten Jahren noch zugenommen hatte, je mehr er über die Heldentaten Nachtvogels erfahren hatte.

»Diesmal werde ich das Volk von Palmaris nicht im Stich lassen«, erklärte Jilseponie einen Augenblick darauf und schob ihn auf Armeslänge von sich. »Ich kann Euch nicht nach Ursal begleiten.«

»Dann wenigstens im Frühling«, sagte Danube. »Ich werde inzwischen mit den Vorbereitungen beginnen – für eine Hochzeit, wie sie das Bärenreich noch nie gesehen hat.«

Jilseponie nickte lächelnd; eine Vielzahl verschiedener Möglichkeiten ging ihr durch den Kopf.

»Ich fürchte mich schon jetzt vor jedem Tag des Winters«, sagte Danube zu ihr, beugte sich vor und schloss sie abermals fest in die Arme. »Sobald die Jahreszeiten wechseln, werde ich jede Stunde nach Eurem Schiff Ausschau halten.«

Einige Zeit später saß Jilseponie allein in ihrem Zimmer in Chasewind Manor. Roger und Dainsey waren vorbeigekommen, aber sie hatte sie gebeten, unten zu warten und ihr ein wenig Zeit für sich zu lassen.

Denn sie musste die Wendungen verkraften, die das Schicksal ihr an diesem Tag beschert hatte, und sie musste über ihre Reaktion auf diese Wendungen nachdenken. Sie hatte sich gegenüber König Danube sehr entgegenkommend verhalten, wie ihr jetzt klar wurde. Sicher, in vielerlei Hinsicht liebte sie ihn, trotzdem gingen ihr seine letzten Worte, seine Beteuerung, dass ihm vor jedem Tag des Winters bange war, einfach nicht mehr aus dem Kopf. Konnte sie allen Ernstes dasselbe von ihren Gefühlen behaupten? War auch ihr vor dem langen Winter bange, und noch viel wichtiger, würde er ihr länger vorkommen, nur weil Danube nicht bei ihr war?

Vermutlich gab es unterschiedliche Ebenen der Liebe, und Jilseponie musste sich eingestehen, dass sie deren genaue Grenzpunkte eigentlich überhaupt nicht kannte. Liebte sie König Danube genug, um seine Frau zu werden? Genug, um das Bett mit ihm zu teilen, ihn zu lieben, auch körperlich, so wie sie Elbryan geliebt hatte? Elbryan hatte sie sich mit Leib und Seele verschrieben, vor ihm hatte sie sich, sowohl seelisch als auch körperlich, vollkommen entblößt. Konnte sie König Danube eine ebensolche Ehefrau sein? Musste sie das überhaupt?

11. Diese ungeheure Kraft mit Schwert und Stein

»Aber ich beziehe meine Stärke aus meiner Gesundheit und aus meinen Übungen im Schwerttanz, der sowohl Körper als auch Geist stählt«, beklagte sich Aydrian, als er unter der Ulme in Andur'Blough Inninness in seiner dunklen Höhle hockte. Er war wütend gewesen, als er das Orakel an diesem Tag aufgesucht hatte, denn Lady Dasslerond hatte sich wieder einmal in einem scheinbar endlosen Redefluss über ihn beklagt; und nahezu sämtliche Touel'alfar hatten sich beim Übungsgefecht ganz früh am Morgen eingemischt und Aydrian klargemacht, dass er alles falsch anfing, was immer er auch anfasste.

Ohne auch nur ein Wort der Kritik über Toyan Miellwae, seinen Gegner, zu verlieren.

»Denn Toyan Miellwae war schlicht vollkommen«, fügte er verächtlich schnaubend mit schneidendem Sarkasmus hinzu, als er sich den Anblick des ebenso vollkommenen wie vollkommen bewusstlosen Elfen in Erinnerung rief, der vor seinen Füßen im Staub gelegen hatte. »Meine Bewegungen dagegen waren offenbar alle fehlerhaft«, übte sich Aydrian gegenüber der Gestalt im Spiegel weiter in Sarkasmus. »Mein geschlagener Gegner aber war perfekt.«

Natürlich zeigte die Gestalt im Spiegel keinerlei Reaktion, was auf Aydrian beruhigend wirkte und ihn zwang, in sich zu gehen und über den Grund seines Zorns nachzudenken. Das wiederum brachte ihn zu der anderen Wahrheit zurück, dass seine Leistungen mit Schwert und Steinen nämlich nicht allein Folge seiner erblich bedingten Veranlagungen waren. Die Touel'alfar hatten ihn in der Tat reichlich mit Gaben ausgestattet. Bei seinen häufigen Zornesausbrüchen konnte er das in Abrede stellen, aber nicht hier beim Orakel, an diesem Ort, wo Gefühle und Gedanken ungeschminkt zu Tage traten.

»Ich habe genug von ihren Gaben«, schimpfte Aydrian, und es war nicht das erste Mal in den vergangenen Wochen, dass er diesen Gedanken hier im Stillen, ganz für sich, offen aussprach. »Ich will endlich hinaus in die Freiheit wie Brynn Dharielle, wo ich selbst bestimmen kann, was ich tun und lassen möchte.«

Wie stets zuvor erwartete er auch diesmal, dass sich auf diesen Gedanken hin ein Widerstand regte, ein nagendes Unbehagen, das ihm sagte, dass er noch nicht so weit war, dass Lady Dasslerond und ihre Handlanger ihm noch sehr viel Nützliches beibringen mussten. Bei allen früheren Gelegenheiten hatte dieses typische Insichgehen nach seinem ehrlichen Geschimpfe eher Nachdenklichkeit als reines Nützlichkeitsdenken zur Folge gehabt und Aydrian eine Ahnung davon vermittelt, dass er vielleicht nicht nur körperlich von seiner noch verbleibenden Zeit bei den Touel'alfar profitieren würde, wie lange das immer sein mochte. Vielleicht würde er noch lernen, seinen offenbar stets in seinem Innern brodelnden Zorn im Zaum zu halten. Vielleicht würde er schließlich sogar lernen, das Schicksal aller Menschen hinzunehmen, nämlich dass er lange vor Dasslerond und all den anderen sterben musste – und das, obwohl viele von ihnen schon seit Jahrhunderten lebten.

Das waren die üblichen Überlegungen, die normalerweise auf sein Insichgehen folgten, und so wartete Aydrian auch diesmal darauf, dass ihn diese schlichte Logik ein weiteres Mal überkam.

Stattdessen ertappte er sich dabei, wie seine Gedanken in alle Richtungen abschweiften. Mit wachsender Neugier fragte er sich, wie es ihm draußen in der Freiheit wohl ergehen würde. Er wollte andere Leute, andere Menschen kennen lernen. Und er wollte Brynn wiedersehen – wie sehnte er sich danach, sich wieder mit ihr zu unterhalten – oder, falls das nicht möglich war, so wollte er andere junge Frauen kennen lernen, mit ihnen sprechen und ihre weiche Haut berühren.

Die Gedanken wurden immer mächtiger, ergriffen immer mehr von ihm Besitz. Aydrian war den meisten, vielleicht sogar allen kampferprobten Touel'alfar überlegen, obwohl jeder Einzelne von ihnen schon seit Jahrzehnten den Schwerttanz übte; wie würde es ihm unter den viel kurzlebigeren Menschen ergehen?

Sie waren dort draußen, das wusste er. Zu hunderten, zu tausenden, wahrscheinlich zu zehntausenden! Schon bald, davon war er überzeugt, würde er sich geachtet mitten unter ihnen bewegen. War es überhaupt möglich, dass ihn ein Mensch im Zweikampf besiegte? Konnte irgendein Mensch die Steine mit größerer Energie versehen als er? Eine Frage, auf die er sehr gerne Wetten abgeschlossen hätte.

Er lehnte sich entspannt zurück und blickte verschmitzt grinsend in den Spiegel.

Aber dann wurde ihm mit einem Mal klar, dass er sehr viel weniger begriff, als er glaubte. Ob dies auf eine Mitteilung der Schattengestalt im Spiegel oder eine plötzliche Erkenntnis seinerseits zurückging, vermochte er nicht zu sagen, auf jeden Fall merkte Aydrian, dass er sich zu kleinen Träumereien über sich selbst hinreißen ließ, die vor der Realität dessen, wer er war oder zumindest sein könnte, verblassten.

Sich unter den Menschen bewegen?

Nein, ging ihm plötzlich ein Licht auf. Mitten unter den Angehörigen seines Volkes würde er sich niemals bewegen. Er war nicht dazu geboren, sich unter sie zu mischen, sondern sie zu überragen. Seine Stärke im Umgang mit Schwert und Steinen würde niemals die rechte Anerkennung finden, wenn er sich seine schwächlichen Mitmenschen zum Maßstab nahm.

Ich bin etwas Besonderes, sagte er, oder vielleicht war es auch das Bild im Spiegel. *Von heldenhaftem Geblüt, ausgebildet zu …*

Ja, zu was eigentlich?, überlegte Aydrian. Sein Leben lang hatte er geglaubt, er werde dazu ausgebildet, als Hüter zu dienen, und dass dies vielleicht ein Schritt auf dem Weg dorthin sei. Aber hier ging es um sehr viel mehr, denn ein einfacher Hüter würde er niemals sein. Seine Stärken gingen weit darüber hinaus, das wurde ihm jetzt schlagartig klar. Wofür ihn die Elfen ausbildeten, schien vollkommen unerheblich, denn in Wahrheit war Aydrian nicht geboren, um zu dienen, sondern um zu herrschen.

»Um zu beherrschen«, entfuhr es ihm staunend.

Die Aussicht, sich einen entscheidenden Kampf mit Lady Dasslerond zu liefern und auf sich allein gestellt fortzugehen, erschien ihm plötzlich sehr viel weniger beängstigend und weitaus faszinierender.

»Er verbringt viel zu viel Zeit dort unten«, sagte Lady Dasslerond zu To'el, als die beiden auf der anderen Seite der kleinen

Wiese stehend den Baum betrachteten, unter dessen Wurzeln Aydrian wieder einmal das Orakel aufsuchte.

»Wir wollten doch, dass er das Orakel kennen lernt«, erinnerte To'el die sichtlich beunruhigte Herrscherin. »Das ist die Verbindung zu seiner Vergangenheit, zu der bedeutenden Tradition seiner edlen Familie. Gewiss sprechen Elbryan und Mather mit ihm.«

»Ich war der Meinung, das Orakel würde Aydrian ein wenig milder stimmen«, erklärte Lady Dasslerond. »Ich hatte geglaubt, Nachtvogels Geist würde den Jungen besänftigen und ihm etwas Bescheidenheit beibringen.«

»Stattdessen gibt er nur an«, bemerkte To'el.

Lady Dasslerond bedachte sie mit einem verdrießlichen Blick, ohne ihr jedoch zu widersprechen, denn tatsächlich schien Aydrian mit jedem Schritt sicherer zu werden, wodurch ihm jene Bescheidenheit abhanden kam, die man zum Lernen dringend benötigte. »Am Ende wird sich der Geist Nachtvogels durchsetzen«, stellte Lady Dasslerond fest, nicht zuletzt, weil sie selber diese Worte hören wollte.

Trotz ihrer klaren Worte war sich Lady Dasslerond dessen aber keinesfalls mehr sicher. Je länger Aydrian beim Orakel blieb, desto widerspenstiger war er, wenn er wieder herauskletterte. Und was die nachhaltige Wirkung anbetraf, die seine Unterredungen mit seinem Vater und dessen Seele hinterließen ... Dasslerond hatte noch nichts davon bemerkt. Er war noch immer derselbe willensstarke, arrogante, dickköpfige junge Bursche. Wenn überhaupt, so waren diese unangenehmen und überaus gefährlichen Eigenschaften während der letzten Wochen noch unerträglicher geworden.

Er ist ein Junge, ein Mensch ohne wirkliches Gemeinschaftsgefühl. Dasslerond musste sich zwingen, das niemals zu vergessen. *Ein Junge, der sehr viel mehr als seinen besten Freund, nämlich seinen einzigen Freund verloren hat.* So ernsthaft Dasslerond sich auch ermahnte, diese Besorgnis erregenden Gedanken niemals außer Acht zu lassen, sie merkte, dass sie für den Jungen nur wenig Sympathie aufbringen konnte. Mit jedem Wort stellte er ihre Geduld auf die Probe, und obschon noch immer überzeugt, er könne sich als Lösung für die Probleme von Andur'Blough Inninness erweisen, wünschte sie sich, er hätte ihre Heimat längst verlassen.

Oder Schlimmeres.

Allein die mittlerweile fast verheilte Narbe Bestesbulzibars, die sie nachhaltig daran erinnerte, warum sie sich die Mühe gemacht hatte, das todgeweihte Baby aus Jilseponies Leib zu retten, ermöglichte es ihr, ihren Weg bei Aydrian beharrlich weiterzuverfolgen. Aber Lady Dasslerond's Geduld hing an einem seidenen Faden.

»Wir müssen an den Jungen und an seine reine Abstammung glauben«, gab To'el zu bedenken.

Ein Schrei von der anderen Seite riss die beiden aus ihrem Gespräch. Sie fuhren gleichzeitig herum und sahen zwei Elfen springend und rufend auf sich zukommen.

»Die Steine!«, rief der eine. »Sie sind verschwunden, und zwar alle!«

To'el verschlug es den Atem, Lady Dasslerond aber, weit weniger überrascht, runzelte nur die Stirn. »Verschwunden?«, fragte sie, als die beiden näher kamen.

»So ist es, Mylady«, antwortete Toyan Miellwae, eben jener Elf, den Aydrian am Morgen auf dem Übungsfeld bezwungen hatte. »Der Beutel mit den Steinen ist verschwunden. Ich dachte, vielleicht hättet Ihr ihn mitgenommen ...«

»Ich nicht«, erwiderte Lady Dasslerond, deren goldene Augen sich zu schmalen Schlitzen verengten und sich in die ungefähre Richtung des Orakels drehten. Sie war die Herrscherin von Caer'alfar und im Besitz jenes magischen Smaragds, der mit dem Land so eng verbunden war; sie hätte es gemerkt, wenn sich Fremde eingeschlichen hätten. Und sie wusste auch, dass niemand aus ihrem disziplinierten Volk den Beutel an sich genommen hätte, ohne sie vorher zu fragen; damit lag die überaus einfache Lösung des Rätsels ziemlich offen auf der Hand.

»Doch nicht etwa Aydrian?«, fragte To'el beinahe tonlos.

Dasslerond Blick bekam etwas Stechendes, als sie überlegte, ob der junge zukünftige Hüter und Erretter diesmal nicht vielleicht zu weit gegangen war.

»Du bist nicht mein Vater«, hörte Aydrian sich laut sagen, während der Gedankenfluss weiterhin in ihn hineinströmte – oder durch ihn hindurch; wie das Orakel tatsächlich funktionierte, entzog sich seiner Kenntnis. All diese Gedanken lenkten sein Augenmerk immer wieder fort vom Tal der Elfen und bedrängten ihn – ungeachtet der Folgen, die es haben mochte, wenn er Lady Dasslerond verärgerte –, in die weite Welt hinauszuziehen.

»Nachtvogel würde mich niemals auf diese Weise verleiten, die Toel'alfar zu verlassen«, protestierte der Junge. »Außerdem, wolltest du mich nicht erst vor wenigen Wochen noch in die andere Richtung lenken? Wer bist du, Geist? Von Natur aus wankelmütig, oder bist du vielleicht zwei?«

Die schattenhafte Gestalt wanderte über das Spiegelglas, und hinter ihr wurde ein Bild sichtbar, eine Ansicht von Gebäuden, Wohnhäusern, aber ganz anders, als er sie hier aus Caer'alfar kannte. Die Bauten waren sehr viel größer, darunter eines mit hoch aufragenden Türmen und riesigen, bunten Fenstern.

Bunte Fenster?, wunderte er sich, denn sämtliche Bilder, die er bislang im Spiegel gesehen hatte, waren nichts als Schatten gewesen, Grauschattierungen in trübem Licht. Also beugte sich Aydrian weiter vor und kniff die Augen zusammen. Dann kam ihm der Gedanke, ein wenig Licht zu machen, also griff er in seine Tasche und nahm ein paar Steine heraus. In dem schlechten Licht konnte er sie allerdings kaum erkennen, jedenfalls nicht gut genug, um sie voneinander zu unterscheiden.

Aydrian wollte schon verzweifelt aufstöhnen, als er einen anderen Einfall hatte – die Idee, die Steine nicht etwa anzusehen, sondern sie anhand ihrer jeweiligen magischen Kräfte zu ertasten.

Aydrians Lächeln wurde breiter; doch dann stockte er urplötzlich und betrachtete das Schattenbild im Spiegel. Natürlich wusste er eine ganze Menge über Nachtvogel, und er wusste auch, dass sein Vater es im Gebrauch der Steine nie zu besonderer Fertigkeit gebracht hatte. Und doch schien diese Idee, wie auch die genaueren Instruktionen zu ihrer Durchführung, auf ein tiefes Verständnis der magischen Steine hinzudeuten.

»Wer bist du Geist?«, wiederholte er seine Frage.

Als keine Antwort erfolgte, ging Aydrian der Sache nicht weiter nach. Statt auf den Spiegel richtete er sein Augenmerk jetzt auf die Steine und schloss die Augen, bis er die Steine nur noch ertastete; er redete auf sie ein und, viel wichtiger, lauschte auf jeden Einzelnen von ihnen.

Nach wenigen Sekunden hielt er nur noch zwei Steine in der Hand. Den schwächeren der beiden rief er zuerst an. Kurz darauf spürte ein kühles Kribbeln auf der Haut, als sein Feuerschild errichtet wurde. Dann drang er in seinen zweiten Stein ein, von dem er wusste, dass es ein Rubin war, und erzeugte eine winzige Flamme.

Das Schattenbild verschwand augenblicklich, aber in den Tiefen des Glases konnte Aydrian noch immer schwach die Umrisse einer riesigen Menschenstadt erkennen. Schließlich sah er nur noch den Widerschein seiner magischen Kerze und sein eigenes verdutztes Gesicht, das ihm aus dem leeren Spiegel entgegenstarrte.

»Nein«, rief er und sprang auf – ein wenig zu hastig, denn er stieß sich beim Aufstehen den Kopf an einer frei liegenden

Wurzel; er krümmte sich und hielt sich den Kopf. Wütend packte er den kostbaren Spiegel, zog ihn zu sich heran und stieß sich abermals den Kopf.

Eine Welle des Zorns überkam ihn, und mit ihr kam ihm ein weiterer überzeugender Gedanke, und bevor er sichs versah, hielt er die Hand mit dem Rubin an den Wurzelstrang des Baumes über seinem Kopf und ließ seine mächtige Wut durch sich und den Stein hindurch nach oben strömen.

Lady Dasslerond und drei weitere Elfen eilten durch den Wald; manchmal sprangen sie in die Luft und stiegen, mit ihren zarten Flügeln schlagend, bis zu den untersten Zweigen auf oder umschwebten diese, manchmal blieben sie auf dem Erdboden und schlugen dabei eine Gangart an, die eher an einen Tanz als an einen Lauf erinnerte und die eher Ausdruck ihrer Lebensfreude war als ein Mittel zur Fortbewegung. Dabei sangen sie mit einer gemeinsamen Stimme, die harmonisch mit den Geräuschen des nächtlichen Waldes verschmolz, und zwar so vollendet, dass einem zufälligen Lauscher der Gesang der Elfen in den Bäumen wohl nur schwerlich aufgefallen wäre. Was durchaus der Art der Touel'alfar entsprach: Sie wussten das Leben und die Schönheit mit einfachen Mitteln zu würdigen und verschmolzen mit ihrem bezaubernden Land zu einer vollkommenen Einheit. Die Hüter von Korona verstanden dies, sonst allerdings kaum jemand, denn das andere Gesicht der Touel'alfar offenbarte ihre Haltung absoluter Überlegenheit gegenüber allen anderen Arten, gepaart mit der Überzeugung, sie allein seien das auserwählte Volk. Nur die von den Elfen ausgebildeten Hüter konnten – zumindest in den Augen der Elfen – einem Angehörigen dieses *Volkes* annähernd das Wasser reichen.

Für auszubildende Hüter, die den von Lady Dasslerond festgesetzten Maßstäben nicht genügten, konnte dies schwerwiegende Folgen haben.

Daran dachte Dasslerond jetzt, als sie durch den Wald ging, nachdem sich ihr Verdacht, der junge Aydrian könnte den Beutel mit den Steinen ohne ihre Erlaubnis mitgenommen haben, bewahrheitet hatte. Vielleicht war es an der Zeit, die Ausbildung abzubrechen, sich ihr Scheitern einzugestehen und andere Wege zu suchen, dieses wunderschöne Tal der Elfen vom Makel Bestesbulzibars zu befreien.

Die Gruppe näherte sich dem Baum, unter dem der junge Aydrian noch immer beim Orakel weilte. Es waren auch noch andere in der Nähe; Dassleronds Gesang hielt sie dazu an, die Augen offen zu halten, und warnte sie, es könnte Ärger geben.

Aber alle Warnungen der Welt hätten die Elfen nicht auf jene Katastrophe vorbereiten können, die Aydrian für sie bereithielt.

Lady Dasslerond, das Augenmerk ganz auf den Baum gerichtet, bemerkte es als Erste – ein immer heller werdendes orangenes Leuchten, das sich hinter den Rindenschichten fleckenförmig stammaufwärts ausbreitete.

Plötzlich machte die Herrscherin von Caer'alfar in einiger Entfernung auf einem niedrigen Ast Halt, woraufhin die Elfen in ihrer Begleitung ihrem Beispiel folgten und ebenfalls anhielten. Dann spürte sie es; sie alle spürten es – ein Kribbeln von wachsender Energie, von schierer, immer mächtiger werdender Kraft. Normalerweise war den Elfen die Energie des Universums durchaus willkommen, diese jedoch, das wusste Dasslerond, hatte nichts mit jener Energie gemein, die sie oft mit Hilfe ihres mächtigen Smaragds heraufbeschwor, obwohl beide zweifellos von einem magischen Stein stammten. Schlagartig musste sie an jene Situation zurückdenken, als Aydrian sich gegen das harmonische Kräftespiel eines Graphits gewehrt und ihm seine Magie in einem Zornesausbruch mit Gewalt entrissen hatte.

Das orangene Leuchten kletterte höher und höher, bis es

schließlich auf sämtliche Äste übergriff. Erst jetzt bemerkte Lady Dasslerond, dass eine ihrer Artverwandten, Briesendel, in eben diesem Baum hockte; sie stand, offenkundig in einem Zustand völliger Verwirrung, auf einem der oberen Äste.

Sie rief der jüngeren Elfe zu, sie solle springen, doch schon im nächsten Augenblick ging ihr Ruf im Getöse der freigesetzten Energie unter; ein gewaltiger Feuerball tauchte den gesamten Baum in giftiges Orange, das mit einer solchen Heftigkeit und Wildheit in den Nachthimmel züngelte, dass die Gesichter der dem Inferno am nächsten stehenden Elfen in der Hitze und der lodernden Helligkeit leuchtend rot glühten.

Lady Dasslerond verschlug es fast den Atem, und das nicht etwa wegen der Hitze oder des so unvermittelt ausgebrochenen Feuers. Hilflos musste sie mit ansehen, wie Briesendel, die zarten Flügel ein einziger Feuerschweif, aus dieser Feuersbrunst stürzte. Sie versuchte ihren Sturz mit den Flügeln schlagend abzufangen, was ihr aber nicht gelang; ächzend schlug sie hart auf dem Boden auf und versuchte sich abzurollen.

Eine ganze Schar von Elfen eilte zu ihr; so auch Dasslerond, die jedoch plötzlich innehielt, als ihr klar wurde, was sie zu tun hatte. Sie holte ihren Smaragd hervor, drang mit all ihrer Kraft in sein magisches Innenleben ein und beschwor, bekniete seine Magie, Briesendel und Andur'Blough Inninness zu Hilfe zu eilen.

Dunkle Wolken ballten sich über ihr zusammen, deren Unterseite das leuchtende Orange reflektierte.

Flehend, beschwörend drang Lady Dasslerond immer tiefer in den Stein ein.

Und als die bläulich schimmernde Gestalt Aydrians schließlich aus der Höhle unter dem Baum hervorgekrochen kam, setzte endlich der Wolkenbruch ein, ein alles durchnässender Regenguss.

Sich immer wieder nach dem Chaos, das er angerichtet hatte, umschauend, entfernte sich Aydrian torkelnd, und einen kurzen Augenblick hatte Lady Dasslerond die Hoffnung, diese dramatische Lektion könnte endlich jene Veränderung bewirken, die der Junge so dringend nötig hatte.

Die Hoffnung verflog jedoch sofort, als Dasslerond einen Blick in Aydrians Seele warf, die sich in seinen Augen spiegelte. Sicher, er war schockiert, trotzdem war dort ein Ausmaß an Stolz zu erkennen, das jeden Gedanken an Reue zunichte machte.

Dassleronds Lippen wurden zu einem schmalen Strich, und als hätte ein anderer der Touel'alfar ihre Gedanken erahnt, sirrte ein Pfeil quer über die kleine Lichtung und traf Aydrian ins Bein.

Mit einem Aufschrei wirbelte der junge Mann herum und sah Briesendel auf der Erde liegen, neben ihr zwei andere, die versuchten, die Flammen zu löschen und ihr zu helfen.

Sein Gesichtsausdruck schlug in Entsetzen um – allerdings nicht, wie Dasslerond deutlich sah, in Entsetzen über seine Tat; er war eher entsetzt über die möglichen Folgen, die seine Tat *für ihn* haben konnte.

Ein weiterer Elfenpfeil stieg in den Nachthimmel. Diesmal jedoch war Aydrian gewarnt und konnte sich zur Seite werfen; unmittelbar danach versuchte er, wegen der Wunde in seinem Bein leicht hinkend, Reißaus zu nehmen.

»Das reicht!«, rief Dasslerond dem Bogenschützen zu. »Ich werde die Bestrafung des jungen Aydrian selbst in die Hand nehmen.« Ihr Ton verriet den anderen, dass der junge Aydrian diese Strafe wohl kaum überleben würde.

Du bist nicht länger auf sie angewiesen, schrie die Stimme in Aydrians Kopf. *Sie sind gekommen, um dich wegen des Diebstahls der Steine fortzujagen. Du bist ihnen über den Kopf gewachsen, und das macht ihnen Angst!*

Er wusste nicht, wie er auf die Stimme reagieren sollte, und er hatte ohnehin keine Zeit, darüber nachzudenken. Aydrian wusste nur eins mit Sicherheit: Die Elfen waren ihm auf den Fersen, und der Umstand, dass schon ein kleiner Pfeil in seiner Wade steckte, sagte ihm, dass sie vermutlich nicht bereit waren, mit ihm über seine Untaten zu diskutieren.

Er strauchelte und rappelte sich auf, rannte weiter. Er stolperte über eine Wurzel und schlug der Länge nach hin; durch den Aufprall riss die Wunde weiter auf, und ein stechender Schmerz schoss durch seinen ganzen Körper. Sich mit einer Hand das Bein haltend, begann er mit der anderen nach den Steinen, nach dem heilenden Hämatit, zu suchen. Natürlich wollte er den Schmerz unterbinden, aber viel wichtiger war es, wie ihm jetzt klar wurde, von hier zu verschwinden.

Die Stimme in seinem Kopf beschwor ihn, ruhiger zu werden, und lenkte seine im Beutel mit den magischen Steinen kramende Hand, bis er sich schließlich für zwei von ihnen entschied: den Malachit und den Ladestein.

Kurz darauf spürte Aydrian, wie sein Körper leichter wurde, vom Erdboden abhob und dank der Levitationskräfte des Malachits zu schweben begann. Er streckte seine Hand mit dem Ladestein aus und konnte die Ausstrahlungen sämtlicher Metalle in der Gegend spüren. Schließlich richtete er seinen Blick über den Wald hinaus auf die schroffen Gipfel der Berge, die das Elfental umgaben. Irgendwo dort draußen, an keinem bestimmten Ort, aber weit jenseits von Andur'Blough Inninness, spürte er Metall.

Und schon schwebte er zwischen den Baumwipfeln und schließlich über ihnen, als sein schwereloser Körper von der magnetischen Anziehungskraft des Steins fortgetragen wurde.

Die genaue Quelle der Anziehung konnte er nicht genau ausmachen, da seine Energie, lange bevor er sie erreichte, zu schwinden begann. Aber wenigstens hatte er das Tal hinter sich gelassen, denn zum allerersten Mal seit seiner Kindheit befand er sich hoch oben über dem Hang eines schroffen Berges, wo ihn ein eisiger Wind umwehte und der Boden unter ihm mit verschneiten Stellen übersät war. Zuerst entledigte er sich der Kräfte des Ladesteins, und als er daraufhin langsamer wurde, nahm er auch die Wirkung des Malachits zurück und ließ sich sachte hinunter in den Schnee gleiten.

Die Kälte fühlte sich gut auf seiner Wunde an, trotzdem griff er sofort zu dem Hämatit, dessen Heilkräfte er deutlich spürte. Er presste den Stein auf seine Wunde, ließ sich von dessen Magie durchfluten und versank in einem Wirbel aus grauen Schatten. Während dieses Trancezustands, und ohne sich der Bewegung wirklich bewusst zu sein, zog er den Pfeil dann irgendwann mit einem kräftigen Ruck aus seinem Bein.

Wenig später erlangte der junge Mann sein Bewusstsein wieder, befreite sich von den magischen Kräften, löste sich ganz langsam wieder aus ihrem zauberhaften Bann.

Es hatte noch immer nicht zu dämmern angefangen, und der heftige Regen hatte sich auf das gesamte Gebiet ausgeweitet. Unter sich konnte er dunkel das Elfental ausmachen; sein Feuer war offenbar erloschen.

Aydrian ließ sich zurücksinken, frierend, durchnässt und verwirrter und verängstigter als je zuvor in seinem Leben.

Wenige Augenblicke später verstärkten sich diese Empfindungen noch, als sich der Boden unmittelbar vor Aydrian seltsam zu strecken und zusammenzuziehen schien und sich die Entfernungen verwarfen.

Und auf dieser Verwerfung wurde Lady Dasslerond zu ihm getragen. Plötzlich stand sie vor Aydrian, ragte vor dem am Boden liegenden jungen Mann auf.

»Ich wollte nicht …«, begann er, verstummte jedoch sofort wieder, als er merkte, dass Dasslerond ihm nicht einmal zuhörte. Sie stand einfach da, groß und Furcht erregend, einen Arm ausgestreckt, während der Smaragd grünlich und viel zu hell in der Nacht schimmerte. Aydrian sah sofort, dass sie die

Kräfte des Steins heraufbeschwor, und allein eine Mischung aus Glück und Instinkt ließ ihn die Hand in seine Tasche schieben und seine eigenen Steine ergreifen, als die Magie des Smaragds freigesetzt wurde.

Schlingpflanzen wuchsen aus dem Boden unter ihm hervor, umrankten ihn und schlossen sich ineinander greifend fest um seinen Körper.

Und als sie ihn schließlich sicher im Griff hatten, begannen sie, Aydrian die Atemluft aus dem Leib zu pressen und sich wieder in ihr unterirdisches Reich zurückzuziehen.

Er errichtete seinen Serpentin-Feuerschild, ließ das Feuer des Rubins erstrahlen, eine plötzliche und gewaltige Lichtexplosion, die viele dieser Schlingpflanzen in ihre Bestandteile auflöste und den Griff von anderen lockerte.

Noch bevor er überlegen konnte, was er tat, rief er als Nächstes die Kraft des Graphits hervor und schleuderte einen Blitz auf Lady Dasslerond.

Er vernahm ein Stöhnen, obwohl er sie von seinem Platz aus nicht sehen konnte.

Die Schlingpflanzen ließen von ihm ab; Aydrian sprang auf und sah der Herrscherin von Caer'alfar in die Augen.

»Nichts als Schande machst du deinem Vater!«, schrie Dasslerond ihn an. Sie schien noch aufgebrachter als sonst, denn die Spannung seiner elektrischen Entladung ließ ihr blondes Haar geradewegs zu Berge stehen. »Du entehrst deinen Namen und bringst nichts als Unheil über alle, die dich hierher gebracht haben, um sich deiner anzunehmen!«

»Es war ein Versehen!«, beteuerte Aydrian, die Tränen unterdrückend, die ihm in die Augen traten.

»Nein, es war die logische Folge deines rücksichtslosen Benehmens«, schrie Lady Dasslerond. »Das zwangsläufige Resultat dessen, was du bist, Aydrian Wyndon, und der Beweis, dass du kein Hüter bist und niemals einer werden wirst!«

Aydrian wollte etwas erwidern, stellte jedoch fest, dass ihm nichts einfiel, kein Argument und keine Ausrede. »Ich gehe fort«, sagte er leise.

»Zuerst wirst du mir die Steine wiedergeben«, befahl Dasslerond.

Der Gedanke ließ Aydrian instinktiv zurückschrecken, und als er daraufhin tiefer in die Augen der Herrscherin von Caer'alfar blickte, wusste er plötzlich auch den Grund für sein Zögern. Sie würde ihm erst die Steine abnehmen und ihn dann gleich hier, an Ort und Stelle töten.

Mit einem wütenden Knurren rief er abermals die Kräfte des Hämatits, des Seelensteins, hervor, diesmal nicht, um zu heilen, sondern um Lady Dassleronds Entschlossenheit an seinem eisernen Willen zerschellen zu lassen. Schließlich kämpften die beiden in der spirituellen Sphäre des Hämatits tatsächlich miteinander, während ihrer beider Willen als schemenhafte Geschöpfe Gestalt annahmen, die aufs Heftigste miteinander rangen.

Zu guter Letzt überwältigte Aydrian Wyndon, der Sohn von Elbryan und Jilseponie, der Bankert des geflügelten Dämons in Gestalt des ehrwürdigen Vaters Markwart, Lady Dasslerond von Caer'alfar auf einem Berghang außerhalb von Andur'Blough Inninness und zwang die große Herrscherin, eines der mächtigsten Geschöpfe der gesamten Welt, vor sich auf die Knie.

Er hätte sie in diesem Augenblick töten können, hätte ihren Willen brechen und ihren Geist zwingen können, ihre sterbliche Hülle für immer zu verlassen. Um ein Haar hätte er es getan, teils, weil er sich unbedingt wehren musste, teils aus völliger Verzweiflung und nackter Angst, aber zum Teil auch weil er die Elfen hasste und neidisch war auf ihre lange Lebensdauer – unfassbar lang in den Augen der Menschen, für die im Zeitraum eines einzigen Elfenlebens an die zwanzig Generationen verstrichen.

Er hätte sie töten können, aber er tat es nicht. Stattdessen ließ er sie wieder los, woraufhin sie nach hinten taumelte, als hätte er sie allein durch die Kraft seines Willens festgehalten.

»Verschwindet«, sagte er zu ihr.

»Die Steine ...«, forderte sie, aber ihre Stimme war dünn und kraftlos geworden.

»Verschwindet endlich«, wiederholte Aydrian seine Aufforderung, und sein ernster Ton ließ keinen Raum für Widerworte und Verhandlungen. »Sie gehören mir und sind mir mit Eurem Einverständnis von meinem Volk vermacht worden.«

»Du bist kein Hüter!«, schrie Dasslerond und schien abermals in ihren Smaragd eindringen zu wollen, überlegte es sich dann aber offenbar anders; und das war klug, denn hätte sie ihre Kräfte erneut heraufbeschworen, hätte Aydrian sie endgültig vernichtet.

»Ich bin kein Spielzeug zum Vergnügen Dassleronds«, schrie Aydrian aufgebracht zurück. »Aber ich habe das hier«, fügte er hinzu und zog eine Hand voll magischer Steine aus seiner Hosentasche. »Und dort draußen gibt es ein Volk, zu dem ich gehöre.« Beim Reden mit den Armen fuchtelnd, deutete er fort vom Tal der Elfen, ohne aber, wie er merkte, irgendeine bestimmte Richtung anzugeben. Denn in Wahrheit kam sich Aydrian all seiner gespielten Tapferkeit zum Trotz in diesem Augenblick ganz wie ein verlorener kleiner Junge vor. »Und den Spiegel behalte ich auch!«, schloss er in einem Anfall blanken Trotzes.

»Darüber ist das letzte Wort noch nicht gesprochen«, versprach Lady Dasslerond. Dann drang sie tatsächlich erneut in ihren Smaragd ein, verwarf und komprimierte die Landschaft hinter sich und ließ sich von der Umkehrung forttragen, weit weg von Aydrian Wyndon.

Aydrian stand vor Wut und Angst zitternd da, und als er sich kurz darauf in der großen weiten Welt umsah, in die er soeben eingetreten war, erschien sie ihm plötzlich sehr viel größer und weiter, als er es sich je vorgestellt hatte.

»Wo soll ich nur hin?«, fragte er laut, doch diesmal gab es keine Stimme in seinem Kopf, die ihm geantwortet hätte.

Er fror und fühlte sich einsam, denn sein vertrautes Leben war soeben schlagartig zu Ende gegangen.

Dabei begriff er die Wirklichkeit des Lebens, in das er soeben eingetreten war, nicht einmal ansatzweise.

Zurück in Andur'Blough Inninness, stand Lady Dasslerond neben jener kleinen Gruppe, die noch immer dabei war, sich um Briesendel zu kümmern. Glücklicherweise würde sie überleben, aber auf die Schönheit ihrer Elfenflügel würde sie für alle Zeit verzichten müssen.

Im Augenblick hatte Dasslerond keinen rechten Blick für das Elend ihrer jüngeren Freundin.

Sie war viel zu sehr mit der Flucht von Aydrian Wyndon beschäftigt. Wieder spürte sie seine Kraft in ihrer ganzen Schärfe, die gewaltiger und irregeleiteter war als alles, was sie, die mit dem Geflügelten gekämpft hatte, kannte.

Ein Schauer kroch ihren Elfenrücken hinauf, sobald sie über die Rolle nachdachte, die sie bei der Erschaffung dieses Ungetüms gespielt hatte, dieses prächtigen und wahrlich Furcht erregenden Kriegers.

Teil Zwei

Ein Sohn auf dem Weg nach oben

Sie haben mir beigebracht, besser zu kämpfen als jeder andere. Sie haben mir beigebracht, die Welt mit philosophischen und spirituellen Augen zu sehen, Fragen zu stellen und zu lernen. Sie haben mir beigebracht, die schlichte Schönheit der Dinge zu würdigen, und dass alle Aspekte der Natur einander ergänzen. Sie haben mir viele wichtige Gaben mitgegeben; das alles kann ich nicht bestreiten.

Und doch hasse ich sie von ganzem Herzen. Könnte ich morgen eine Armee aufstellen, ich würde gegen Andur' Blough Inninness marschieren und das Tal dem Erdboden gleichmachen. Ich würde dafür sorgen, dass Lady Dasslerond mitsamt ihrer überheblichen Sippe ins Gras beißt.

In Wahrheit aber macht mir das Ausmaß meines Zorns auf sie Angst.

Ich erinnere mich noch gut, wie ich Belli'mar Juraviel und To'el Dallia einmal über ihre jeweiligen Schützlinge reden hörte. Belli'mar erläuterte gerade die neueste Prüfung, die sie sich für Brynn Dharielle ausgedacht hatten, eine Spurensuche; er erklärte, er und Dasslerond hätten eine Reihe von Tests mit steigendem Schwierigkeitsgrad erdacht, bis hin zu einem Belastungsniveau, an dem sie ganz einfach scheitern müsse. Erst dann könnten sie ihre Möglichkeiten korrekt beurteilen, und sie würde begreifen, wo ihre Grenzen lägen.

Für mich klang das nur logisch, denn noch unerfahren in meiner Macht über die Steine hatte ich eins bereits begriffen: Das Wichtigste für einen Krieger, das, was ihn am Leben erhält, ist seine Fähigkeit, seine Grenzen richtig einzuschätzen, und seine Klugheit, diese Grenzen niemals zu überschreiten. Wenn sich ein Krieger zum Kampf entscheidet, darf ihm kein Fehler unterlaufen, denn sonst ist er bald ein toter Krieger. In diesem Augenblick wusste ich die Touel'alfar und ihre Praktiken zu schätzen – weil sie aufrichtig und ehrlich zu uns waren und weil sie so hohe Erwartungen an uns stellten. Sie würden uns auf jenes Niveau führen, auf dem wir uns selbstbewusst und ohne jeden Selbstzweifel mit dem Titel eines Hüters schmücken konnten.

Oder zumindest würde Brynn dies können.

Denn anschließend hatte To'el, meine Lehrerin, Belli'mar Juraviel den Werdegang erläutert, den Lady Dasslerond für mich entworfen hatte, eine streng geregelte Abfolge von Prüfungen, gepaart mit der Erwartung, nein, der Forderung, ich dürfe bei keiner der Herausforderungen versagen. Ich könne gar nicht versagen, erklärte To'el, denn als Hüter müsse ich eine gerade vorbildhafte Perfektion erreichen.

Ich hätte mich geschmeichelt fühlen sollen. Im Nachhinein überrascht es mich, dass ich, obwohl damals gerade mal zwölf Jahre alt, die entsetzliche Wahrheit dieser Bemerkung als das erkannte, was sie tatsächlich war. Ich erwartete, Belli'mar Juraviel, mein engster Freund unter den Touel'alfar – was zugegebenermaßen nicht viel heißen will –, würde vor einem solchen Vorschlag zurückschrecken und To'el sagen, er werde umgehend Lady Dasslerond aufsuchen, um mit ihr zu sprechen.

Er sagte: Tweken'di marra-tie viel vien Ple'caeralfar. *Selbst nach all den Jahren klingen mir seine Worte immer noch in den Ohren, deutlicher als an jenem Tag vor langer Zeit.* »Tweken'di marra-tie viel vien Ple'caeralfar.« *Das ist ein altes Elfensprichwort, von denen die Touel'alfar einen nahezu unbegrenzten Vorrat zu besitzen scheinen und das keine wörtliche Entsprechung in der unter Menschen gebräuchlichen Sprache hat, das aber in etwa so viel bedeutet wie »nach den Sternen greifen«. Für die Elfen spielt das Sprichwort auf ihre Freude bei ihrem abendlichen Tanz an, wenn sie hüpfend und sich reckend versuchen, in das Reich der Sterne vorzudringen, wenn sie ihre irdische Gestalt ablegen und in den Himmel aufsteigen. In einem weniger wörtlichen Sinn spielt das Sprichwort auf die hohen Erwartungen an, die man auf jemanden setzt.*

Als Belli'mar Juraviel diese Worte in Bezug auf mich aussprach, meinte er damit, er erwarte von mir, ich würde den Anforderungen, die Lady Dasslerond an mich stellte, voll und ganz genügen. Es hatte vermutlich ein Kompliment sein sollen, aber als sich die an diese Unterredung anschließenden Monate der Prüfungen hinzogen, wurden Belli'mars Worte zu einer Bürde, die schwer auf mir lastete. Normalerweise waren die Touel'alfar sehr darauf bedacht, mich nicht durch zu geringe Erwartungen einzuschränken; schränkten sie mich aber vielleicht dadurch ein, dass sie ihre Erwartungen zu hoch ansetzten? Wenn sie von mir Vollkommenheit des Auftretens, des Körpers, des Verstandes und, am wichtigsten, des Geistes verlangten, mussten diese Erwartungen nicht zwangsläufig in ein Gefühl abgrundtiefen Versagens umschlagen, wenn ich das gewünschte Niveau nicht erreichte? Und, ebenso wichtig, hatten sich diese Erwartungen unauslöschbar in die Köpfe der Ältesten eingegraben? Hätte Lady Dasslerond mir vielleicht mehr Entscheidungsfreiheit gelassen, wenn sie nicht völlig von dem zwanghaften Wunsch besessen gewesen wäre, ich müsse zum Inbegriff eines Hüters werden, zum Symbol der Vollkommenheit in Menschengestalt, wie die Elfen sie definierten? Bei unserem Abschied sagte sie mir nicht etwa, ich könne niemals der beste aller Hüter werden, nein, sie sagte, ich könne überhaupt kein Hüter werden. Ihre Enttäuschung ließ sie in einer Welt kategorischer Urteile Zuflucht nehmen, in der gerade das Beste gut genug war.

Der Umstand, dass ich sie auf höchstem Niveau enttäuschte, lässt sich somit als Zerstörung all ihrer Hoffnungen auf allen Ebenen deuten. Ich konnte nicht zum Inbegriff des Hüters werden, und deshalb konnte ich in ihren Augen gar kein Hüter werden.

Wie ich sie und ihr ganzes hochnäsiges Volk hasse!

Wie sehr wünsche ich mir – mehr als alles andere auf der Welt –, ihr zu zeigen, wer Aydrian wirklich ist – und nicht nur ein Hüter zu werden, was ich ihrer Meinung nach unmöglich kann, sondern auch noch der allerbeste, der das Zeug hat, zur Legende zu werden. Sie sollen von Aydrian singen in Oden, die ehrfürchtiger sind als die an Terranen Dinoniel gerichteten, mit ehrfürchtigeren Worten als jene, die zurzeit allein meinem Vater, Elbryan, dem Nachtvogel, vorbehalten sind. Ich denke, wenn ich diesen Gipfel erklommen habe, werde ich Lady Dasslerond noch einmal aufsuchen und ihnen allen die Wahrheit vor Augen führen. Ich werde ihr das Eingeständnis abringen, dass sie sich in mir getäuscht hat, dass ich nicht nur würdig bin, sondern weit mehr als das!

Das sind die Erkenntnisse, die mir die lenkende Kraft des Orakels vor Augen geführt hat.

Das ist mein Traum, jene Kraft in meinem Innern, die mich von einem Tag zum nächsten rettet.

AYDRIAN WYNDON

12. Zuhause

Er hockte, perfekt versteckt, zwischen den Schatten der Bäume und ebenso lautlos wie die Schatten um ihn herum auf dem kleinen Hügel und sah ihnen bei der Arbeit zu. Zwei Frauen, zwei Menschenfrauen, sowie ein junger Bursche etwa in seinem Alter knieten am Ufer eines kleinen Baches und schlugen Wäschestücke auf den Felsen aus. Dabei unterhielten sie sich – wie gut es tat, menschliche Stimmen zu hören, nicht den eintönigen Singsang der hohen Elfenstimmen, sondern richtige Menschenstimmen. Auch wenn er von dem, was sie sagten, kaum ein Wort verstand, fühlte Aydrian sich hier heimischer als während der vielen Jahre in dem fremden Land Andur'Blough Inninness. Denn eins war ihm jetzt klar, als er dort hockte und die Menschen betrachtete: Das Land der Elfen war ihm fremd und würde es – zumindest gefühlsmäßig – immer bleiben. Um sich in Andur'Blough Inninness wirklich heimisch zu fühlen, das hatte Aydrian mittlerweile begriffen, musste man sich die elfische Weltsicht zu eigen machen, und das war für jemanden wie ihn, dessen Lebenserwartung nur ein Zehntel der der Elfen betrug, unerreichbar.

Und nun saß er hier irgendwo weit östlich des Elfentals und drückte sich um eine kleine Gemeinde aus Bauernhöfen und kleinen Geschäften herum. Ihm war bekannt, dass es auch Jäger in der Ortschaft gab, denn er hatte sie bei mehreren Abstechern in den nahen Wald beschattet. Wie tölpelhaft kamen sie ihm vor, und wie laut! Wenn er sie die Pfade entlangstapfen und damit mehr Wild verscheuchen sah, als sie jemals hätten nach Hause tragen können, konnte Aydrian Lady Dassleronds Verachtung für die Menschen fast verstehen.

Ansonsten aber machte es dem jungen Mann ziemlich viel

Spaß, diesen ungeschickten Jägern bei der Arbeit zuzusehen, denn ihre Unbeholfenheit stimmte ihn nur umso zuversichtlicher, sich hier einen Namen machen zu können, so wie dies Brynn in den südlichen Königreichen To-gai und Behren ganz bestimmt gelingen würde.

Er war an diesem Morgen in der Hoffnung hergekommen, den ersten Kontakt zu diesen Menschen herzustellen; mit Elene, der ältesten der Frauen, und vielleicht auch mit Kazik, dem jungen Burschen, denn die beiden waren jeden Tag hier draußen. Leider war an diesem Morgen auch Danye mit ihrer an einen Raubvogel erinnernden Hakennase und ihrem unausstehlichen Wesen mitgekommen. Ein paar Mal schon hatte er sie hier gesehen, und nicht ein einziges Mal war ihr auch nur der Anflug eines Lächelns über die Lippen gekommen, und nicht einmal hatte es länger als eine Viertelstunde gedauert, bis sie Kazik angeschrien hatte.

Aydrian hockte da und beobachtete, denn er verspürte wenig Lust, Danye zu nahe zu kommen. Kurz darauf, gerade wollte er aufgeben und in den Wald zurückschlendern, im Grunde ziemlich froh darüber, dass ihm die Umstände noch einmal Aufschub gewährten, verabschiedete sich die Alte völlig unerwartet und ließ Elene und Kazik allein am Bach zurück.

Damit hatte Aydrian keine Ausrede mehr, es noch länger hinauszuzögern. Nervös wie nie zuvor in seinem jungen Leben atmete er einmal tief durch, erhob sich, trat, bevor er es sich anders überlegen konnte, unter den Bäumen hervor und schlenderte die Böschung hinunter.

»Hallo!«, begrüßte ihn Kazik, der ihn als Erster sah. Und dann, so als dämmerte dem jungen Burschen plötzlich, dass Aydrian niemand aus dem Dorf war, niemand den er kannte, nahm sein Gesicht einen neugierig fragenden Ausdruck an, und er tippte, ohne Aydrian aus den Augen zu lassen, der neben ihm stehende Elene gegen die Schulter. »Mum«, sagte er. »Das solltest du dir mal ansehen.«

Aufgrund seiner begrenzten Sprachkenntnisse und des starken Dialekts hatte Aydrian Mühe, die Worte zu verstehen. Trotzdem ging er unbeirrt weiter, langsam und ohne irgendwelche Bewegungen, die man als bedrohlich hätte auslegen können.

»Wer bist du?«, rief Kazik ihm entgegen und nahm, als Aydrian sich dem gegenüberliegenden Bachufer näherte, eine abwehrende Körperhaltung ein. Er sah sich um und entdeckte einen schweren Stock, den er in die Hand nahm. »Was willst du hier?«, fuhr er ihn herrisch an.

Aydrians verdutzte Miene war nicht gespielt. Abwehrend hob er die Hände. »Aydrian«, sagte er. »*Ni tul* ... Ich heiße Aydrian.« Um ein Haar wäre ihm auch noch sein Familienname herausgerutscht, aber als ihm dämmerte, dass man den Namen, wenn sein Vater auch nur annähernd so bedeutend war, wie die Touel'alfar hatten durchblicken lassen, wohl wiedererkennen würde, konnte er sich gerade noch zurückhalten. Denn das wollte er nicht – ohne recht zu wissen, warum.

Nach einigen verlegenen Augenblicken stellte sich Elene vor Kazik und sagte: »Ach was, das ist doch kein Bandit, der nicht. Wer bist du, Junge, und was führt dich den weiten Weg hierher?«

Viele Worte drangen nicht bis zu Aydrian durch, was er jedoch verstand, waren der ruhige Tonfall und der sympathische Unterton in ihrer Stimme. »Ich bin Aydrian«, wiederholte er, schon ein wenig sicherer.

»Und woher kommst du?«, wollte sie nach einer langen Pause wissen.

Lächelnd blickte Aydrian über seine Schulter in die entgegengesetzte Richtung des Sonnenaufgangs, dann richtete er seinen Blick wieder auf Elene.

»Von Westen?«, fragte sie ungläubig. »Da draußen im Westen gibt es doch nichts, bloß ein paar Jägersiedlungen ...«

»Er ist doch ein Bandit«, tuschelte Kazik; aber Aydrian bekam es mit, und obwohl er nicht recht wusste, was das Wort bedeutete, konnte er sich unschwer ausrechnen, dass es nichts Gutes verhieß.

»Dann ist er ein verdammt ungeschickter«, erwiderte Elene lachend, wandte sich wieder Aydrian zu und winkte ihn zu sich. »Komm her, Junge«, sagte sie.

Aydrian durchquerte den Bach und ging zu ihr. Kazik bedachte ihn stumm und herausfordernd mit einem unnachgiebigen Blick, Aydrian dagegen, der sich so sehr nach Gesellschaft sehnte, war klug genug, den Blick nicht zu erwidern. Täte er es, ließe er sich auf irgendeine Auseinandersetzung mit Kazik ein, so seine Überlegung, konnte diese schnell ausufern, und nach einem Kampf dürfte es schwierig werden, noch mit offenen Armen im Ort aufgenommen zu werden – vor allem wenn Kaziks Eltern um ihren Sohn trauerten.

»Wo ist deine Familie?«, erkundigte sich Elene ruhig und hakte sich bei ihm ein.

»Tot«, antwortete Aydrian. »Sie leben nicht mehr.«

»Und wo hast du dann gewohnt?«, hakte die Frau nach.

Aydrian drehte sich zum Wald um und antwortete: »Bäume.«

»Ein großer Redner ist er nicht gerade, was?«, warf Kazik ein.

»Ich glaube, er versteht nicht, was wir sagen«, meinte Elene. Sie wandte sich wieder Aydrian zu. »Gut, was immer du auf dem Herzen hast, Junge, du kommst jetzt erst einmal mit mir. Ich kann dir wenigstens eine ordentliche Mahlzeit und ein warmes Bett geben.« Sie schob ihn auf den Pfad, der zurück ins Dorf führte, und sagte ihm, er solle schon vorausgehen; sie selbst dagegen blieb mit Kazik noch einen Augenblick zurück.

»Er ist ein Bandit«, wiederholte der Junge.

»Wenn ja, dann ist es besser für uns, wenn wir ihn erst einmal im Auge behalten«, erwiderte Elene.

Aydrian konnte jedes Wort hören und verstand die meisten auch. Trotzdem lächelte er bloß und fühlte sich ganz so, als hätte er soeben ein Zuhause gefunden.

Die Reaktion der übrigen Dorfbewohner reichte von besorgt bis herzlich, und nur eine, Danye, bestand darauf, dass der seltsame junge Bursche sofort aus dem Dorf gewiesen wurde. Sein plötzliches, unerwartetes und nach wie vor ungeklärtes Auftauchen erregte natürlich einiges Aufsehen, und noch am selben Tag saß Aydrian bereits mit den Anführern des Dorfes, alles harte Männer und Frauen, an einem Tisch. Den ganzen Nachmittag über bis weit in den Abend nahmen sie ihn ins Kreuzverhör, und wann immer er eine Frage nicht verstand, formulierten sie diese mehrfach um, bis sie eine Antwort erhielten. Am meisten interessierte es sie, woher er denn nun gekommen sei, und als er darauf mit *Tolwen* antwortete, dem Elfenwort für »Westen«, sahen sie einander mit verwirrten Mienen an.

»Tolwen, na klar, Tolwen«, rief plötzlich ein Mann. »Eine Jägersiedlung. Klar, von Tolwen hab ich schon gehört.«

Aydrian sah den Mann fragend an, machte aber keine Anstalten, ihn zu korrigieren.

Als die Gruppe daraufhin untereinander zu sprechen begann, lehnte Aydrian sich zurück und verabschiedete sich gedanklich aus der Unterhaltung. Er war sich darüber im Klaren, dass er zuallererst die Sprache besser lernen musste, und er hatte auch schon eine Idee, wie er das anstellen würde.

Sie brachten ihn in einer kleinen Kammer über dem Schankraum des Dorfes unter, dem einzigen Gebäude der kleinen Gemeinde, das zwei Stockwerke hatte. Darüber hinaus besaß es, wie Aydrian rasch herausfand, als er Rumpar, dem Schankwirt, folgte, um sich sein Abendessen abzuholen, einen kleinen Keller, in dem die Lebensmittel frisch gehalten wurden.

Noch vor dem Morgengrauen war Aydrian wieder bei dem

Keller, stützte die außen liegende Falltür ab und krabbelte hinunter in die muffige Kammer. Mit Hilfe eines seiner magischen Steine, eines Diamanten, erzeugte er einen schwachen Lichtschein, aber als er seinen Platz eingenommen und seinen Spiegel im Regal an der gegenüberliegenden Wand aufgestellt hatte, löschte er das magische Schimmern sofort wieder, um seine Augen an das frühmorgendliche Licht zu gewöhnen.

Und tatsächlich, die schattenhafte Gestalt im Spiegel erwartete ihn bereits und schien sofort zu wissen, was er brauchte. Als Aydrian dann, kurz nachdem die Sonne über dem östlichen Horizont aufgegangen war, wieder aus dem Keller hervorkletterte, fühlte er sich, was sein Verständnis sowohl der Sprache als auch des Dialekts der Bewohner von Festertool anbetraf, schon sehr viel sicherer.

Den Tag verbrachte er in Gesellschaft einiger Anführer des Dorfes, die ihn wiederholt nach seiner Herkunft, dieser geheimnisvollen Ortschaft Tolwen und nach dem Verbleib seiner Familie ausfragten.

Die ganze Zeit über gab sich Aydrian vage und manchmal geradezu geheimnisvoll und machte sich ihre unfreiwilligen Hinweise zunutze. Als er nach einer Weile fürchtete, ihm könnte wegen seiner immer größer werdenden Müdigkeit ein Fehler unterlaufen, kam ihm eine Idee. Er griff in seine Tasche und tastete nach dem kühlen, glatten Hämatit, dem Seelenstein. Fast augenblicklich gelang es ihm, die magische Verbindung herzustellen, woraufhin er mit seinen Gedanken in den Verstand einer der Oberen des Dorfes eindrang, einer Frau, die normalerweise die Jagdtrupps aus dem Dorf anführte. In ihren Gedanken angekommen, lauschte Aydrian aufmerksam. Sie war überzeugt, dass er aus einer Ortschaft namens Tolwen stammte, und hatte nicht die geringste Ahnung, dass *Tolwen* nichts anderes war als das Elfenwort für *Westen*. Des weiteren hatte die Frau eine Vorstellung der Ortschaft Tolwen in ihrem Kopf, ein Bild, das Aydrian sich mühelos zu eigen machte, um es gleich darauf seinen Befragern zu präsentieren. Amüsiert beobachtete er, wie die Frau nach jeder Einzelheit, die er zum Besten gab, bestätigend und zufrieden nickte.

Aydrian bediente sich der Techniken des Gedankenlesens und des Informationsrückflusses und verließ den Raum an jenem Abend mit den besten Wünschen der Anführer Festertools. Er hatte seinen Test bestanden und wurde jetzt voll und ganz akzeptiert. Man brachte ihn bei Elene, einer Witwe, und Kazik unter, der, wie Aydrian herausfand, ihr einziges noch lebendes Kind war. Kazik wurde mit der Aufgabe betraut, dem Neuen seine Pflichten zu erklären – meist einfache Handarbeiten wie das Waschen der Wäsche im Bach und das Aufteilen des Feuerholzes auf die einzelnen Hütten des Dorfes. Kazik ging voller Eifer ans Werk, denn man hatte ihm versprochen, er dürfe, sobald Aydrian seine Aufgaben übernehmen konnte, wichtigere Arbeiten wie das Hüten der Tiere und das Fernhalten der Wölfe von den weiter außerhalb gelegenen Feldern übernehmen.

Entschlossen sich einzugewöhnen und so viel wie möglich über diese Menschen und ihre Lebensweise in Erfahrung zu bringen, stürzte sich auch Aydrian begierig auf seine Arbeit. Jeden Abend und jeden Morgen bei Dämmerung suchte der junge Mann das Orakel auf, und jedes Mal erwartete ihn die schattenhafte Gestalt im Spiegel, um seine Kenntnisse auszuweiten. Innerhalb zweier Wochen beherrschte er die Sprache ebenso gut wie die Menschen, die sie von Kindesbeinen an gesprochen hatten; darüber hinaus hatte er gelernt, mit Hilfe seines Seelensteins die Gedanken seiner Gesprächspartner zu lesen, was ihm beim Verständnis dessen, was sie sagten, sehr zugute kam.

Wiederum zwei Wochen später allerdings packte den jungen Aydrian eine innere Unruhe, und er begann sich zu langweilen.

Er wusch Kleidungsstücke aus, er kochte und schleppte Holz herbei. Das waren im Großen und Ganzen die Arbeiten, mit denen er sich Essen und Unterkunft verdiente. Wollte er mehr, wollte er ein paar Münzen, um den oft durch Festertool ziehenden Karawanen etwas abzukaufen, musste er abends für Rumpar im Schankraum arbeiten. Dort fühlte Aydrian sich nicht nur am besten bezahlt, es war auch die Arbeit, die ihm am meisten zusagte. Denn mit dem Trinken begann man sich dort abends Geschichten zu erzählen. Im Schankraum erfuhr Aydrian nach und nach immer mehr über seine Herkunft, über die Gemeinschaft, der er sich gerade angeschlossen hatte, und über deren Vorgeschichte, die sie an diesen Ort geführt hatte.

»Was ist, Junge, willst du etwa den ganzen Abend rumstehen und schwatzen?«, sagte Rumpar eines Abends, als Aydrian wie gebannt neben einem Tisch sich geräuschvoll unterhaltender Männer stand, von denen einer von seinen gefährlichen Abenteuern auf seiner Reise zum Barbakan berichtete, um sich dort dem Bund von Avelyn anzuschließen.

In der Geschichte fiel ein Name, Nachtvogel, der Aydrian bekannt vorkam, und noch ein weiterer Name, Jilseponie, wurde wiederholt erwähnt, der ihm in diesem Augenblick jedoch nichts sagte.

»Er nimmt den Mund gern etwas voll«, sagte Rumpar später am Abend, nachdem alle bis auf eine Hand voll seiner engsten Freunde die Schenke verlassen und die wenigen noch Verbliebenen sich ihm in einem privaten Hinterzimmer auf ein Gläschen eines etwas edleren Tropfens angeschlossen hatten. Aydrian fiel die Aufgabe zu, die Gruppe zu bedienen.

Alles andere als böse, dass er noch länger bleiben musste, hatte Aydrian großen Spaß daran, die Zeit mit Rumpars lebhafter Freundesschar zu verbringen, vier Männer in mittleren Jahren, die so manche Geschichte von Schlachten und Abenteuern zu erzählen wussten. Sie alle hatten, behaupteten sie zumindest, im Krieg gegen den Dämon gekämpft und dabei jede Menge Goblins umgebracht. Das Hinterzimmer selbst legte Zeugnis ab von diesem Krieg; überall waren seltsame Erinnerungsstücke als Trophäen ausgestellt, darunter ein schartiger Dolch sowie ein kleiner, scheinbar unförmiger Helm, und über dem Kaminsims hing ein sorgfältig gepflegtes Schwert.

»Der alte Rumpar hier hat die meisten Kämpfe erlebt«, sagte einer von ihnen zu Aydrian. »Sogar in der königlichen Armee hat er gekämpft, bei den Kingsmen.«

»Dabei hätten sie ihn eigentlich zu den Allhearts stecken sollen«, mischte sich ein anderer ein.

Woraufhin Rumpar verächtlich schnaubte und sich noch tiefer in seinen Sessel sinken ließ. Aydrian betrachtete ihn genau, sah ihm prüfend in die Augen und glaubte, aufgrund eines Gefühls, das er nicht näher bestimmen konnte, zu erkennen, dass hinter der Geschichte mehr Prahlerei als Wahrheit steckte.

»Ich hab getan, was man von mir verlangte – für mein Land und für die Krone«, gab Rumpar sich bescheiden. »Ich bilde mir nicht gerade viel darauf ein, dass ich gegen diese Bestien gekämpft und so viele von ihnen töten musste.«

Die letzte Bemerkung war Wort für Wort gelogen, wie Aydrian erkannte. Der Mann platzte geradezu vor Stolz, das ging mehr als deutlich aus seinem Tonfall, seinem Gesichtsausdruck und dem Glanz in seinen Augen hervor. Zumal der Zustand des Schwertes, an dem nicht die geringste Spur von Rost zu sehen war, es als Rumpars wertvollsten Besitz auswies.

»Diese Klinge hat Goblin-Blut geschmeckt«, erklärte Rumpar feierlich, nachdem er offenbar Aydrians Interesse an ihr bemerkt hatte. »Jawohl, und auch das Blut dieser Pauri-Zwerge.«

Obwohl er Rumpar kein einziges Wort glaubte, spürte Aydrian, wie ihn das Schwert in seinen Bann zog; wie angewurzelt stand er da und malte sich aus, wie dessen blinkende Klinge im frühmorgendlichen Licht niedersauste und einem abscheulichen Monster in einer Gischt aus feinem, rotem Nebel die Brust aufschlitzte. Eine Elfenklinge war es nicht, gewiss, dafür war es viel zu plump und zudem schlecht gemacht. Trotzdem weckte es in dem jungen Mann eine gewisse Begehrlichkeit. Aydrian hatte die Zeit in der Wildnis nach seinem Abschied aus Andur'Blough Inninness mit Hilfe seiner Pfiffigkeit, seiner Begabung, sich unsichtbar zu machen, und mit Hilfe seiner magischen Steine überlebt. Trotz der überwältigenden Kraft der Edelsteine besaß dieses Schwert – wie jedes andere auch – etwas, das Aydrian auf einer tieferen Ebene berührte. Die magische Kraft der Steine war eine Gabe, die ihn seinen potenziellen Gegnern überlegen machte, das Geschick im Umgang mit dem Schwert dagegen war antrainiert und machte ihn, sowohl körperlich als auch geistig, einem Gegner ebenbürtig.

Ohne groß über die Bewegung nachzudenken, merkte Aydrian plötzlich, wie seine Hand zum Heft des Schwertes wanderte.

»Augenblick mal! Fass das bloß nicht an!«, brüllte Rumpar ihn an und riss ihn aus seinen Gedanken. Sofort zog er seine Hand zurück. Er drehte sich um und blickte dem Mann trotzig ins Gesicht.

»Er hat sich wohl geschnitten«, amüsierte sich einer der Männer.

»Und dabei überall auf der Klinge seine fettigen Fingerabdrücke hinterlassen«, fügte Rumpar hinzu.

Aydrian verkniff sich sein spöttisches Grinsen – wenn sie nur wüssten! Er sah allerdings ein, dass dies nicht der richtige Augenblick war, deshalb trat er artig vom Kamin zurück. Den Rest des Abends ging er einfach seiner Arbeit nach, und obwohl die Männer dem Schnaps ein wenig zu sehr zusprachen und er das Schwert vermutlich unbemerkt hätte herunternehmen und betrachten können, hielt Aydrian sich zurück. Stattdessen übte er sich in Geduld, wie es ihm die Touel'alfar beigebracht hatten, und redete sich ein, es werde sich schon bald eine günstigere Gelegenheit ergeben, sich mit der Klinge zu befassen.

Ein paar Abende darauf saßen Rumpar und seine Freunde wieder beisammen, kurze Zeit später noch einmal, und jedes Mal wurde Aydrian hinzugeladen. Was ihn nur darin bestärkte, dass sein Entschluss, sich in Geduld zu üben und Rumpars Zorn nicht auf sich zu ziehen, richtig gewesen war. Bei den darauf folgenden Zusammenkünften fiel es ihm nicht schwer, seine Finger von dem Schwert zu lassen, denn er hatte ein anderes Ziel vor Augen: Mit gelegentlichen Blicken darauf brachte er Rumpar und seine Trinkgefährten dazu, sich über den Dämonenkrieg zu unterhalten, sodass er aus den Einzelheiten ihrer Erzählungen weitere Informationen über seine menschliche Herkunft, über die Leute aus dieser Region und sogar über seinen legendären Vater gewinnen konnte.

Jetzt, da er sich in den Alltagstrott des Dorflebens eingefügt hatte, wurde seine Beherrschung der Sprache jeden Tag besser. Zwei weitere Wochen sollten noch ins Land gehen, bevor Festertool und Aydrian zum ersten Mal ernsthaft aneinander gerieten. Im Grunde war die Situation gar nicht mal bedrohlich; alles begann damit, dass ein paar Kinder, die fischen gegangen waren, erzählten, der Flusspegel sei stark abgesunken.

Für Aydrian, der ausgezeichnete Naturkenntnisse besaß, war das nicht weiter rätselhaft. Während der letzten Wochen hatte es ununterbrochen geregnet, und auf seinem Weg nach Festertool hatte er die schneebedeckten Gipfel gesehen. Da also eine Trockenperiode als Erklärung nicht in Frage kam, stand für ihn fest, warum der Fluss zum Rinnsal geschrumpft war.

Während die Dorfbewohner noch über das Thema debattierten, verließ er den Ort und folgte dem Fluss zurück bis zu dem vorhersehbaren Biberdamm. Zwei Lichtblitze aus seinem Graphit, und der Fluss floss munter wie zuvor. Wenig später, gerade wollte der erste Spähtrupp zum Bach aufbrechen, kehrte er mit zwei Biberfellen in der Hand nach Festertool zurück.

Zum ersten Mal erlebte Aydrian, wie es war, von seinesgleichen Beifall gespendet zu bekommen; und obwohl er ihn nur für eine Kleinigkeit und wahrlich keine Heldentat erhielt, so spürte er trotzdem, dass ihm die Aufmerksamkeit ungeheuer gut tat.

So gut, dass sich Aydrian, als die Gespräche über seine »Heldentat« im Laufe der nächsten Tage rasch zu verstummen drohten, schon überlegte, wie er seinen Namen auf andere Weise wieder ins Gespräch bringen konnte.

Einige Abende darauf saß Aydrian wieder einmal bei Rumpar und seinen Freunden im Hinterzimmer; während die älteren Männer dem Schnaps zusprachen, lauschte Aydrian schweigend ihren lebhaft ausgeschmückten Geschichten von den Heldentaten aus der Zeit des Krieges. In Gedanken löste er sich aus dem Gespräch; seine Aufmerksamkeit wanderte hinüber zum Schwert, und schon kurz darauf spürte er, wie er auch körperlich von dem Schwert geradezu angezogen wurde. Diesmal bemerkte niemand, wie Aydrians Hand sich um das Heft schloss, er die Waffe aus der Halterung nahm und sie mühelos vor seinen Körper hielt.

»Augenblick mal!«, rief Rumpar einen Moment später.

»Schneid dich nicht damit, Junge«, tönte ein anderer amüsiert.

»Häng es sofort wieder zurück!«, fuhr Rumpar ihn an, dessen Tonfall nichts von der Amüsiertheit des anderen hatte.

»Ich wollte nur mal sehen, wie es in der Hand liegt«, versuchte Aydrian zu erklären.

»Ach, was verstehst du denn schon von diesen Dingen«, giftete Rumpar, kam herbei und machte Aydrian vor den anderen lächerlich, indem er ihm das Schwert grob aus der Hand riss.

Aydrian musste tief durchatmen, um sich zu beruhigen. »Ich weiß, wie man kämpft«, versicherte er Rumpar und den anderen.

Nach dieser offensichtlich absurden Behauptung brachen zwei der Männer in schallendes Gelächter aus.

»Große Klappe und nichts dahinter!«, heulte einer.

»Für die Allhearts wird's kaum reichen«, rief ein anderer, woraufhin schließlich auch Rumpar in das Gegröle einstimmte.

»Ich hab schon mit weit besseren Waffen gekämpft!«, entgegnete Aydrian wutentbrannt, und schlagartig wurde es totenstill im Raum; Rumpars Blick, den Aydrian auf seinem Körper spürte, verriet ihm unmissverständlich, dass er damit den Dingen eine Wendung gegeben hatte, die nicht mehr rückgängig zu machen war.

»Du solltest ein bisschen besser Acht geben, was du sagst, Kleiner«, erwiderte Rumpar beängstigend ruhig.

Aydrian spielte kurz mit dem Gedanken, einen Rückzieher zu machen, doch nach der Langeweile der ereignislosen letzten Wochen und der Selbstverständlichkeit, mit der man seine Leistung am Biberdamm abgetan hatte, juckte es ihn geradezu in den Fingern, dass etwas passierte.

»Aber es stimmt, was ich sage«, erklärte er ruhig. »Sogar mit sehr viel besseren Waffen. Und ich weiß auch mit ihnen umzugehen, Rumpar, und zwar weit besser, als du dir vorstellen kannst. In einem solchen Dorf am Rand der Wildnis ist es doch geradezu idiotisch, dass eine Waffe wie dieses Schwert ungenutzt über dem Kaminsims hängt, wo andere, wie ich, eine sehr viel bessere Verwendung dafür hätten.«

»Und die hättest du, ja?«, fragte Rumpar zweifelnd.

»Natürlich«, erwiderte Aydrian ohne das geringste Zögern.

»Ich könnte Banditen oder Ungeheuer damit jagen oder gefährliche Wildtiere töten.«

Daraufhin brach im Hinterzimmer erneut schallendes Gelächter aus, von dem sich auch Rumpar wieder anstecken ließ.

»Ich werde mit dir um das Schwert kämpfen«, schlug Aydrian vor, bevor er sich der Verstrickungen bewusst wurde, auf die er sich damit einließ.

Wieder folgte beängstigendes Schweigen.

»Eher würde er seine Tochter hergeben«, sagte einer der Männer lachend, dessen Amüsiertheit allerdings keine Nachahmer fand.

»Also gut, dann kämpfe ich mit dir eben um die Möglichkeit, mir das Schwert auszuleihen«, versuchte Aydrian die Situation zu klären. »Besiege ich dich, lässt du mich das Schwert tragen und nach Bedarf benutzen, und wenn du mich besiegst, biete ich dir meine Dienste an; einen Monat lang jeden Morgen, bevor ich mit meinen anderen Arbeiten anfange, werde ich Holz schlagen, dein Haus sauber machen und alles tun, was dir sonst noch einfällt.«

Rumpar bedachte ihn mit einem langen, festen Blick. Aydrian spürte, dass der Mann drauf und dran war, seine lächerliche Aufforderung zum Kampf rundweg abzulehnen, aber dann mischten sich die anderen ein, gaben ihre Meinung zum Besten, und jeder Einzelne von ihnen bedrängte Rumpar, dem Jungen eine Lektion zu erteilen.

Rumpar sah sie an; anfangs konnte man noch deutlich sehen, wie er zweifelte, dann aber, angespornt von ihren Zurufen, verzogen sich seine Mundwinkel zu einem verschmitzten Grinsen. »Nur einen Monat?«, höhnte er, jetzt wieder an Aydrian gewandt. »Sagen wir fünf!«

»Also gut, ein ganzes Jahr«, willigte Aydrian ein. »Oder von mir aus fünf. Es ist wirklich vollkommen egal.«

Der Mann hielt ihm die geballte Faust vors Gesicht. »Glaubst du wirklich, dagegen kommst du an?«, fragte er ungläubig.

»Nicht gegen die Faust«, erwiderte Aydrian. »Aber gegen das Schwert. Du kämpfst mit dem Schwert, und ich werde …« Er sah sich um, bis sein Blick schließlich auf einen in der Ecke lehnenden Besen fiel. »…den dort nehmen«, verkündete er, ging hinüber und nahm ihn in die Hand.

»Wenn du kämpfen willst, bis Blut fließt, wirst du ordentlich zuschlagen müssen!«, warf einer der Männer ein, was ihm im ganzen Raum Gelächter einbrachte.

»Am besten, du verschwindest, Junge, bevor ich dir eine Lektion erteile«, sagte Rumpar.

»Bevor du deinen Ruf verspielst, wolltest du wohl sagen«, erwiderte Aydrian. Mittlerweile war er zu allem entschlossen, denn er spürte, dass es an der Zeit war, sein Verhältnis zu den Bewohnern Festertools in andere Bahnen zu lenken. Sein menschlicher Zug, seine Ungeduld, hatte jetzt eindeutig die Oberhand gewonnen. »Nimm dein kostbares Schwert und lerne.«

Ein dramatisches »Aaaaah« von Rumpars Freunden erfüllte den Raum; ganz offensichtlich hatten sie ihre helle Freude an dem Spektakel.

»Zeig's ihm, Rumpar«, rief einer.

»Kleiner Emporkömmling«, frohlockte bereits ein anderer.

Geradezu ehrfürchtig nahm Rumpar sein Schwert zur Hand. Er schloss die Augen, und Aydrian konnte sehen, wie er längst vergangene Schlachten vor seinem inneren Auge vorüberziehen ließ. Aydrian neidete ihm diese Erinnerungen, die Gelegenheiten, die er gehabt und offenbar nicht beim Schopf gepackt hatte, seinen Namen der Liste der Unsterblichen hinzuzufügen.

Dann schaute er wieder Aydrian an, der, den Besenstiel in der Hand, ihm gegenüber stand, und sein Blick veränderte sich, nahm einen ernsteren und unbarmherzigeren Zug an. »Du wirst dich noch verletzen, Junge«, sagte er ruhig.

Als Antwort machte Aydrian einen schnellen Schritt nach

vorn, holte in weitem Bogen aus und drosch Rumpar den Besen quer über den Rücken, ein Angriff, der ihn eher reizen und in Rage bringen sollte, als dass er einen anderen Zweck damit verfolgte.

Die Wirkung erfolgte ebenso plötzlich wie verblüffend; Rumpar stürzte unter gewaltigem Gebrüll nach vorn, holte mit dem Schwert in weitem Bogen aus und zielte – für einen im *Bi'nelle dasada* geschulten jungen Krieger ein geradezu lächerlich tölpelhaftes Manöver – auf Aydrians Kopf.

Den vorderen Fuß Rumpar zugewandt, den hinteren im rechten Winkel ein wenig zurückversetzt, den Körper über dem vorderen Knie im Gleichgewicht, bereitete es Aydrian keine Mühe, sich mit drei kurzen Gleitschritten aus seiner Reichweite zu entfernen. Rumpar, immer noch im Vorwärtsdrang, verlor kurz das Gleichgewicht, sodass Aydrian, den Besen mit beiden Händen vor der Brust haltend, die linke nach vorne stoßen, seine Waffe über die heransausende Klinge bringen und sie nach unten ablenken konnte. Ohne auch nur einen Moment innezuhalten, wischte er dem älteren Mann die Borsten durch das haarige Gesicht. Aydrian ließ den Besen zur Seite schnellen, sodass er Rumpar genau an der Schwerthand traf, und zwar so heftig, dass ihm das Schwert entglitt und es scheppernd über den Boden schlitterte.

Eine rasche Drehung, und er hielt den Besen wieder in beiden Händen, jetzt eher wie einen Prügel. Aydrian vergeudete keine Zeit und schlug Rumpar hart gegen die Brust, wodurch der Mann nach hinten taumelte. Dann packte er den Besen mit der rechten Hand und stieß ihn dem Mann wie ein Schwert mit einer typischen Attacke des *Bi'nelle dasada* hart zwischen die Rippen.

Rumpar, einen Ausdruck völliger Fassungslosigkeit im Gesicht, stolperte nach hinten, bis er stürzte und auf dem Boden sitzen blieb.

Im Raum herrschte entsetztes Schweigen.

Aydrian fragte sich, ob er den Kampf vielleicht ein wenig hätte in die Länge ziehen sollen, um den Mann nicht unnötig zu kränken und seinen Ruf nicht gänzlich zu ruinieren. Nein, entschied er, besser, die Leute hier bekamen gleich von Anfang an vorgeführt, was es mit diesem jungen Burschen auf sich hatte, der mitten unter ihnen aufgetaucht war und ihr Beschützer werden würde; der Hüter von Festertool.

»Ein Glückstreffer!«, brach einer das Schweigen.

»Pah, was bist du für ein undankbarer Kerl!«, schimpfte ein anderer, als Aydrian sich bückte und das Schwert aufhob, um es kurz zu betrachten, bevor er es in seinen Waffengurt schob.

»Ich erwarte keinen Beifall«, sagte er mit vollkommen ruhiger und gefasster Stimme. »Aber bald werdet ihr froh sein, dass ich hergekommen bin, denn ich bin Aydrian, der Hüter von Festertool; ich werde die Wälder rings um eure kleine Ortschaft durchstreifen und euch leise und unauffällig beschützen, auch wenn ihr das offenbar kaum verdient.«

»Leise und unauffällig kommt er mir nicht gerade vor!«, brummte einer, aber Aydrian konnte deutlich sehen, dass er sie alle verblüfft und verwirrt und mit seiner Darbietung geradezu überwältigt hatte.

Rumpar war inzwischen wieder auf den Beinen; sofort begann er, das Schwert von Aydrian zurückzufordern, doch Aydrian fixierte ihn mit einem abweisenden Blick von solcher Kälte, dass ihm die Worte in der Kehle festzufrieren schienen.

»Jetzt mach schon, Junge«, sagte einer. »Sieh zu, dass du verschwindest!«

»Junge?«, ahmte Aydrian ihn ungläubig nach. »Der Junge kann immerhin zwei oder auch drei von euch im Kampf besiegen; ihr werdet ihn schon noch zu schätzen lernen, falls es in Festertool jemals brenzlig werden sollte.«

Überaus zufrieden mit dem Ausgang seiner Vorstellung verließ Aydrian das Hinterzimmer, suchte seine Siebensachen zusammen und verließ Festertool noch im Dunkel der Nacht.

Als die Tage verstrichen und die Bedeutung seiner impulsiven Entscheidung ihm zuzusetzen begann, kamen Aydrian die ersten Zweifel an seinem Vorgehen und an seinem Platz in der Welt. Er war keineswegs der einzige draußen im Wald; oft tauschte er sich mit anderen Jägern des Dorfes auf dem Weg zu ihren Jagdgründen aus und gab ihnen Tipps, wo sie an einem bestimmten Tag auf Beutewild stoßen konnten.

Eins aber wurde Aydrian während dieser ersten Tage außerhalb des Dorfes in aller Deutlichkeit bewusst: Festertool war ganz bestimmt nicht sein Zuhause und würde es auch niemals werden. Nicht, dass er glaubte, seinem Verhältnis zu den Dorfbewohnern durch seinen Sieg über Rumpar bleibenden Schaden zugefügt zu haben – einige Jäger ließen sogar durchblicken, es sei höchste Zeit gewesen, dass jemand Rumper in die Schranken wies –, vielmehr erkannte Aydrian, wie sehr ihn ein Ort wie Festertool – oder jedes andere Dorf weit abseits der Zentren menschlicher Zivilisation – einschränken würde. Diese Erkenntnis schob der Ungeduld und dem für Menschen – insbesondere für junge Menschen – so typischen Tatendrang Aydrians zweifellos einen Riegel vor, aber erfüllt von der Weisheit der Touel'alfar fand er zu seiner Geduld zurück und betrachtete Festertool nicht so sehr als sein Zuhause, sondern eher als einen Zwischenhalt auf jener Reise, die zu seinem Schicksal werden würde.

Dementsprechend dachte Aydrian lange und ausgiebig über den Titel nach, den er sich jetzt selbst geben würde. Der Name musste angemessen sein und zu seinem Anspruch als Hüter von Festertool passen. Er erwog, seinen richtigen Namen mitsamt Nachnamen zu benutzen, doch das war zu riskant. Er wusste, dass die Dorfbewohner ihn für anmaßend hielten, aber doch nur, weil sie trotz seines Kampfes gegen Rumpar das wahre Ausmaß seiner Fähigkeiten, seine Überlegenheit, nicht verstanden.

Diese Erkenntnis brachte Aydrian schließlich auf seinen

neuen Namen, jenen Namen, den er ganz offen tragen und der an seinen Vater Elbryan erinnern, ihn aber gleichzeitig auch ein kleines Stück über den Heldenstatus seines Vaters hinausheben würde. Elbryan war Tai'marawee, der Nachtvogel.

»Und ich werde von nun an Tai'maqwilloq heißen!«, rief Aydrian eines Abends in den Wald hinein. »Aydrian, der Nachtfalke!«

13. Mylady Jilseponie

»Sie werden mich nicht akzeptieren«, protestierte Roger Flinkfinger, nachdem Jilseponie ihm den Posten des stellvertretenden Barons von Palmaris in Aussicht gestellt hatte, für den Fall, dass sie nach Ursal ging.

»Sie werden dich genauso lieben wie ich«, widersprach Jilseponie.

»Das ist eine viel zu große – «

»Genug, Roger Flinkfinger«, unterbrach ihn Jilseponie tadelnd. »Du stehst in dieser Angelegenheit nicht allein, schließlich ist Dainsey bei dir. Und das Personal in Chasewind Manor kennt deine Pflichten gut genug, um dir ebenso zur Seite zu stehen wie übrigens auch Abt Braumin, jetzt, da er zurückgekehrt ist, um erneut die Führung von St. Precious zu übernehmen.«

»Warum hast du die Stellung als Bischöfin angenommen, wo du doch genau wusstest, dass du bald nach Süden abreisen würdest?«, wollte Dainsey wissen.

»Es ist eine Stellung, die von Dauer sein wird«, erläuterte Jilseponie. »Ich gehe davon aus, dass König Danube Abt Braumin als geistiges wie auch als weltliches Oberhaupt der Stadt bestätigt.«

»Ich sollte mich also nicht allzu häuslich in Chasewind Manor einrichten«, folgerte Roger, dessen Ton verriet, dass er in Wahrheit geradezu begeistert von der Aussicht war, Baron zu werden.

»Ich habe bereits mit Abt Braumin gesprochen«, erklärte Jilseponie. »Er wird dich mit wichtigen Aufgaben betrauen, mein Freund. Obwohl du, falls Braumin tatsächlich von König Danube als Bischof bestätigt wird, offiziell nicht den Titel eines Barons tragen wirst, so wirst du doch feststellen, dass deine Aufgaben und Pflichten deswegen nicht weniger bedeutsam oder anspruchsvoll sind.«

»Verantwortung ohne die entsprechende Anerkennung«, erwiderte Roger mit einem ebenso tiefen wie theatralischen Seufzer. »So geht das schon, seit ich Elbryan vor den Pauris gerettet habe.«

Das brachte ein Lächeln auf Jilseponies Gesicht, denn natürlich hatte sich besagte Rettung genau andersherum abgespielt.

Sie hörten, wie jemand ziemlich gereizt von weitem nach Jilseponie rief.

»Herzog Bretherford war immer schon recht ungeduldig«, sagte Dainsey.

»Er möchte gern die Flut erwischen«, erwiderte Jilseponie, obwohl sie genau wusste, dass Dainseys Einschätzung des Mannes genau ins Schwarze traf, insbesondere was diese spezielle Aufgabe anbelangte. Sobald das Wetter es zuließ, war Bretherford nach Palmaris gekommen; dabei hatte er sich nicht übermäßig erfreut über die Situation gezeigt und Jilseponie bei jeder nur erdenklichen Gelegenheit leicht säuerlich darauf angesprochen.

»Tja, ich fürchte, ich muss aufbrechen«, sagte sie zu ihren beiden Freunden. »König Danube wartet.«

Dainsey eilte herbei und nahm sie fest in die Arme, Roger dagegen sah sie prüfend an.

»Königin Jilseponie«, sagte er kopfschüttelnd und musste lächeln. »Ich glaube, ich werde dich nie so nennen können.«

»Ich fürchte, dann werde ich dich enthaupten müssen!«, erwiderte Jilseponie, woraufhin sie und Roger aufeinander zustürzten und sich in die Arme fielen.

»Wirst du dort sein?«, fragte sie ihn.

»In der allerersten Reihe«, versicherte Roger ihr. »Und Schande über jeden Adligen, der dem Baron von Palmaris die Möglichkeit verwehren möchte, dabei zu sein, wenn seine beste Freundin den Thron besteigt.«

Das zauberte abermals ein Lächeln auf Jilseponies Gesicht, denn natürlich zweifelte sie nicht einen Augenblick an Rogers Worten. »Unterstütze Abt Braumin«, bat sie ihn. »Sei ihm ein Freund, so wie du mir einer warst.«

»Natürlich«, erwiderte Roger vollkommen ernst. »Und vergiss deine Freunde hier im Norden nicht, wenn du es dir auf dem Thron in Ursal erst bequem gemacht hast.«

Jilseponie gab ihm einen Kuss auf die Wange; von draußen rief Herzog Bretherfords Bote abermals nach ihr, diesmal mit noch mehr Nachdruck.

Kurz darauf glitt die *Flusspalast* gemächlich aus dem Hafenbecken von Palmaris; Jilseponie stand an der Heckreling, von wo aus sie Roger und Dainsey, Braumin, Viscenti und Castinagis zuwinkte und sich von Palmaris verabschiedete, jener Stadt, die ihr während des größten Teils ihres Erwachsenenlebens so viel bedeutet hatte.

Noch lange blieb sie an der Reling stehen und dachte über die Geschehnisse der letzten Zeit nach; sie wusste, dass sie ihren Frieden mit ihrer Vergangenheit und ihren Verlusten machen musste, wenn sie Danube eine gute Gemahlin und dem Bärenreich eine gute Königin sein wollte. Die Silhouette der Stadt fiel hinter ihr zurück und verlor sich im Dunst, der über dem Wasser aufstieg und sich ebenso verflüchtigte wie all die Jahre, die Jilseponie nun hinter sich zurückließ. Sie musste den Blick nach vorne richten, nicht zurück, auf die vielleicht wichtigste Aufgabe, die sie je zu bewältigen hatte.

Zumal in der Vergangenheit der Geist Elbryans lauerte; und diese Erinnerungen weckten bei Jilseponie bestenfalls starke Zweifel an ihrem Entschluss, König Danube oder überhaupt einen anderen als Elbryan zu heiraten.

»Eure Abendmahlzeit wird bei Sonnenuntergang serviert werden, Mylady«, ertönte eine Stimme, die sie aus ihren entrückten Gedanken riss.

Sie drehte sich um, sah den jungen Matrosen an und lächelte ihm freundlich zu. Dabei fiel ihr Blick hinter ihn, auf Herzog Bretherford, der, den Blick starr über Backbord gerichtet, an Deck stand und es offenbar ganz bewusst vermied, sie anzusehen. Wieso hatte er den Matrosen vorgeschickt, um ihr dies auszurichten, wo er doch nur wenige Schritte entfernt stand? Vielleicht war es eine Frage des Protokolls, von der sie nichts wusste, vielleicht auch ein gewisser Respekt vor ihr und ihrer Privatheit. Möglicherweise aber, überlegte Jilseponie, und diese Möglichkeit erschien ihr am wahrscheinlichsten, war es durchaus Bretherfords Absicht, ihr gegenüber nicht übermäßig freundlich aufzutreten. Seit seiner Ankunft in Palmaris vergangene Woche, als er ihr mitteilte, das Wetter sei nach wie vor ruhig und es sei nun an der Zeit, wie mit König Danube abgesprochen nach Ursal aufzubrechen, hatte er sich ihr gegenüber stets leicht abweisend verhalten. Jilseponie wurde das Gefühl nicht los, dass der alte Bretherford nur widerwillig den Boten und Fuhrmann spielte.

Gerade drehte er ihr den Rücken zu und machte Anstalten, sich zu entfernen; offenbar wollte er unbedingt jeder direkten Begegnung mit ihr aus dem Weg gehen. Aber Jilseponie hatte nicht die Absicht, nach denselben Regeln des Takts zu spielen. Weder würde sie die Verbindung mit König Danube blind eingehen, noch würde sie zulassen, dass unausgesprochene Verstimmungen weiter unausgesprochen blieben.

»Herzog Bretherford«, rief sie leise, aber sicher laut genug, dass er es verstehen konnte, und ging auf den Mann zu.

Er gab vor, sie nicht zu hören.

»Herzog Bretherford!«, wiederholte sie, etwas nachdrücklicher diesmal, woraufhin er tatsächlich stehen blieb, ohne sich jedoch umzudrehen. »Ich würde gerne mit Euch sprechen, bitte.«

Bretherford drehte sich langsam um und sah ihr ins Gesicht, als sie zu ihm herüberkam. »Mylady«, sagte er mit einer leichten Verbeugung, die in Anbetracht der Leibesfülle des untersetzten Mannes ein wenig unbeholfen wirkte.

»Unter vier Augen?« Es war eher eine Frage als eine Bitte, denn Jilseponie war durchaus bereit, dies an Deck auszutragen, sofern Bretherford es wünschte.

Der Herzog blieb stehen, dachte kurz über ihr Ansinnen nach, sagte dann: »Ganz wie Ihr wollt«, und führte Jilseponie über das Deck zu seinem Privatquartier unterhalb der Brücke.

»Also, raus mit der Sprache«, verlangte Jilseponie gebieterisch, als sie alleine waren und Bretherford die Tür geschlossen hatte.

»Was betreffend?«, fragte Bretherfort mit gespielter Unschuld.

Jilseponie bedachte ihn mit einem säuerlichen Blick.

»Mylady?«, fragte er höflich nach und gab vor, ihre Verärgerung nicht zu bemerken.

»Euer Verhalten hat sich verändert«, stellte Jilseponie fest.

»In Bezug auf was?«, fragte der Edelmann ausweichend.

»In Bezug auf mich«, erwiderte Jilseponie ohne Umschweife. »Seit Eurer Ankunft in Palmaris bemerke ich eine fast schon greifbare Distanziertheit, eine gewisse Kühle, die Euch überkommt, sobald wir gezwungen sind, einander zu begegnen.«

»Ich bin ein Bote und an meinen Auftrag gebunden«, setzte Bretherford zu einer Rechtfertigung an, doch so leicht wollte es Jilseponie ihm nicht machen, dem Gegenstand ihrer Frage auszuweichen. Was sie in Ursal erwartete, machte ihr bereits genug zu schaffen; Ärger mit dem Mann, der sie zu Danube bringen sollte, konnte sie also gewiss nicht gebrauchen.

»Ihr habt Euch verändert«, sagte sie. »Oder zumindest hat sich Eure Einstellung mir gegenüber geändert. Ich will nicht so tun, als wären wir jemals Freunde gewesen, trotzdem scheint mir unverkennbar, dass Ihr mich früher herzlicher begrüßt habt als jetzt. Was habe ich also verbrochen, Herzog Bretherford, das Euch so verstimmt hat?«

»Gar nichts, Mylady«, antwortete er, doch sein säuerlicher Unterton bei der Nennung ihres Titels verriet ihr, was sie wissen musste.

»Nichts, außer dass ich König Danubes Antrag angenommen habe«, beeilte sich Jilseponie hinzuzufügen.

Das ließ Herzog Bretherford stutzen; er fuhr sich mit der Hand über seinen ungepflegten, grauen Schnauzer, ein untrügliches Zeichen, dass sie mit ihrer Bemerkung ins Schwarze getroffen hatte. Anschließend ging er zu einer kleinen Bar an der Kajütenwand, bückte sich und holte eine Flasche und zwei Gläser heraus. »Elfen-Trester?«, fragte er.

Normalerweise hätte Jilseponie abgelehnt, denn sie war nie eine große Trinkerin gewesen. Trotzdem verstand sie Bretherfords Absicht hinter dieser Geste; er wollte ihr die Möglichkeit geben, unter vier Augen mit ihm zu sprechen, ganz persönlich und nicht als Königin zu Herzog.

Nickend nahm sie das Getränk entgegen, führte das Glas an die Lippen und nahm einen winzigen Schluck, ohne Bretherford aus den Augen zu lassen, der sein Glas fast in einem Zug leerte.

»Ich weiß, ich sollte ihn eigentlich genießen«, sagte er entschuldigend.

»Ihr habt keinen Grund, nervös zu sein, Herzog Bretherford«, begann Jilseponie. »Ihr fühlt Euch in meiner Gegenwart unwohl, und das schon seit Eurer Ankunft in Palmaris. Ich wüsste gern, warum.«

»Nein, Mylady, das ist es ganz und gar nicht.«

Jilseponie sah ihn stirnrunzelnd an. »Haltet mich nicht zum Narren«, erwiderte sie. »Eure Einstellung mir gegenüber hat sich unzweifelhaft verändert, und zwar zum Schlechteren. Habe ich kein Recht, den Grund dafür zu erfahren? Oder soll ich vielleicht raten?«

Bretherford leerte sein Glas und schenkte sich erneut ein.

»Was immer Ihr jetzt sagt, bleibt unter uns«, versicherte ihm Jilseponie, denn sie konnte sehen, dass er ihr etwas sagen wollte.

»Nicht viele in Ursal beneiden mich um diese Reise«, erwiderte Bretherford ruhig.

»Es könnte eine lange und beschwerliche Reise werden«, sagte Jilseponie.

»Und der Grund dafür seid Ihr«, beendete Bretherford seinen Gedanken. »Nicht gerade viele waren begeistert über meine Reise in den Norden, um Lady Jilseponie abzuholen. Es wurden sogar Andeutungen gemacht, ich solle Euch, lange bevor wir auch nur in Sichtweite der Docks von Ursal kommen, in den Masur Delaval werfen.«

Das verblüffende Geständnis verschlug Jilseponie die Sprache.

»Ihr sagtet, diese Unterredung bleibe unter uns, und unter diesen Umständen kann ich offen sprechen«, fuhr der Herzog fort.

»Ich bitte darum.«

»Es erfüllt nur wenige am Hof von Ursal mit Freude, dass König Danube eine Bäuerin heiraten wird«, erklärte Bretherford. »Ich will Eure Heldentaten keinesfalls schmälern«, beeilte er sich hinzuzufügen und hob die Hand, um zu verhindern, dass Jilseponie ihm ins Wort fiel. »Sowohl im Krieg als auch bei der Bekämpfung der Pest. Doch das liegt viele Jahre zurück, und ich fürchte, die Menschen haben ein kurzes Gedächtnis.«

»Ihr sprecht wohl eher von den Edelfrauen«, erwiderte Jilseponie, woraufhin Bretherford das Glas auf sie erhob und trank.

»Normalerweise ist die Position der Königin Frauen von adliger Herkunft vorbehalten«, sagte er. »Den jungfräulichen Töchtern der Herzöge oder anderen Edelleuten bei Hof.«

»Und doch ist es das Vorrecht des Königs, eine eigene Wahl zu treffen«, erwiderte Jilseponie.

»Selbstverständlich«, räumte Bretherford ein. »Aber das ändert wenig an den Tatsachen, mit denen Ihr es in Ursal zu tun bekommen werdet. Die Edelfrauen werden jeden Eurer Schritte mit Verachtung strafen und sich wünschen, sie gingen an Eurer Stelle am Arm von König Danube. Selbst die Bäuerinnen – «

»Die Bäuerinnen?«, unterbrach ihn Jilseponie. »Was wisst Ihr überhaupt von uns, Herzog Bretherford?«

»Nun, ich weiß, dass nur wenige Euch mit derselben Toleranz begegnen werden, die Ihr hier oben im Norden angetroffen habt«, fuhr er unbeirrt fort. »Oh, anfangs werden Euch die Bauersfrauen lieben und in Euch die Erfüllung eines im Königreich durchaus weit verbreiteten Traumes sehen, des Traumes aller Bauernmädchen, dass der König sich in sie verliebt und sie in den Adelsstand erhebt. Doch was anfänglich die Quelle ihrer Liebe für Euch ist, kann sehr leicht in Eifersucht umschlagen. Seid auf der Hut, was immer Ihr auch tut, Bischöfin Jilseponie«, riet er ihr unverblümt. »Denn im Falle eines Fehltritts werden alle ein Urteil über Euch fällen, und das wird äußerst streng ausfallen.«

Erschrocken über seine eigenen schroffen Worte, stürzte er sein zweites Glas Trester hinunter und seufzte schwer.

Obwohl sie ihm versichert hatte, es handle sich um eine private Unterredung, war er offenbar überzeugt, seine Grenzen überschritten zu haben. Vermutlich erwartete er, dass sie ihn von nun an für immer hassen und vielleicht Danube sogar dazu bringen würde, sich gegen ihn zu stellen – entweder heimlich oder in aller Öffentlichkeit. Tatsächlich war Jilseponie leicht fassungslos und auch ein wenig verärgert, und diese Gefühle richteten sich anfangs tatsächlich gegen Herzog Bretherford. Bei näherer Betrachtung aber musste sie feststellen, dass sie seiner Einschätzung nicht wirklich widersprechen konnte.

»Ich danke Euch«, sagte sie, woraufhin er sie überrascht ansah. »Ihr wart mir gegenüber ehrlich, und ich fürchte, diese Ehrlichkeit wird mir an König Danubes Hof nicht oft begegnen.«

»Wohl wahr«, gab der Herzog ihr Recht und schien sich ein wenig zu entspannen.

»Und was unser Verhältnis betrifft, so erwarte ich lediglich, dass Ihr mich gerecht beurteilt«, fuhr Jilseponie fort. »Gebt mir Gelegenheit zu beweisen, dass ich als Königin sowohl dem König als dem Land von Nutzen sein kann. Beurteilt mich, wie Ihr auch eine dieser jungfräulichen Adelstöchter beurteilen würdet.«

Worauf Bretherford keine andere Antwort wusste, als die Tresterflasche auf sie zu erheben.

Jilseponie erwiderte den Toast mit ihrem Glas, leerte es und hielt es ihm zum Nachschenken hin.

Kurz darauf verließ sie Bretherfords Quartier in dem Gefühl, dass dies eigentlich kein schlechter Anfang war – obwohl sie sich schon seit mehr als einem Jahrzehnt kannten, begann ihr Verhältnis im Grunde erst jetzt, denn zum ersten Mal hatten die beiden ganz offen miteinander gesprochen. Jilseponie glaubte, einen Verbündeten gewonnen zu haben, und davon, fürchtete sie, würde sie am feindseligen Hof von König Danube noch viele benötigen.

Nein, vielleicht keinen Verbündeten, wie ihr bewusst wurde, als sie Herzog Bretherfords Gesten und Worte noch einmal Revue passieren ließ. Aber zumindest glaubte sie sich jetzt darauf verlassen zu können, dass der Mann ihr gegenüber ehrlich war.

Das war mehr, als sie von vielen anderen an Danubes hochnäsigem und exklusivem Hof erwarten durfte.

Die *Flusspalast* lief unter großem Jubel in den Hafen von Ursal ein; die Menschen waren in Scharen zusammengeströmt, um jene Frau zu begrüßen, die ihre Königin werden würde. Angesichts des Überschwangs, des unverhohlenen Entzückens, fiel es Jilseponie schwer, Herzog Bretherfords Warnungen nicht in den Wind zu schlagen.

Doch nur in jenem kurzen, überwältigenden Augenblick, als sie diese leidenschaftlichen Menschen zum ersten Mal vor sich sah. Jilseponie hatte in ihrem Leben schon viel erlebt, daher wusste sie, je größer die anfängliche Leidenschaft, desto schneller und grausamer die spätere Abkehr. Als sie den Fuß auf die Landungsbrücke setzte und den Blick über die Menschenmenge schweifen ließ, glaubte sie zu sehen, wie sich die jubelnden und strahlend lächelnden Gesichter plötzlich in zornig keifende und hässliche Grimassen verwandelten. Sehr viel Fantasie war dazu wirklich nicht erforderlich.

Zumal sich unter den Adligen auf dem Pier zwei Personen befanden, die die wenig erfreulichen Bemerkungen des Herzogs nur zu unterstreichen schienen – eben jene beiden Personen, die vermutlich bereits gegenüber Bretherford schlecht über sie gesprochen und damit die veränderte Einstellung des Mannes zu ihr noch gefördert hatten.

Wie immer standen Constance Pemblebury und Herzog Targon Bree Kalas an König Danubes Seite, und ihre Nähe zu jenem Mann, der bald ihr Gemahl sein würde, ließ Jilseponies Hoffnungen weiter sinken. Sie durchschaute das aufgesetzte, in ihre Gesichter eingebrannte Lächeln, hörte ihren Zorn in jedem Klatschen ihrer applaudierenden Hände. Insbesondere Constance sah Jilseponie unverwandt in die Augen, und dieser Blickkontakt verriet Jilseponie unmissverständlich, welchen Hass diese Frau für sie empfand.

Als sie von Bord der *Flusspalast* ging und lächelnd und winkend an Land trat, beherrschten Herzog Bretherfords Worte klar und deutlich jeden ihrer Gedanken.

Kaum hatte sie den Fuß auf den Hafenpier von Ursal gesetzt, da dämmerte ihr bereits, dass dieser Schritt den Anfang eines sehr schwierigen Weges bedeutete.

14. Der kleine Unterschied

Lange, sehr lange stand Marcalo De'Unnero da und betrachtete die in der Ferne liegende Ortschaft. Er und Sadye waren in der Hoffnung auf einen milderen Winter in das Gebiet südlich von Micklins Dorf gekommen. In den vergangenen Monaten hatten sie sich recht gut durchschlagen können; tatsächlich war ihr Leben weit weniger anstrengend gewesen als alles, was De'Unnero während der letzten zehn Jahre durchgemacht hatte. Mittlerweile hatte er es aufgegeben, den Wertiger zu leugnen, und auch Sadye benutzte ihre besänftigende magische Musik nicht mehr, um die Bestie in seinem Innern einzusperren, denn das überforderte ihre Kräfte bei weitem. Dabei hatte sie nicht einmal Angst vor der Bestie, im Gegenteil, sie mochte sie sogar. »Gibt es eine bessere Art zu jagen?«, bedrängte sie De'Unnero jedes Mal, wenn er Zweifel äußerte, ob er die Bestie herauslassen sollte.

Dank Sadyes Hilfe war es dem ehemaligen Mönch in den vergangenen Monaten gelungen, sein Elend in einem völlig neuen Licht zu sehen. War der Wertiger vielleicht nicht so sehr ein Fluch, sondern vielmehr ein Segen, eine Möglichkeit für De'Unnero, den Willen Gottes in die Tat umzusetzen und den oftmals mit Gewalt gepflasterten Pfad der Tugend zu beschreiten? De'Unnero war noch immer nicht sicher, ob er das wirklich glaubte oder ob er nur so tat, um seine durchaus reale Angst zu überspielen, er könnte sich in einen Dämon verwandelt haben. Dank Sadye und ihrem edelsteinbesetzten Instrument hatte De'Unnero jetzt eine ganz andere Seite des Wertigers kennen gelernt, und seine Gewalttätigkeit erschien ihm jetzt beherrschbar.

Sadye dagegen fürchtete sich überhaupt nicht vor dieser Kreatur, und es fiel ihr auch nicht schwer, De'Unnero zu überzeugen, sie in Ruhe zu lassen, wenn er die Gestalt des Tigers angenommen hatte; es war für sie ein Leichtes, ein mit Magie durchwobenes Lied anzustimmen, damit er seine gierigen Blicke von ihr abwandte und auf eine annehmbarere Beute richtete.

In diesem Winter hatten die beiden zu keiner Zeit Hunger leiden müssen.

Trotz alledem, trotz seiner wachsenden Hoffnung, ja sogar Überzeugung, hinter den reißenden Krallen des Tigers müsse sich irgendein Segen verbergen, trotz aller Beteuerungen Sadyes, sie könne die Bestie mit ihrem Musikinstrument im Zaum halten, lastete der nächste Schritt, zu dem sie sich entschlossen hatten, unangenehm auf Marcalo De'Unneros Schultern. Er betrachtete das Dorf auf dem Hügel vor ihnen, und sofort fiel ihm eine ganze Reihe von Ähnlichkeiten mit Micklins Dorf auf. Fast sah er schon das Blut vor sich, das gegen die Wände spritzen und sie rot verfärben würde. Als er die Menschen sah, die sich im Dorf bewegten, hörte er fast schon ihre entsetzten Schreie …

Aber noch eine andere Vorstellung ließ De'Unnero nicht mehr los. Es war noch gar nicht lange her, da hatte Sadye hinter ihm am Lagerfeuer gesessen und eine einfache, hübsche Melodie auf ihrer Laute gezupft. Alles war friedlich und in bester Ordnung gewesen, als De'Unnero plötzlich das Blut eines gehetzten Hirsches witterte und das Gekläff der jagenden

Meute hörte, die das zum Untergang verdammte Tier vor sich hertrieb. Bevor er recht wusste, wie ihm geschah, hatte De'Unnero gespürt, wie der Wertiger aus ihm hervorbrach und die primitive Bestie dem Ruf der Wildnis gehorchte.

Jetzt musste er wieder an dieses Gefühl, an diese alles beherrschende Gier denken. Er erinnerte sich, wie er sich zu Sadye umgedreht hatte, die einfach dasaß, ihren entblößten Körper von einer um ihre Schultern gelegten Decke nur mangelhaft verhüllt, die Laute vor sich auf dem Schoß. Wie einfach wäre es für ihn gewesen, ihr das Fleisch von den Knochen zu reißen! Ihre Haut in Fetzen zu reißen und ihr warmes, süßes Blut zu trinken! Entschlossen und gefasst wie nie zuvor, hatte Sadye daraufhin seinen Blick niedergerungen, auf ihrer Laute eben jene besänftigenden Klänge angestimmt und dazu mit ihrer beruhigenden Stimme gesungen. Auf diese Weise war es ihr tatsächlich gelungen, den Wertiger zu vertreiben und ihn dazu zu bewegen, sich der Hetzjagd auf den Hirsch anzuschließen, der den Wertiger überhaupt erst hervorgelockt hatte. So sehr das plötzliche und unerwartete Auftauchen des Wertigers sie überrascht hatte, wie sie später zugab, Sadye war es gelungen, ihn zu vertreiben.

Eins aber war De'Unnero klar – und das machte ihm am meisten zu schaffen, als er jetzt das ferne Dorf betrachtete –, Sadye hatte ihm nie, kein einziges Mal, helfen können, den Wertiger ganz in seine Schranken zu weisen. War die Bestie einmal da, schien Marcalo De'Unnero nur dann die Oberhand zurückgewinnen zu können, wenn er ihren mörderischen Hunger stillte – und das war alles andere als leicht.

Wie konnte – angesichts dieser erschreckenden Tatsache, dieser nagenden Erinnerung, dass es sich dabei doch um einen Fluch und nicht um einen Segen handelte – Sadyes Spiel den hilflosen Bewohnern dieses Dorfes helfen, falls sich der Wertiger tatsächlich zeigte?

»Es wird schon funktionieren«, versuchte Sadye ihn zu beschwichtigen, ging zu ihm, drückte seinen Arm und legte den Kopf an seine Schulter. »Du musst mir vertrauen, mein Geliebter.«

Ihre letzten Worte trafen De'Unnero bis ins Mark. *Mein Geliebter*. Er hatte nicht erwartet, diese Worte jemals aus dem Mund einer Frau zu hören. Mit zwanzig war er in die Abtei St. Mere-Abelle eingetreten und hatte sich, ein Leben im Zölibat erwartend und akzeptierend, mit Leib und Seele dem Orden verschrieben. Zu seiner Überraschung war die Lebensführung vieler abellikanischer Mönche alles andere als zölibatär, und auch De'Unnero hatte sich gelegentlich an ihren Vergnügungen mit den Huren beteiligt. Aber niemals hatten seine Affären mit diesen gestrauchelten Frauen etwas mit Liebe zu tun gehabt. Stets war es um eine rein körperliche Vereinigung gegangen, um Entspannung und Erleichterung, mehr nicht.

Und genauso würde es ihm auch mit Sadye ergehen, hatte er nach ihren ersten beinahe verzweifelten Liebesakten geglaubt. Sie war voller Glut und Leidenschaft, ihre Augen sprühten Feuer, und ihr Körper schien sich nach seinem geradezu zu verzehren.

Darüber hinaus besaß sie aber auch eine ganze Reihe anderer Qualitäten, was De'Unnero durchaus nicht entgangen war; sie war zärtlich und nachdenklich und erkannte die Fehler ihrer Umgebung mit geradezu brutaler Ehrlichkeit. Aber es war ihre Verletzlichkeit, die De'Unnero am meisten an ihr mochte. Sadye war der stärkste Mensch, dem De'Unnero jemals begegnet war; sie fürchtete sich nicht einmal vor der mörderischen Bestie, die unmittelbar hinter De'Unneros äußerer Erscheinung lauerte. Trotzdem hatte sie ihm ihr Herz geöffnet und sich ihm von ihrer offensten und verletzlichsten Seite gezeigt. Ja, genau das war ihr Liebesspiel gewesen, eine nie zuvor gekannte Gemeinsamkeit und Offenheit, die De'Unnero geglaubt hatte nur im tiefsten Zwiegespräch mit Gott erfahren zu können.

Jetzt war seine Liebe zwar weltlicher Natur, aber sie erschien De'Unnero in vielerlei Hinsicht spiritueller als alles, was er jemals in St. Mere-Abelle erlebt hatte.

Gemeinsam betraten sie Hand in Hand das winzige Dorf mit Namen Masur Tuber.

Festertool war von großer Aufregung erfüllt, als Aydrian eines Sommermorgens, einen erlegten Hirsch über seinen unglaublich kräftigen Schultern, dort eintraf. In den letzten Wochen hatte er das Dorf nur selten aufgesucht, da er sich lieber einen Überblick über die örtlichen Gegebenheiten verschaffen wollte, aber niemals, nicht einmal bei seiner allerersten Ankunft, hatte er ein solches Maß an Aufregung in Festertool erlebt.

»Pah, jetzt schleppt er sogar noch einen Hirsch an«, spottete ein Alter, einer von Rumpars Kumpels, der damals im Hinterzimmer mit dabei gewesen war, als Aydrian sich die Benutzung des Schwertes verdient hatte. »Dabei gäbe es was viel Besseres zum Töten.«

Aydrian sah den Mann verständnislos an; er verstand nicht einmal ansatzweise, was der Alte da vor sich hin plapperte.

»Wirst du sie alle töten?«, fragte ein kleiner Junge aufgeregt, der auf Aydrian zugerannt kam und heftig am ausgefransten Saum seiner dunkelbraunen Jacke zupfte.

Aydrian sah den Jungen fragend an. »Töten? Wen denn?«

»Nikkye, komm sofort her und lass den jungen Mann in Ruhe!«, rief die Mutter des Jungen von einer Veranda ganz in der Nähe.

»Töten? Wen denn?«, wiederholte Aydrian seine Frage, ließ den Hirsch zu Boden gleiten und sah der Mutter offen ins Gesicht.

»Niemand, der mich was angeht«, antwortete sie kurz angebunden, schob Nikkye vor sich ins Haus und schloss sofort die Tür.

Aydrian starrte ein paar Augenblicke auf die verschlossene

Tür, dann schüttelte er seufzend den Kopf und wollte sich gerade umdrehen, um den Hirsch wieder hochzuheben, als er sah, dass ihn einige andere Leute beobachteten, unter ihnen Kazik, mit dem er seit dem Gewinn des Schwertes kein einziges Wort gewechselt hatte. Kazik war über seine Anwesenheit alles andere als erfreut, und Aydrian verstand, dass Eifersucht der Grund für das ablehnende Verhalten des Jungen war. Denn Aydrian besaß, was Kazik und alle jungen Burschen seines Alters sich am meisten wünschten: den Respekt der Männer aus dem Dorf.

»Banditen«, erklärte Kazik, und Aydrian, der sich gerade bücken wollte, um ein Geweihende zu packen, hielt unvermittelt inne. Dass Kazik überhaupt mit ihm gesprochen hatte, war ebenso überraschend wie die Antwort selbst.

»Banditen?«, wiederholte Aydrian.

»Südlich von hier«, erklärte Kazik aufgebracht. »Sie haben einer Gruppe von Reisenden aus Roadapple aufgelauert, keine zwei Tagesmärsche von hier.«

»Den Gerüchten zufolge sind sie auf dem Weg nach Norden, hierher zu uns«, fügte eine von Kaziks Begleiterinnen hinzu, ein hübsches junges Ding mit braunem Haar und sehr dunklen Augen, die Aydrian an die Augen Brynn Dharielles erinnerten.

»Eine ganz üble Bande«, sagte Kazik und sah Aydrian dabei durchdringend an; ganz offensichtlich versuchte er, ihm Angst zu machen. »Einen der Männer haben sie umgebracht; mitten auf der Straße haben sie ihm das Herz herausgeschnitten.«

Kaziks Worte verfehlten die beabsichtigte Wirkung. Aydrian hatte schon von Roadapple gehört und war auf seinen Wanderungen ein paarmal durch das Dorf gekommen. Er hatte sogar schon mit einer Gruppe von Jägern aus der weiter südlich gelegenen Ortschaft gesprochen und sie zu einer Wiese geführt, wo ihm das Lager eines Hirsches aufgefallen war.

Banditen also, dachte er mit klopfendem Herzen, als ihm klar wurde, dass er endlich eine Aufgabe gefunden hatte, für die er sich geeignet hielt, eine, die so unendlich viel sinnvoller war, als Jägern den Weg zu zeigen oder Biberdämme zu sprengen.

»Trag den Hirsch in den Schuppen hinüber, damit er gehäutet werden kann«, sagte Aydrian zu Kazik.

Kazik musterte ihn argwöhnisch.

»Haben die Dorfältesten schon damit begonnen, einen Suchtrupp aufzustellen, um die Räuber zu fassen?«, wollte Aydrian wissen.

»Und wenn schon, dich werden sie bestimmt nicht mitnehmen wollen«, giftete Kazik.

»Sie werden wohl eher versuchen, das Dorf zu sichern«, antwortete die junge Frau. »In der Hoffnung, dass die Banditen auf der Straße bleiben. Dein Hirsch kommt übrigens wie gerufen.«

»Dann bedient euch«, sagte Aydrian, entfernte sich und ließ den Hirsch auf dem Dorfanger liegen. Kurz darauf begegnete er Rumpar und informierte ihn, dass er nach Süden aufbrechen wolle, nach Roadapple und zu den Banditen.

»Ich werde dein Schwert schon zu gebrauchen wissen«, versprach er dem Mann schmunzelnd.

Auf diese Bemerkung hin war kurz ein Blitzen in Rumpars Augen zu sehen, aber es wurde rasch wieder von jenem Zynismus verdrängt, mit dem er Aydrian stets betrachtete, seit der Junge ihn bloßgestellt und ihm das Schwert abgenommen hatte. »Du willst also freiwillig in den Tod rennen«, brummte er. »Und mein Schwert, der Stolz von Festertool, wird gewöhnlichen Dieben in die Hände fallen. Gib es wieder her, Junge, bevor du umgebracht wirst.« Als er geendet hatte, streckte er ihm die Hand entgegen, aber Aydrians einzige Reaktion darauf war ein Blick von eiserner Entschlossenheit, derselbe Blick, mit dem er Rumpar und die anderen angesehen hatte, als er das Schwert gewonnen hatte, ein Blick voller Stärke und Selbstvertrauen.

»Ich werde den Ruhm von Rumpars Schwert mehren, nicht mindern«, erwiderte Aydrian ruhig. »Dabei haben weder du noch das Schwert meine Großmut verdient.«

Mit diesen Worten ließ er Rumpar vor seiner Hütte stehen und ging unter den prüfenden Blicken zahlreicher Dorfbewohner, unter denen bereits Gerüchte die Runde machten, dieser seltsame Junge, Aydrian, wolle ausziehen und Jagd auf die Banditen machen, quer durch das Dorf.

Hinter seinem Rücken vernahm er ihr Getuschel, und als eine Alte zischte: »Er wird noch in den Tod rennen, der Narr!«, fühlte sich einer der stämmigen Jäger aufgefordert, eine noch gehässigere Bemerkung zum Besten zu geben: »Eher schließt er sich diesen Banditen an; ein Glück, dann ist er wenigstens weg!«

Das alles ließ Aydrian ziemlich kalt; und als er sich vorstellte, wie die Stimmung bei seiner Rückkehr umschlagen würde, musste er insgeheim sogar schmunzeln.

Bei seiner triumphalen Rückkehr – davon war er fest überzeugt. Er ließ eine Hand auf das Heft des Schwertes gleiten und schob die andere in den Beutel, der seine weitaus mächtigeren Waffen enthielt.

Sadye und De'Unnero wurden von den Bewohnern Masur Tubers mit offenen Armen aufgenommen; die Menschen des kleinen, abseits gelegenen Dorfes schienen froh über die Ankunft der Neulinge zu sein, auch wenn ein paar meist ältere Frauen empört die Brauen hochzogen und beim Anblick des älteren Mannes mit einer kaum mehr als halb so alten Frau ihr Missfallen durch nicht zu überhörendes Zungenschnalzen bekundeten.

Sie stellten sich vor als Callo und Sadye Crump; ganz offensichtlich fand De'Unnero Gefallen an der feinen Ironie der falschen Namen. Der Vorname war selbstverständlich eine Kurzform seines richtigen Namens, und ihr angenommener Nachname, Crump, verwies unmittelbar auf Bischof Marcalo De'Unneros niederträchtigstes Verbrechen, die Hinrichtung eines Kaufmanns mit Namen Aloysius Crump. Wenn De'Unnero an diesen Namensspielereien seine Freude hatte – schließlich hatte er bereits den Vornamen des ehrwürdigen Vaters Markwart, Dalebert, verdreht und daraus seinen vorherigen Decknamen Bertram Dale gemacht –, so schwelgte Sadye geradezu darin. Die erforderliche Heimlichtuerei, die durchaus ihren Untergang bedeuten konnte, schien den unstillbaren Hunger dieser Frau nach Abenteuer und Gefahr nur noch zu schüren.

Sie wurden mit einem Schwall von Fragen begrüßt, die jedoch nichts Bedrohliches oder übertrieben Neugieriges hatten; es war lediglich eine Gruppe abgeschieden lebender Menschen, die geradezu begeistert waren, Nachrichten aus der Außenwelt zu hören. Und wer wäre geeigneter als die Bardin Sadye, um über die Geschehnisse zu berichten? Als vorübergehende Unterkunft mit der Aussicht auf eine dauerhafte Bleibe überließ man den beiden die verfallene alte Kate eines im Jahr zuvor verschiedenen Dorfbewohners.

Zwei Tage nach ihrer Ankunft, als das Wetter für die Jagd zu schön war und für schwere Feldarbeit viel zu heiß, traf sich ganz Masur Tuber an der verlassenen Kate, und als an jenem Abend die Sonne unterging, war die Hütte wieder bewohnbar.

»Eigener Herd ist Goldes wert – und wie gemütlich es hier ist«, bemerkte De'Unnero mit einem leichten Anflug von Sarkasmus, als die Dorfbewohner sich verabschiedet hatten und er mit Sadye in ihrer neuen Bleibe allein war. »Wir werden uns sofort um die Anschaffung eleganter Möbel kümmern müssen!«

Sadye lachte schallend. »Es ist halt so gemütlich, wie man es sich macht«, sagte sie augenzwinkernd. »Selbst eine einfache Bauernhütte kann ihre Reize haben, denn was zählt, ist nicht, wo man sich befindet, sondern was man tut, solange man dort ist.«

Eine Aufforderung, der nachzukommen De'Unnero größte Lust verspürte.

Als sehr viel später im Kamin vor ihnen ein Feuer brannte und Sadye zarte Weisen über verlorene Liebschaften und gewonnene Kriege sang, konnte De'Unnero sich endlich wirklich entspannen, über seine früheren Heldentaten, seine Irrtümer und sein bisheriges Leben nachdenken und sich sogar überlegen, welchen Weg er als Nächstes einschlagen wollte.

Seine Gedanken begannen um seine derzeitige Begleiterin und ihre erfrischende Weltsicht zu kreisen, und kein Weg erschien mehr unwahrscheinlich oder unbegehbar, und seine Möglichkeiten schienen grenzenlos.

Plötzlich aber, als er sich überlegte, dass er all diese Wege niemals alleine oder nur mit Sadye würde beschreiten können, als er daran dachte, dass ihm stets ein anderes Wesen auf Schritt und Tritt folgen würde, schienen seine Möglichkeiten auf einmal sehr begrenzt.

Er beschloss, stattdessen ihren Gesang und das leise Knistern des Feuers zu genießen und gar nicht erst zuzulassen, dass seine Enttäuschungen die dunklere Seite seines Wesens ans Tageslicht brachten.

Mittlerweile hatte er mehr als fünfzehn Meilen zurückgelegt und vermutete, dass er sich in der Nähe von Roadapple befand; trotzdem sah Aydrian nirgendwo einen Hinweis auf irgendwelche Banditen. Die einzige Straße lag wie verlassen da, wie schon die ganze Zeit auf seinem Weg nach Süden.

Als er schließlich in Sichtweite der Ortschaft kam, die sich in eine enge, bewaldete Senke zwischen zwei flachen Hügelkuppen schmiegte, bog er nach Osten ab. Womöglich hatten die Banditen auf der in südlicher Richtung aus Roadapple herausführenden Straße Posten bezogen, also wandte er sich, nachdem er das Dorf komplett umgangen hatte, nach Süden und folgte der Straße, die jetzt wieder zu sehen war.

Am Straßenrand bemerkte Aydrian eine Bewegung im Unterholz; in dem sicheren Gefühl, seine Beute aufgespürt zu haben, fing Aydrian breit zu grinsen an. Unbekümmert setzte er seinen Weg fort, eine Hand locker auf dem Knauf des Schwertes in seinem Waffengurt, in der anderen einen Graphit und einen Ladestein. Zuerst konzentrierte er sich ganz auf den Graphit, bereit einen betäubenden Blitz auszusenden, sollte der Feind sich auf ihn stürzen.

Und genau das taten sie, als er gemächlichen Schritts weiterging. Mehr als ein Dutzend Männer, etliche von ihnen mit Bogen in den Händen, brachen unter lautem Gebrüll aus ihrem Versteck hervor; ein paar von ihnen warfen sich sofort auf ihn.

Aydrian setzte die Energie des Graphit frei, nicht etwa als konzentrierten, alles vernichtenden Lichtblitz, wie er es gelernt hatte, sondern als betäubende Kraft, die er knisternd in die Luft ringsum verstrahlte.

Einige der Angreifer strauchelten und stürzten, allen voran jene, die sich hatten auf ihn werfen wollen und plötzlich feststellen mussten, dass ihre Beine ihnen nicht mehr gehorchten. Einer der Bogenschützen ließ einen Pfeil von der Sehne schnellen, der sich nahezu senkrecht in die Höhe schraubte; ein anderer stand zitternd da, während ihm der Pfeil aus den Fingern glitt und vor seinen Füßen landete.

Siegesgewiss zog Aydrian sein Schwert, rannte los und näherte sich rasch den beiden scheinbar hilflosen Männern.

Plötzlich blieb er stehen und … betrachtete sie entgeistert; auf einmal sah er sie nicht mehr als Banditen, sondern als Bauern und Jäger. Er wurde sich seiner Verwundbarkeit bewusst, lief sofort weiter, packte den nächstbesten Mann am Kragen und drückte ihm die Schwertspitze an den Hals.

»Wer bist du?«, fuhr er ihn an.

»So erschießt ihn doch!«, brüllte der völlig verängstigte Mann. »Tötet ihn; das ist bestimmt der Kerl, der dem alten Tellie das Herz herausgeschnitten hat!«

Einen kurzen Moment riss Aydrian verwirrt die Augen auf, dann plötzlich dämmerte ihm, was sich hier tatsächlich abspielte. Das waren keine Banditen, sondern eine Gruppe von Männern aus Roadapple, die ausgezogen waren, um die Straße zu sichern.

»Halt! Halt! Moment!«, schrie Aydrian, augenblicklich von dem Dorfbewohner ablassend. »Ich bin kein Straßenräuber; ich bin genau wie ihr unterwegs, um die Gegend von diesem Ungeziefer zu befreien! Mein Name ist Aydrian ... ich bin Tai'maqwilloq, der Hüter von Festertool, Beschützer dieses Landstrichs.«

Die Gesichter rings um ihn nahmen einen zweifelnden, verwirrten Ausdruck an, aber immerhin hielten die Bogenschützen ihre Pfeile zurück, und ein paar von ihnen senkten sogar ihren Bogen.

»Von dem hab ich schon gehört«, sagte einer der Männer nach kurzem, betretenem Schweigen. »Er hat den Fluss wieder freigeräumt. Das warst du doch, oder?«

Sein Schwert weit von sich haltend, vollführte Aydrian rasch eine tiefe Verbeugung.

»Pah«, schnaubte der Mann, den Aydrian soeben losgelassen hatte, »das ist doch noch ein Junge.«

»Ein Junge schon, aber mit unheimlichen Kräften«, fiel ihm ein anderer ins Wort. »Du hast die betäubende Kraft doch gespürt. Wie stellst du das eigentlich an, Junge?«

Aydrian setzte eine selbstsichere Miene auf. »Ihr könnt ruhigen Gewissens nach Roadapple zurückkehren; die Straße wird bald wieder sicher sein.«

»Klar, dafür werden wir schon sorgen«, fauchte der Mann, den er losgelassen hatte, offenkundig in seinem Stolz verletzt.

»Ganz wie ihr wollt«, erwiderte Aydrian und machte eine weitere Verbeugung. »Legt euch von mir aus auf die Lauer, aber ich werde mich nicht daran beteiligen.«

»Hat dich überhaupt einer gefragt?«

»Aber ihr werdet mich wiedersehen«, versprach Aydrian, die Bemerkung bewusst überhörend. »Ihr werdet schon noch merken, was es wirklich mit Tai'maqwilloq, dem Nachtfalken, auf sich hat.«

»Toller Name«, hörte Aydrian einen Mann brummen, als er sein Schwert in seinen Gürtel zurückschob und Anstalten machte, sich zu entfernen. Daraufhin hellte sich seine Miene auf, schließlich war er fest entschlossen, diesem stolzen Titel in jeder Hinsicht Ehre zu machen.

Den Rest des Tages und den nächsten verbrachte er damit, die Gegend nach Spuren der Banditen abzusuchen; zu seiner Bestürzung konnte er aber keinen eindeutigen Hinweis entdecken. Entweder befanden sich die Straßenräuber nicht mehr in der Gegend, und das schon seit einer ganzen Weile, oder sie verstanden sich darauf, ihre Spuren zu verwischen.

Enttäuscht schlug Aydrian nach einem weiteren ergebnislosen Tag an jenem Abend sein Lager auf einer kleinen Erhebung unter freiem Himmel auf und entzündete ein loderndes Feuer. Er wollte sich bewusst zur Zielscheibe machen, doch dann fiel ihm ein, dass ein allzu offensichtliches Vorgehen die Banditen womöglich auf die Idee bringen könnte, er und sein Lager seien nichts weiter als Lockvögel. Es war Verzweiflung, die die Flammen seines Lagerfeuers auflodern ließ, und erst in diesem Augenblick wurde Aydrian so recht bewusst, wie sehr er die Straßenräuber finden wollte – nein, nicht wollte, musste. Da bot sich ihm die erste Gelegenheit, sich von der breiten Masse der gewöhnlichen Menschen abzuheben, und schon beschlich Aydrian die Ahnung, dass solche Gelegenheiten in Friedenszeiten rar gesät sein würden.

Vor lauter Aufregung lief er bis spät in die Nacht unruhig

auf und ab. Nach einer Weile aber gab er die Möglichkeit, sein Lichtschein könnte die Räuber anlocken, als aussichtslos auf und ließ das Feuer langsam ausgehen. Aber je weiter die Flammen herunterbrannten, desto mehr schien seine Verzweiflung zuzunehmen, bis sich Aydrian schließlich seufzend eingestand, dass er im Begriff war, seine klare Linie zu verlieren, jene Ruhe, die ein Krieger brauchte, um auch in Krisenzeiten einen klaren Kopf zu bewahren und in seiner Konzentration nicht nachzulassen. Kurz darauf entdeckte er ein bequemes Plätzchen, wo er sich ausstrecken konnte, und griff zu seinen magischen Steinen, um sich der besänftigenden und verlockenden Wirkung des Hämatits hinzugeben.

Er benutzte die Magie des Steins genauso, wie er sie beim Orakel benutzt hatte: um tiefer in sich zu gehen, seine aufrichtigen Gefühle zu benennen und diese Gedanken dann in positivere Bahnen zu lenken.

Aber dann geschah etwas, das der junge Mann nicht recht verstand: Der Stein zog ihn immer tiefer in seine Magie, schien ihn zu bitten, in jenen grauen Strudel einzutreten und so seinen Körper zu verlassen.

Bestürzt und erschrocken wich Aydrian zurück. Allein die Vorstellung, er könnte seinen Geist vom Körper trennen, machte ihm eine Heidenangst – war das nicht das Reich des Todes? Zumal es völlig anders war als damals, als er kurz in die Sphäre des Geistes eingedrungen war, um mit Lady Dasslerond zu kämpfen. Nein, diesmal würde er seinen Körper wirklich verlassen, und zwar voll und ganz.

Trotz seiner sehr realen Bedenken sperrte er sich nicht völlig gegen den Stein, sondern ließ sich auch weiterhin von seiner Magie umwirbeln und umgarnen, sodass er der dunkleren Seite des Hämatits näher auf den Grund gehen konnte. Lange, sehr lange, saß Aydrian da, blind gegen die möglicherweise katastrophalen Folgen seiner Trance, sollten die Banditen in diesem Augenblick seinen Lagerplatz stürmen und ihn erdolchen. Körperlich wie gelähmt näherte er sich immer mehr der schmalen Öffnung und versuchte, insgeheim darauf hoffend, einen Blick ins Jenseits, in das Reich des Todes werfen zu können, durch sie hindurch zu schauen.

Er ging noch ein Stück näher heran, sodass die Öffnung noch ein wenig weiter wurde, und riskierte einen Blick.

Er riskierte einen Blick – und ließ sich von seiner Neugier fast blindlings in den verlockenden und gefährlichen Tunnel ziehen.

Schließlich löste er sich von seinem Körper – scheinbar ganz plötzlich, obwohl in Wirklichkeit über eine Stunde vergangen war –, stand auf der anderen Seite des Lagerfeuers und starrte auf seine reglos dasitzende Körperhülle.

Als sich der erste Schreck gelegt hatte, merkte Aydrian, dass er jederzeit nach Belieben in seinen Körper zurückkehren konnte. Er sah den Weg geradezu vor sich, ein glühender, winziger Punkt in der dunklen Welt des Geistes. Dort befand sich der Hämatit, der ihm das Tor aufhielt, und die Gewissheit, jederzeit umkehren zu können, ließ Aydrians Ängstlichkeit allmählich schwinden. Kurz darauf kehrte er seiner Körperhülle den Rücken zu und betrachtete seine Umgebung mit den Augen des Geistes. Seine Angst war wie verflogen; er fühlte sich frei, freier als er es jemals für möglich gehalten hätte. Er fragte sich, warum ihm die Touel'alfar diesen Aspekt des Hämatits niemals offenbart hatten. Vielleicht kannten sie ihn selber nicht, oder Lady Dasslerond hatte Angst gehabt, ihm diese Kraft zu zeigen, weil sie befürchtete, er könnte mit ihrer Hilfe aus dem Tal fliehen und sich damit ihrer Kontrolle entziehen.

Denn instinktiv war ihm sofort klar, dass er fliegen konnte; sein Geist konnte auf der abendlichen Brise oder auch aus eigenem Antrieb hinauf in die Lüfte steigen. Er probierte es aus, umrundete in weitem Bogen den kleinen Hügel, sah und spürte auf diesem kleinen Ausflug den Geist sämtlicher Tiere der näheren Umgebung, spürte ihre schiere Lebensenergie – ein verblüffendes Gefühl erweiterter Wahrnehmung, das den jungen Aydrian in absolute Verzückung versetzte.

Und ihn auf einen Gedanken brachte.

Er schwebte davon, sah mit den Augen seines Geistes, *fühlte* mit dem Empfindungsvermögen seines Geistes. Alles Leben um ihn herum – die Bäume, das Gras und die Tiere – hinterließ bei ihm seine Spuren, und schon bald vermochte Aydrian selbst die feinen Abstufungen in den Arten des Geistes zu unterscheiden. Bereits wenige Minuten nach Beginn seiner geistigen Wanderschaft konnte Aydrian zwischen einem Eichhörnchen und einem Reh unterscheiden, ohne die Tiere überhaupt zu sehen.

Allein kraft eines einzigen Gedankens legte er gewaltige Strecken zurück. Er wanderte mitten durch Roadapple, wo trotz der späten Stunde noch immer ein paar Wachposten auf den Beinen waren. In diesem Augenblick lernte Aydrian einen weniger schönen Aspekt seiner geistigen Wanderung kennen; er verspürte den ebenso plötzlichen wie unkontrollierbaren Drang, in eine dieser Körperhüllen einzudringen, den Geist des Betreffenden zu vertreiben und dessen Körper für sich zu beanspruchen. Um ein Haar hätte er es sogar getan; er wusste, dass er nur auf geringen Widerstand stoßen würde, war aber klug genug, sich zu beherrschen und der Versuchung zu widerstehen, denn ihm fiel ein, dass der vertriebene Geist früher oder später in seinen Körper zurückkehren und die Inbesitznahme vielleicht noch so gut in Erinnerung haben würde, dass er den Eindringling identifizieren konnte. Und das entsprach nicht dem Ruf, den Nachtfalke sich im Grenzland verdienen wollte.

Das dringende Bedürfnis, den Ort der Versuchung weit hinter sich zu lassen, drängte ihn, das Dorf eilends zu verlassen, denn bei aller Hartnäckigkeit und allem Selbstbewusstsein – Aydrian spürte, dass er hier ernsthaft in Gefahr geraten konnte.

Eine volle Stunde schwebte Aydrians Geist noch durch die Wälder rings um Roadapple – er glaubte schon, es sei an der Zeit, in seinen Körper zurückzukehren –, als er den Lichtschein eines fernen Lagerfeuers sah, die Ausdünstungen menschlichen Lebens witterte und eine sogar noch stärkere geistige Wahrnehmung empfing.

Ungeduldig schwebte er heran und ließ sich in den Baumwipfeln oberhalb des kleinen Lagerplatzes nieder. Er sah fünf schmutzige, unrasierte Männer und zwei ebenso verwahrlost wirkende Frauen, denen er jedoch kaum Beachtung schenkte, denn dort, an einen Baum gelehnt, bot sich ihm ein Anblick, der Aydrians kühnste Hoffnungen übertraf: Dort stand, lachend und scherzend, ein Riese. Schnell wurde deutlich, dass dieses Ungetüm der Kopf der Bande war, oder zumindest, dass das Ungeheuer sich von den anderen nichts sagen ließ.

Aydrian blieb eine Weile in der Nähe, lauschte auf ihre Frotzeleien und überzeugte sich, dass es sich tatsächlich um jene Bande handelte, die die ganze Gegend terrorisierte. Während er dort oben in den Ästen hockte und beobachtete, holten drei der Banditen ihre unrechtmäßig erworbene Beute hervor und begannen, mit geschnitzten Knochensplittern um sie zu spielen. Aydrian sah ihnen noch eine Weile zu, versuchte sich von jedem der Diebe ein Bild zu machen und ihre Stärken und Schwächen zu erkennen. Dann verließ er hastig seinen Ausguck und schwebte zurück in seinen Körper. Ursprünglich hatte er ausschlafen und die Diebesbande am nächsten Morgen angreifen wollen, doch er war viel zu aufgekratzt, um an Schlaf auch nur zu denken, und schon bald verließ er seinen Lagerplatz und schlug den kürzesten Weg zu den Räubern ein.

Im Gehen spielte er mit den magischen Steinen und versuchte, sich einen Angriffsplan zurechtzulegen. Sieben Menschen erwarteten ihn, bösartige und erfahrene Totschläger – ganz zu schweigen von ihrem kräftigen, zwanzig Fuß großen Kumpan!

Ja, die Steine würden in diesem Kampf zum Einsatz kommen müssen, entschied Aydrian, und zwar auf durchschlagendere Weise als bei den Straßenposten in Roadapple. Er überlegte, ob er im Stande wäre, einen Blitz zu erzeugen, kraftvoll genug, um einen Riesen niederzustrecken. Er war sich nicht sicher. Aber das würde ihn nicht von seinem Vorhaben abhalten. Wenn überhaupt, dann stärkte ihn die Erkenntnis, dass es sich bei dieser Truppe um äußerst schwierige Gegner handelte, nur noch in seinem Entschluss, gegen die Bande vorzugehen.

Der Morgen war längst angebrochen, als er in die Nähe ihres Lagerplatzes gelangte, und er war drauf und dran zu überlegen, ob er ein abgeschiedenes Plätzchen suchen und sich abermals der Magie der Steine überlassen sollte. Bevor er dazu kam, ernsthaft darüber nachzudenken, musste er schon erfahren, dass er die Straßenräuber nicht länger zu suchen brauchte.

»Bleib stehen, wo du bist!«, forderte ihn barsch eine Stimme auf, woraufhin einer der Männer, die er am Vorabend beobachtet hatte, genau vor ihm mitten auf den Pfad trat, einen langen Krummdolch in der Hand. »Welche Schande, ein so junges Bürschchen wie dich aufschlitzen zu müssen.«

»Was wollt Ihr?«, rief Aydrian, den Ahnungslosen spielend. Er zog sein Schwert, den Graphit fest mit der Waffenhand gegen den Knauf gepresst. Seine andere Hand verschwand in seiner Tasche und umfasste den Ladestein.

Eine seitliche Bewegung erregte seine Aufmerksamkeit, er tat jedoch gut daran, sich nicht ansehen zu lassen, dass er das leise Rascheln bemerkt hatte. Aus dem Augenwinkel erspähte er einen zweiten Mann mit einem langen Speer in der Hand, den er zuvor zu den stärksten der Gruppe gerechnet hatte. Aydrian ließ seine Gedanken durch den Ladestein fließen und versuchte zu fühlen, ob der Mann vielleicht Metall am Körper trug. Er spürte die Abstrahlungen mehrerer Einzelstücke, wahrscheinlich ein Anhänger, den der Mann um den Hals trug.

»He, bring ihn nicht um«, ließ sich eine weibliche Stimme hinter Aydrian vernehmen. Er war ziemlich überrascht – und beeindruckt –, dass sich jemand von hinten an ihn hatte heranschleichen können. »Der Schatz gehört mir, ich würde ihn gern noch etwas behalten.«

Es folgte Gelächter – von der anderen Frau, wie Aydrian sofort wusste.

Demzufolge hatte er einen Gegner vor sich, einen seitlich und zwei in seinem Rücken. Blieben drei Männer, deren Verbleib ihm unbekannt war, und, für Aydrian viel wichtiger, auch der Riese hatte sich noch nicht blicken lassen.

»Leg einfach alle deine Waffen, deine Habseligkeiten und deine Kleider ab, Junge«, rief ein weiterer Mann von der anderen Seite. »Vielleicht lassen wir dich anschließend laufen, und wenn unserer Danyelle hier gefällt, was sie sieht, nehmen wir dich vielleicht sogar mit.«

Aydrian verharrte vollkommen bewegungslos, ließ nur seine Gedanken in die Edelsteine fließen, damit ihre Kräfte sich sammeln konnten. Bögen hatte er keine gesehen, weder hier noch am Abend zuvor im Lager, trotzdem fand er, dass eine begrenzte Schockwelle genau das Richtige wäre, um den Reigen zu eröffnen.

»Bist du taub, Junge?«, schrie der Kerl auf dem Pfad vor ihm und machte einen Schritt auf ihn zu, woraufhin sich ein weiterer Mann aus seinem Versteck im Baum hinter ihm fallen ließ. »Legst du jetzt deine Sachen ab, oder sollen wir dich in Stücke hacken?«

Fehlt noch einer, überlegte Aydrian – und noch immer keine Spur von dem Riesen.

»Bist du taub, Bursche?«, wiederholte der Kerl unmittelbar vor ihm deutlich wütender; es schien, als könnte er jeden Augenblick die Beherrschung verlieren. Er rückte jetzt entschlossener vor und schwang sein Messer.

Aydrian vernahm ein leises Geräusch in seinem Rücken

und duckte sich instinktiv, als ein Pfeil an ihm vorbeizischte. Sofort richtete sich der junge Hüter wieder auf und sandte seine alles betäubende Schockwelle aus, um gleich darauf die Energien des Ladesteins zu bündeln, dessen Strahl auf den Anhänger zu richten und zu feuern. Er war so schnell, dass die Luft mit lautem Knall zerriss, dann traf er sein Ziel, den Mann rechts von Aydrian, und der junge Hüter wusste, dass er von ihm nichts mehr zu befürchten hatte.

Während alle anderen noch unter der Wirkung der Schockwelle wankten, zog Aydrian sein Schwert, warf sich mit einem Satz nach vorn, traf den langen Dolch innen mit der flachen Klinge und drückte ihn zur Seite. Ein schneller Schritt, perfekt ausbalanciert und überraschend, ganz nach Art des *Bi'nelle dasada*, und Aydrian war in Reichweite und stieß mit seinem Schwert kräftig zu. Der Straßenräuber konnte noch abtauchen, sodass ihn die Klinge statt in die Brust nur an der Schulter traf, trotzdem stürzte er zu Boden, fing an zu brüllen und presste beide Hände auf die heftig blutende Wunde.

Aydrian ließ den Mann liegen und rannte zu dessen Kumpan, der noch immer unter dem Baum stand. Der Hüter blieb kurz stehen, wirbelte herum und sah die beiden Frauen und den Mann zu seiner Linken auf sich zustürzen.

Hartnäckig, dachte er. Er vollführte abermals eine volle Drehung und begegnete der Attacke des vor ihm stehenden Mannes, dessen Schwert in weitem Bogen schräg von der Seite auf seinen Hals zuraste. Der Angriff erschien dem jungen, von den Touel'alfar so vortrefflich ausgebildeten Krieger ein wenig unbeholfen. Er drehte sich zur Seite, als wollte er den Hieb parieren, um sich im allerletzten Augenblick in eine geduckte Haltung fallen zu lassen, so tief, dass sein Hintern fast den Boden berührte, woraufhin der überraschte Straßenräuber das Gleichgewicht verlor, als seine Klinge von rechts nach links ins Leere schlug.

Der Mann rang noch mit seinem Gleichgewicht, als Aydrian sich bereits wieder aufgerichtet hatte und spürte, wie sich sein bereits blutverschmiertes Schwert abermals und diesmal bis zum Heft in einen Leib bohrte. Der Mann stand jetzt unmittelbar vor Aydrian, Augen und Mund vor Staunen weit aufgerissen. Aber nicht vor Schmerz, wie Aydrian zu seiner Verwunderung feststellte, dabei konnte er sein bluttriefendes Schwert deutlich aus dem Rücken ragen sehen.

Aydrian sah den Blick des Mannes brechen und spürte, wie sich ihm der Magen umdrehte. Er musste seine Übelkeit jedoch fürs Erste unterdrücken, da die anderen rasch näher kamen. Er stieß den Toten zurück und riss sein Schwert heraus, wirbelte herum und ging in Stellung.

Die restlichen drei stürzten sich mit wütendem Gebrüll auf ihn, hielten dann aber schlagartig inne.

Wo steckte der Riese?

Eine der beiden Frauen begann, den Toten lauthals zu beweinen; die andere sah Aydrian eiskalt in die Augen. »Jetzt bist du dran, mein Junge«, sagte sie ruhig, fast gelassen. »Erst hack ich dir die Finger einzeln ab, und dann die Zehen – «

Plötzlich lösten sich Aydrians Gedanken von ihren Worten; es waren allein seine Instinkte, die ihn warnten, als er das seltsame Verhalten dieser drei plötzlich im Zusammenhang sah. Er drehte sich nach rechts und sah einen riesigen Stein in hohem Bogen auf sich zurasen, ein perfekt gezielter Schuss, der ihn mit Sicherheit zermalmen würde. Zum Ausweichen oder Ducken war es zu spät, und ganz bestimmt hatte er keine Chance, den Felsbrocken zu parieren oder abzulenken.

Also riss er abermals die Schwerthand hoch und legte alle magische Energie, die er aufbieten konnte, in den Graphit.

Der Blitz zuckte, zertrümmerte den Stein und ließ ihn in tausend umherfliegende Splitter zerschellen. Die Erschütterung riss Aydrian und die drei Straßenräuber von den Beinen. Der noch verbliebene Mann, der das Pech hatte, genau unter der Explosion zu stehen, sowie eine der Frauen schrien vor

Schmerzen, als der Hagel aus Gesteinssplittern über ihnen niederging.

Auch Aydrian bekam ein paar schmerzhafte Trümmer ab, rappelte sich aber schnell wieder auf.

Er bemerkte die Frau kaum, die ein kleines Stück entfernt wieder auf die Beine kam, denn jetzt brach das Ungetüm Bäume rüttelnd und Äste knickend unter wüstem Gebrüll durch das Unterholz.

Der junge Hüter stellte sich dem Angriff und rief sich in den wenigen Sekunden, bevor sie aufeinander prallten, alles Gelernte noch einmal in Erinnerung: die Kampfstrategien, die fließenden Bewegungen und vor allem die nötige Ruhe.

Und schon griff der brüllende Riese an, einen Knüppel schwingend, der eher an einen entwurzelten Baum erinnerte. Aydrians Instinkte, oder vielleicht auch ganz einfach seine Angst, rieten ihm, zurückzuweichen und Reißaus zu nehmen, aber er unterdrückte diesen Drang und griff stattdessen selber an, warf sich mit einem Hechtsprung in die Reichweite des Knüppels und rollte sich ab. Geschmeidig und kontrolliert kam er nach seinem mächtigen Satz zwischen den Beinen des Riesen wieder auf die Füße, stieß mit seinem Schwert nach rechts und traf den Riesen in der Wade.

Wie gerne hätte er jetzt eine Elfenklinge gehabt! Denn Rumpars eher gewöhnliches Schwert drang kaum bis durch die Haut, und Aydrian hatte nicht genug Zeit, stehen zu bleiben und die Klinge tiefer hineinzustoßen.

Er warf sich durch die Lücke zwischen den Beinen des Ungeheuers und kam gerade rechtzeitig wieder auf die Füße, um sich zur Seite zu schmeißen und dem wuchtigen Schlag des Riesenknüppels auszuweichen. Was folgte, glich einem eigenartigen Tanz; Aydrian warf sich von einer Seite auf die andere, rollte sich über einen Riesenfuß, landete auf seinen Füßen und blieb immerzu in Bewegung, dem stampfenden und mit dem Knüppel um sich dreschenden Riesen scheinbar stets einen Schritt voraus. Und bei jeder Drehung, bei jedem Stellungswechsel brachte er einen Stich oder Schnitt an, der den Riesen wütend aufbrüllen ließ, ansonsten aber kaum Schaden anrichtete.

»Irgendwann wirst du schon müde werden, du Zwerg!«, versprach ihm das Monster, und es fiel Aydrian schwer, dieser Einschätzung nicht zuzustimmen, denn seine Bewegungen mussten ausnahmslos schnell und präzise sein und waren eher eine Frage kluger Voraussicht als geschickten Reagierens – zumal er wusste, dass er das Ungetüm kaum verletzte. Sicher, er versetzte ihm Nadelstiche, brachte ihm aber keine Wunden bei, die ihn jemals zu Fall bringen würden.

Er täuschte eine weitere Hechtrolle an, hielt dann aber schlagartig inne, drehte sich, taumelte wieder auf den Riesen zu und zuckte innerlich zusammen, als er hörte, wie der Knüppel – mit Sicherheit wuchtig genug, um ihn zu zermalmen – ihm seinen ursprünglichen Weg abschneidend auf den Erdboden drosch. Aydrian entschloss sich, ein Wagnis einzugehen. Er stürzte sich auf das Bein des Riesen, bohrte ihm das Schwert mit voller Wucht in die Ferse und brachte ihm damit die bislang schwerste Verletzung bei.

Er musste seinen Erfolg jedoch mit einem Tritt bezahlen, der ihm glatt die Beine unter dem Körper wegriss, sodass er auf allen vieren landete. Er hörte, wie die Frau hinter ihm in Jubel ausbrach, sah, wie sein Beutel davongeschleudert wurde, aufging und seine Edelsteine ringsum über die Erde kullerten. Einen bekam er noch mit seiner freien linken Hand zu fassen, dann ließ er, immer noch auf allen vieren, sein Schwert los, um einen weiteren, den Komplementärstein, an sich zu reißen.

Der Riese setzte ihm mit Gebrüll nach, den Knüppel hoch über den Kopf erhoben. Schließlich aber ging das Gebrüll in erstauntes Grunzen über, als er sah, wie Aydrian plötzlich in bläulichweißem Licht erglühte.

Sekundenbruchteile später, der Riese hatte bereits zum tödlichen Schlag angesetzt, explodierte der Feuerball.

Der Riese heulte auf, ließ seinen qualmenden Knüppel fallen und schlug mit beiden Händen nach den Flammen, die sich schmerzhaft in seinem dichten Haarschopf festgesetzt hatten. Brüllend vor Schmerz und Verwirrung wollte er die Flucht ergreifen.

Aydrian schnappte sich einen weiteren Stein, hob sein Schwert vom Boden auf und rannte ihm hinterher. Als er ihn eingeholt hatte, sprang er in die Luft, erwischte den Gürtel des Riesen und zog sich daran hoch. Ein mächtiger Klimmzug, und der junge Hüter kniete auf der Schulter des benommenen und verwirrten Monsters; er packte sein Schwert am Heft mit beiden Händen, riss es hoch und stieß zu wie mit einem Dolch; seine fein ausgeprägten Muskeln spannten sich und bohrten das Schwert seitlich in den Hals des Riesen. Nachdem er die Bewegung zu Ende geführt hatte, ließ Aydrian die Klinge los, kippte in einer Vorwärtsrolle auf die Brust des Riesen, bekam dessen qualmende Jacke zu fassen und hangelte sich zur Seite hinüber. Kaum auf der Erde, rannte er auch schon los, um aus der Reichweite des Riesen zu gelangen. Doch die Sorge war unbegründet, denn der Riese setzte seine Flucht fort und versuchte gleichzeitig, sich das Schwert mit beiden Händen aus dem Hals zu ziehen. Was ihm schließlich auch gelang; er schleuderte es von sich und riss beide Hände wieder hoch, um den nun hervorsprudelnden Blutschwall einzudämmen.

Beiläufig hob Aydrian den Arm, zielte auf den Rücken des Riesen, ließ seine Gedanken in den Graphit einfließen und traf das fliehende Ungetüm mit einem gleißenden Lichtblitz genau ins Kreuz. Zäh wie er war, wankte der Riese, fiel aber nicht, sondern rannte weiter.

Aydrian schleuderte ihm einen weiteren Lichtblitz hinterher, schließlich einen dritten. Jetzt strauchelte der Riese, sackte auf die Knie und kippte weiter nach vorn, bis er mit dem

Gesicht voran krachend gegen einen Baum prallte und diesen fast entwurzelte.

Aydrian wartete einen Augenblick, um sich zu vergewissern, dass der Riese auch wirklich tot war, dann sah er sich nach der mittlerweile in Tränen aufgelösten Frau um, die ihre Gefährtin in den Armen hielt, und nach dem Mann mit der zerfetzten Schulter, der sich vergeblich aufzurichten versuchte.

Ein wachsames Auge auf die beiden haltend, sammelte der junge Hüter seine herausgefallenen Steine wieder ein und holte sein blutverschmiertes Schwert. Immer noch auf der Hut, fiel ihm ein, dass der Verbleib eines der Straßenräuber noch immer ungeklärt war.

Als Aydrian wieder zurückkam, stand der Schwerverletzte da und musterte ihn aus wütend funkelnden Augen. Er hob seinen unversehrten Arm, als wollte er zuschlagen oder eine obszöne Geste machen; Aydrian wartete jedoch nicht ab, um es herauszufinden, sondern versetzte dem Mann einen Stoß gegen die Brust, der ihn der Länge nach zu Boden schickte.

»He, wer bist du überhaupt?«, fuhr ihn die Frau an.

Aydrian reagierte nicht und ging zu dem Mann, den er zuerst attackiert hatte. Der Mann lehnte an einem Baum, und schon im Näherkommen konnte Aydrian erkennen, dass er tot war. Der Ladestein war mit voller Wucht auf das metallene Medaillon geprallt und hatte es dem Mann an die Kehle gedrückt, war dann offenbar beim Durchschlagen des Metalls abgelenkt worden, denn er hatte dem Mann den gesamten Hinterkopf weggerissen, sodass der Baum über und über mit Blut und Hirnmasse bespritzt war.

Aydrian versuchte auch weiterhin, methodisch vorzugehen. Behutsam schob er den Mann zur Seite, um seinen Stein wiederzubekommen. Aber erst als er an dem Baum herumtastete, in dessen Stamm sich der Ladestein gebohrt hatte, wurde ihm wirklich bewusst, was er angerichtet hatte.

Er hatte getötet. Er hatte *Menschen* getötet. Ganz sicher zwei, und wahrscheinlich sogar noch einen Dritten, wie ihm jetzt aufging, als er die Auswirkungen des Drucks und die Trümmer von der Sprengung des Felsbrockens unmittelbar über dem Kopf des Mannes bedachte. Und zu allem Überfluss hatte er sehr wahrscheinlich auch noch eine Frau getötet, nach dem Gejammer der anderen zu schließen. In diesem Augenblick überkam Aydrian eine Flut aus tausend widersprüchlichen Gefühlen, angefangen bei Schuldgefühlen über Zerknirschung bis hin zu völliger Hilflosigkeit. Er versuchte zwar, diesen Gedanken sofort zu verdrängen, trotzdem kam er sich plötzlich vor, als hätte er sich soeben eigenhändig vom Sockel seiner Rechtschaffenheit gestoßen.

Der junge Hüter atmete tief durch und schalt sich wegen seiner vorübergehenden Schwäche. Alle Menschen müssen sterben, sagte er sich, und diese Bande hatte sich ihr Schicksal selbst zuzuschreiben.

Unter wütendem Ächzen hackte Aydrian tiefer in den Stamm und löste den Ladestein heraus. Dann riss er sich von diesem blutigen Ort des Schreckens los und lief zurück zu der Frau und dem Verwundeten.

»Steht auf«, fuhr er sie an.

»Du hast sie umgebracht!«, wimmerte die Frau.

»Steh auf, sonst leistest du ihr gleich Gesellschaft«, versprach Aydrian ihr mitleidlos, packte sie an der Schulter und zog sie auf die Beine. »Du auch«, wies er den Mann an.

»Was hast du mit uns vor?«, wollte die Frau wissen.

»Ihr beide geht nach Roadapple«, erklärte Aydrian. »Ich werde euch hinbringen und euch dann alleine ins Dorf gehen lassen, wo ihr euch den Bewohnern ergebt. Ihr werdet euch schuldig bekennen, dieser Bande von Straßenräubern anzugehören; wie ihr eure Rolle innerhalb der Bande schildert, soll mich dabei nicht weiter interessieren. Vielleicht bringen sie euch um, vielleicht lassen sie auch Gnade walten. Auch das interessiert mich nicht.«

»Wie großzügig«, brummte der Mann, aber Aydrian brachte ihn mit einem zornigen Blick zum Schweigen.

»Alles, was ich von euch verlange, ist, dass ihr die Einwohner von Roadapple an diesen Ort führt und ihnen erklärt, wer ihr Dorf vor den Untaten eurer Mörderbande gerettet hat.«

»Und wer bist du?«, wollte die Frau wissen.

»Sagt ihnen, es sei Nachtfalke gewesen, der Hüter von Festertool.«

Die Frau wollte schon verächtlich schnauben, als Aydrian mit einer solchen Plötzlichkeit vor ihrem Gesicht auftauchte, dass ihr der Atem stockte. »Entweder du tust, was ich dir sage, oder du bist tot«, versprach er ihr und stieß sie vor sich her, in Richtung Dorf.

»Und wo steckt euer fehlender Kumpan?«

»Du hast uns alle erwischt«, erwiderte der Verwundete, woraufhin ihm Aydrian einen Tritt versetzte, der ihn der Länge nach in den Staub schickte; er brüllte vor Schmerzen, als seine aufgerissene Schulter über den Boden schrammte.

»Wo steckt euer letzter Kumpan?«, wiederholte Aydrian.

Die Frau bedachte ihn mit einem kalten, hasserfüllten Blick. »Er kundschaftet die Gegend aus«, antwortete sie. »Er kann überall stecken.«

Aydrian lächelte dünn. Überall, na klar; wahrscheinlich befand er sich auf dem Weg, den Aydrian gekommen war, denn jemand hatte die Bande vor seinem Kommen gewarnt.

Seine beiden Gefangenen im Schlepptau, verließ er seinen eingeschlagenen Kurs und ging denselben Weg zurück, der ihn zu den Banditen geführt hatte. Und tatsächlich, kurz darauf erspähte er das letzte Bandenmitglied. Er hockte in einem Baum; offensichtlich hatte er die Absicht, Aydrian aus dem Hinterhalt anzugreifen.

Also ging der junge Hüter einfach geradeaus weiter und lief, die Frau vor sich herstoßend, und den Mann hinter sich herzerrend, genau unter dem Baum hindurch.

Der Schurke sprang, doch Aydrian bewegte sich bereits, als er zum Sprung ansetzte, trat blitzschnell einen Schritt zurück und stieß den Verwundeten in die Sprungbahn seines Gefährten. Die beiden stürzten in einem Knäuel zu Boden, woraufhin Aydrian an den beiden vorbeilief und die Frau mit einem heftigen Stoß zu Boden schickte. Dann lief der Hüter zum Baum, rannte mit drei schnellen Schritten am Stamm hinauf, warf sich rücklings in einen Überschlag, streckte blitzschnell seinen Körper, traf den heimtückischen Angreifer mit einem Doppeltritt gegen Brust und Gesicht und warf ihn abermals zu Boden.

Kurze Zeit später spazierten drei Banditen in das Dorf Roadapple und erzählten die Geschichte von Nachtfalke, dem Hüter von Festertool.

Wie Aydrian aus seinem Versteck in einem weit entfernten Baum beobachten konnte, staunten die Bewohner des ruhigen Dorfes nicht schlecht, als sie die toten Straßenräuber und den Leichnam eines Riesen fanden.

Trotz gewisser quälender Gedanken, die ihm einfach keine Ruhe ließen, konnte sich der Hüter ein Schmunzeln nicht verkneifen. Er wusste, er war auf dem besten Weg, sich unsterblich zu machen.

15. Augenzwinkern

Jilseponie lebte sich rasch an König Danubes Hof ein, auch wenn ihr nicht immer ganz wohl dabei zumute war. Der Palast selbst, mit seinen kunstvoll gearbeiteten Wandbehängen und den großartigen Statuen, die jedes Zimmer zierten, war von grandioser Pracht. Reliefschnitzereien umrankten jede Tür, und auf großen Wandbildern waren die bedeutendsten Ereignisse der Geschichte des Bärenreiches dargestellt. Zudem besaß der Palast zu Jilseponies großer Freude eine Vielzahl geheimer Türen und Gänge, die in Krisenzeiten zur Flucht oder auch zum Ausspionieren benutzt wurden – was in diesem Palast der niemals endenden Intrigen offenbar nichts Ungewöhnliches war.

Leider blieb ihr für ihre Erkundungen nicht so viel Zeit, wie sie gern gehabt hätte, denn Danube bestand darauf, dass sie jeden Morgen an seiner Seite saß, wenn er seinen Staatsgeschäften nachging, was bedeutete, dass er sich die Streitereien zwischen den Bürgern Ursals und die ewig gleichen – und stets übertriebenen – Berichte aus den entlegeneren Provinzen vortragen ließ.

Da man jedoch in Zeiten des Friedens und des Wohlstands lebte, wurde der Großteil der höfischen »Geschäfte« nahezu täglich zur Abendzeit erledigt, wenn sich der gesamte Adel zu Bankett und Tanz einfand. Für Jilseponie erwiesen sich diese angeblichen Feste als der anstrengendste Teil des Tages überhaupt; es waren geckenhafte Darbietungen voller Prunk und Gehabe, bei denen kichernde Hofdamen jedem Adligen, der ihren Weg kreuzte, ob verheiratet oder nicht, schöne Augen machten. Und nicht gerade wenige wollüstige Adlige wichen vom Pfad der Tugend ab, um den augenzwinkernden Kurtisanen den ganzen Abend hindurch nachzusteigen – oftmals in abseits gelegene Gemächer, und oft mehrfach und mit wechselnden Frauen.

Jilseponie empfand für diese gezierten und lüsternen Spielereien nichts als Abscheu. Aber statt die Adligen zu verurteilen, empfand sie eher Mitleid mit ihnen. Denn sie hatte mit Elbryan die Liebe, die wahre Liebe, kennen gelernt, und die Vorstellung, einer von ihnen könnte seinen Treueschwur brechen, erschien ihr geradezu absurd.

Trotzdem gab sie sich größte Mühe, dies alles mit Gelassenheit hinzunehmen. Es war nicht ihre Welt – ganz bestimmt nicht –, und sie konnte nicht so tun, als verstünde sie nach nur wenigen Wochen im Schloss, was das gesellschaftliche Leben in Ursal in Bewegung hielt. Sie war aus guten Gründen hierher gekommen, aus persönlichen, aber auch, weil sie den Wunsch verspürte, etwas für die Bevölkerung zu tun; daher war sie bemüht, die Geschehnisse mit einer gewissen Unvoreingenommenheit und Amüsiertheit zu betrachten.

Sofern dies möglich war.

Bei einem dieser Abendbanketts begab sich Jilseponie – Danube wurde gerade von einer Schar kichernder Hofdamen mit Beschlag belegt – zum Brunnen des süßen Nektars an der Seite des Saales. Sie tauchte ihren Pokal ein und beobachtete, daran nippend, das Fest aus einiger Entfernung.

»Ihr habt Euch also für das große Los aufgespart?«, ließ sich eine volle, ein wenig mürrisch klingende Stimme neben ihr vernehmen. Als sie sich daraufhin umdrehte, stand dort Herzog Targon Bree Kalas in seiner königlichen Allheart-Uniform, seinen großen, federgeschmückten Helm lässig unter den Arm geklemmt. »Was für ein gerissener Schachzug.«

Jilseponie bedachte ihn mit einem misstrauischen Blick, sehr darum bemüht, sich ihre Enttäuschung nicht anmerken zu lassen. Kalas war am Tag ihrer Ankunft aus Ursal abgereist – in einer offiziellen Angelegenheit, wie es hieß –, und Jilseponie hatte gehofft, er werde lange, sehr lange fortbleiben. Damals in Palmaris, Elbryan war kaum unter der Erde, hatte er versucht, sie für sich zu gewinnen, und sie hatte seine Annäherungsversuche abgewiesen. Das hatte er ihr nie verziehen. In Wahrheit aber wusste Jilseponie, dass sie, selbst wenn sie diese etwas unangenehme Erinnerung nicht teilen würden, wohl schwerlich Freunde geworden wären. Sie hielt den Mann für einen Aufschneider und sein ganzes Gehabe für geckenhafte Angeberei. Womöglich hatte der Herzog allen Grund, stolz zu sein – die Liste seiner Talente beim Regieren und im Kampf war umfassend –, aber Jilseponie hatte noch nie viel für diese Art von Aufgeblasenheit übrig gehabt, Heldentaten hin oder her. In ihren Augen vergeudeten Kalas und viele der anderen Adligen unangemessen viel Zeit damit, sich über andere zu erheben. Ein durch und durch menschlicher Zug, wie sie sich eingestehen musste, denn hatte das nicht jeder irgendwann schon mal getan? Trotzdem staunte Jilseponie immer wieder, welches Ausmaß dieses zwanghafte Bedürfnis, den anderen immer ein Stück voraus zu sein, an König Danubes Hof angenommen hatte.

»Hätte ich gewusst, dass Ihr es auf den König abgesehen habt, hätte ich mich zweifellos anders verhalten, Mylady«, bemerkte der Herzog mit einer knappen, heuchlerischen Verbeugung. Und auch sein Ton verriet, was er wirklich empfand: eine tiefgreifende Abscheu gegen Jilseponie, möglicherweise sogar gegen Danube.

Jilseponie fiel es nicht übermäßig schwer, den Mann zu durchschauen, denn ihr war klar, dass sein Handeln allein von Stolz bestimmt war. Vielleicht wäre er damals in Palmaris tatsächlich anders aufgetreten, hätte er gewusst, dass Danube Jilseponie begehrte; Jilseponie war allerdings überzeugt, dass er sie dann nur noch hartnäckiger umworben hätte. Eine Frau ins Bett zu bekommen, war für Herzog Kalas eher eine Frage von Selbstsucht als von Lust – und ganz gewiss kein Zeichen von Liebe. Es konnte daher nicht überraschen, dass er jetzt in aller Öffentlichkeit auf sie zuging und Freundschaft heuchelte, schließlich wollte er bei seinem Freund Danube sicher nicht in Ungnade fallen. Im Grunde aber fand er ihr Verhalten selbst nach all den Jahren noch empörend, schlicht weil sie sein Anerbieten abgelehnt hatte.

Daher wusste sie nicht recht, wie sie auf seine letzte Bemerkung reagieren sollte. Ließe sie durchblicken, dass alles hätte anders kommen können, wenn sie Danube damals nicht begehrt hätte – eine geradezu absurde Vorstellung, da sich Jilseponie zur Zeit von Kalas' Annäherungsversuchen weder für Danube noch für überhaupt jemanden interessiert hatte –, forderte sie damit wahrscheinlich nur weitere versteckte Avancen seinerseits heraus. Und bestritt sie die Möglichkeit, dass sich – unabhängig von Danube – überhaupt jemals etwas zwischen ihnen entwickeln könnte, brächte sie Kalas nur umso mehr gegen sich auf.

Also erwiderte sie gar nichts. Was Kalas zum Anlass nahm, munter weiterzuplaudern und über irgendein unbedeutendes Staatsgeschäft zu sprechen, eine Angelegenheit, die er auf seinen Reisen durch seine Provinz Wester-Honce erledigt hatte. Er sprach ganz allgemein und beiläufig, ja geradezu nüchtern, dennoch entging Jilseponie keineswegs, wie hartnäckig er bestrebt war, sich stets im günstigsten Licht darzustellen. Wenn es um Eigenwerbung ging, kannte der Mann keine Hemmungen. Jilseponie lauschte höflich, ihre Augen aber, die im Saal umherwanderten und das Treiben der zahlreichen anderen Gäste beobachteten, verriet, wie wenig Herzog Kalas sie in Wahrheit interessierte.

»Einen wundervollen Abend noch, Mylady«, schloss er ziemlich förmlich, bedachte sie mit einer knappen Verbeugung und empfahl sich.

Jilseponie sah ihm hinterher; einerseits war sie erleichtert, dass sie ihn abgewimmelt hatte, andererseits war sie klug genug zu wissen, dass sie sich in Zukunft im Gespräch mit Herzog Kalas geschickter würde verhalten müssen. Es war nicht zu übersehen, dass sie den Mann nicht sonderlich mochte, andererseits zählte ihr künftiger Gemahl ihn zu seinen engsten Freunden. Jilseponie brauchte lange, um sich diese Tatsache einzugestehen und sich klarzumachen, dass hier Großzügigkeit angebracht war. Schließlich war sie nicht den weiten Weg nach Ursal gekommen, um Zwietracht zwischen Danube und seinen Freunden und Gefährten zu säen.

Dazu hatte sie kein Recht.

Als ihr Blick aber durch den riesigen Bankettsaal wanderte, fiel er unweigerlich auf eine weitere enge Beraterin und liebe Freundin ihres künftigen Gemahls. Constance Pemblebury, überaus bezaubernd in einem langen Abendgewand, das ihre besten Züge aufs Vorteilhafteste zur Geltung brachte, amüsierte sich, elegant an ihrem Getränk nippend, unter Aufbietung ihres ganzen Charmes inmitten einer Gruppe von Männern und Frauen.

Constance Pemblebury, jene Frau, die in den Augen vieler an Danubes Hof dazu ausersehen war, Königin zu werden, jene Frau, die im Laufe der Jahre viele Male König Danubes Bett geteilt und ihm zwei Kinder geschenkt hatte – Kinder, die König Danube in die königliche Thronfolge eingesetzt hatte. Und nun war Jilseponie nach Ursal gekommen und hatte Constances ehrgeizigen Plänen, möglicherweise sogar ihrem Herzen, einen Riegel vorgeschoben. In den vergangenen Tagen hatte sie stets ein freundliches Lächeln für Jilseponie gehabt; hinter diesem äußeren Schein jedoch lauerte etwas weitaus Bedrohlicheres, wie Jilseponie spürte. Und tatsächlich, als sie Constance jetzt beobachtete, kreuzten sich ihre Blicke, und für einen winzigen Augenblick huschte ein Ausdruck der Verachtung, ja geradezu des Hasses, über ihr stark geschminktes Gesicht.

Jilseponie registrierte den Gesichtsausdruck, ohne sich jedoch länger damit aufzuhalten, denn in diesem Augenblick drängte sich eine andere Überlegung auf, an der das einzig Überraschende die Tatsache war, dass sie Constance zum ersten Mal mit diesen Augen betrachtete. Früher hatte sich Jilseponie stets bange gefragt, wie Constance sie wohl sehen mochte, hatte sich überlegt, wie sie ihr Verhältnis entkrampfen konnte, und zwar dem armen Danube zuliebe, der geradezu zwangsläufig zwischen sie geraten musste. Plötzlich aber sah sie in Constance nicht mehr die Person, die es zu beschwichtigen galt, sondern die Frau, die viele Nächte in den Armen und im Bett König Danubes zugebracht hatte. In diesem Augenblick überkamen Jilseponie nicht wenige düstere Gedanken. Sie überlegte, ob sie Danube dazu bewegen konnte, die

Frau fortzuschicken, sie zu zwingen, in einer anderen Provinz, einer anderen Stadt zu leben, irgendwo weit weg im Osten vielleicht. Sie spielte kurz mit dem Gedanken, ihren künftigen Gemahl zu zwingen, seinem Verhältnis zu Constances – und seinen – Kindern abzuschwören und sie aus der königlichen Erbfolge zu entfernen.

Als sie sich diese Gedanken einen Augenblick durch den Kopf gehen ließ, stellte Jilseponie überrascht fest, dass die zwangsläufig dabei entstehenden Bilder von Constance und Danube in leidenschaftlicher Umarmung ihr gehörig zu schaffen machten. Ein weniger abgeklärter Teil von ihr wäre am liebsten quer durch den Saal geeilt und hätte sie geohrfeigt.

Stattdessen wandte sich Jilseponie ab und musste sogar ein wenig über ihre Torheit lachen. Sie dachte an die Zeiten zurück, als sie mit Elbryan durch die Lande gezogen war, gefangen in einem Kampf auf Leben und Tod mit den Günstlingen Bestesbulzibars. Sie musste daran denken, wie Bruder Francis, einst ihr erklärter Feind, der jedoch Reue gezeigt und den Weg zu Gott und seinem Herzen gefunden hatte, sterbend draußen auf dem Feld vor St. Mere-Abelle gelegen hatte. Und zu guter Letzt richtete sie ihre Gedanken auf den erhobenen Arm von Avelyn Desbris, auf das Blut in seiner Hand, auf den Bund von Avelyn, der die Welt aus den grausamen und unbarmherzigen Klauen der Rotflecken-Pest befreit hatte. Durfte sie angesichts dieser Ereignisse, dieser Leidenschaft, der Reue und der Wunder, tatsächlich so kleinkariert sein, sich Seele und Verstand von solch engstirniger Eifersucht trüben zu lassen?

Jilseponie blickte abermals zu Constance hinüber, diesmal mit einem ehrlich gemeinten Lächeln im Gesicht. Doch als Constance in ihre Richtung schaute und das Lächeln sah, verdüsterte sich ihre Miene nur noch mehr.

Jilseponie seufzte und machte sich insgeheim Vorwürfe. Offenbar glaubte die Frau, sie mache sich über sie lustig.

Wie verrückt und aussichtslos Jilseponie in diesem Augenblick das Spiel der höfischen Politik erschien. Sie würde ihr Leben lang um ihre wahren Gefühle und ihre aufrichtige Gesinnung ringen müssen, und doch konnte das offene Zurschaustellen dieser Aufrichtigkeit, und sei es nur für einen winzigen Augenblick, weit kompliziertere Situationen heraufbeschwören.

Sie setzte ihr Getränk an die Lippen, zögerte dann aber, als ihr bewusst wurde, dass auch das womöglich nicht ganz ungefährlich war, denn der Brunnen hatte an diesem Abend eine leicht berauschende Wirkung. Es wäre für Jilseponie zweifellos gefährlich, wenn sie hier, inmitten dieser vielen, ihr eher feindlich als freundlich gesinnten Menschen, durch Alkohol die Kontrolle über sich verlor. Herzog Bretherfords Warnung vor Antritt ihrer Reise über den großen Fluss ging ihr durch den Kopf.

Seufzend fragte sich Jilseponie – weder zum ersten noch zum letzten Mal –, ob es wirklich klug gewesen war, hierher zu kommen.

»Wie erträgst du das bloß alles?«, fragte Roger Jilseponie an jenem Mittsommermorgen. Überall auf dem Palastgelände herrschte buntes und reges Treiben, die Vögel zwitscherten, und die stattlichen Ritter der Allheart-Brigade übten mit ihren To-gai-Ponys die Paradeschritte ein, da sie unter Kalas' Leitung als Ehrengarde beim großen Festakt auftreten würden.

Die Ironie, dass man Herzog Kalas mit der Durchführung des Festakts von Danubes und Jilseponies Hochzeit betraut hatte, war Jilseponie keineswegs entgangen.

»Du siehst wirklich ziemlich mitgenommen aus«, fügte Dainsey sarkastisch hinzu.

Roger bedachte seine Frau mit einem Seitenblick. »Kann all die Pracht einen überhaupt für die vielen Unannehmlichkeiten entschädigen?«, fragte er.

»Da müssten sie sich meiner Meinung nach schon verdammt viel Mühe geben«, schnaubte Dainsey verächtlich, griff sich ein Stück Kuchen und stopfte es sich in den Mund.

Roger wollte gerade erneut aufbrausen, als Jilseponies amüsiertes Lachen ihn innehalten ließ. Jilseponie verstand durchaus, wie Dainsey zumute war. Die Frau war bettelarm in den übelsten Vierteln von Palmaris aufgewachsen, hatte bereits in sehr jungen Jahren bis spät in die Nacht schuften und sich das Trinkgeld der Gäste in den Lokalen, in denen sie bediente, praktisch erbetteln müssen, nur um nicht mit knurrendem Magen herumlaufen zu müssen. Das Palastgelände in Ursal musste ihr wie ein Stück des Himmels vorgekommen sein. Sicher, auch Jilseponie vermochte sich kaum ein betörenderes Paradies vorzustellen als die Gärten und Felder mit ihren säuberlich beschnittenen Heckenlabyrinthen, den Vögeln, den Dutzenden von Brunnen und den endlosen Reihen bunter Blumen, in deren Beeten ganze Völkerscharen glücklicher Bienen summten.

Aber Jilseponie verstand auch Rogers Klagen, denen sie von ganzem Herzen zustimmte. All dieser Pracht ging jede Tiefe ab; sie diente lediglich dem Zweck, ein Ausmaß an Ausschweifung und Heuchelei zu übertünchen, das alles überstieg, was sie zuvor gesehen hatte.

»Ich freue mich durchaus, hier zu sein«, sagte Roger zu Jilseponie; es klang fast so, als wollte er sich entschuldigen. »Einen so wichtigen Tag würde ich mir niemals entgehen lassen. Nur ertrage ich diese abschätzigen Blicke nicht! Mein Gott!«, entfuhr es ihm, als er eine Frau sah, die im Vorübergehen die Nase rümpfte. »Hättet Ihr vielleicht die Güte, mir zu verraten, wie viele Günstlinge des geflügelten Dämons Ihr im Krieg getötet habt? Und wie viele Menschenleben habt Ihr gerettet?«

Die Frau schien schockiert und suchte rasch das Weite.

»Sie war doch noch ein Kind, als die Günstlinge Bestesbulzibars unsere Heime im Norden bedrohten«, erklärte Abt Braumin, der herüberkam, um sich zu den dreien zu gesellen.

»Aber mich hält sie für ein Nichts, für einen Niemand«, beschwerte sich Roger. »Die Verachtung stand ihr deutlich ins Gesicht geschrieben. Sie verhöhnen uns, weil wir nicht von adliger Herkunft sind, dabei …«

»So beruhige dich doch, Roger«, bat ihn Jilseponie.

»Willst du das etwa abstreiten?«, ereiferte sich der junge Mann, dessen schmale, kantige Züge vor Wut noch schärfer hervortraten.

»Ganz und gar nicht«, erwiderte Jilseponie. »Aber es schert mich nicht, und daher sollte es auch dich nicht kümmern.«

Roger schüttelte wutschnaubend den Kopf. »Ob sie dir mit derselben Verachtung begegnen werden, wenn du erst Königin bist?«, sagte er leise, wie zu sich selbst.

Woraufhin Jilseponie abermals amüsiert lachte; dabei fiel es ihr wirklich nicht leicht, Rogers Bemerkung einfach abzutun; aber viel schwerer fiel es ihr, schwerer, als sie sich nach außen hin anmerken ließ, diese Einstellung zu ignorieren, die man ihr gegenüber an den Tag legte. Natürlich freute sie sich, dass ihre Freunde – diese drei, sowie die Ordensbrüder Viscenti, Castinagis, der jetzt der Pfarrer der Kapelle von Avelyn war, und Talumus, sowie Kapitän Alu'met – auf der *Saudi Jacintha* nach Ursal gereist waren, um ihrer Hochzeit beizuwohnen. Aber ihr Besuch hatte auch eine Schattenseite. Er erinnerte Jilseponie unentwegt daran, wie sehr sie diese Freunde vermisste – und auch andere, wie Belster O'Comley, der die Reise nicht hatte antreten können. Hier an Danubes Hof herrschte eine Leere, die sich nicht einfach übersehen ließ, zumal sie bezweifelte, dass sich die Dinge mit den Tagen, Wochen oder Jahren entscheidend verbessern würden. Jilseponie war überzeugt, dass jeder hier ihre Einsamkeit teilte, nur hatten die Menschen, der Adel, nie ein anderes Leben gekannt, hatten nie wahre Freundschaft kennen gelernt und wussten daher vermutlich auch nicht, was sie überhaupt bedeutete. Somit hatten sie nur eine unklare Vorstellung, was ihnen entging. Danube selbst war gut zu ihr, und in den Stunden, wenn er sich von seinen Amtsgeschäften befreien und bei ihr sein konnte, war sie durchaus glücklich.

»Sobald sie erfahren, dass du Baron von Palmaris bist, werden sie dir mehr Respekt entgegenbringen«, sagte Jilseponie, da Roger noch immer übellaunig vor sich hin brummelte.

»Aber sicher, und alle Hofdamen werden sich an ihn ranschmeißen und versuchen, ihm schöne Augen zu machen«, bemerkte Dainsey in gespieltem Ärger und knuffte Roger gegen die Schulter.

Roger wollte protestieren, musste dann aber, ein wenig hilflos, lachen. »Ich bezweifle weder das eine noch das andere«, gestand er. »Was diesen Ort in meinen Augen nur noch unerfreulicher macht.«

»So schlimm ist es nicht«, sagte Jilseponie.

Als Abt Braumin sie daraufhin merkwürdig ansah, wurde ihr klar, dass er ganz genau wusste, wie es tatsächlich um ihre Gefühle stand.

»Ganz recht«, sagte er und nahm Rogers Arm, als dieser etwas erwidern wollte. »Alle schweren Prüfungen werden mehr als wettgemacht durch das Gute, das Jilseponie der Welt bescheren wird, wenn sie erst die Krone der Königin trägt. Es mag durchaus sein, dass ein paar Adlige ihre Verachtung offen zeigen; trotzdem sie sind wohl kaum eine schlechtere Gesellschaft als die Goblins und Pauris, und selbst unter die hat Jilseponie sich gemischt, um die Welt zu einem besseren Ort zu machen.«

»Tja, und besser wäre es wohl, wenn sie an Danubes Hof ebenso aufräumen würde wie damals unter den Goblins und Pauris!«, entfuhr es Roger, dessen Ton verriet, dass es scherzhaft gemeint war. Und tatsächlich lachten alle erleichtert, als hätte man nur darauf gewartet.

Dennoch sperrte sich etwas in Jilseponies Gedanken und, noch wichtiger, in ihrem Herzen gegen diese Fröhlichkeit. Sie vermisste ihr Leben in den Nordlanden, in Palmaris, und mehr noch, in Dundalis.

Aber sie kannte ihre Pflicht und, ja, sie konnte und würde König Danube lieben.

»Auf das große Ereignis morgen«, brachte Abt Braumin einen Toast aus und hob sein Glas.

»Hoffen wir, dass Rogers nächster Besuch in Ursal eher seinen Vorstellungen entspricht«, fügte Jilseponie hinzu und stieß mit Braumin an.

Sie tranken einander zu und nippten an ihrem edlen Wein; Dainsey machte sich weiter über die Leckerbissen her, während Roger, Braumin und Jilseponie über die guten alten Zeiten und ihre Träume von einer besseren Zukunft plauderten.

Zwar konnte Jilseponie durchaus voller Hoffnung und mit großen Erwartungen über die Zukunft sprechen, trotzdem blickte sie derzeit nicht weiter nach vorn als bis zum Morgen des kommenden Tages, wenn sie durch den Mittelgang von St. Honce schreiten würde, um König Danube Brock Ursal angetraut und Königin des Bärenreiches zu werden.

Es waren diese Gedanken, die sie an jenem Abend noch bis ins Bett verfolgten und sie kaum schlafen ließen. Aber als die Kammerzofen am nächsten Morgen mit ihren Cremes und Parfüms und ihrem wundervollen langen, weißen Kleid bei ihr erschienen, hätte man sich trotz ihrer Übermüdung keine reizendere Frau vorstellen können.

Wenig später betrat sie die Kirche von St. Honce, wo König Danube sie bereits am Ende des Mittelgangs vor dem prunkvollen Altar erwartete. Neben ihm standen Meister Fio Bouraiy und Abt Braumin, die man, zur Enttäuschung von Abt Ohwan, dazu auserkoren hatte, die Zeremonie gemeinsam durchzuführen.

Und was für eine prächtige Zeremonie es war! Ein Spektakel, das auf Jahrhunderte in die Erzählungen der Barden eingehen würde: die Vermählung der größten Heldin der Welt mit dem König des Bärenreiches, die Verbindung von weltlicher und geistlicher Macht. Sämtliche Anwesenden, die zehntausende von Menschen aus Ursal, die sich in den umliegenden Straßen drängten und die Feier über eine Reihe von eigens postierten Ausrufern mitverfolgten, ja die gesamte Bevölkerung des Landes schöpfte neue Hoffnung und Trost aus der Tatsache, dass sich ihre Welt soeben auf dramatische Weise zum Besseren gewendet hatte.

Fast die gesamte Bevölkerung.

Es gelang Herzog Kalas und einigen anderen Adligen durchaus, ihr Missfallen, ja nachgerade ihre Abscheu, zu verbergen, als ihr geliebter König die Verbindung mit dem Bauernmädchen aus den Nordlanden einging. Welch einen Gegensatz Jilseponie zu seiner früheren Gemahlin, Königin Vivian, darstellte, deren reine Abstammung im ganzen Königreich ihresgleichen suchte.

Und auch Constance Pemblebury verfolgte diese Hochzeit wohl kaum erfüllt von Hoffnung, als vielmehr mit an Entsetzen grenzender Abscheu. Wie lange, fragte sie sich, würde Jilseponie wohl benötigen, um Merwick und Torrence alle Chancen auf die Macht zu entreißen? Das war ihre schlimmste Befürchtung, oder zumindest redete sich Constance ein, dass das Erbe ihrer Kinder ihre größte Sorge war, denn nur so konnte sie die Gewissheit ertragen, dass Danube bald in den Armen einer anderen liegen würde.

Die Zeremonie verlief ohne Zwischenfall; Meister Bou-raiy spendete ihr den kirchlichen Segen – für den Abellikaner-Orden der wichtigste Teil der Vermählung –, dann überließ er die Zeremonie Abt Braumin, der sie rasch zum Abschluss brachte. Braumin spulte das Eheversprechen und die Gelübde, die Litanei zur Hoffnung der Ehe und die Gebete zur Vereinigung von Fleisch und Seele reibungslos herunter, schließlich hielt er inne, richtete den Blick auf die versammelte Gemeinde und fragte: »Befindet sich hier und jetzt einer unter euch, der sich guten Gewissens und reinen Herzens genötigt sieht, diese Verbindung zu verhindern, so möge er jetzt das Wort erheben oder für immer schweigen.«

Wie gerne hätte Constance Pemblebury lauthals aufgeschrien! Aber zu ihrer Überraschung und ihrem großen Entzücken erlebte sie, dass ein anderer ihr dies abnahm.

»Ich verlange eine Unterbrechung!«, ließ sich eine ernste und energische Stimme von den hinteren Bänken der Kapelle vernehmen, woraufhin sämtliche Köpfe herumschnellten und Jilseponie Danubes Hand noch fester drückte – aus Angst, der Mann könnte sein Schwert ziehen und den Sprecher einen Kopf kürzer machen.

Kurz darauf jedoch, als sie sahen, wer der Zwischenrufer war, entspannten sich sowohl König Danube als auch Jilseponie wieder. Er glich Danube sehr, nur, dass er jünger und schmaler und das Lächeln auf seinem Gesicht, als er wie selbstverständlich durch den Mittelgang schritt, gänzlich ungezwungen war.

»Mein Bruder!«, rief König Danube überrascht.

»Prinz Midalis!«, verkündete der Sergeant der Allheart-Garde.

»Ich verlange eine Unterbrechung der Trauungszeremonie!«, übertönte Midalis das verwirrte, vielstimmige Getuschel. Ein kurzes Zögern, dann wurde sein Lächeln noch strahlender. »Bis ich den mir zustehenden Platz an der Seite meines Bruders eingenommen habe.«

Und so war die Freude in St. Honce an jenem Tag sogar noch größer, denn die Menschen wurden Zeuge des seltenen Zusammenseins der Brüder Ursal, von König und Prinz.

Danube und Midalis hatten sich nie sehr nahe gestanden, da sie altersmäßig weit auseinander lagen; im Grunde stand Midalis Jilseponie mit ihren fünfunddreißig Jahren sehr viel näher.

Der Prinz trat vor und begrüßte seinen Bruder mit einem

herzlichen Handschlag, als er aber Anstalten machte, sich vor Jilseponie zu verbeugen, fing sie ihn mitten in der Bewegung ab und schloss ihn überschwänglich in die Arme. Sie waren sich bereits einmal begegnet – vor zwölf Jahren im Hain bei Dundalis, wo die Leichname Elbryans und seines Onkels Mather begraben lagen, und dann noch einmal im Barbakan, als Midalis das Volk von Vanguard sowie ein Truppenkontingent alpinadorischer Barbaren zu Avelyns Arm geführt hatte. Seit damals hatte Jilseponie den Mann kein einziges Mal zu Gesicht bekommen, doch das hatte dem Vertrauen der beiden zueinander keinen Abbruch getan.

Erstaunte Rufe aus dem Hintergrund der Kapelle lenkten die Aufmerksamkeit fort vom Altar. Jilseponie erriet deren Ursache, noch bevor sie in die Richtung schaute.

Und tatsächlich, dort stand Andacanavar, der berühmte Hüter Alpinadors mit seinen sieben Fuß und seinen über siebzig harten Wintern auf dem Buckel. Seine Körperhaltung war nicht mehr ganz so aufrecht wie damals vor all den Jahren, stellte Jilseponie fest, aber durchaus noch immer eindrucksvoll, und sie zweifelte keinen Augenblick daran, dass er noch immer zwei beliebige Männer aus dem Bärenreich besiegen konnte. Noch überraschter aber war sie, als sie Bruinhelde, den Stammesführer von Tol Hengor, an Andacanavars Seite erblickte; und gleich neben ihm einen weiteren alten Freund, Meister Dellman von St. Belfour.

Jilseponie und auch Abt Braumin waren zweifellos hocherfreut, Dellman wiederzusehen, der ihnen all die Jahre zur Seite gestanden hatte, als sie mit Vater Markwart um die Herrschaft über den Abellikaner-Orden gekämpft hatten. Aber noch mehr beeindruckte Jilseponie der Auftritt der Alpinadoraner, denn sie sah darin eine Bestätigung ihrer Person als Gemahlin Elbryans, dem Helden des Nordens. Bruinhelde war kein unbedeutender Stammesführer unter den wilden Völkern Alpinadors und dass er eine mehrere hundert Meilen weite Reise auf sich genommen hatte, um den Hochzeitsfeierlichkeiten des Königs des Bärenreiches beizuwohnen, eines Landes, für das Alpinador von Alters her wenig Zuneigung hegte, war mehr als überraschend.

»Darf ich den Platz an deiner Seite einnehmen?«, kam Prinz Midalis mit seiner Frage König Danubes Aufforderung zuvor.

Woraufhin ihn König Danube abermals in die Arme schloss, ihn dann unmittelbar neben sich postierte und Kalas damit um eine Position nach hinten drängte. Jilseponie entging nicht, dass der Herzog darüber nicht gerade begeistert war.

Und so endete die Zeremonie mit einem Abt Braumin, in dessen Stimme ein noch deutlicherer Unterton von Freude mitschwang.

König Danube beendete die Amtshandlung, indem er auf das neben dem Altar errichtete Podest trat und mit sonorer, königlicher Stimme voller Erregung und Begeisterung verkündete: »So seid denn alle meine Zeugen! An diesem Mittsommertag im Jahr des Herrn 840 nimmt Jilseponie Wyndon den Familiennamen Ursal an. Lang lebe die Königin!«

Es folgte donnernder Applaus; erst in diesem Augenblick begriff Jilseponie die wahre Bedeutung dieses Ereignisses und begann innerlich zu zittern.

Mit Blick auf Midalis fuhr Danube fort: »So meißelt in Stein«, sagte er und gab damit zu verstehen, dass dies ein königlicher Erlass war, endgültig und unumstößliches Gesetz, »dass das Gesetz zur Thronfolge trotz meiner unumstößlichen Liebe zu dieser wunderbaren Frau in Kraft bleibt. Im Falle meines Todes wird Jilseponie daher nicht regierende Königin des Bärenreiches werden.«

Diese Feststellung konnte niemanden überraschen, der sich in letzter Zeit bei Hofe aufgehalten hatte, nicht einmal Jilseponie, schließlich waren all diese verfahrensrechtlichen Einzelheiten peinlich genau ausgearbeitet worden.

»Prinz Midalis, mein jüngerer Bruder, bleibt Zweiter in der Thronfolge, wobei Jilseponie den Titel Lady Ursal annimmt. Sollte mein Bruder vor mir oder nach seiner Thronbesteigung kinderlos sterben, bleibt die Thronfolge unverändert; Merwick, mein angenommener Sohn, wird unmittelbarer Nachfolger von Prinz Midalis, gefolgt von seinem Bruder Torrence.«

Jilseponie ließ Constance nicht aus den Augen, während der König diese förmliche Bekanntmachung vortrug, die natürlich ebenfalls keine Überraschung enthielt. Dabei setzte die Frau, die den Blick der neuen Königin keck erwiderte, eine zweifellos selbstgefällige Miene auf.

»Doch hört nun alle und meißelt in Stein«, fuhr Danube mit größtem Nachdruck fort. »Sollte Jilseponie ein Kind gebären, so wird dieses Kind, sei es männlich oder weiblich, unmittelbar nach mir und noch vor Prinz Midalis von Vanguard in die Thronfolge eintreten.« Bei diesen Worten sahen er und Jilseponie Prinz Midalis an, woraufhin der vernünftige und geachtete Mann nickte und lächelnd sein Einverständnis bekundete. Als Jilseponie daraufhin rasch zu Constance hinüberblickte, war sie kaum überrascht, dass die selbstgefällige Miene der Frau beträchtlich bitterer geworden war.

Kurz darauf begann das große Fest auf den Wiesen hinter Schloss Ursal mit einem Festmahl und einem Trinkgelage, mit einer Turnierdarbietung von Herzog Kalas und seinen Allhearts, die Herzog Kalas im Übrigen gewann. Es folgten die Vorführungen der Schausteller, und so ging es in einem fort; die auf mehrere aufeinander folgende Tage angesetzte Festlichkeit wollte kein Ende nehmen.

Kurz nach Einbruch der Dunkelheit suchte König Danube dann selbstverständlich Jilseponie auf und bat sie, ihn in ihre Privatgemächer zu begleiten, um dort die Ehe zu vollziehen.

Ein leichtes Unbehagen beschlich sie, als sie sich ihren Weg über den Festplatz bahnte und Braumin, Roger und Dellman ihren Gesprächen überließ. Seit Elbryans Tod hatte sie mit keinem einzigen Mann das Bett geteilt, und vor der Verbindung mit ihrem früheren Gemahl war sie nur ein einziges Mal einem anderen Mann nahe gekommen. Und diese unglückselige Begebenheit, die Nacht ihrer ersten und rasch wieder annullierten Verbindung – ihre Ehe mit Connor Bildeborough von Palmaris – war alles andere als angenehm verlaufen.

Doch inzwischen war Jilseponie älter und klüger, eine Frau, die einen Blick dafür hatte, was in der Welt geschah, und die die Bedeutung der Geschehnisse richtig einzuordnen wusste. Sie merkte, dass sie gar nicht so nervös war, als sie mit Danube die weite, geschwungene Treppe zu ihren Privatgemächern im Palast hinaufstieg und er ihr näher kam und sie zärtlich in den Nacken küsste.

In dieser Nacht würde sie kein Opfer bringen müssen, das wusste Jilseponie; insgeheim sprach sie ein stilles Gebet an Elbryan und schöpfte Trost aus der Vorstellung, dass sein Geist, sollte er die Geschehnisse dieses Tages verfolgen, sicher nichts dagegen einzuwenden hätte.

»Wie kann ich wirklich sicher sein?«, fragte Abt Ohwan ein wenig hilflos angesichts von Constances Hartnäckigkeit, wobei sein ausgeprägtes Lispeln die ängstliche Besorgnis in seiner Stimme noch unterstrich.

»Abt Je'howith wusste von meinen Schwangerschaften, lange bevor ich davon erfuhr«, erwiderte Constance. »Er hat meinen Leib mit dem Seelenstein untersucht – könnt Ihr bei Jilseponie nicht dasselbe tun, um festzustellen, ob sie unfruchtbar ist?«

Der Mann schüttelte bereits den Kopf, bevor sie zu Ende gesprochen hatte. »Abt Je'howith war sehr alt und im Umgang mit den Steinen überaus erfahren«, erklärte er. In der Tat galt Abt Je'howith, der viele Jahre bis zu seinem Tod beim Ausbruch der Rotflecken-Pest Abt von St. Honce gewesen war, bei vielen im Orden von St. Honce als der größte Kenner der heiligen Steine, den die Abtei jemals hervorgebracht hatte.

»Ihr fürchtet Euch vor ihr«, stellte Constance tadelnd fest.

Abt Ohwan bestritt es gar nicht. »Sie ist berühmt für ihr Geschick mit den Steinen, Lady Pemblebury«, erwiderte er. »Wenn ich mich ihr auf derart zudringliche Weise nähere, würde sie mich vermutlich überwältigen und meinen Geist in meine Körperhülle zurückjagen. Und die Reaktionen, die sie daraufhin erzwingen würde …«

Constances verächtliches Schnauben ließ ihn schlagartig verstummen.

»Könnt Ihr sie nicht aufsuchen und so tun, als wärt Ihr ihr freundschaftlich zugetan?«, fragte sie. »Bietet Eure Hilfe bei einer Untersuchung an, damit ihr beide erfahrt, ob sie im Stande ist, Danube Kinder zu gebären.«

»Ich könnte nichts tun, was Jilseponie nicht auch alleine kann«, wehrte Ohwan ab. »Ich fürchte, mit diesem Angebot mache ich mich bestenfalls lächerlich.«

»Aber das wisst Ihr doch nicht!«, schrie Constance ihn an.

Der Mann verstummte vollends, steckte seine Hände in die Ärmel seines weiten braunen Gewandes und senkte den Blick.

»Ihr sagtet selbst, sie sei unfruchtbar«, wiederholte Constance, sich an eine letzte Hoffnung klammernd.

»So lauten die Gerüchte«, erwiderte Ohwan.

Wutschnaubend entließ Constance den Mann mit einem Wink; er war mehr als froh, ihrem Wunsch nachzukommen, und ließ die Frau mit ihren düsteren und verwirrenden Gedanken allein in ihrem Gemach zurück. In der Tat existierten Gerüchte, denen zufolge Jilseponie bei ihrem Kampf mit Markwart auf dem Feld vor Palmaris schwer verwundet worden war und ihr Kind sowie ihre Fähigkeit zu gebären verloren hatte.

Aber konnte sich Constance bezüglich der Zukunft ihrer Kinder allein auf ein Gerücht verlassen?

Sie ging quer durch das Zimmer zu einem kleinen Schrank und öffnete die Tür. Auf den Regalböden standen Dutzende kleiner Glasbehälter mit Gewürzen und Parfüms. Hektisch wühlte Constance zwischen ihnen herum, bis sie die besagten Kräuter endlich gefunden hatte, die sie damals, vor langer Zeit, so oft verwendet hatte. Sie hielt die beiden Glasbehälter ins Licht und befreite sie vom Staub. Parsentac und Wühlkraut, die beiden Kräuter, die man Kurtisanen zur Verhütung verabreichte. Gab es vielleicht eine Möglichkeit, die beiden heimlich in Jilseponies Essen zu mischen?

Sie runzelte die Stirn. Die geeignete Dosierung der Kräuter herauszufinden, konnte schwierig und schmerzhaft sein, denn ein Zuviel konnte äußerst schmerzhafte Krämpfe und sogar den Tod zur Folge haben.

Eine Möglichkeit, die Constance in diesem Augenblick gar nicht so unliebsam erschien; ihr Kopf begann sich zu drehen, als sie grübelte und Pläne schmiedete und sich überlegte, wessen Gefälligkeiten sie einfordern konnte, damit die Kräuter dorthin gelangten, wo sie benötigt wurden. Ja, es würde einige Mühe kosten, aber es war machbar.

Seltsamerweise fühlte sich Constance kaum erleichtert, als ihr Plan Gestalt annahm und sie schließlich überzeugt war, Jilseponies Unfruchtbarkeit beschleunigen zu können.

Denn andere, niederschmetterndere Gefühle setzten ihrem Verstand und ihrem Herzen zu. Die Hochzeit ging ihr nicht aus dem Kopf, der Blick in Danubes Gesicht, als er diesem Weibstück angetraut wurde. Immer wieder musste sie an Danubes Gesichtsausdruck denken, als er Jilseponie vom Gartenfest abgeholt und zu seinem – zu ihrem! – Schlafgemach begleitet hatte.

Selbst jetzt, in diesem Augenblick, während sie hier saß und sich quälte, lag er bei ihr, in ihren Armen und … Bilder voller Leidenschaft, von Danube und Jilseponie, eng umschlungen beim Liebesspiel, schossen Constance durch den Kopf.

Vergeblich versuchte sich Constance auf Merwick und Torrence und die Bedrohung ihres Erbes zu konzentrieren, aber so oft sie sich auch einzureden versuchte, dass deren Schicksal absoluten Vorrang hatte, es wollte ihr nicht gelingen, sich von diesen scheußlichen Bildern zu befreien.

Sie vernahm das Splittern des Glasbehälters, dann spürte sie einen stechenden, brennenden Schmerz in ihrer rechten Hand.

Constance starrte auf die klaffende Wunde in ihrer Handfläche, die umso schmerzhafter war, als einige der Kräuter hineingeraten waren. Aber verglichen mit der sehr viel tieferen Wunde, die Danube ihr an diesem Tag zugefügt hatte, war der Schmerz beinahe unbedeutend, und sie war unfähig, sich zu rühren oder irgendetwas zu tun, um die Blutung zu stillen.

16. Das eiskalte Frösteln der Angst

Gelangweilt ging Marcalo De'Unnero seiner alltäglichen Arbeit nach und nahm einen Hirsch aus, den er am Abend zuvor als Wertiger gerissen hatte. Mittlerweile hatten sich er und Sadye in Masur Tuber gut eingelebt, und die Dorfgemeinschaft hatte sie mit offenen Armen aufgenommen. Und warum auch nicht?, überlegte De'Unnero. Schließlich hatten er und Sadye etwas mitgebracht – eine Vielzahl von Geschichten aus aller Welt –, das die Bewohner in dieser abgelegenen Ortschaft schmerzlich vermisst hatten.

Das Leben hier war angenehm und sorgenfrei, die Felder waren fruchtbar, es gab Wild im Überfluss, und man wurde weder von Goblins noch von anderen Ungeheuern bedroht.

Nun ja, überlegte De'Unnero, es gab fast keine Ungeheuer hier, die die Menschen bedrohten. Denn eines hatte er, gefangen in seinem Körper, selbst mitgebracht, und diese Bestie war allgegenwärtig, zu jeder Tages- und Nachtzeit. Inzwischen versuchte er gar nicht mehr, diesen Appetit seiner Person zu leugnen, wie er es noch in Micklins Dorf versucht hatte. Stattdessen half Sadye ihm, die Energie des Wertigers in bestimmte Bahnen zu lenken, ihn, sobald im Ort die geringsten Spannungen auftraten, mit besänftigenden Worten und Melodien im Zaum zu halten und ihn, wenn er sich gegen Abend zeigte, in den Wald zu locken, damit die Bestie sich dort nützlich machen und Hirsche jagen konnte. Aus diesem Grund stand Callo Crump auch in dem Ruf, der vortrefflichste Jäger des ganzen Dorfes zu sein, obwohl keiner der anderen verstand, wie er es anstellte, oder wie ein Mensch überhaupt in den dunklen, nächtlichen Wald hinausgehen, überleben und dabei noch einen der sonst so wachsamen Hirsche erlegen konnte.

Ja, Sadye war zu seiner Retterin geworden, sie verstand es, seine Energien, die er nicht wirklich unterdrücken konnte, zu zügeln. De'Unnero staunte über die Leidenschaft und das Feuer zwischen ihnen, das ihn in Sphären vordringen ließ, deren Existenz er sich bei der vergleichsweise gesitteten Lebensweise, die er sich als Mitglied des Abellikaner-Ordens angewöhnt hatte, niemals hätte träumen lassen. Die Vorstellung, in dem Ruf zu stehen, der glühendste aller Ordensbrüder zu sein, der Krieger und Kreuzritter, amüsierte ihn. Er selbst empfand sich im Vergleich zu Sadye als eher langweilig, denn sie war voller Lebendigkeit und Tatendrang, geradezu erfüllt von grenzenloser Energie und dem Verlangen, stets hart an der Grenze zur völligen Vernichtung zu leben. Marcalo De'Unnero hatte kein Wagnis gescheut, hatte sich bereitwillig, geradezu verbissen in den Kampf mit den gefährlichsten Gegnern und größten Herausforderungen gestürzt, die er nur finden konnte. Sadye dagegen teilte ihr *Leben* mit dem gefährlichsten Menschen, den man sich nur denken konnte. Und das nicht etwa aus dem Bedürfnis, sich selbst zu beweisen. Nein, sie tat es allein um den Reiz des Augenblicks willen.

Mittlerweile hatte Sadye sich in ihn verliebt, wie er zuversichtlich glaubte. Sie war in jeder Hinsicht die Frau Marcalo De'Unneros. Aber sie war noch mehr als das. Aus eigenem Entschluss war Sadye zur bereitwilligen und eifrigen Gefährtin jener dunkleren Kreatur, des Wertigers, geworden. Sie hatte diesen Teil De'Unneros nicht nur akzeptiert, sie fand ihn geradezu elektrisierend.

De'Unnero unterbrach seine Arbeit und warf einen Blick nach hinten über den Hofplatz, wo Sadye still im Schatten einer Eiche saß, die Saiten ihrer Laute zupfte und offenbar ein neues Lied für die allwöchentliche Dorffeier komponierte, die für diesen Abend angesetzt war. Mit ihren hellbraunen Augen, in denen unschuldige Freude funkelte, wirkte sie so zart, so sanftmütig und so … hübsch war das einzige Wort, das De'Unnero in den Sinn kam, um Sadye zu beschreiben, wie er sie jetzt vor sich sah.

Und doch machte ihm diese hübsche junge Frau mindestens ebenso viel Angst wie die Bestie in seinem Innern. Denn sie war ihm sehr ähnlich – auch sie war ein Mensch mit zwei Gesichtern. Die Bewohner von Masur Tuber hielten sie für eine freundliche und amüsante junge Frau, eine Person, der man mit Respekt begegnete.

Sie hatten nie gesehen, wie sie sich liebten, hatten nie das alles andere als unschuldige Feuer gesehen, das hinter ihren braunen Augen loderte, oder das boshafte kleine Lächeln, das stets dann um ihre Mundwinkel spielte, wenn sie etwas ganz besonders Verruchtes ausheckte. Sie wussten nicht, wie hart und mitleidlos sie ihre ehemaligen Begleiter hatte fallen lassen, jene Männer, die De'Unnero in Micklins Dorf in Stücke gerissen hatte. Diese ach so unschuldige junge Frau hatte keinen zweiten Gedanken auf die Mörderbande verschwendet.

Als er sie dort in ihrer ganzen Anmut sitzen sah, konnte De'Unnero nicht anders, er lachte amüsiert in sich hinein. Wie er sie liebte und zugleich fürchtete! Sie weckte in ihm die innigsten Gefühle und tiefsten Ängste, alles gleichzeitig, und stets fühlte er sich bei ihr an der Schwelle zwischen Verderben und höchstem Glück.

Er machte sich wieder daran, den Hirsch auszunehmen, und musste an den süßen, warmen Geschmack des Blutes im Maul des Tigers am Abend zuvor denken. Seltsamerweise, und ohne dass er es bewusst mitbekam, schlug dieses Gefühl in die Erinnerung an den Geschmack von Sadyes süßen Lippen um.

Bei dem dieswöchigen Dorffest war Sadye in Höchstform und riss die fünfzig Dorfbewohner und eine Gruppe von Leuten aus dem weiteren Umland mit ihren Liedern aus dem Dämonenkrieg zu wahren Beifallsstürmen hin. Vor allem über einen Mönch sang sie, einen Meister aus St. Mere-Abelle namens Marcalo De'Unnero, woraufhin sie ihr Gefährte, als er ihre kleine Neckerei durchschaute, mit einem finsteren Seitenblick bedachte.

Aber Marcalo De'Unnero konnte diesen finsteren Blick nicht lange aufrechterhalten. Sadye war in Bestform, spielte mit dem Feuer und genoss es jeden Augenblick. De'Unnero spürte, wie ihre Erregung wuchs, als ihre Anspielungen, der Krieger De'Unnero weile noch immer unter den Lebenden und befinde sich womöglich ganz in der Nähe, immer verfänglicher wurden.

Des Kämpfens müde und die Blutgier gestillt
Stand den Menschen der Sinn nach Versöhnung
Sie wollten den Krieger brennen sehen
Denn Hass war allenthalben die Lösung.
So versuchten sie ihn mit vereinter Kraft
Und in Überzahl Zahl zu vernichten.
Doch bis heute ist's nicht vollbracht
Und man sucht seine Leiche vergeblich.

Also hütet euch, Kinder daheim
Hütet euch, ihr Jäger draußen im Wald
Denn nachts in den Dörfern
Und auf den Feldern, sonst still wie ein Grab
Hört man ein Grollen, das Zeichen für
Den Meister, den Krieger, das Katzentier.

Sie trug es überaus lebendig vor, manchmal mit kraftvoller Stimme, dann wieder mit rauchigem, bedrohlichem Flüstern. Bei jeder Silbe wanderten ihre Augen umher und schienen geradezu über die Männer und Frauen und besonders die wenigen Kinder im Publikum herzufallen, denn ganz offensichtlich fand Sadye Gefallen an ihren erschrockenen Blicken und ihren angstvoll aufgerissenen Augen. Ab und zu sah sie sich nach ihrem Geliebten um, der aber einfach nur wie vom Donner gerührt dastand.

Das Fest ging bis spät in die Nacht, und Sadye musste auf Bitten der Dorfbewohner jedes Lied mehrmals wiederholen. Nur selten fand sie einen Augenblick alleine mit De'Unnero; meist reichte es bloß für ein paar lüstern geflüsterte Versprechungen, was sie später mit ihm zu tun beabsichtigte, woraufhin sie lachend rasch vor ihm davonlief. Als schließlich auch der letzte der Dorfbewohner den Schankraum verlassen hatte, konnte De'Unnero sie endlich über ihr neues Lied zur Rede stellen.

»Du bringst uns mit jedem Tag in größere Gefahr«, schimpfte er, legte den Arm um Sadyes Hüfte und zog sie mit einem Ruck zu sich heran.

»Du meinst, es wird mit jedem Tag aufregender«, erwiderte sie mit einem Funkeln in den Augen, und De'Unnero spürte geradezu die Hitze, die von ihrem zierlichen Körper ausging.

De'Unnero sah ihr fest in die Augen, in diese stechenden, beängstigenden Augen.

»Geh mit mir hinaus in den Wald«, sagte Sadye. »Jetzt gleich.«

Es war ein Angebot, das er nicht ausschlagen konnte.

Eine Weile später hockte er, mehrere hundert Meter vom Dorf entfernt, auf einer kleinen Lichtung vor einem Lagerfeuer. Hier draußen war alles ruhig; die Bewohner von Masur Tuber waren erschöpft von ihrem rauschenden Dorffest. Ganz anders Sadye. Das Feiern schien die ohnehin sich ganz ihren Gefühlen hingebende Frau noch zusätzlich anzuspornen. Sie saß ihrem Geliebten nackt gegenüber und zupfte gedankenversunken ihre Laute.

Dazu noch disharmonisch, wie De'Unnero jetzt auffiel, als besonders ein Ton sein Missfallen erregte, und schließlich noch ein zweiter. Gerade wollte er Sadye fragen, was sie da tue, als sie eine ganze Folge disharmonischer Töne anschlug.

Wie sie ihn bis ins Mark erschauern ließen! Jetzt merkte De'Unnero, dass der nervenzerfetzende Klang ihres Spiels durch Magie verstärkt sein musste und dass Sadye die in ihr prachtvolles Instrument eingesetzten Edelsteine benutzte, um jeden Wohlklang zu vermeiden.

»Was tust du?«, wollte er sie fragen, doch statt seiner Worte entwich seinem Mund nur ein unverständliches Knurren.

De'Unnero sah die Frau fragend an, während immer mehr schrille Töne an sein Ohr drangen und sie ihn dabei augenzwinkernd anlächelte.

»Die Bestie«, sagte er mit rauer, kehliger Stimme, bevor er schlagartig zu zucken begann, als einer der Knochen seines Armes brach und in neuer Form wieder zusammenwuchs. »Was …?«

Sadye, jetzt leicht vornübergebeugt, schien das Spektakel zu genießen und intensivierte ihr Spiel noch. Vielleicht konnte sie den Wertiger nicht einfach wieder verschwinden lassen, wenn er sich erst einmal befreit hatte, aber alles deutete darauf hin, dass sie ihn hervorlocken konnte.

Sie fand ganz offensichtlich Gefallen an dieser schwarzen Magie.

Ihr Spiel wurde eindringlicher, schneller, ihre Hände flogen über die Saiten ihres Instruments, das schockierende, magisch verstärkte Disharmonien von sich gab.

Mittlerweile sah sich De'Unnero außer Stande, auch nur zu protestieren, denn er merkte, wie der Tiger in seinem Innern rasch die Oberhand gewann und alle Widerstände seiner Selbstbeherrschung und seines Bewusstseins überwand.

»Lauf und geh auf die Jagd, mein Geliebter«, hörte er Sadye mit erregter Stimme sagen.

Der Wertiger musterte kurz die Frau, dann verschwand er mit einem Satz im Wald, auf der Suche nach dem süßen Blutgeruch.

Wie sich herausstellte, waren die Auswirkungen auf sein Alltagsleben unmittelbar und unumkehrbar. Aufgrund seines Sieges über die Straßenräuberbande behandelte man Aydrian nicht länger wie ein ungeratenes Kind. Jetzt tuschelten die Bewohner Festertools und Roadapples hinter vorgehaltener Hand über ihn, sobald er in ihre Nähe kam, und nannten ihn Nachtfalke statt Aydrian.

Was ihn ziemlich amüsierte.

Noch mehr amüsierte ihn die Reaktion des sonst so mürrischen Rumpar, der jetzt, die Daumen in seine Weste gehakt, durchs Dorf stolzierte und jedem erzählte, es sei sein Schwert gewesen, das den Riesen zur Strecke gebracht habe. Sein Schwert, mit dem endlich wieder Heldentaten vollbracht wurden.

Aydrian ließ dem Mann seine Fantasien; schließlich diente Rumpars Stolz auch seinen Zwecken. Er hatte sich einen Namen machen wollen – Nachtfalke, Hüter von Festertool – und wie es schien, war er seinem Ziel ein gutes Stück näher gekommen.

Es dauerte nicht lange, und schon trafen Anfragen aus anderen Ortschaften ein, ob der Hüter sie nicht besuchen und ihnen bei einem Problem helfen könne; sei es bei einem tollwütigen Wolf oder Bär, oder weil man sich auch dort vor Banditen fürchtete. Einmal, gegen Ende des Sommers, half Aydrian einer weiter westlich gelegenen Dorfgemeinschaft, einen Goblin aufzuspüren und zu töten – ein armseliger Kerl auf dürren Beinen, der einen völlig verängstigten Eindruck machte. Doch selbst dieser Umstand konnte der wachsenden Berühmtheit von Nachtfalke keinen Abbruch tun.

Aydrian nahm dies alles hocherfreut in sich auf; er war überglücklich, endlich auf dem Weg zu seinem Lebensziel zu sein. Dass sein Aufenthalt hier von vorübergehender Natur war, wusste er, denn mangels eines weiteren allumfassenden Krieges – derzeit äußerst unwahrscheinlich – waren seine Möglichkeiten des Erfolgs begrenzt, und auch sein Ruhm konnte sich nur begrenzt verbreiten. Immerhin, das Schicksal hatte ihm einen Erfolg versprechenden Anfang beschert, einen besseren Einstand, als er sich jemals erhofft hatte. Das Auftauchen jener ersten Straßenräuberbande, insbesondere der Umstand, dass sie von einem Riesen angeführt wurde, hatte ihm schnell zu einem Rang verholfen, der ihn über jeden anderen in dieser Gegend erhob. Jetzt musste er nur noch dafür sorgen, dass dies nicht der einzige Höhepunkt seiner Laufbahn blieb.

Augen und Ohren offen haltend, suchte er nach Gelegenheiten, die Dinge weiter voranzutreiben. Jeden Abend suchte er das Orakel auf und stellte fest, dass die Stimme aus dem Dunkel geradezu versessen darauf war, ihn anzuspornen, ihn unter Druck zu setzen und ihm begreiflich zu machen, dass es seine Bestimmung war zu herrschen.

Bei dem ersten Zusammenstoß mit Banditen hatte sich auch in anderer Hinsicht ein Fortschritt ergeben, der Aydrian oft zu denken gab. Zum ersten Mal hatte sein Schwert Blut geleckt. Menschenblut. Er hatte getötet, und das war keine Kleinigkeit. Obwohl er nur schwerlich eine Bande hätte finden können, die diese harte Form der Gerechtigkeit mehr verdient gehabt hätte, belastete der Akt des Tötens den Jungen noch sehr lange – einmal war Aydrian sogar kurz davor, das Schwert wieder über Rumpars Kamin zu hängen und sein Leben als Bauer oder Jäger zu fristen.

Der Kampf in seinem Innern zwischen Übereifer und Gewissensbissen zog sich über mehrere Wochen hin und machte Aydrian schwer zu schaffen. Und wieder war es das Orakel, das ihm darüber hinweghalf, das ihm zu der Erkenntnis verhalf, dass ein Held in einer oft brutalen und gewalttätigen Welt nur auf diese Weise bestehen konnte. Erst nachdem er sich Klarheit über seine Gefühle verschafft hatte, als er endlich akzeptieren konnte, richtig gehandelt zu haben, und begriff, dass der Kampf ein unvermeidlicher Teil seines Lebensweges und die Sterblichkeit für jeden Menschen ein Aspekt seines Menschseins war, konnte er frei und unbeschwert auf diesen Kampf zurückblicken.

Dieses Akzeptieren, dass er die Ursache für den Tod anderer sein konnte, sollte sich noch als folgenschwerste Auswirkung des Kampfes gegen die Banditen herausstellen …

Als Marcalo De'Unnero am nördlichen Himmel die ersten Vorboten des Winters ausmachen konnte, war ihm dieser Anblick alles andere als willkommen. Denn Winter, das bedeutete, dass er noch häufiger hinter verschlossenen Türen hocken und noch mehr Zeit mit den geistlosen Bewohnern dieses armseligen, winzigen Dorfes verbringen musste. Jeden Tag gingen sie mit einem blöd-zufriedenen Lächeln im Gesicht ihrer Arbeit nach und taten auch noch so, als sei dies eine besondere Leistung.

Man hackte Holz, verbrannte es, hackte noch ein bisschen mehr.

Man kochte sich etwas zu essen, aß es auf, kochte sich die nächste Mahlzeit.

In De'Unneros Augen kam dies einer Tretmühle gleich, in

der man sich Stunde um Stunde, Tag für Tag abrackerte. Nein, entschied er, eigentlich war ihm sogar ein noch schlimmeres Los beschieden, denn das Treten hätte wenigstens noch seine Ausdauer verbessert, hätte wenigstens noch einen Nutzen, wäre wenigstens noch ein Schritt voran auf dem Weg zu persönlicher Entwicklung und Erkenntnis.

Wie viele Jahre fristete er jetzt schon dieses jämmerliche Bauernleben – nein, Leben konnte man es eigentlich gar nicht nennen!

Eines Morgens stand er draußen im kalten, nassen Regen und reparierte mit drei anderen ein Dach. Die Konstruktion war schlicht und die Reparatur dementsprechend einfach. Zweifellos würde dieses Dach, wie alle anderen auch, wieder und wieder repariert werden müssen, bis er genau wie all die anderen Dorfbewohner an Altersschwäche starb. Anschließend durften dann selbstverständlich deren Kinder und andere, jüngere Siedler die Dächer reparieren, und immer so weiter – stets mit demselben blöden Lächeln im Gesicht, einem aus dem einfältigen Glauben erwachsenen Lächeln, dass man mit der Sicherung des nackten Überlebens etwas Erhabenes und Wundervolles leistete.

»Ich bin dazu verdammt, intelligent auf die Welt gekommen zu sein«, murmelte er so laut, dass der neben ihm arbeitende Mann es hörte. Der Dörfler schaute De'Unnero kurz fragend an, reagierte aber, von einem vollkommen leeren Gesichtsausdruck abgesehen, nicht weiter darauf.

»Und das«, sagte ihm De'Unnero auf den Kopf zu, »ist aus deinem Mund die absolut perfekte Antwort.«

Mit einem frustrierten Brummen schleuderte De'Unnero den Hammer quer über den kleinen Hofplatz, wo er mit einem schlangengleichen Rascheln unter die Haufen gefallenen Laubes schlitterte.

»He, den Hammer findest du nie im Leben wieder!«, rief einer der anderen, der sich für den Vorarbeiter hielt.

»Und wenn schon, dann machen wir eben einen neuen«, fauchte De'Unnero ihn an. »Und sollte der auch kaputtgehen, stellen wir wieder einen her und kommen uns noch toller vor.«

»Was redest du da für einen Unsinn?«, fuhr ihn der Mann schroff an.

»Wer die Wahrheit erkennt, ist dazu verdammt ...«, setzte er zu einer Erwiderung an, begann schließlich zu stammeln und sah sich mit den Armen rudernd um. »Dazu verdammt ... hierzu verdammt!«, rief er, sprang von der niedrigen Dachkante herunter und lief quer über den kleinen Hofplatz aus festgetretenem Lehm. Er spielte in diesem Augenblick mit dem Gedanken, zu Sadye zu laufen und sie gewaltsam zu nehmen, ohne ein einziges Wort.

Aber schon die Vorstellung ließ ihn zögern. In letzter Zeit hatte Sadye davon gesprochen, ein Kind, De'Unneros Kind, zu bekommen, und sicher war sie dafür noch jung genug. Es war nicht so sehr der Gedanke an ein Kind, der De'Unnero störte – bis er sich seine Umgebung näher besah. Wie konnte er sein und Sadyes Kind – das zweifellos intelligent sein würde – in dieser Umgebung in die Welt setzen?

Nach dem Glauben der abellikanischen Kirche war die Hölle ein Ort des Feuers und des Schwefels, voller bösartiger Kreaturen, die glücklose Seelen marterten. De'Unnero dagegen hielt es mit jedem Tag, der verstrich, für wahrscheinlicher, dass die Hölle ein Bauerndorf am Rande des Nirgendwo war.

Also verließ der ehemalige Mönch innerlich aufgewühlt das Dorf Masur Tuber und lief, sämtliche Äste abknickend, die niedrig genug hingen, um sie zu erreichen, in den Wald. Vor einem kleinen abgestorbenen Baum blieb er stehen und begann mit seinen Übungen des Kampfkunsttrainings, ganz ähnlich denen, die er so erfolgreich in St. Mere-Abelle unterrichtet hatte. Füße und Hände in unablässiger Bewegung, zersplitterte De'Unnero den abgestorbenen Baum und riss dabei sogar dessen Stamm halb aus der Erde.

Als selbst das ihn nicht befriedigte, setzte er seinen Fußmarsch durch den Wald fort. Er spielte mit dem Gedanken, ein Lied anzustimmen, zu versuchen, sich mit Hilfe von Musik zu beruhigen, wie Sadye es oft tat, aber er hatte kaum angefangen, als sich eine andere Melodie in sein Bewusstsein drängte, eben jene disharmonische Tonfolge, die Sadye gespielt hatte, um den Wertiger hervorzulocken. Anfangs versuchte De'Unnero sich gegen die schrillen Töne zu sperren und sie aus Angst vor ihrer Wirkung in seinem erregten Zustand aus seinen Gedanken zu verbannen.

Dabei war es gerade dieser Erregungszustand, der ihn zwang, dieses unmelodische Lied in Gedanken weiterzuspinnen, und der ihn verführte, die schrillen Töne offenen Ohres in sich aufzunehmen.

Innerhalb von Minuten hatte Marcalo De'Unnero seine zerfetzten Kleidungsstücke abgelegt und bewegte sich auf vier samtenen Pfoten fort. Vielleicht würde es seinen Zorn besänftigen, wenn er einen Hirsch riss. Vielleicht würde er seine Wut im Kampf mit einem Bären austoben können.

Eine unglückliche Fügung des Schicksals ließ zwei Jäger, die sich nach erfolgreicher Jagd mit einem noch blutenden Hirsch auf dem Rückweg in ihr Dorf befanden, seinen Pfad kreuzen.

Dieser köstliche, süße Blutgeruch!

Federnd sprang der Wertiger auf einen tief hängenden Ast, stieß sich mit einem zweiten, mächtigen Satz ab, der ihn das weite Stück bis hin zu den Jägern trug, und fiel in wilder Raserei über sie her. Wenige Herzschläge und ein paar schmerzerfüllte Schreie später lagen drei blutige Kadaver auf dem Boden.

Der Wertiger tat sich an ihnen gütlich, nicht ahnend, dass ihre Todesschreie durch den Wald bis zu den in Masur Tuber arbeitenden Bauern gedrungen waren.

Als Sadye die Schreie hörte, Schreie äußersten Entsetzens und menschlicher Schmerzen, wusste sie sofort, woher sie stammten und dass sich die Bestie wieder einmal gezeigt hatte. Sie mischte sich unter die Gruppe der Dorfbewohner, die sich auf der den Schreien am nächsten gelegenen Seite von Masur Tuber eingefunden hatte. Die meisten kräftigen Männer waren, wie auch viele der Frauen, irgendwo außerhalb des Dorfes unterwegs, daher entstand einige Verwirrung und es kam zu hektischem und hilflosem Gestikulieren. Sadye wusste dies zu ihrem Vorteil zu nutzen; sie trug den Zurückgebliebenen auf, sich in der Ortschaft zu verschanzen, während sie losziehen wollte, um zu sehen, was sie in Erfahrung bringen konnte.

Natürlich waren einige der jüngeren Männer mit diesem Plan nicht einverstanden, also bot Sadye ihnen an, sie als Späher zu begleiten, und schickte sie dann absichtlich in die falsche Richtung.

Ihre Gedanken ein wüstes Durcheinander, hastete sie zwischen den Bäumen hindurch. Marcalo hatte bei der Versammlung gefehlt, obwohl sie wusste, dass er an diesem Tag im Dorf zu tun hatte; es bestätigte ihr lediglich, was sie im Herzen längst wusste.

Sie besaß ein feines Gehör und war sich, was Richtung und Entfernung betraf, ziemlich sicher; trotzdem, wie konnte sie hoffen, ihn in diesem Dickicht, diesem undurchdringlichen Wald zu finden, eine orange gestreifte Katze vor einem Hintergrund aus abgestorbenem, buntem Laub?

Ihr war klar, dass sie mehr als nur ein wenig Glück benötigen würde, daher dankte sie Gott, als sie auf die ersten untrüglichen Zeichen stieß, die zerrissenen Kleidungsstücke ihres Geliebten. Sie sammelte sie ein, lief in gebückter Haltung weiter, fand eine Spur, und tatsächlich, schon kurz darauf bot sich ihr ein Szenario des Schreckens.

Der Wertiger drehte sich leise und bedrohlich knurrend zu ihr um. Sie konnte seine Erregung deutlich spüren; noch nie hatte sie De'Unnero so dicht vor einem Ausbruch erlebt.

Plötzlich erschien Sadye der Einfall, sich hierher zu wagen, gar nicht mehr so gut, also nahm sie die Laute vom Rücken und begann, eine leise, besänftigende Melodie zu spielen.

Abermals knurrte der Wertiger, ließ das Menschenbein fallen, an dem er genagt hatte, und begann sich in tief gebückter Haltung langsam und bedächtig anzupirschen.

Sadye war klug genug, nicht wegzulaufen. Ruhig spielte sie weiter und sang dazu; mehr als einmal brach ihre Stimme aus Besorgnis und nackter Angst, denn sie glaubte sich ihrem sicheren Ende nah.

Sie sang und spielte, flocht des Öfteren eine flehentliche Bitte in ihr Spiel ein und bekniete De'Unnero, sie nicht zu töten. Die große Katze, keine zehn Fuß entfernt, hätte sich ohne Weiteres auf sie stürzen können; als sie den Wertiger dann mit den Hinterpfoten trampeln sah, um einen sicheren Stand für den Absprung zu finden, setzte Sadyes Herz einen Moment lang aus, und sie hätte beinahe die Flucht ergriffen.

Aber sie behielt die Nerven, gab die Hoffnung nicht auf, spielte und sang, und beinahe hätte ihre Stimme abermals ausgesetzt, als sie plötzlich sah, wie die Spannung aus dem Katzenkörper wich.

Darauf wechselte sie zu einem anderen Lied, das sie oft benutzt hatte, um den Wertiger in den Wald zu schicken. Aber diesmal lief De'Unnero nicht fort, sondern blieb einfach stehen und starrte sie lange, sehr lange an.

Als die Verwandlung einsetzte, vernahm sie das Knacken von Knochen, gefolgt von einem leisen, schmerzgequälten Knurren.

Kurz darauf lag Marcalo De'Unnero nackt vor ihr auf dem Boden, über und über mit dem Blut der beiden Dorfbewohner beschmiert.

»Was hast du nur getan?«, rief Sadye, schob ihre Laute wieder auf den Rücken und eilte zu ihm.

De'Unneros Blick wanderte von ihr zum Schauplatz des Gemetzels; wieder knurrte er, diesmal jedoch war es ein menschlicher Laut, ein Laut abgrundtiefer Verzweiflung. Er raufte sich die schwarzen Haare, ballte seine Hände zu Fäusten und schlug sich damit auf die Augen.

Sadye streichelte ihm die Schulter, versuchte ihn zu trösten. »Warum, mein Liebster, warum?«, bedrängte sie ihn sanft.

De'Unnero stimmte ein lautes Wehklagen an, aus dem Sadye sowohl Wut als auch Selbstekel heraushörte.

»Wie ist das passiert?«, bedrängte ihn Sadye. »Du musst es mir sagen!«

Er antwortete nicht.

»Wie konnte es nur so weit kommen?«

De'Unnero fauchte sie an. »Wieso denn nicht?«, fragte er wütend. »Seit mehr als einem Jahrzehnt schlage ich mich jetzt in diesen kleinen Dörfern durch und versuche, bei diesen ... diesen Leuten zu überleben!«, stieß er voller Verachtung hervor, mit dem Arm in die ungefähre Richtung des Dorfes deutend.

Dann machten Stimmen aus dem Wald ihrer Unterhaltung jäh ein Ende. »Lauf weg!«, zischte ihm Sadye aufgebracht ins Ohr. »Verschwinde doch von hier, wenn du diesen Ort so hasst!« In ihrem Ton schwangen Wut und blanke Gehässigkeit mit, aber De'Unnero gehorchte und lief nackt durch den herbstlichen Wald.

Sadye schaute ihm nach, dann eilte sie zum Schauplatz des Gemetzels zurück und wälzte seine zerrissenen Kleidungsstücke im Blut. Anschließend nahm sie eine sitzende Haltung ein und begann in wechselnden Stimmen mit sich selbst zu sprechen, so als führe sie beide Seiten eines Zwiegesprächs.

Kurz darauf stolperten zwei der Späher völlig außer Atem auf den Tatort und stießen einen erschrockenen Schrei aus, als sie ihre toten Freunde wiedererkannten.

»Und mein Callo auch!«, wimmerte Sadye und zeigte ihnen die zerfetzten Kleidungsstücke. »Die Bestie hat ihn überwältigt!« Dass ihre letzte Bemerkung ironischerweise mehr als nur einen Funken Wahrheit enthielt, war der intelligenten Sadye keineswegs entgangen, trotzdem ließ sie sich ihre Amüsiertheit nicht anmerken.

Die Jäger schwenkten bedrohlich ihre Waffen und schworen, die Bestie auf der Stelle zu töten, aber Sadye fiel ihnen ins Wort. »Es war eine große Raubkatze«, weinte sie. »Größer als drei Männer. Mein Callo ist sicher längst tot; außerdem würde er bestimmt nicht wollen, dass ihm jemand aus Unbesonnenheit in den sicheren Tod nachrennt! Wir müssen sofort alle ins Dorf zurück und uns dort verschanzen.«

Diesmal konnte sie sich ein verstohlenes Schmunzeln nicht verkneifen, weil diese mutigen Männer sich so schnell von ihren Argumenten überzeugen ließen.

»Tja, einen Burschen wie dich hätten wir gut gebrauchen können«, sagte der Mann zu Nachtfalke, als sie mit der gesamten Einwohnerschaft Festertools eines Abends in Rumpars Schankraum saßen und der Fremde ihnen seine grässlichen Narben wie Ehrenauszeichnungen vorführte. »Allerdings möchte ich bezweifeln, dass selbst ein Riesentöter gegen diese Bestie eine Chance gehabt hätte!«

Aydrian verkniff sich eine Antwort und lauschte auf jedes Wort, das der Mann mit Namen Mickael von sich gab.

»Wer ist denn von Micklins Dorf noch übrig?«, erkundigte er sich dann nach einer Weile, nachdem Mickael die Geschichte ein weiteres Mal zum Besten gegeben hatte.

»Na ja, ein paar Leute wohnen schon noch dort«, antwortete Mickael.

»Wie lange würde ich bis dorthin brauchen?«

»Vielleicht drei Wochen, wenn du stramm marschierst«, antwortete Mickael nach kurzem Zögern. In Aydrians Ohren hörte er sich wie jemand an, der nicht möchte, dass man ihm auf die Schliche kommt. »Aber warum solltest du dort hingehen? Eine heiße Spur wirst du wohl kaum noch finden.«

»Aber ich werde irgendeine Spur finden«, erwiderte Aydrian. »Irgendeinen Anhaltspunkt. Wenn diese Bestie, wie du sie beschreibst, tatsächlich existiert ...«

»Du zweifelst also an meinen Worten?«, fuhr Mickael laut protestierend auf.

Aydrian starrte auf das entblößte Bein des Mannes, dessen Außenseite aus nichts als vier tiefen Narben zu bestehen schien. »Ich muss sofort zu Micklins Dorf aufbrechen«, sagte er. »Um festzustellen, was das für eine Bestie ist. Dann werde ich ihre Spur aufnehmen und sie unschädlich machen.«

»Aus dem Wald kommst du nicht lebend wieder raus«, sagte Mickael lachend, wandte sich zu seinem Tischnachbarn um und hob amüsiert sein Glas, um ihm zuzuprosten.

Aydrian packte den Mann bei den Schultern und drehte ihn abrupt wieder herum. »Du wirst mir jetzt eine Karte zeichnen, wie ich zu dem Dorf komme«, verlangte er ruhig, aber mit so viel Nachdruck in der Stimme, dass Mickael das Blut aus dem Gesicht wich. »Und dann wirst du mir noch einmal ganz genau erzählen, was sich an jenem Abend abgespielt hat und was du von der Bestie weißt.«

Was Mickael auch tat; anschließend verabschiedete sich Nachtfalke mit einem entschlossenen Nicken von den Bewohnern Festertools und verließ den Schankraum.

»Der fackelt nicht lange«, bemerkte Rumpar, und mehrere der anderen nickten und pflichteten ihm murmelnd bei.

»Deswegen wird er auch nicht lange überleben«, sagte Mickael. »Falls er den Katzenmann überhaupt findet.«

Seine Worte stießen bei den Bewohnern Festertools, bei den Leuten, die sich mittlerweile auf Nachtfalke verließen und die den etwas aus der Art geschlagenen Jungen mittlerweile als einen der ihren betrachteten, auf nicht geringen Spott. Nachtfalke war nach eigenem Bekunden der Beschützer Festertools, und darauf waren die Bewohner Festertools durchaus stolz.

Trotzdem hatte ein jeder, der an diesem Abend im Schankraum saß, eine Heidenangst, Mickael könnte doch Recht behalten und ihr junger Held könnte bald ein toter Held sein.

Sie fand De'Unnero am zweiten Morgen danach auf einer Hügelkuppe unweit des Dorfes an einem ihrer Lieblingsplätze, den sie und der ehemalige Mönch des Öfteren aufgesucht hatten, um sich zu lieben. Sie hatte Masur Tuber mit den Worten verlassen, jetzt, da ihr Mann tot sei, halte sie nichts mehr dort, und sie wolle zu ihrer Familie nach Palmaris zurückkehren. Natürlich hatten die Dorfbewohner sie zurückzuhalten versucht, und nachdem sie all ihre Einwände abgewiesen hatte, boten ein paar von ihnen sogar an, sie zu begleiten. Als sie auch diese Hilfe ablehnte, rieten sie ihr, wenigstens noch ein paar Tage zu warten. Schließlich wolle sie doch nicht dieser mörderischen Raubkatze über den Weg laufen, oder?

Aber natürlich war genau das ihre Absicht gewesen, und jetzt hatte sie ihn gefunden; seelenruhig hockte er da, trug die Kleidungsstücke, die er unweit des Dorfes im Wald vergraben hatte, und machte einen völlig sorglosen und unbekümmerten Eindruck.

»Ich hätte nicht gedacht, dass du kommen würdest«, begrüßte De'Unnero sie kühl, so als wäre ihm das alles gleichgültig. Aber natürlich wusste Sadye, wie er in Wahrheit darüber dachte, sie wusste, dass er hier gesessen und geradezu verzweifelt auf ihr Kommen gewartet hatte.

»Und was hättest du getan? Mich verfolgt und aufgespürt?«, versuchte sie ihn aufzuziehen. »Oder bist du etwa so töricht zu glauben, du könntest ohne mich leben?«

Diese letzte Bemerkung, und mehr noch die vollkommen selbstgewisse und gefasste Art, wie sie ausgesprochen wurde, ließ den innerlich aufgewühlten De'Unnero lauthals lachen; plötzlich erhob er sich, nahm die Frau überschwänglich in die Arme und legte sie sanft auf den weichen, laubbedeckten Boden.

»Hast du keine Angst?«, fragte De'Unnero später, als sie einander unter dem blauen Herbsthimmel in den Armen lagen.

»Wenn man uns findet, wirst du sie verjagen, da bin ich ganz sicher«, antwortete Sadye kess, aber De'Unnero umfasste ihr Gesicht mit seiner kräftigen Hand und zwang sie, ihm in die Augen zu sehen.

»Nicht vor denen«, erwiderte er, so als wäre die Vorstellung geradezu absurd, und fügte, jedes Wort langsam und gedehnt aussprechend, als Erklärung hinzu: »Ich meinte, hast du keine Angst vor mir?«

»Vielleicht ist das ja gerade das Verlockende, Marcalo De'Unnero«, antwortete Sadye lächelnd.

Kurz darauf waren sie wieder unterwegs ... mit ungewissem Ziel.

17. Von ganzem Herzen

»Es wäre nicht die klügste Entscheidung«, gab Herzog Kalas sich wohlüberlegt und gefasst, aber Jilseponie fiel es nicht sonderlich schwer, seine ruhige Fassade zu durchschauen. Innerlich schrie der Mann geradezu, dass die Ernennung ein tollkühnes Abenteuer wäre und dass es einer Abtretung des gesamten Nordens von Wester-Honce an die – zumindest in Kalas' Augen – so verhassten Abellikaner gleichkäme, wenn man der Kirche eine gesicherte Stellung in Palmaris verschaffte.

»Der Präzedenzfall für diese Situation war in jeder Hinsicht ein durchschlagender Erfolg«, gab König Danube ruhig zu bedenken. Jilseponie neben ihm vermochte ihr zufriedenes Lächeln ausgezeichnet zu verbergen. Fast eine Woche lang hatte sie Danube auf diesen Entschluss vorbereitet: nämlich zu erlauben, dass Abt Braumin ihre Nachfolge als Bischof von Palmaris antrat. Anfangs hatte sich Danube noch gesträubt, und zwar vehement, dabei war er dem Mann durchaus wohlgesonnen, der sich, wie jeder wusste, nicht unmaßgeblich dafür eingesetzt hatte, dass Jilseponie Danubes Königin wurde. Danube waren die Folgen für seinen von Eifersüchteleien beherrschten Hof durchaus bewusst gewesen, und vor allem Herzog Kalas hatte aus seinem Hass auf die abellikanische Kirche nie einen Hehl gemacht.

»Ich bitte um Verzeihung, mein König, aber bei dem Präzedenzfall handelte es sich um die Berufung in ein staatliches, nicht in ein kirchliches Amt, obwohl Jilseponies Treue gegenüber der Kirche natürlich allgemein bekannt ist«, erwiderte Herzog Kalas. Jilseponie konnte sich ein Lächeln nicht verkneifen. Am liebsten hätte sie dem Mann offen applaudiert für die Beherrschtheit, mit der ihm die verhassten Worte ohne den geringsten Hauch von Spott oder Verachtung über die Lippen kamen.

»Daher ist es nur angemessen, dass wir mit gleicher Münze zurückzahlen und zulassen, dass dieser zweite Bischof aus dem Haus der abellikanischen Kirche kommt«, erklärte König Danube, woraufhin Herzog Kalas zusammenzuckte. Jilseponie schien es, als könnte der Mann jeden Augenblick explodieren, und fast glaubte sie, dass sie ein wenig zu viel Spaß bei dieser Farce empfand. »Abt Braumin ist in jeder Hinsicht eine ausgezeichnete Wahl«, fügte der König hinzu. »Ich versichere Euch, das weiß ich aus allerbester Quelle.« Als er geendet hatte, schaute er zu Jilseponie hinüber, ergriff ihre Hand und drückte sie.

Nicht einmal Herzog Kalas, sonst schnell mit einer passenden Bemerkung bei der Hand, vermochte dieser Feststellung offen zu widersprechen, wie Jilseponie jetzt erkannte, obwohl sie hinter der nach außen so versöhnlichen Fassade kleine Dolche zu bemerken glaubte.

»Fasst Mut, Herzog Kalas. Bischof Braumin wird Palmaris

im besten Interesse von Staat und Kirche regieren«, versuchte die Königin Zuversicht zu verbreiten. »Denn er wird Palmaris im besten Interesse der Bevölkerung von Palmaris regieren.«

»Ein Herzog herrscht im Interesse des Königs«, fiel er ihr korrigierend ins Wort.

»Ich weiß, Ihr habt nur wenig Vertrauen in die Kirche«, fuhr Jilseponie fort, seinen Einwand überhörend und nicht gewillt, sich auf eine Diskussion darüber einzulassen. Schließlich war sie es – und nicht etwa Herzog Kalas oder die Mehrheit am Hofe des Königs –, die davon überzeugt war, dass die Interessen des gemeinen Volkes sich mit denen des Königs deckten. »Außerdem möchte ich Eurer Beurteilung der früheren Ereignisse nicht unbedingt widersprechen. Eins aber möchte ich klarstellen: Die heutige abellikanische Kirche ist nicht mehr die abellikanische Kirche vergangener Jahrzehnte, sondern ein Orden, der sich dem Wohlergehen der Bürgerschaft verschrieben hat – König Danubes Schäfchen, wenn Ihr so wollt.«

Während ihrer kurzen Erklärung betrachtete Herzog Kalas sie mit aller gebotenen Höflichkeit, aber auch jetzt hatte Jilseponie keine Mühe, die mörderische Wut hinter seinen Blicken zu erkennen.

Nun, da ihr Gemahl sich endlich bereit erklärt hatte, der Ernennung zuzustimmen, und in diesem Punkt auch nicht mehr wanken würde, merkte Jilseponie, dass sie diesen Anflug von Verzweiflung durchaus genoss.

Und zwar wieder einmal viel zu sehr; dabei tat es Jilseponie gut zu sehen, wie einer dieser hochnäsigen Adligen mit seiner tief verwurzelten Überzeugung scheiterte, sie seien die Einzigen im ganzen Königreich, die zählten, während man das gemeine Volk nur so weit ruhig zu halten brauchte, dass es nicht offen gegen die Krone rebellierte.

Herzog Kalas musste sich in dieser Angelegenheit geschlagen geben und war sich dessen offensichtlich auch bewusst.

Er sah sich wie auf der Suche nach Unterstützung um, doch sein üblicher Beistand, Constance Pemblebury, eine Frau, die ihre Stimme ganz sicher gegen die Ernennung Braumins erhoben hätte, war, wie so oft in letzter Zeit, an diesem Tag nirgends zu finden. Seit der Hochzeit vor einem Monat hatte sich Constance in Gegenwart des Königs rar gemacht, ja, sie hatte sogar davon gesprochen, des milderen Klimas wegen in die Provinz Yorkey abzureisen.

Jilseponie konnte dies nur hoffen; im Augenblick jedoch bezweifelte sie, dass Constance – oder auch Kalas – die neue Königin so einfach aus ihren prüfenden Blicken entlassen würde.

Jilseponie war gut genug informiert, um diesen kleinen Sieg auszukosten, denn sie war sich von vornherein darüber im Klaren gewesen, dass König Danube sich nur schwerlich überreden lassen würde. Aber auch darüber hatte sie sich nicht den Kopf zerbrochen. Hätte Danube ihrer Bitte ohne einwöchige Diskussionen und Debatten einfach stattgegeben, Jilseponie wäre von ihm enttäuscht gewesen. Sie und ihr Gemahl würden noch oft über das Vorgehen der Krone streiten, daher war es für beide Seiten besser, wenn sie jeden Punkt ausführlich und in aller Offenheit diskutieren konnten, bevor sie einschneidende Maßnahmen beschlossen. In dieser Angelegenheit hatte Jilseponie zu keinem Zeitpunkt auch nur den geringsten Zweifel gehabt. Trotz des zu erwartenden Unbehagens in Ursal war sie überzeugt, dass Abt Braumins Ernennung dem Wohl von Palmaris und den gesamten Nordlanden dienen würde.

Herzog Kalas empfahl sich mit einer knappen Verbeugung und erklärte, er wolle die Pferde für seinen und des Königs Jagdausflug bereitstellen. Jilseponie konnte an jeder seiner Bewegungen unschwer erkennen, dass Herzog Kalas mit ihrer Einschätzung Bischof Braumins nicht einverstanden war.

Irgendwie, und obwohl sie wusste, dass diesem Gedanken

eine gewisse Bosheit anhaftete, fand Jilseponie, dass sein Verhalten ihren Sieg noch ein wenig süßer machte.

Kurz darauf entschuldigte sich auch König Danube aus dem Audienzzimmer und übergab die nachmittäglichen Termine in die fähigen Hände seiner Frau. Es mussten aber nur einige kaum strittige Punkte unter unbedeutenderen Adligen verhandelt werden; darunter die Eingabe eines Seidenhändlers, ein aufdringlicher Straßenverkäufer mache ihm die Kunden abspenstig. Danach folgte ein Treffen, dem Jilseponie alles andere als erfreut entgegensah, das aber auf Ersuchen Meister Fio Bou-raiys unter vier Augen stattfinden musste.

»Ich werde noch vor dem Morgengrauen auslaufen«, erklärte der Meister von St. Mere-Abelle, als er das Audienzzimmer betrat, wo er eine erschöpfte Jilseponie antraf, die sich schwer auf die Armlehne ihres Thrones stützte.

»Es gibt Menschen, für die ist diese Art von Streiterei geradezu ein Lebenselixier«, gestand sie. »Mich ermüdet sie nur, sonst nichts.«

»Ist die Entscheidung gefallen?«, erkundigte sich Fio Bou-raiy.

»Abt Braumin wird noch heute zum Bischof von Palmaris ernannt«, antwortete sie. »Am Abend wird dann die förmliche Erklärung folgen.«

»Und doch ist König Danube, nach allem, was man hört, mit Herzog Kalas auf der Jagd«, erwiderte Bou-raiy ungläubig, denn des Herzogs Hass auf die Kirche war allgemein bekannt.

»Und mit seinem Bruder Midalis«, sagte Jilseponie. »Die Diskussion über diese Angelegenheit ist abgeschlossen, und Kalas weiß das. Die Ernennung steht fest, wie ich es versprochen hatte.«

»Ihr seid eine vortreffliche Verbündete«, erwiderte Bou-raiy grinsend.

»In erster Linie fühle ich mich den Menschen des Bärenreiches verbunden«, erinnerte ihn Jilseponie, wohl wissend, dass man diesen Mann stets in die Schranken weisen musste. Zwar hatte sie festgestellt, dass sie Bou-raiy nicht unbedingt verabscheute, andererseits war sie auch nicht gerade eine großartige Verfechterin der etwas unduldsamen Weltsicht dieses Mannes. In vielerlei Hinsicht erinnerte Bou-raiy sie an den ehrwürdigen Vater Markwart, beziehungsweise an den Mann, zu dem Markwart hätte werden können, wäre er sich der durch sein Verschulden entstandenen Katastrophe bewusst gewesen. Womöglich hätte Markwart dann einige Fehler vermieden, aber wäre er deshalb wirklich unschuldiger gewesen?

»Demzufolge fühlt Ihr Euch ebenfalls der Kirche verbunden, denn der Abellikaner-Orden teilt diese Hoffnung«, sagte Bou-raiy.

Jilseponie, zu erschöpft, um dieser überfrachteten Vermutung weiter nachzugehen, nickte nur.

»Deshalb möchte ich Euch um einen weiteren Gefallen bitten, oder vielleicht sollte man es besser einen Austausch von Gefälligkeiten zwischen Menschen nennen, die auf derselben Seite kämpfen«, fuhr Fio Bou-raiy mit einem verschmitzten Grinsen fort, das Jilseponie sofort wachsam werden ließ.

»Ihr wartet heute mit so mancher Überraschung auf, Meister Bou-raiy«, erwiderte die Königin. »Falls wir über weitere Geschäfte sprechen wollen, hättet Ihr dann nicht sowohl Bischof Braumin als auch Abt Ohwan mitbringen sollen?«

»Sie sind über meine Ziele bestens unterrichtet und unterstützen sie auf jede nur erdenkliche Art«, antwortete Bou-raiy, der sich in seiner Rolle offenkundig sehr gefiel – was Königin Jilseponies Unbehagen nur noch verstärkte.

»Ich möchte Euch einen Vorschlag machen«, erklärte Bou-raiy. »Einen Austausch von Gefälligkeiten zum beiderseitigen Nutzen. Ich für meinen Teil werde Euch und Bischof Braumin das geben, was Ihr Euch am meisten wünscht, meine Einwilligung in die Heiligsprechung von Avelyn Desbris. Zweifelt nicht, dass ich den Vorgang beschleunigen kann; möglicherweise ließe sich Avelyns förmliche Seligsprechung und seine Erhebung in den Stand der Heiligkeit schon bis Ende nächsten Jahres erreichen.«

Jilseponies Blick verengte sich argwöhnisch. Sie hatte gewusst, dass Bou-raiy in das Vorhaben einwilligen würde, und sei es nur, um auch weiterhin bei vielen jungen und einflussreichen Meistern in der abellikanischen Kirche wohlgelitten zu sein. Seine so frühzeitige und so unverhohlene Zustimmung konnte daher kaum überraschen. Was ihr jedoch Sorgen machte, war Fio Bou-raiys Versuch, die Bedeutung seiner Einwilligung so stark herauszuheben.

»Ihr bietet etwas an, was in den Augen nahezu aller, denen die Zeit der Pest noch in Erinnerung ist, nur absolut folgerichtig wäre«, erwiderte sie, bemüht, sich ihren Argwohn, ja ihre Verärgerung nicht anmerken zu lassen. »Keiner, der die Pest wegen seiner Pilgerreise zum Barbakan überlebt hat oder Zeuge der wundersamen Heilung eines seiner Lieben durch den Bund von Avelyn wurde, zweifelt noch an Avelyns Aufstieg in den Stand der Heiligkeit.«

»Allerdings sind im Laufe dieses Prozesses einige beunruhigende Verhaltensweisen des jungen Avelyn ans Licht gekommen«, antwortete Bou-raiy unverblümt. »Zum Beispiel seine Flucht aus St. Mere-Abelle.«

»Seine Flucht vor einer unrechtmäßigen Hinrichtung, meint Ihr wohl«, erwiderte Jilseponie.

Fio Bou-raiy nickte, und sein Gesichtsausdruck verriet, dass er zwar nicht bereit war, in diesem Punkt nachzugeben, er ihn aber zu diesem Zeitpunkt auch nicht ausgiebig zu diskutieren wünschte. Bei Avelyns Flucht aus der Abtei war ein berühmter Meister, Siherton, getötet worden, und selbst Avelyns glühendste Verehrer konnten nicht bestreiten, dass Avelyn zumindest teilweise für seinen Tod verantwortlich war.

»Des weiteren wäre da noch sein übermäßiger Alkoholgenuss, wie ihr selbst bezeugt habt«, fuhr Bou-raiy fort. »Und da wäre sogar noch Avelyns – wie soll ich es taktvoll formulieren? – allseits bekannte Vertraulichkeit jenseits aller kirchlichen Grundsätze mit …«

»Mit mir«, beendete Jilseponie gelassen den Satz, wobei ihr Mienenspiel die Übellaunigkeit verriet, die sie in diesem Augenblick überkam. »Ganz recht, Meister Bou-raiy, wir waren intim miteinander«, gestand sie freimütig, woraufhin der Mann mit den scharf geschnittenen Gesichtszügen die Brauen hochzog. »Allerdings nicht körperlich. Wir waren uns in unserer Verbindung über den Seelenstein beim Prozess des Heilens nahe, als Avelyn mich im Gebrauch der heiligen Steine unterwies.«

»Und auch das …«, wollte Bou-raiy einwenden.

»… war absolut notwendig und diente dem Wohl der ganzen Welt«, schloss Jilseponie an seiner statt. »Falls Ihr gekommen seid, um Euch für eine allseits vorteilhafte Partnerschaft auszusprechen, dann habt Ihr einen sehr verschlungenen Pfad zu Eurem Ziel gewählt«, sagte sie schneidend. »Und falls Ihr mich zu Eurer Feindin machen wollt, dann seid Ihr wirklich ein Narr.«

Ihre Offenheit ließ Fio Bou-raiy stutzen. Er hob abwehrend die Hände, dann legte er nachdenklich die Finger an die Lippen und atmete tief durch, so als wollte er die letzten Augenblicke des ein wenig aus dem Ruder gelaufenen Gesprächs noch einmal zurückspulen.

»Ich versuche lediglich darauf hinzuweisen, dass der Prozess nach wie vor schwierig ist«, rechtfertigte er sich, ein für Meister Fio Bou-raiy durchaus ungewöhnliches Verhalten. »Und dass meine Unterstützung die Dinge – «

»Unterstützung, ganz recht; das sollte Euer Gefühl von Euch verlangen, wenn Ihr von so aufrechtem Wesen seid, wie Ihr immer behauptet.«

Jilseponies unverblümte Bemerkung ließ ihn hilflos

schmunzeln. »Ich werde nicht einfach nur meine Einwilligung geben, sondern mich aktiv für Sankt Avelyn einsetzen«, fuhr Bou-raiy fort. »Denn natürlich ist genau das der richtige Weg. Ich möchte Euch allerdings bitten, mir auf diesem Weg zu folgen. Und das ist nicht nur eine Bitte, sondern auch ein Angebot; bitten möchte ich Euch nur, zu überlegen, was für die Welt am besten ist, bevor Ihr Eure Entscheidung fällt.«

Jilseponie verkniff sich ihre offenkundig unwirsche Erwiderung und ließ den Mann weiterreden.

»Ich möchte Euch ein Amt, gewissermaßen als Ergänzung zu Eurem derzeitigen Rang, anbieten«, erläuterte Bou-raiy. »Ich will ganz ehrlich zu Euch sein; Bischof Braumin billigt meinen Vorschlag, und zwar von ganzem Herzen. Er und ich sind der Überzeugung, Ihr könntet sowohl dem Königreich als auch Kirche und Volk weit besser dienen, wenn Ihr, als Ergänzung zu der Krone, die Ihr derzeit auf Eurem Haupte tragt, einen weiteren Titel übernehmt. Wir möchten Euch daher bitten, eine Ernennung zur obersten Ordensschwester von St. Honce in Erwägung zu ziehen, eine Position, die meiner als Ordensmeister entspricht und Euch nur wenige liturgische Pflichten abverlangt. In den Augen des Volkes aber wäre es ein Zeichen dafür, dass Kirche und Staat sich einig sind.«

Und eines, das die engsten Freunde meines Gemahls in helle Aufregung versetzen wird, dachte Jilseponie, sprach es jedoch nicht aus. Sie konnte sich gut vorstellen, was für ein Gesicht Herzog Kalas machen würde, sollte sie tatsächlich die Position einer obersten Ordensschwester von St. Honce übernehmen.

Jilseponies Gedanken gingen jedoch rasch in eine andere Richtung und befassten sich eher mit dem Mann, von dem dieser überraschende Vorschlag kam, als mit den möglichen Reaktionen, falls sie einwilligte. Warum in aller Welt sollte Fio Bou-raiy ihr dieses Angebot machen? Was hatte er davon? Zweifellos hätte er ihr diesen Vorschlag niemals unterbreitet, wenn er nicht vor allem für ihn von Vorteil wäre.

»Ihr hättet nur wenige Pflichten, darunter keine, die nicht freiwillig wären«, fuhr Bou-raiy fort. »Ihr würdet dadurch zu dem zweifellos bald anberaumten Abtkollegium eingeladen werden: Das käme König Danube doch gewiss nicht ungelegen.«

Schon möglich, überlegte Jilseponie; in Wahrheit schwirrten ihr jedoch viel zu viele Möglichkeiten durch den Kopf, um sie in diesem Moment zu sortieren.

»Und was meint Abt Ohwan dazu?«, fragte sie, und schon zeigten sich die ersten Risse in Bou-raiys scheinbar grenzenlosem Optimismus. Was in Jilseponies Augen Bände sprach, schließlich bestätigte es ihr, dass Ohwan sie nicht besonders mochte. Sie hatte ihn oft mit Constance Pemblebury tuscheln sehen, auch wenn sie den Grund für diese Gespräche unter vier Augen nur erraten konnte.

»Diese Entscheidung geht weit über Abt Ohwans Einflussbereich hinaus«, entgegnete Bou-raiy. »Wir bieten der Königin des Bärenreiches eine solche Stellung nicht leichtfertig an. Ich habe ausgiebig mit dem ehrwürdigen Vater Agronguerre, mit Bischof Braumin und mit den Meistern Machuso und Glendenhook, den leitenden Meistern von St. Mere-Abelle, konferiert. Wir machen dieses Angebot nicht unbedacht, Königin Jilseponie. So wie der Bischofsrang unserer Meinung nach dem gemeinsamen Wohl von Kirche, Staat und Volk dient, so wird auch diese zweite Machtbündelung unserer festen Überzeugung nach allen zugute kommen.«

Es war eine Überlegung wert, erkannte Jilseponie, etwas, das man nicht so einfach von der Hand weisen konnte.

Als Fio Bou-raiy Jilseponie an diesem Tag verließ, musste sie über eine Menge nachdenken.

»Dann ist es also wahr?«, fragte Lady Dasslerond ausdruckslos, mit einer Stimme, der keinerlei positive oder negative Reaktion auf die Neuigkeit anzumerken war.

Bradwarden musterte die Herrscherin von Caer'alfar sorgfältig und versuchte irgendeinen Hinweis zu entdecken, wie sie in diesem Punkt empfand. Der Zentaur respektierte Lady Dasslerond und fürchtete sie womöglich mehr als jede andere Kreatur; dabei reichte die zierliche Elfe ihm kaum bis zum Widerrist. Lady Dasslerond konnte eine nützliche und wertvolle Freundin sein, aber eben auch eine tödliche Gegnerin; zumal dem aufmerksamen Bradwarden nicht entgangen war, dass Dasslerond Jilseponie nie sonderlich hatte leiden können und sie außer sich geraten war, als sie erfuhr, dass Elbryan Jilseponie in eines der bestgehüteten Geheimnisse der Touel'alfar eingeweiht hatte: den *Bi'nelle dasada.*

Und jetzt war diese Frau, die den geheimen Schwerttanz der Elfen beherrschte – der einzige Vorteil, den die zierlichen Touel'alfar gegenüber den größeren und kräftigeren Menschen besaßen –, Königin des in erster Linie von Menschen bewohnten Königreiches. Der Zentaur verstand durchaus, wie aufgewühlt die Herrscherin von Caer'alfar derzeit sein musste.

»Sie ist von ebenso aufrichtigem und ehrlichem Wesen wie Elbryan«, erklärte er. »Genau wie Mather und all die anderen, die Ihr eigenhändig ausgebildet habt, Lady Dasslerond. Ihr fürchtet sie, und ich weiß auch, warum; aber ich sage Euch ganz offen, Ihr täuscht Euch. Niemand auf der Welt ist reineren Herzens als meine Pony.«

»Dann ist es also wahr«, wiederholte Dasslerond. »Die Frau regiert als Königin.«

»So ist es«, erwiderte Bradwarden, woraufhin eine dunkle Wolke über Lady Dasslerонds Miene zog.

Vermutlich sah sie bereits eine feierliche Parade der Allhearts, allesamt in prachtvoller Rüstung, aber mit schlanken Degen statt schweren Klingen, auf dem Weg nach Andur'Blough Inninness an sich vorüberziehen, überlegte der Zentaur. Aber warum nur? Diese Frage musste sich Bradwarden ernsthaft stellen. Seines Wissens hatte Pony nicht den geringsten Grund, für die Touel'alfar etwas anderes als aufrichtige Zuneigung zu empfinden.

Natürlich konnte der Zentaur nichts von Lady Dassleronds dunklem Geheimnis namens Aydrian wissen, dem gefährlichen und etwas aus der Art geschlagenen Sohn Jilseponies.

»Er hat es besser weggesteckt, als man erwarten konnte«, sagte König Danube in einer Mischung aus Amüsiertheit und Hilflosigkeit, als Herzog Kalas fast sofort nach Jilseponies Bericht über Meister Bou-raiys Vorschlag aus dem Zimmer stürmte.

Die Königin konnte sich dieser verlegenen Amüsiertheit nur anschließen und schüttelte den Kopf.

»Hast du überhaupt Lust, einen solchen Einfluss in der Kirche auszuüben?«, fragte ihr Gemahl. Sein Ton verriet, dass er sich aufrichtig für ihre Antwort interessierte.

Jilseponie betrachtete ihn voller Dankbarkeit. Er hätte dies nach Gutdünken auf der Stelle ablehnen und eine Verfügung erlassen können, die Jilseponie oder einem anderen Mitglied der königlichen Familie eine formale Einbindung in die Kirche untersagte.

»Ich bin keineswegs überrascht, dass die Kirche deinen Einfluss wünscht«, fuhr Danube fort. »Haben wir nicht den gleichen Kampf um deinen Einfluss in Palmaris geführt?«

»Einen Kampf, der durch die Teilung der Macht entschieden wurde«, erinnerte sie ihn, und wieder lachte König Danube amüsiert.

»Welch gewaltige Umwälzungen im Grundgefüge der gesellschaftlichen Institutionen!«, rief er. »Erst ein Bischof in Palmaris, und jetzt eine Königin in St. Honce, und das auch noch ganz offiziell!

Aber was mir Angst macht und was ich nicht verstehe, sind die Motive Meister Bou-raiys«, fuhr er offen fort. »Ich glaube diesen Mann mittlerweile gut genug zu kennen, um zu wissen, dass aus seiner Sicht mehr hinter der Ernennung stecken muss als das Einvernehmen zwischen Staat und Kirche; etwas, das über das Allgemeinwohl hinausgeht.«

»Ich fürchte, du durchschaust ihn«, sagte Jilseponie. Sie fand, dass sie in dieser Angelegenheit Braumin aufsuchen sollte, und war praktisch schon dazu entschlossen, als es ihr – wie schon ihrem Freund, als Fio Bou-raiy ihm damals vor Monaten eben diesen Plan unterbreitet hatte – wie Schuppen von den Augen fiel.

»Er meinte, ich könne eine Stimme im Abtkollegium erhalten«, sagte sie.

»In welchem Abtkollegium?«, wollte Danube wissen. »Hat man etwa schon wieder eins einberufen?«

»Noch nicht, aber das wird bald geschehen, wenn man den Berichten über den schlechten Gesundheitszustand des ehrwürdigen Vaters Agronguerre Glauben schenken kann«, erwiderte sie. »Ich denke, dort wird sich die Wahrheit zeigen. Denn auf diesem Kollegium wird man einen Ersatz suchen, und diese Position wird mit Sicherheit Fio Bou-raiy anstreben. Meines Wissens hat er nur einen Gegner, und der steht noch dazu nicht in der Gunst des Königs.«

»Abt Olin aus Entel«, schloss König Danube, der wusste, was sie meinte. »Bou-raiy geht davon aus, dass du ihn mit deiner Stimme unterstützen wirst.«

Eine Zeit lang saßen sie schweigend da und überdachten die Situation.

»Und wird meine Stimme auf dem Abtkollegium für Meister Fio Bou-raiy sprechen?«, fragte Jilseponie schließlich. »Und sollte sie dies nicht auch?«

Abermals schwiegen sie und König Danube eine Weile, während jeder für sich darüber nachdachte, ob es sich, in Anbetracht der Tatsache, dass man die wahren Hintergründe kannte, nicht vielleicht lohnte, sich auf ein solches Abkommen mit der Kirche einzulassen.

Und so geschah es, dass Jilseponie Wyndon Ursal, noch bevor Meister Fio Bou-raiy, Bischof Braumin und all die anderen aus Palmaris, St. Mere-Abelle und Vanguard zu Beginn des Herbstes wieder nach Norden segelten, zwei Regentenmäntel trug, den der Königin und den der obersten Ordensschwester von St. Honce.

Was nicht unbedingt jeden in Ursal – weder am Hof noch in der Abtei – mit Freude erfüllte.

»Roger Billingsbury«, wandte sich To'el Dallia an Lady Dasslerond, als die beiden aus dem Schatten der Bäume bei Chasewind Manor in Palmaris die Rückkehr von Roger und Dainsey verfolgten. »Er ist ein Freund Jilseponies, und zwar ausschließlich ein Freund.«

Lady Dasslerond nahm To'els leicht bissige Bemerkung – eine unüberhörbare Warnung, die zarten Bande, die diese Menschen zwischen ihren Herzen knüpften, niemals außer Acht zu lassen – mit einem Nicken zur Kenntnis. Wie sonst ließe sich der ebenso offenkundige wie unerhörte Mangel an Besonnenheit seitens Elbryans erklären – den Dasslerond zu den vortrefflichsten Hütern und damit zu den vortrefflichsten Menschen überhaupt zählte –, als er Jilseponie im *Bi'nelle dasada* unterwiesen hatte?

Lady Dasslerond hatte ihr Spionagenetz bereits ausgeworfen, das die neue Königin im Auge behalten sollte, fürchtete jedoch in Jilseponies Fall noch weitere Augen zu benötigen. Deshalb würde sie einen Weg finden müssen, sich der Bande zwischen Roger und ihr zu bedienen und diese geschickt zu manipulieren.

Ein entmutigendes Unterfangen, aber schließlich handelte es sich in Dassleronds Augen bloß um Menschen.

18. Diese vertrauten blauen Augen

Er entdeckte Micklins Dorf, als der erste Schnee an der Grenze von Wester-Honce niederging, und musste zu seiner Bestürzung feststellen, dass man den Ort aufgegeben hatte. Aber es war nicht etwa eine weitere Katastrophe gewesen, die zum Verlassen des Dorfes geführt hatte, wie Aydrian bald herausfand; allem Anschein nach hatten die Jäger ganz ordentlich zusammengepackt und waren einfach abgezogen.

Als Aydrian in der Ortschaft anlangte, schneite es ununterbrochen den ganzen Tag und auch noch die Nacht hindurch. Am nächsten Morgen sah sich der junge Hüter von einer mehr als drei Fuß hohen Schicht dieses weißen Pulvers umgeben. Er hatte nichts zu essen und besaß keinerlei verwertbare Kenntnisse der unmittelbaren Umgebung, doch selbst das konnte Aydrian, gut ausgebildet und in völligem Einklang mit der Natur, nicht weiter ängstigen. Mehrere Wochen lang blieb er in der Gegend, suchte nach Anhaltspunkten für den Wertiger und die Katastrophe, die den Untergang des Dorfes eingeläutet hatte. Als er keine fand, richtete er den Blick wieder gen Osten.

Wohl wissend, dass ein gewaltiges Unwetter über ihn hereinbrechen könnte, machte sich der junge Hüter abermals auf den Weg. Er hatte vor, auf einem Umweg nach Festertool zurückzukehren.

Eine Woche später erreichte er eine winzige Ortschaft, die, ganz ähnlich wie Micklins Dorf, aus nicht mehr als einer kleinen Ansammlung von Hütten bestand. Die drei Männer und eine Frau im Schankraum begrüßten ihn herzlich, obwohl sie noch nie von Festertool gehört hatten, geschweige denn von einem Hüter namens Nachtfalke.

»Und was führt den Hüter von Festertool mitten im kältesten Winter in diese gottverlassene Gegend?«, wollte die Frau von ihm wissen.

»Micklins Dorf«, antwortete Aydrian, und als sich daraufhin die Mienen aller Anwesenden verfinsterten, schöpfte der junge Hüter neue Hoffnung. Er erzählte ihnen von seiner Entdeckung und von Mickaels Geschichte, die ihn überhaupt erst hier in diese Gegend geführt hatte.

»Tja, also diesen Mickael kenne ich«, antwortete einer der Männer. »Mit dem gerate ich jedes Mal auf dem Markt aneinander.« Dann wurde seine Stimme leiser und bekam einen bitteren Beiklang. »Früher jedenfalls.«

»Was für ein schlimmes Los für diese Leute«, fügte die Frau hinzu. »Von dieser Bestie in Stücke gerissen zu werden!« Bei ihren letzten Worten überkam sie ein leichtes Frösteln.

»Wisst ihr vielleicht sonst noch etwas über diese Bestie?«, fragte Aydrian und beugte sich auf seinem Stuhl nach vorn. »Ich habe mir nämlich geschworen, sie zu erlegen.«

»Vor dieser Geschichte in Micklins Dorf hatte ich noch nie von ihr gehört«, antwortete die Frau, und zwei der Männer pflichteten ihr nickend bei.

»Ich hab gehört, wie man in Palmaris von der Bestie geredet hat«, sagte der dritte. »Damals vor vielen Jahren, das war noch während der Pest. Es hieß, Königin Jilseponie hätte vor den Toren von St. Precious mit ihr gekämpft und dass sie sie dank ihrer magischen Fähigkeiten hat vertreiben können.«

»Auf Königin Jilseponie!«, brachte einer der beiden anderen mit erhobenem Becher einen Trinkspruch aus.

»Kann schon sein, aber das ist jetzt mehr als zehn Jahre her«, gab die Frau zu bedenken. »Glaubst du, das war dieselbe Bestie, wegen der Micklins Dorf aufgegeben wurde? Oder dieselbe, die in Masur Tuber drei Menschen gerissen hat?«

»Masur Tuber?«, hakte Aydrian sofort nach, doch die anderen waren viel zu sehr in ihr Gespräch vertieft, um überhaupt Notiz von ihm zu nehmen.

»Klar, und auch dieselbe, die Baron Bildeborough aus Palmaris getötet hat«, ereiferte sich sofort der dritte. »Bischof

Marcalo De'Unnero, so nannten sie die Bestie damals. Ein äußerst übler Kerl war das. Dieselbe Bestie, die auch Nachtvogel umgebracht hat!«

Die anderen Dorfbewohner stöhnten auf und nickten ernst, Aydrian dagegen blieb fast die Luft weg, und einen Ton brachte er erst recht nicht mehr heraus. War dies alles irgendwie vorherbestimmt?, fragte er sich. Spielte das Schicksal ihm einen grausamen Streich, oder tat es ihm am Ende sogar einen Gefallen, wenn es ihm Gelegenheit gab, den Tod seines Vaters zu rächen?

Aydrian lauschte aufmerksam, während die anderen weiter miteinander plauderten und sich über Nachtvogel, seinen Vater, und De'Unnero, den Wertiger, unterhielten. Sie stellten Vermutungen darüber an, ob es sich tatsächlich um ein und dieselbe Bestie handelte und ob es vielleicht doch Vater Markwart gewesen war, der den großen Beschützer der Menschheit getötet hatte.

Als ihre Diskussion endlich abzuflauen begann, fand Aydrian seine Stimme wieder, und er wiederholte seine Frage: »Masur Tuber?«

Und damit begann die nächste Etappe von Aydrians Hetzjagd – mit einer Reise nach Südosten zu einem winzigen Dorf namens Masur Tuber. Wenige Tage darauf traf er dort ein und musste feststellen, dass in dem Nest eine ebenso triste und gedrückte Stimmung herrschte wie am winterlichen grauen Himmel.

Nachdem der junge Hüter erklärt hatte, er habe es auf die Bestie abgesehen, hatte er keine Mühe, Leute zu finden, die bereit waren, über ihren schmerzlichen Verlust zu sprechen. Eigentlich hätte ihm ihre Geschichte mehr zu Herzen gehen sollen – zwei Männer waren umgekommen und einer, von dem nicht mehr übrig geblieben war als seine zerfetzte, blutgetränkte Kleidung, war verschleppt worden – tatsächlich aber wog der junge Hüter, während er konzentriert ihrer Geschichte lauschte, nur ab zwischen möglichem Nutzen und endgültigem Versagen auf seinem einmal eingeschlagenen Weg.

»Ach, und dann dieses arme Ding, Sadye«, sagte eine alte Frau. »Sie war es, die die Kleider ihres toten Mannes als Erste gefunden hat. Daran ist sie zerbrochen, bestimmt.«

»Sie hat sie als Erste gefunden?« Aydrian horchte auf. »Wo finde ich diese Sadye, damit ich mir ihre Geschichte selbst anhören kann?«

»In Palmaris, würde ich sagen«, behauptete einer der Männer. »Sie sagte, sie wolle nach Hause zurück, und das hat sie dann wohl auch getan. Dabei vermisse ich ihren Gesang jetzt schon, wirklich.«

»Und nicht nur ihren Gesang«, beteuerte die abergläubische Alte und machte beim Sprechen das Zeichen des Immergrüns, des abellikanischen Symbols des Lebens. »Sie war eine richtige Prophetin, das hab ich selbst gesehen und gehört.«

»Wie das?«, fragte Aydrian.

»Wo sie doch von dieser Bestie gesungen hat«, sagte die Alte.

»Sadye ist eine Bardin«, klärte ihn einer der Männer auf. »Sie kam zu uns in den Ort, um die Geschichte von Micklins Dorf zu erzählen. Leider hat dann kurz darauf ihren Mann dasselbe Schicksal ereilt!«

»Sie stammte aus Micklins Dorf?«, fragte Aydrian, mittlerweile ziemlich hellhörig geworden. *Und die Bestie hat sie bis hierher verfolgt*, dachte er bei sich.

»Genau. Sie erzählte, sie sei durch diesen vermaledeiten Ort gekommen«, antwortete der Mann. »Und jetzt ist sie auf dem Weg nach Palmaris. Möge Gott ihr beistehen, dass sie es bis nach Hause schafft.«

Während einige ein paar Gebete für die arme Sadye murmelten, verliefen Aydrians Überlegungen längst in anderen Bahnen als denen des Mitgefühls. »Erzählt mir doch bitte«, forderte er die Anwesenden auf, »von den Liedern, die diese Bardin Sadye für euch gesungen hat.«

Das trug ihm einige fragende Blicke ein, er behielt seinen gelassenen Gesichtsausdruck jedoch bei und ließ sich seinen aufkommenden Verdacht – vielleicht nicht unbedingt Verdacht, eher eine Ahnung – nicht anmerken.

Daraufhin sangen ihm die Dorfbewohner jede Menge von Sadyes Liedern vor; alte und neue, Oden, die bereits seit Jahrhunderten im Umlauf waren, aber auch völlig neue Stücke. Insbesondere eines der letzteren ließ Aydrian aufhorchen.

Die Ode von Marcalo De'Unnero.

Für den Geschmack des jungen Hüters passte das alles ein wenig zu gut zusammen.

Die Leute boten ihm eine Hütte an, in der er wohnen konnte, solange er wollte, dieselbe Hütte, die auch Sadye und ihr Mann, Callo, während ihres kurzen Aufenthalts in Masur Tuber bewohnt hatten. So ungeduldig er war, seine Jagd endlich fortzusetzen, Aydrian war klug genug, ihr Angebot anzunehmen, und blieb über einen Monat im Dorf. Tagsüber half er aus, wo immer er konnte – bei der Jagd und den täglich anfallenden Arbeiten –, jeden Abend aber war er darauf bedacht, ungestört in seine Hütte zurückzukehren, um dort, in einem verborgenen Winkel, das Orakel aufzusuchen.

Dort erfuhr er dann auch von Palmaris und Marcalo De'Unnero. Er gewann keine eindeutigen Erkenntnisse, eher allgemeine Eindrücke; die wichtigste Lektion für Aydrian in diesen Tagen beim Orakel war jedoch die Gewissheit, dass die schattenhaften Figuren, die er auf den trüben Hintergrund der Spiegelfläche projizieren konnte, eigentlich aus zwei sehr unterschiedlichen Wesen bestanden. Oder aus einem mit widersprüchlichen Empfindungen, denn die Gefühle, die er jetzt bezüglich jenes Mannes empfing, in dem er mittlerweile den Wertiger vermutete, waren äußerst unterschiedlich. Von der einen Erscheinungsform empfing er nichts als Hass auf den

Mann, während von der anderen eher so etwas wie Respekt ausging.

Sehr viel mehr war dem aber nicht zu entnehmen. Daher konzentrierte sich Aydrian nach einigen Tagen wieder mehr auf die Gegenwart und versuchte sich aus dem Gehörten – sowohl über Micklins Dorf als auch über die Tragödie in Masur Tuber – ein klares Bild von dieser Bestie zu machen. War für beide Zwischenfälle ein und dieselbe Kreatur verantwortlich?

Für Aydrian war die Antwort ein klares und unmissverständliches Ja, denn wie viele dieser Bestien konnte es geben? Wollte man Mickael Glauben schenken, dann war Bertram Dale – oder wer immer sich hinter diesem Decknamen verbarg – das Ungeheuer.

Aber wenn Bertram Dale und Callo Crump, wie Aydrian glaubte, ein und derselbe waren, woher war dann die um ihn trauernde Sadye gekommen? Er musste ihr irgendwo unterwegs begegnet sein, doch wie wahrscheinlich war ein solcher Zufall in diesem dünn besiedelten Landstrich?

Diese Frage hinderte Aydrian nicht daran, Bertram und Callo für ein und dieselbe Person zu halten. Er hatte die zerfetzten Kleidungsstücke von Callo Crump gesehen; Kleidungsstücke, die über und über mit Blut getränkt waren. Aber wenn diese Bestie Callos Kleidung so wüst zerrissen hatte, müssten dann nicht auch ein paar Spuren von Callo selbst an ihnen oder wenigstens ganz in der Nähe zu finden sein? Nichtsdestotrotz waren die Dorfbewohner von Sadyes Aufrichtigkeit überzeugt und besorgt, ja geradezu erbost, dass sie sich ganz alleine auf den Weg über die gefährliche Straße gemacht hatte.

Jeden Abend beendete Aydrian seine Sitzung beim Orakel, indem er sich mit den Händen über das Gesicht fuhr. Ein bestimmtes Gefühl ließ ihn nicht mehr los, nämlich die feste Überzeugung, dass die wilde Bestie, die über Micklins Dorf hergefallen war – zweifellos ein Wertiger und keine normale

Wildkatze –, und jenes Tier, das die Jäger aus Masur Tuber abgeschlachtet hatte, ein und dieselbe waren. Außerdem war er fest davon überzeugt, dass sich der Weg dieser Bestie weiter zurückverfolgen ließe – bis nach Palmaris und zu jenem eigenartigen Mönch mit Namen Marcalo De'Unnero.

Vielleicht war es auch mehr eine Hoffnung als sichere Gewissheit. Denn sollte sich sein Verdacht bestätigen, wie schnell würde sein Ruhm wachsen, wenn er den Kopf des Wertigers als Trophäe präsentieren konnte! Und wenn darüber hinaus noch seine Vermutungen über die Herkunft der Bestie stimmten, wenn es sich tatsächlich um den Mönch aus Palmaris handelte, dann konnte man davon ausgehen, dass der Wertiger entweder durch magische Steine hervorgelockt wurde oder gar mit ihrer Hilfe erschaffen worden war.

Wann immer ihm diese Gedanken durch den Kopf gingen, schob er die Hand in seinen Beutel mit Edelsteinen und befühlte deren glatte Oberfläche. Aydrian war zuversichtlich, dass er mit Hilfe von Dasslerонds Training, seiner ureigenen Kräfte sowie der Ausbildung, die er vom Geist im Spiegel beim Orakel erhielt, jeden Kampf mit Hilfe der Magie der Steine gewinnen konnte.

Ausnahmslos jeden.

»So leben die Pyrani-Zigeuner nun einmal!«, versuchte Sadye eines kalten Wintermorgens gute Laune zu verbreiten, um Marcalos üblicherweise mürrische Stimmung ein wenig aufzuhellen. »Wir ziehen durch die Welt und schauen, was sie für uns bereit hält.«

»Bis der Tiger auf den Plan tritt«, erinnerte Marcalo sie.

»Mit den Zigeunern verhält es sich genauso«, erwiderte Sadye lachend. »Wenn ihre Klauereien ans Licht kommen, beladen sie ihre Wagen und fliehen.« Bei ihren letzten Worten deutete sie mit dem Arm auf den Wagen, der neben ihrem kleinen Lagerplatz stand – ein kastenförmiges, mit einer Plane abgedecktes Gefährt, ihr fahrbares Zuhause. Er war den beiden vor einem Monat in die Hände gefallen, als sie ihn verlassen in einer der zahlreichen Ortschaften hatten stehen sehen, die sie seit dem Zwischenfall in Masur Tuber passiert hatten. Er war jetzt ebenso ihr Zuhause wie diese Dörfer, denn sie wagten es nicht, irgendwo längere Zeit Halt zu machen. Wieder einmal hatten sie ihr Äußeres verändert – Sadye hatte ihr braunes Haar kurz geschnitten, und Marcalo hatte sich den Kopf rasiert und trug jetzt einen dünnen, langen Schnauzer –, aber sie waren sich darüber im Klaren, dass alle Überlebenden aus Micklins Dorf, die Gerüchten zufolge jetzt durch das Land zogen, Marcalo nach wie vor wiedererkennen würden und dass auch die Leute aus Masur Tuber sie längst noch nicht vergessen hatten. Sollte es zu einer Begegnung mit letzteren kommen, hätten sie ihre liebe Not, die Geschichte zu erklären, mit der Sadye sich aus dem Dorf losgeeist hatte.

Und so zogen sie durch die Lande, sobald die Straßen für den Wagen passierbar waren. Hinderten die Schneefälle sie am Weiterfahren, machten sie einfach Halt; dann zog nachts der Wertiger los und hatte keine Mühe, etwas zu essen zu beschaffen. Mittlerweile kam die Bestie regelmäßig zum Vorschein, wenigstens ein- bis zweimal pro Woche, und oft war es Sadye, die sie mit Hilfe ihrer disharmonischen Klänge hervorlockte. Mehrmals schon hatte Marcalo seine Tigergestalt angenommen, ohne dass Sadye ihn fortgescheucht hatte. Stattdessen hatte sie Stunde um Stunde, die ganze Nacht hindurch, bei ihm gesessen, ihre kleine Laute die einzige Barriere zwischen ihrem nackten Überleben und der gefährlichen Bestie.

Mittlerweile hatte sie überhaupt keine Angst mehr vor dem Wertiger; und auch Marcalo glaubte längst nicht mehr, dass er sie jemals töten oder auch nur verletzen würde.

Doch obwohl er Sadye liebte und ihr Beisammensein genoss, war die Situation für den ehemaligen Mönch alles andere als glücklich, auch wenn dieses Leben es De'Unnero gestattete, sich von den leidenschaftlichen Trieben in seinem Innern Erlösung zu verschaffen; einmal, indem er Sadye liebte, aber auch, indem er dem Wertiger auszubrechen erlaubte. Wie auch immer, die Enttäuschungen der letzten zehn Jahre waren nicht von der Hand zu weisen, und obgleich Sadye ihm jetzt einen sehr viel aufregenderen Weg wies, so hatte seine Reise dennoch kein Ziel.

Vielleicht am aufregendsten war es für De'Unnero, wenn er als Wertiger durch den Wald streifte und sein mächtiges, knurrendes Gebrüll von sich gab – und ganz genau wusste, dass es meilenweit bis in die nächsten Dörfer drang. Er sah die zitternden Dorfbewohner geradezu vor sich, wenn sie diesen mächtigen Ruf vernahmen.

In einer dieser Nächte, es war ein warmer Spätfrühlingsabend im Jahr des Herrn 841, wurde das Knurren des Wertigers von einer sachten Brise zu den Bewohnern eines kleinen Dorfes getragen, unter ihnen ein junger Mann, der im Ort zu Gast war.

Aydrian saß augenblicklich kerzengerade da, als er das Geräusch vernahm; sein Herz pochte und seine Augen waren weit aufgerissen. Es dauerte eine Weile, bis er den Mut aufbrachte, seine Kleider und die magischen Steine zusammenzusuchen, sein Schwert zu ergreifen und die Scheune zu verlassen, die die Dorfbewohner ihm großzügigerweise als Schlafgelegenheit überlassen hatten.

Es waren bereits zahlreiche Dorfbewohner auf den Beinen: sie waren auf dem zentralen Dorfplatz zusammengekommen.

»War das etwa deine Katze?«, fragte ein Mann, als Aydrian sich ihnen näherte.

Ein weiteres Brüllen zerriss die Nacht, und Aydrian sah, wie Kinder sich vor Angst an ihre Eltern klammerten – ein Anblick, der ihn lähmte und auf seltsame Weise zutiefst berührte. Er sagte sich aber, dass er sich derartige Regungen nicht anmerken lassen durfte, da sie der wahren Größe eines Kriegers im Wege standen. Hätte er sich in seiner Kindheit unentwegt an seine Mutter oder auch an Lady Dasslerond geklammert, er hätte nie im Leben den Mut aufgebracht, jetzt in den dunklen und Unheil verkündenden Wald zu gehen.

»Morgen früh kannst du seine Spuren sehen«, sagte ein anderer Mann.

»Ich werde dieser Katze noch vor dem Morgen das Fell über die Ohren ziehen«, erwiderte Aydrian, der Nachtfalke, und zückte sein Schwert, während seine andere Hand locker auf dem Beutel mit seinen magischen Steinen lag und ihm Sicherheit gab. Sich jedes Kunstgriffs bedienend, den die Elfen ihm beigebracht hatten, um sich anhand der Umgebung zu orientieren und einen klaren Kopf zu behalten, entfernte sich Aydrian von der Gruppe. Seine Muskeln waren bis zum Äußersten gespannt und kampfbereit, als ihn die Dunkelheit aufnahm.

Er entdeckte den Wertiger – oder dieser ihn – neben einer Straße ein gutes Stück außerhalb des einsam gelegenen Dorfes. Mit einer schnellen, fließenden Bewegung, so als wollte sie sofort angreifen, sprang die große Katze auf den Weg, aber als Aydrian die entsprechende Verteidigungshaltung einnahm und ihr direkt in die Augen sah, schwenkte sie zur Seite ab und begann ihn zu umkreisen, ohne ihn auch nur einen Augenblick aus den Augen zu lassen.

In diesem Moment wusste Aydrian, dass dies, wie er vermutet hatte, kein gewöhnliches, von der Natur geschaffenes Tier war. Hinter diesen Katzenaugen funkelte eine bösartige und unzweifelhaft menschliche Intelligenz. Wie klar der junge Hüter dies erkannte! Bereits nach wenigen Augenblicken, während er sich drehte, um den ihn umkreisenden Tiger stets genau im Blick zu haben, merkte Aydrian, dass er den Hämatit in der Hand hielt und seine Gedanken wahrscheinlich unbewusst durch den Stein hindurch projizierte, um seine Sinne für das wahre Wesen dieser Bestie zu schärfen.

Doch bevor er diesen Gedanken – und die Möglichkeiten, die er beinhaltete – zu Ende denken konnte, sprang der Tiger ihn bereits an.

Aydrian tauchte seitlich weg, schlug mit seinem Schwert hinter sich und erzielte sogar einen Treffer, wenn auch nur einen halbherzigen Klaps gegen die orange-schwarz gestreifte Flanke. Im Gegenzug zerkratzte eine austretende Hinterkralle seinen Oberarm.

Der junge Hüter rollte sich ab, kam wieder auf die Beine, untersuchte rasch seine Wunde und stellte erleichtert fest, dass sie nur oberflächlich war. Allerdings gab ihm die Tatsache zu denken, dass er nach einem so perfekt ausgeführten Ausweichmanöver überhaupt getroffen worden war.

Als ihm klar wurde, dass er seinen Gegner nicht unterschätzen durfte, nahm Aydrian eine entschlossenere Haltung an.

Der Tiger entfernte sich ein paar Schritte, drehte sich um und hielt, entschlossen eine Pfote vor die andere setzend, genau auf Aydrian zu. Aydrian holte tief Luft und machte einen kleinen Ausfallschritt zur Seite; aber der Tiger bemerkte die Bewegung und änderte kaum merklich seinen Kurs.

Da holte Aydrian einen weiteren magischen Stein hervor, den er in seiner geschlossenen Hand verbarg. Als der Tiger absprang und mit solch übermenschlicher Plötzlichkeit auf ihn zugeschnellt kam, dass er Aydrians Verteidigung fast durchbrochen hätte, ohne selbst getroffen zu werden, ließ Aydrian sich in die Magie des Steins fallen. Dem jungen Hüter gelang ein wuchtiger Stoß, auch wenn er den Tiger damit kaum bremsen konnte. Dessen Vorderpfoten streiften den jungen Mann, schlitzten ihm die Schulter auf und prallten krachend gegen seinen Schädel. Er versuchte noch, zurückzuweichen, doch das kraftvolle Tier war viel zu schnell, setzte augenblicklich nach, überwältigte ihn, riss ihn zu Boden und begrub ihn unter sich.

Die Krallen waren kurz davor, seitlich an seinem Kopf einen Halt zu finden, die riesige Schnauze schob sich an seinem

Schwertarm vorbei, als ein scharfer knisternder Lichtblitz Aydrian das Leben rettete. Die Wucht des Stoßes hob den Tiger in die Luft und schleuderte ihn neben der Straße in den Staub.

Aydrian kam wieder auf die Beine und versuchte, in entgegengesetzter Richtung davonrennend, ein wenig Abstand zu der fürchterlichen Bestie zu gewinnen. Ein flüchtiger Blick über seine Schulter sagte ihm, dass sein Lichtblitz der Bestie keinen nennenswerten Schaden zugefügt hatte. Sofort war ihm klar, dass er ernsthaft in Schwierigkeiten steckte, dass dieses Monstrum einfach viel zu kräftig und zu schnell für ihn war. Er schleuderte einen weiteren Lichtblitz, doch der Tiger wich zur Seite aus und gab dabei ein derart lautes Gebrüll von sich, dass Aydrian die Ohren dröhnten.

Er ließ sich aber nicht beirren und griff erneut zu seinem ersten Stein, dem Hämatit, drang tief in seine Magie ein und schleuderte der Bestie eine Woge geistiger Energie entgegen.

Der Tiger, der gerade begonnen hatte, sich abermals anzupirschen, verharrte augenblicklich, als ihn die geistige Attacke traf.

In diesem Augenblick spürte Aydrian die Magie des Wertigers – Steinmagie, ganz ählich seiner eigenen! Er spürte die ungeheure Willenskraft der Bestie, was seinen Respekt für sie nur noch vergrößerte; trotzdem verließ er sich ganz auf seine innere Kraft, fest davon überzeugt, diesmal nicht im Nachteil zu sein.

Er spürte die Mauer des Widerstands, stemmte sich mit der ganzen Kraft seiner Magie dagegen, versuchte die urwüchsigen Instinkte des Tieres zu überwinden und zu der eher rationalen Seite dieser Kreatur vorzudringen. Minutenlang verharrten die beiden regungslos in diesem geistigen Kampf, einem Elchpaar gleich, die Geweihe ineinander verhakt und die Hufe fest in den Boden gestemmt; und obschon sich die beiden körperlich nicht einmal berührten, war ihr Zweikampf nicht weniger heftig.

Aydrian ließ nicht locker, durfte nicht locker lassen. Mit einer aus lebenslangem diszipliniertem Training erwachsenen Entschlossenheit bedrängte der junge Hüter den Tiger, traf ihn mit Schüben verwirrender, geistiger Energie und versuchte, ihn mit purer Willenskraft in das Bewusstsein seines menschlichen Wirts zurückzudrängen.

Ebenso gut hätte er versuchen können, Rauch in eine Flasche zu befördern; der zähe Schutzwall verschob sich, eröffnete ihm Lücken, durch die seine Willenskraft vorstoßen konnte, um gleich dahinter wirkungslos im Nichts zu verpuffen.

Der junge Hüter bekam es mit der Angst, und das raubte ihm einen Teil seiner Konzentration. Er schlug die Augen auf, sah, wie sich der Tiger abermals anpirschte, und wollte, einer ersten instinktiven Regung folgend, sein Schwert hochreißen, um sich zu verteidigen.

Doch Aydrian verzichtete auf diese aussichtslose Taktik. Mit aller Kraft ließ er sich abermals in den Hämatit fallen, versetzte dem Wertiger mit einer Explosion mentaler Energie einen heftigen Schlag und erzwang damit ein zweites Patt. Aydrian musste ebenso viel einstecken, wie er austeilte, als er versuchte, irgendeinen Hinweis, einen Einblick zu erhalten. Schließlich spürte er etwas, das ihm einleuchtend erschien und ihm neue Hoffnung gab: Mitleid?

Der Hüter änderte seine Taktik. Statt die Bestie frontal anzugreifen, versuchte er sie jetzt zu umgehen und schickte – nicht dem Tiger, sondern dem Mann dahinter – eine Woge aus Mitgefühl und Sympathie. Er redete mit Engelszungen auf ihn ein, drängte und bekniete diesen winzigen Funken Menschlichkeit, sich mit ihm gegen ihren gemeinsamen Feind, gegen die wilde, urwüchsige Bestie, zu verbünden.

Marcalo De'Unnero vermochte den Ruf nicht einzuordnen, der an sein menschliches Bewusstsein appellierte. Er wusste nur, dass er sich der Geschehnisse um ihn herum bewusst –

voll bewusst – war, dabei war er rein körperlich noch immer in dem Wertiger und seinen urwüchsigen Trieben gefangen.

Trotzdem spürte er, wie der Ruf zu ihm durchdrang und ihm versprach, wenn er der Stimme folgte, könne er – könnten sie gemeinsam – den Wertiger im Zaum halten. De'Unnero war sich deutlich bewusst, dass er in einen Kampf auf Leben und Tod verwickelt war, aber er konnte der Versuchung nicht widerstehen; er erhörte die besänftigende Stimme und nahm sie bereitwillig an.

Dann folgte das erste schmerzhafte Schaudern; die Knochen begannen zu brechen und sich umzubilden, und er durchlebte eine Umwandlung seiner gesamten Gefühlswelt, als seine Sinneswahrnehmungen von denen der Raubkatze in die des Mannes übergingen.

Trotzdem behielt er seine fünf Sinne beieinander, um in diesen Augenblicken, in denen er am verletzlichsten war, noch zurückspringen und der gefährlichen Klinge seines Gegners ausweichen zu können.

Und dann war es vorbei; Marcalo De'Unnero stand an einen Baum gelehnt da und sah diesen seltsamen, seltsam vertrauten jungen Burschen über den Weg hinweg an. Das freche Grinsen im Gesicht des jungen Burschen verriet De'Unnero ohne jeden Zweifel, dass er es war, der seine Verwandlung bewirkt hatte, dass dieser erstaunliche junge Bursche, der wirklich nichts von einem Abellikaner-Mönch hatte – und im Übrigen viel zu jung aussah, als dass er dem Orden überhaupt hätte angehören können –, über ein gewaltiges Geschick mit den magischen Steinen verfügte.

»Wer bist du?«, fragte De'Unnero; er war wirklich neugierig geworden.

Aydrians Lächeln war echt. Er hatte begriffen und akzeptiert, dass er dem Wertiger nicht gewachsen war, dass die große Raubkatze über ein zu großes Waffenarsenal verfügte und ihm an purer Körpermasse und Kraft weit überlegen war, zumal er nur dieses schlecht ausbalancierte und kaum brauchbare Schwert in Händen hielt. Also hatte er es getan; er hatte die Bestie gezwungen zu verschwinden, und jetzt stand ihm dort nur ein nackter, älterer Mann gegenüber, an einen Baum gelehnt, als müsste er sich daran abstützen.

»Ich hatte gehofft, mit dem Kopf einer großen Katze ins Dorf zurückzukehren«, erwiderte Aydrian lässig. »Aber Euer Kopf wird es auch tun.« Er ging, sein Schwert schwingend, auf ihn zu.

»Wer bist du?«, wiederholte De'Unnero seine Frage, während er sich hinter den Baum zurückzog, um ein wenig Zeit zu gewinnen.

»Ich bin *Tai'maqwilloq*«, antwortete der junge Hüter. »Ein Name, den Ihr Euch für den Rest Eures jämmerlichen Daseins werdet merken müssen, auch wenn mir das kaum die Unsterblichkeit meines Ruhms garantieren wird!« Mit seinen letzten Worten rückte er weiter vor, um den Mann aus seiner Deckung zu treiben.

Zu seiner Überraschung trat der Nackte plötzlich hinter dem Baum hervor und sah ihn an.

»*Tai'maqwilloq*?«, wiederholte De'Unnero, offenbar fasziniert vom fremdartigen, elfenartigen Klang des Namens. *Tai'maqwilloq*, das erinnerte ihn stark an einen anderen Namen, einen, den sein größter Widersacher damals in längst vergangenen Zeiten getragen hatte.

Aydrian trat ganz dicht vor De'Unnero und richtete sein Schwert auf ihn. »Gebt auf«, verlangte er. »Wenn Ihr die Dorfbewohner um Gnade bitten wollt, ich hab nichts dagegen. Ansonsten töte ich Euch gleich hier auf der Stelle.«

»Ich glaube kaum, dass ich diese jämmerlichen Dorfbewohner um irgendetwas bitten werde«, erwiderte De'Unnero ruhig. »Ebenso wenig verspüre ich allerdings den Wunsch, hier draußen zu sterben, fürchte ich.«

»Eine andere Möglichkeit habt Ihr nicht«, stellte Aydrian nüchtern fest.

»Dann wirst du mich wohl töten müssen, Junge«, erwiderte De'Unnero schmunzelnd.

Aydrian dachte einen Moment lang nach. Sämtliche Geschichten, die er gehört hatte, selbst die, die auf eine Verbindung zwischen diesem Wertiger und einem ehemaligen Bischof namens De'Unnero hindeuteten – einem Mann, der in anderen Geschichten als Mörder von Aydrians Vater bezeichnet wurde –, hatten in den höchsten Tönen von dem überragenden kämpferischen Können der menschlichen Erscheinungsform dieses Doppelwesens gesprochen.

Geradezu versessen darauf, ihm seinen verdienten Tod zu bescheren, sprang Aydrian blitzschnell vor und stieß zu – oder versuchte es zumindest. Doch noch bevor er mit dem Schwert zum Stoß ansetzen konnte, schnellte ein nackter Fuß nach oben, trat seitlich gegen die Klinge und lenkte sie ab.

Obwohl Aydrian ungeheuer schnell zurückwich und nicht einmal die Balance verlor, bedrängte ihn De'Unnero jetzt und ließ die Arme in geschmeidig kreisenden Bewegungen vor dem Körper rotieren. Sein Fuß schnellte hoch, um Aydrian ins Gesicht zu treten; als der Tritt zu kurz geriet, trat er erneut zu, dann noch einmal, und versetzte dem Arm des jungen Mannes einen peitschenschnellen, heftigen Tritt, der ihm fast das Schwert aus der Hand geschlagen hätte. De'Unnero griff weiter an – mit Händen, die wie beißende Schlangen zuckten, und gefährlich schnellen Tritten.

Aydrian holte mit seiner Klinge aus und schlug mit voller Wucht zu, doch De'Unnero bog den Oberkörper nach hinten, wand sein linkes Bein um Aydrians Schwertarm, stieß ihm die Zehen in den Ellbogen, trat mit seinem rechten, stärker angewinkelten Bein scherengleich nachsetzend zu und traf ihn mit einem heftigen Tritt am rechten Unterarm. Einem geringeren Gegner hätte dieser Tritt den Ellbogen zertrümmert. Der junge Hüter aber hatte eine ausgezeichnete Ausbildung genossen; er drehte seine Klinge nach innen, wechselte sein Schwert in seine linke Hand und schlug mit einer vollen Körperdrehung eine tückische Rückhand, ein gekonnter Hieb, der jedem anderen Gegner auf der Welt den Unterleib aufgeschlitzt hätte.

De'Unnero aber sah ihn kommen. Nachdem sein knochenbrechender Doppeltritt gescheitert war, stemmte er den linken Fuß in den Boden und trat, seinen Schwung durch einen Sprung nach hinten noch vergrößernd, mit seinem rechten Fuß weiter oben zu. Er überschlug sich, landete auf den Füßen, wirbelte herum und stellte sich dem erneut angreifenden Aydrian. Mit einer blitzschnellen Schlagkombination seitlich gegen Aydrians Klinge parierte er dessen Angriff und zwang ihn, zurückzuweichen.

Und dann verschwand De'Unnero aus seinem Blickfeld, so schnell, dass er kaum mitbekam, dass dieser sich überhaupt bewegt hatte. Rein instinktiv sprang Aydrian senkrecht in die Höhe, als der sich auf den Boden werfende Mönch mit einem weit ausholenden Tritt auf seine Beine zielte. An einem Fuß getroffen, fing Aydrian sein Straucheln mit einer Körperdrehung ab und landete sicher auf dem anderen Fuß. Abermals vollführte er, leicht geduckt, eine ganze Drehung.

Sein Gegner lag vor ihm hingestreckt auf dem Boden, verwundbar, geradezu hilflos. Aydrian erkannte die Hilflosigkeit des Mannes nicht etwa, weil er als Krieger einen besonderen Blick dafür gehabt hätte, sondern vielmehr an der Musik, die plötzlich in seinem Kopf erklang, einer schwungvollen, mitreißenden Melodie, die ihm jenseits allen Zweifels verhieß, dass der Sieg greifbar nahe war. Mit einer wuchtigen Körperdrehung legte er sein ganzes Gewicht in den tödlichen Stoß.

Einem zufälligen Beobachter wäre De'Unnero ganz sicher hilflos erschienen. Doch der ehemalige Mönch hatte seinen Körper ein Leben lang trainiert, um sich auch noch in aussichtslosen Lagen bewegen zu können.Damit hatte er sich den Ruf des größten Kämpfers erworben, der jemals durch die Tore der berühmten Abtei St. Mere-Abelle geschritten war – und das noch lange bevor der Wertiger von seinem Leib und seiner Seele Besitz ergriffen hatte. Den Widerstand des stark angewinkelten linken Beines benutzend, um dessen Schnellkraft zu erhöhen, trat er dem sich auf ihn werfenden Aydrian in die Achselhöhle seines Schwertarmes, stemmte ihn damit hoch und drückte ihn zur Seite. Das perfekte Zusammenspiel sämtlicher Muskeln bis an die Grenze ausreizend, streckte De'Unnero seinen Körper, um Aydrian noch weiter anzuheben.

Sofort trat er blitzschnell mit seinem rechten Bein zu und traf den sichtlich überraschten Aydrian seitlich am Knie, zog das rechte Bein zurück, streckte das linke mit letzter Kraft und schleuderte Aydrian zur Seite, wo er, sich überschlagend, landete.

Zu seiner Ehre sei gesagt, dass er sich geschickt genug abrollte, um dem atemraubenden Tritt ein wenig von seiner Wucht zu nehmen. Er stieß sich mit den Händen ab, um wieder auf die Füße zu kommen.

Sofort stand Marcalo De'Unnero unmittelbar vor ihm, packte Aydrians Schwerthand mit beiden Händen am Gelenk und entwand ihm mühelos die Waffe.

Aydrian schlug mit seiner freien Linken zu, und der ehemalige Mönch taumelte einen Schritt zurück.

Aber nur, um die Klinge lächelnd in ein nahes Gestrüpp zu schmeißen.

Und schon griff er wieder an, woraufhin sich Aydrian mit Gebrüll auf ihn stürzte.

Plötzlich flog er abermals durch die Luft, als De'Unnero unter ihm wegtauchte und ihm einen heftigen Stoß gegen die Hüfte versetzte. Diesmal landete er härter, rappelte sich aber sogleich wieder auf und drehte sich … gerade noch rechtzeitig, um die Sohle des heranfliegenden Fußes von De'Unnero zu sehen, der ihn krachend im Gesicht traf und zu Boden streckte.

»Was für eine Schande, einen so hübschen Burschen umzubringen«, war Sadyes Stimme von der Seite her zu vernehmen. »Wo er sich doch so tapfer geschlagen hat.«

»Ein wenig zu tapfer«, keuchte De'Unnero vornübergebeugt völlig außer Atem und ziemlich mitgenommen. »Noch dazu in einem Kampfstil, der mir irgendwie bekannt vorkommt, einem Stil, den weder die Soldaten des Königs noch die Abellikaner-Mönche beherrschen.«

Er blickte hoch zu Sadye und sah, dass er sie neugierig gemacht hatte.

»Du hast mir geholfen«, sagte De'Unnero. »Du hast ihn mit deiner Musik umgarnt, damit er sich, den sicheren Sieg vor Augen, überschätzt.«

»Hab ich nicht«, wollte sie sich rechtfertigen, als De'Unnero die Hand hob und ihr das Wort abschnitt.

»Ich war eigentlich davon ausgegangen, dass ich jeden Mann problemlos besiegen könnte, ob in Tiger- oder Menschengestalt«, erklärte der ehemalige Mönch. »Außerdem hätte ich niemals gedacht, gegen einen so jungen Burschen Hilfe zu benötigen. Aber sein Kampfstil ... es ist derselbe Stil, den auch Nachtvogel und Jilseponie benutzt haben ...« Er schüttelte den Kopf und lachte kurz auf. »Er nannte sich *Tai'maqwilloq*«, fuhr er fort. »Dem Klang nach stammen diese Worte aus der Elfensprache. Ich kenne sonst nur einen, der einen solchen Titel trägt: *Tai'marawee,* Nachtvogel. Ist das ein Zufall?«

»Frag ihn doch«, sagte Sadye und deutete, ihre Laute über die Schulter hängend, auf Aydrian, als ein Stöhnen aus dessen Richtung De'Unnero verriet, dass sein junger Gegner langsam wieder zu Bewusstsein kam.

De'Unnero schnappte sich Sadyes Gürtel, eilte zu Aydrian hinüber, lehnte ihn an einen Baum und band ihn dort fest.

»Er macht mir Angst«, gestand Sadye De'Unnero, der sichtlich überrascht war, diese Worte aus dem Mund jener Frau zu hören, die mit dem Wertiger so oft ihre Spielchen getrieben hatte.

»Er ist nur ein Junge«, erwiderte De'Unnero.

»Ein Junge, der überlebt hat, weil er gut genug mit den magischen Steinen umgehen konnte, um den Wertiger im Zaum zu halten«, erinnerte ihn Sadye.

»Ach was«, widersprach der ehemalige Mönch sofort. »Er hat mir lediglich geholfen, mich zu konzentrieren und die Bestie selbst zu kontrollieren.«

»Während des Kampfes?«, fragte Sadye ungläubig.

»Ich war mir absolut sicher, dass ich ihn als Mann würde schlagen können«, erwiderte De'Unnero knurrend.

»Wie immer er es auch anstellt, er weiß, was er tut«, sagte Sadye. »Und ob du ihn jetzt einen Jungen nennst oder Tai'maqwilloq – das ändert nichts daran, dass er mit den magischen Steinen stark ist und mit seinem Schwert umzugehen weiß.«

»Am Schwert haben ihn die Elfen ausgebildet«, erklärte De'Unnero. »Es ist derselbe Schwertstil, den auch Elbryan Wyndon angewendet hat. Und mit den magischen Steinen weiß er genauso gut umzugehen wie Jilseponie.« Er schüttelte den Kopf. »Das kann unmöglich Zufall sein.«

»In diesen Dingen kenne ich mich nicht aus«, sagte sie. Sie sah zu Aydrian hinüber, der jetzt wieder voll bei Bewusstsein war und seelenruhig am Baum lehnte, die Arme nach hinten um den dicken Stamm gebogen und gefesselt.

»Und dann noch sein Beutel mit den magischen Steinen«, fuhr De'Unnero fort und zeigte ihr den Beutel, den er dem jungen Hüter nach dessen Niederlage abgenommen hatte. »Außerhalb des Abellikaner-Ordens besaß nur einer einen solchen Beutel mit magischen Steinen, und die sind nach der großen Schlacht bei Chasewind Manor unter mysteriösen Umständen verschwunden.«

»Dann haben also die Elfen die magischen Steine gestohlen und diesem jungen Krieger mitgegeben?«, fragte Sadye ungläubig, denn sie hatte De'Unnero, all seinen Beteuerungen zum Trotz, unmissverständlich zu verstehen gegeben, dass sie nicht an Elfen glaubte. »Und damit womöglich einem Krieger, den sie ausgesandt haben, um den Tod Elbryans zu rächen?«

De'Unnero nickte, obwohl er sich seiner Sache alles andere als sicher war. Die Antwort hockte dort drüben, auf der anderen Seite des Weges, so viel war ihm klar. Den Beutel in der Hand ging er hinüber und kniete vor Aydrian nieder.

»Woher hast du die?«, fragte er.

Aydrian drehte den Kopf weg – woraufhin De'Unnero ihm augenblicklich ins Gesicht schlug.

»Gib mir irgendeinen Grund, dich am Leben zu lassen«, forderte De'Unnero ihn auf, packte ihn grob im Gesicht und bog seinen Kopf herum, sodass er ihm in seine blauen Augen sehen konnte – Augen, die ihm seltsam vertraut vorkamen. Noch immer drehte Aydrian den Kopf so weit wie möglich von dem ehemaligen Mönch weg. »Ich will dich nicht töten.«

Plötzlich sah Aydrian ihm fest in die Augen. »Ohne die Hilfe der Frau hättet Ihr mich niemals besiegen können«, fauchte er ihn wütend an.

Das überzogene Selbstbewusstsein des Jungen amüsierte De'Unnero. Sicher, das Können des jungen Kriegers hatte ihn beeindruckt; er wusste aber auch, dass er ihn zu Beginn des Kampfes unterschätzt hatte und gerade erst im Begriff gewesen war, seine wahre Stärke zu erkennen, als Sadye sich eingemischt hatte. Im Übrigen scherte es De'Unnero wenig, ob dieser junge Narr an seine eigenen Prahlereien glaubte oder nicht. In jüngeren Jahren hätte Marcalo De'Unnero ihn auf der Stelle losgebunden, ihm ein Schwert in die Hand gedrückt und ihn kurzerhand erschlagen. Aber jetzt, als er das Gesicht des jungen Kriegers festhielt, kam ihm der jüngere Marcalo De'Unnero von damals ein wenig unbesonnen vor.

»Woher hast du die Steine?«, wiederholte er und zeigte ihm den Beutel.

Wieder keine Reaktion.

»Wieso verweigerst du so hartnäckig jede Antwort?«, fragte De'Unnero. »Vielleicht bin ich ja gar nicht dein Feind, junger Narr, und vielleicht musst du auch nicht sterben.«

»Musste mein Vater denn sterben?«, fragte Aydrian unverblümt und sah ihn durchdringend an.

Das brachte De'Unnero kurz aus dem Konzept. Er war in dem Glauben gewesen, der Vater des jungen Kriegers müsse eines der Opfer des Wertigers gewesen sein, vielleicht einer der Männer aus Micklins Dorf oder einer der Straßenräuber, die damals an jenem schicksalhaften Morgen mit Sadye in den Ort geritten waren.

»Das weiß ich nicht«, antwortete der ehemalige Mönch wahrheitsgemäß. »Hatte er es denn verdient zu sterben?«

»Woher soll ich das wissen? Ich bin ihm nie begegnet«, erwiderte Aydrian ruhig und voller Bitterkeit.

Wieder lachte De'Unnero amüsiert. »Deine rätselhaften Antworten gefallen mir«, sagte er. »Aber wenn du nicht bereit bist, mehr von dir zu erzählen …«

»Nachtvogel«, unterbrach Aydrian ihn knurrend und brachte ihn damit ebenso wirkungsvoll zum Schweigen, als hätte er ihm die Zunge herausgerissen. »Mein Vater war *Tai'marawee*, der Nachtvogel. Und Ihr habt ihn getötet.«

De'Unnero brauchte eine ganze Weile, um sich davon zu erholen. Etwas Ähnliches hatte er bereits vermutet, trotzdem verwirrte es ihn zutiefst, jetzt die Bestätigung zu hören. »Und du bist also Tai'maqwilloq«, schloss er.

»Der Nachtfalke«, bestätigte Aydrian.

»Und wer ist deine Mutter?«, hakte De'Unnero sofort nach, doch Aydrian sah einfach fort.

Viel zu ungeduldig, um sich länger abweisen zu lassen, verpasste ihm De'Unnero einen weiteren Schlag ins Gesicht und bog seinen Kopf herum. »Es stimmt, ich habe mit deinem Vater gekämpft«, räumte er ein. »Es war – aus Gründen, die hier und jetzt zu erläutern viel zu kompliziert wäre – ein gewaltiger, hart geführter Kampf. Aber getötet habe ich ihn nicht – der Ruhm gebührt einem anderen. Und jetzt red schon, wer ist deine Mutter?«

»Lady Dasslerond aus Caer'alfar«, antwortete Aydrian hastig, ohne lange zu überlegen. »Sie ist die einzige Mutter, die ich jemals gekannt habe; dabei ist sie es gar nicht wert, dass man sie kennt.«

Bei diesen Worten stand ihm der Schmerz so deutlich ins Gesicht geschrieben, dass De'Unnero sofort verstand, obwohl seine aufgewühlten Gedanken in eine ganz andere Richtung gingen. Er schätzte den Jungen auf ungefähr fünfzehn und wusste, dass Jilseponie vor ebenso vielen Jahren tatsächlich schwanger gewesen war. Soweit sich dies zurückverfolgen ließ, war das Kind damals, auf dem Feld vor den Toren von Palmaris, von Vater Markwart getötet worden, denn als Jilseponie kurze Zeit später wieder auftauchte, war sie nicht mehr schwanger gewesen.

Aber war Jilseponie an diesem Tag nicht von Lady Dasslerond vor Vater Markwart gerettet worden?

De'Unnero drehte sich der Kopf. Wenn dieser Junge, Nachtfalke, tatsächlich der Sohn von Nachtvogel war, und seinem Gefühl nach deutete alles darauf hin, dann war Jilseponie zweifellos die Mutter des Jungen – was dieser ganz offensichtlich nicht wusste. Und erst diese Augen! Richtig, diese Augen! De'Unnero hatte sie schon irgendwo gesehen – im Nahkampf. Es waren die Augen Jilseponies.

Für Marcalo De'Unnero war dieser Sieg viel zu schön, um wahr zu sein.

19. Im Gedenken an Bruder Francis

Jilseponie stand auf dem braun-verdorrten Feld unter einem wintergrauen Himmel und betrachtete die hoch aufragenden Mauern, deren bröckelndes, verwittertes Gestein von der Ewigkeit zeugte, die dieses Bollwerk bereits stand, eine Tradition, so tief verwurzelt und ehrwürdig wie die des Königreiches selbst. Kein Mann und keine Frau, weder im Bärenreich noch in den angrenzenden Königtümern, konnte diesen bedeutenden Ort, die Abtei St. Mere-Abelle, vor sich sehen, ohne davon zutiefst berührt zu sein. Nahezu eine Meile erstreckte sich ihr Mauerwerk entlang der steinigen Felsenklippen, die sich über den dunklen und kalten Fluten der Allerheiligen-Bucht erhoben. Reich verziert und da und dort mit Heiligenstatuen und Bildnissen sämtlicher ehrwürdiger Väter sowie einer Vielzahl anderer kunstvoller Schnitzereien versehen, waren diese Mauern das Vermächtnis des Abellikaner-Ordens, ein Symbol von Beständigkeit und Stärke, das für so manchen etwas Ermutigendes hatte, für andere dagegen …

Jilseponie konnte sich der Gefühle von Angst und Wut nicht erwehren, die in ihr hochkamen, sobald sie die Abtei vor sich sah. Für Graevis und Pettibwa Chilichunk, Jilseponies Adoptiveltern, waren diese Mauern zum Verlies geworden. Und auch Bradwarden hatte man hier gefangen gehalten, wo er zweifellos ermordet worden oder, der Vergessenheit anheim gefallen, in den Kerkern elendig krepiert wäre, wären Jilseponie und Elbryan nicht zu seiner Rettung gekommen. Hier hatte jener makabre Umzug seinen Anfang genommen, der mit der Verbrennung des großartigen Meisters Jojonah auf einem Scheiterhaufen im nur zwei Meilen westlich gelegenen Dorf geendet hatte. Aus diesem Ort, aus diesen Mauern, war jene mächtige Instanz mit Namen Markwart hervorgegangen, jener Mann, der Jilseponie das Kind aus dem Mutterleib gerissen hatte.

Wie hatte sie sich damals gewünscht, diese Abtei niederzureißen!

Jetzt aber konnte sie diese Gefühle unterdrücken und die Vergangenheit aus ihrer Erinnerung löschen. Denn St. Mere-Abelle bedeutete weit mehr als jene Ereignisse, die sie damals so in Rage versetzt hatten. Die Ideale, die diese Mauern hatten entstehen lassen, das Gefühl, dass es mehr gab als die eigene Existenz, mehr als dieses kümmerliche Leben, hatten auch die Güte hervorgebracht, die man mit den Namen Avelyn und Braumin Herde verband, und spendeten all den Menschen in der Grauzone zwischen Markwart und Avelyn Hoffnung.

Diesen Umstand bekam Jilseponie noch einmal in aller Deutlichkeit vor Augen geführt, als sie auf das Tor zuging und dabei auf eine altbekannte Stelle stieß, wo sie einen im Boden eingelassenen Gedenkstein entdeckte, auf dem zu lesen war:

> An dieser Stelle fand im Jahr des Herrn 830
> Bruder Francis sein Seelenheil.
> Hier starb im Jahr des Herrn 831
> Bruder Francis Dellacourt,
> Der uns alle beschämte und uns
> Als wir uns weigerten die Möglichkeit
> Eines Irrtums zuzugeben
> Das Übel mit Namen
> STOLZ
> Vor Augen führte.

Bischof Braumin hatte ihr von der Steinplatte berichtet und wissend gelächelt, als er dazu erklärte, Meister Fio Bou-raiy habe sich geradezu leidenschaftlich für diesen Text eingesetzt.

»Was Männer so alles tun, wenn sie sich einen Vorteil davon versprechen«, entfuhr es Jilseponie leise, als sie an die Pest und den hitzigen einarmigen Meister dachte. Sie wusste sehr wohl, dass Fio Bou-raiy Francis gehasst hatte, als dieser ausgezogen war, um den bedauernswerten Opfern der Rotflecken-Pest vor den Toren von St. Mere-Abelle beizustehen. Sie wusste nur zu gut, dass Fio Bou-raiy, der sich unter keinen Umständen dazu bewegen ließ, den Pestkranken auch nur nahe zu kommen, erleichtert, ja geradezu froh gewesen war, als Francis krank wurde, denn für ihn war das der Beweis, dass sein eher feiges Unterkriechen in der Abtei zweifellos das richtige Vorgehen für die Brüder des Abellikaner-Ordens war.

Jilseponie hatte Bruder Francis' Tod miterlebt und wusste, dass der Mann zufrieden, erfüllt und in der sicheren Gewissheit, sein Seelenheil gefunden zu haben, in den Tod gegangen war.

Beim Betrachten der Steinplatte trat ein wehmütiges Lächeln auf ihr Gesicht. Ja, Bou-raiy hatte Francis, nachdem dieser sich von Markwarts Methoden abgewandt hatte, bis zuletzt bekämpft.

Und jetzt stand Jilseponie hier, bereit, in diese mächtige Abtei einzutreten und ihre Stimme für Fio Bou-raiy abzugeben, damit dieser der nächste ehrwürdige Vater des Abellikaner-Ordens wurde.

Die Ironie der Situation entging ihr keineswegs. Die Nachricht vom Tod des ehrwürdigen Vaters Agronguerre hatte sie, zusammen mit einer Einladung ins Abteikollegium, Anfang des Bafway, des dritten Monats, erreicht. Kurz darauf war sie aufgebrochen. Auf ihrer Reise von Ursal hatte sie sich oft überlegt, ihre Stimme und das ganze Gewicht ihres Einflusses stattdessen für Bischof Braumin in die Waagschale zu werfen. Aber Braumin war zu jung und unerfahren und würde seitens der stimmberechtigten Meister von St. Mere-Abelle und vermutlich auch seitens all der anderen Meister und Äbte östlich des Masur Delaval keinerlei Unterstützung erhalten.

Und es gab nur noch einen weiteren Abt, der in der Lage war, sich das begehrte Amt unter den Nagel zu reißen: Abt Olin.

König Danube hatte seine Gemahlin geradezu angefleht, dafür zu sorgen, dass Olin nicht gewählt wurde, und was immer sie persönlich für Fio Bou-raiy empfand, Jilseponie wusste, dass die Wahl des Abts aus Entel mit seinen engen Verbindungen zu Behren für ihren Gatten und für das gesamte Bärenreich zur Katastrophe werden konnte.

Und so hatte sich Fio Bou-raiy leidenschaftlich für diese versöhnliche Gedenktafel zu Bruder Francis' Ehren eingesetzt. Mit ebenso großem Eifer hatte er Jilseponie bedrängt, erst für das Amt der Bischöfin von Palmaris und schließlich auch für das der obersten Ordensschwester von St. Honce zu kandidieren, nicht nur, um auf diese Weise den Einfluss der Kirche in Palmaris zu mehren, sondern auch, um Jilseponie in die stimmberechtigte Kirchengemeinde einzuführen, denn er wusste ganz genau, dass sie, als Königin des Bärenreiches, jeden, sogar ihn, dem Abt Olin aus St. Bondabruce in Entel vorziehen würde.

Das alles wusste sie, und im Grunde konnte sie nur darüber lächeln. Der Dämon, den sie kannte, nämlich Meister Fio Bou-raiy, konnte ihr keine großen Probleme bereiten. Da er ihre Unterstützung und die Braumins und seiner Freunde wollte, war er auch geradezu verzweifelt auf einen mächtigen Rückhalt im Volk des Bärenreiches aus. Was immer seine persönlichen Empfindungen oder Fehler sein mochten, Fio Bouraiy würde stets alles tun, um sich dieses Rückhalts zu versichern, und damit auch stets im besten Interesse der Bevölkerung des Bärenreiches handeln. Er sah, welche Unterstützung Avelyn erfuhr – wie hätte er dies in den Jahren so kurz nach den Verheerungen der Pest auch übersehen können –, und würde versuchen, sich zum Vorreiter dieser Bewegung zu machen.

Daher konnte Jilseponie die bevorstehende Abstimmung reinen Gewissens akzeptieren; sie konnte den Boten verteufeln und die Botschaft gutheißen; und die Botschaft des ehrwürdigen Vaters Bou-raiy würde diesmal positiv, vielleicht sogar gütig ausfallen.

Mit einem schweren Seufzer trat Jilseponie durch die mächtigen Tore von St. Mere-Abelle.

»Die Bestie bricht wieder aus«, sagte Sadye zu Aydrian, als sie den Vorhang zur Seite zog, der seine Kammer in der winzigen Hütte von ihrer und De'Unneros trennte.

Aydrian sah sie fragend an. Er hatte ihr leidenschaftliches Liebesspiel wie auch Sadyes misstönendes Geklimper auf der Laute gehört und argwöhnte aufgrund seines instinktiven Verständnisses von Magie, dass die Missklänge und das neuerliche Erscheinen des Wertigers womöglich kein Zufall waren.

»Wenn die Bestie wieder tötet, werden wir einmal mehr unser Zuhause aufgeben müssen«, sagte Sadye.

»Dieses Kaff hier kann man wohl kaum als Zuhause bezeichnen«, erwiderte Aydrian.

»Und deshalb erlaubt Nachtfalke dem Wertiger, seine Bewohner einfach umzubringen?«, fragte Sadye schlau.

Aydrian sah ihr fest ins Gesicht. Er konnte die Dorfbewohner nicht besonders leiden – während der Wochen, die er mit Sadye und De'Unnero unterwegs gewesen war, hatte seine Verachtung für seine eigene Art eher noch zugenommen. Dabei war ihm die Ironie durchaus bewusst. Die einzigen Menschen, die er seit Brynn Dharielles Abschied kennen gelernt hatte und für die er aufrichtigen Respekt empfand, waren eben jener Mann, von dem er glaubte, dass er der Mörder seines Vaters war, sowie die Frau, die dieser zu seiner Geliebten auserkoren hatte.

»Versuch die Bestie zu kontrollieren, wenn sie ausbricht«, befahl ihm Sadye. »Jag sie zurück in sein Innenleben.«

Aydrian nahm den Hämatit, den sie ihm hinhielt, stieg aus seinem Bett und ging entschlossen hinüber in den angrenzenden Teil der Hütte.

Dort lag De'Unnero und kämpfte mit den heftigen Schmerzen seiner Verwandlung; seine Beine waren bereits die der riesenhaften Katze.

Aydrian ließ sich mühelos in die Magie des Steins fallen und sandte flugs seinen Geist aus, damit er mit dem winzigen Funken Menschlichkeit in diesem Wesen, das hier vor ihm lag, Kontakt aufnahm.

Wenig später saßen die drei ungleichen Gefährten gemeinsam um den Tisch und schwiegen sich lange, sehr lange an.

Schließlich nickte De'Unnero Sadye zu, woraufhin diese Aydrians Beutel auf den Tisch legte und zu ihm hinüberschob. »Die hast du dir redlich verdient«, lautete ihre Erklärung.

Marcalo klopfte Aydrian anerkennend auf die Schulter, stand auf und ging zu seinem Bett. Sadye lächelte Aydrian ein letztes Mal zu, dann erhob sie sich ebenfalls und folgte ihm.

»Ich hab keine Lust, mein ganzes Leben von einem unbedeutenden Kaff zum nächsten zu ziehen«, rief Aydrian ihnen hinterher.

De'Unnero blieb stehen, drehte sich langsam um und sah den jungen Mann an. »Also gut, dann auf nach Palmaris«, sagte er. »Palmaris wird dir gefallen.«

Aydrian strahlte übers ganze Gesicht, als er sich seinen Beutel mit den magischen Steinen schnappte, den Beweis dafür, dass er das Vertrauen seiner neuen Gefährten gewonnen und endlich Freunde gefunden hatte, noch dazu solche, für die er aufrichtigen Respekt empfand. Er konnte so viel von ihnen lernen, von Sadyes alten Liedern und Marcalos geradezu unglaublichem Können, das die Kampfkünste der abellikanischen Mönche in einem völlig neuen Licht erscheinen ließ.

In diesem Augenblick, in diesem unscheinbaren, durch und durch nichtssagenden und bedeutungslosen Dorf, kam es so zu einer Verbindung zwischen Kirche und Staat, die ebenso tiefgreifend war wie jene, die die Königin des Bärenreiches in das Amt der obersten Ordensschwester von St. Honce berufen hatte – zu einer Bündelung weltlicher und geistlicher Macht, die, einmal verwirklicht, die Welt für immer verändern würde.

Zur gleichen Zeit, viele hundert Meilen entfernt, verfolgte Königin Jilseponie, wie Fio Bou-raiy zum ehrwürdigen Vater des Abellikaner-Ordens gewählt wurde.

War das eine gute Sache?, fragte sich Jilseponie, denn noch das Beste, was sie über Fio Bou-raiy sagen konnte, war, dass er von zwei Übeln das geringere war. Der Gedanke lenkte ihre Aufmerksamkeit zur Seite des großen Saales hinüber, wo ein finster dreinblickender Mann saß, dessen ergrautes Haar sich bereits lichtete und das so gerade abstand, als hätte jemand versucht, es ihm auszureißen. Mitten auf seinem Schädel war er völlig kahl, was Jilseponie umso deutlicher erkannte, als er wegen eines ausgeprägten Buckels leicht vornübergebeugt saß. Sogar während Fio Bou-raiy den heiligen Eid ablegte, rieb sich Abt Olin mit seinen dürren, zittrigen Händen noch die Augen.

Seine Arme waren spindeldürr und faltig, seine Haut von den zahllosen Jahrzehnten unter der strahlend hellen Sonne Entels gegerbt. Trotzdem umgab diesen Mann keineswegs eine Aura der Schwäche, zumal er längst nicht so alt war, wie er aussah. Er war durchaus im Stande, eine von Glut und Leidenschaft erfüllte Rede zu halten, was er während der Kandidatenkür bewiesen hatte, und Jilseponie hatte mehrere Männer, die sich sonst so gern über ihn lustig machten, unter seinen eisenharten Blicken zusammenzucken sehen. Die meisten Äbte und Meister im Saal sprachen soeben ein gemeinsames Gebet, was auch Jilseponie hätte tun sollen; Abt Olin dagegen betete keineswegs für die Gesundheit und Weisheit des ehrwürdigen Vaters Fio Bou-raiy. Er saß einfach da und bedachte den Mann, der ihn in den Hintergrund gedrängt hatte, mit einem harten, unnachgiebigen Blick, ab und an zusammenzuckend, während er seine hageren Hände ein ums andere Mal zu Fäusten ballte.

Hätte Olin in diesem Augenblick eine Armbrust in der Hand gehabt, Fio Bou-raiy wäre, daran hatte Jilseponie nicht den geringsten Zweifel, auf der Stelle tot zusammengebrochen.

»Es wird Ärger in der Kirche geben«, sagte Jilseponie später zu Bischof Braumin, als die beiden einander draußen vor dem großen Saal über den Weg liefen.

»Den gibt es immer«, erwiderte Braumin leichtfertig und begann amüsiert in sich hineinzukichern; als er jedoch bemerkte, dass seine Begleiterin seine Heiterkeit nicht teilte, wurde seine Miene ernst.

»Er akzeptiert es nicht«, stellte Jilseponie fest.

»Das wird er wohl müssen«, erwiderte Braumin. »Die Entscheidung des Kollegiums kann nicht angezweifelt werden.«

Jilseponie wusste, dass er damit Recht hatte, aber das änderte weder etwas an ihrem beklemmenden Gefühl in der Magengegend noch an ihrer Einschätzung Abt Olins. »Es wird Ärger geben«, wiederholte sie.

Bischof Braumin seufzte schwer. »Das mag ja durchaus sein«, pflichtete er ihr resigniert bei. »Aber ich fürchte, so sind die Menschen nun einmal, und das gilt umso mehr für die Kirche mit ihrem unablässigen Gerangel um die Macht.«

»Fio Bou-raiy würde dazu sagen, dass diese Worte aus dem Mund eines Bischofs ziemlich merkwürdig klingen«, gab Jilseponie zu bedenken. »Vor allem aus dem Munde eines noch so jungen Mannes, der es persönlich schon so weit gebracht hat, eines Mannes, der wahrscheinlich beim Kampf um die höchste Machtposition hinter Bou-raiy und Olin innerhalb der gesamten Kirche an dritter Stelle steht.«

Braumin ließ sich ihre Worte einige Augenblicke durch den Kopf gehen, dann lachte er amüsiert. »Eine solche Einschätzung ließe sich durchaus vernünftig begründen«, gab er zu.

»Trotzdem strebe ich nicht meines persönlichen Vorteils wegen nach Macht. Niemals. Ich übernehme Verantwortung zum Wohle des Volkes, das ist alles.« Er sah ihr direkt ins Gesicht und kicherte abermals amüsiert. »Oder wollt Ihr über Euren eigenen Aufstieg etwas anderes behaupten?«

Jilseponie bedachte ihren Freund mit einem langen, harten Blick, bis ihr unerbittlicher Gesichtsausdruck allmählich in ein Lächeln überging. Schließlich kannte sie die Wahrheit über Bischof Braumin Herde, über den Mann, der ihr und Elbryan unter Lebensgefahr zur Seite gestanden hatte, und wusste, dass er in diesem Augenblick die Wahrheit sagte.

»Vielleicht wird Abt Olin von Gott an einen etwas erleuchteteren Ort berufen, bevor er irgendeinen Unsinn anstellen kann«, meinte Braumin augenzwinkernd. »Ich fürchte aber, ohne das Getratsche und die vielen Ausflüchte wird es in unserer Kirche sehr viel langweiliger werden.«

Jilseponie konnte sich dem Humor ihres Freundes nicht entziehen und musste lachen.

Trotzdem blieb ein gewisses Unbehagen, eine dunkle Ahnung, dass die Wasser, sowohl Kirche als auch Staat betreffend, vielleicht nicht ganz so ruhig und friedlich waren, wie es an der Oberfläche den Anschein hatte.